Cara a cara

CHELSEA CURTO

Cara a cara

D. C. Stars, 1

Traducción de
Ana Isabel Domínguez Palomo
y Mª del Mar Rodríguez Barrena

Grijalbo

Papel certificado por el Forest Stewardship Council®

Título original: *Face Off*
Primera edición: mayo de 2026

Printed in Spain – Impreso en España

ISBN: 978-84-253-7386-2
Depósito legal: B-4288-2026

Compuesto en Fotoletra, S. L.

Impreso en Rotoprint by Domingo, S. L.
Castellar del Vallès (Barcelona)

GR73862

*Para las chicas a las que no solo les gusta
leer sobre deportes, sino también practicarlos.
(Y para todas esas a las que os encantaría
ver a un capitán de la NHL de metro noventa
ponerse de rodillas y suplicar como un buen chico...
Maverick Miller es para vosotras)*

Nota de la autora

Como deportista que he sido durante toda mi vida, es una alegría ver que el deporte femenino por fin empieza a recibir más atención. Este entusiasmo no existía hace diez años, y me parece irreal vivir en una época en la que la liga femenina de baloncesto universitario de la NCAA tiene más espectadores que la masculina.

Ahora mismo estoy en la fase de escribir historias de amor con ambientación deportiva y mientras planeaba una serie sobre hockey, supe que quería darle una vuelta de tuerca.

Cuando empecé a soñar con *Cara a cara* y con la idea de una mujer que fuese jugadora profesional de hockey, todavía no existía la PWHL (la Liga Profesional de Hockey Femenino). En vez de crear una liga para Emmy, decidí dejarla jugar con los chicos.

Créeme: sé que las mujeres no juegan en la NHL (excepto Manon Rhéaume, que jugó un partido de exhibición con el Tampa Bay Lightning).

Este libro es una obra de ficción. Para que funcione, va más allá de los límites de la credibilidad, pero la representación de las mujeres en el deporte es importante para mí, de ahí que colocara a una mujer en la NHL.

También sé que los equipos de hockey tienen más de nueve jugadores. Para facilitar la lectura, he limitado el número de personas mencionadas a lo largo del libro a fin de que no resulte confuso seguir el hilo de todos (¡y he incluido una lista para que sepas quién es quién!).

Por último, algunos de los personajes que se mencionan brevemente en *Cara a cara* proceden de otra de mis series. Dallas, Maven y June son de *Behind the Camera* (una novela romántica deportiva sobre un padre soltero y una niñera). Reid también tiene su propio libro en esa otra serie. He escrito *Cara a cara* de manera que no sea necesario leer nada antes (¡eso espero!), pero si tienes alguna pregunta, no dudes en enviarme un mensaje por Instagram (@authorchelseacurto).

Advertencias sobre el contenido

Cara a cara es una comedia romántica llena de humor, pasión y muchas emociones, pero me gustaría compartir algunas advertencias sobre el contenido por si algunos lectores quieren tenerlas en cuenta:

- Lenguaje explícito
- Múltiples escenas sexuales explícitas entre dos personas (incluido un ligero estrangulamiento consentido)
- Consumo de alcohol
- Un playboy reformado con historial de mujeriego. Eso sí, no se mete otra mujer de por medio en la historia y no está con ninguna después de conocer a la protagonista
- Peleas durante partidos de hockey (que incluyen sangre y puñetazos)
- Mención a una lesión deportiva (que no se produce durante el desarrollo de la historia)
- Mención al abandono parental (breve)
- Mención a la vida en el sistema de acogida (breve)
- Mención al cáncer infantil (breve)
- Comentarios sexistas realizados por personajes secundarios (breves, e incluyendo un comentario sobre sexo no consentido)

Como siempre, cuídate y protege tu corazón. Si tienes alguna pregunta sobre cualquiera de los temas que acabo de enumerar, puedes escribirme un mensaje en Instagram (@authorchelseacurto en IG).

Plantilla de los D. C. Stars

Maverick Miller – Alero derecho
Emerson Hartwell – Alero izquierdo
Liam Sullivan – Portero
Hudson Hayes – Defensa
Riley Mitchel – Defensa
Ethan Richardson – Centro
Grant Everett – Alero derecho
Connor McKenzie – Centro
Ryan Seymour – Defensa

Brody Saunders – Entrenador principal

1
Emmy

He visto muchos penes en mi vida, pero el que tengo a quince centímetros de mi cara es el último que querría ver.

—Grady... —Me cubro los ojos con el brazo en un intento desesperado por protegerme de su polla flácida—. Hemos pasado dos temporadas sin estropear nuestra amistad, y ¿vas y te comportas como un guarro en mi último día? ¿Y encima en un lugar tan sagrado como el vestuario?

—Alguien me ha robado los calzoncillos. —Grady Whitlock, mi mejor amigo y una de las únicas razones por las que he sobrevivido a mi etapa como alero izquierdo en los San Diego Iguanas de la ECHL, la Liga de Hockey de la Costa Este, que es una de las amateurs, nunca ha sido tímido—. Sabes que yo no soy así.

—La proximidad de tus pelotas a mi boca me sugiere lo contrario. Creo que voy a tener pesadillas.

—Espera. —Oigo una serie de tacos en voz baja, seguidos del sonido de la cremallera de una bolsa de deportes y el frufrú de la ropa—. Vale. Ya puedes mirar.

Abro un ojo y suspiro aliviada al ver que lo que tengo delante son unos vaqueros oscuros y no un escroto.

—Menos mal. ¿Quién te ha robado los calzoncillos?

—Andrew, seguramente —refunfuña Grady—. El cabrón me la tiene jurada desde que le gané en la tanda de penaltis del entrenamiento de la semana pasada. Perdona, Em.

—Te perdono, pero solo si no vuelves a enseñarme la polla nunca más —replico.

—A lo mejor podemos hipnotizarte para borrarte el recuerdo.

—Eso o darme un martillazo en la cabeza. Vas a tener que buscarte a otra persona ante la que exhibirte, colega. Mi vuelo es en tres horas, y entonces me iré de aquí para siempre.

Grady frunce el ceño.

—Este sitio no va a ser lo mismo sin ti, Emmy.

—Lo último que me esperaba este año era que me llamaran para jugar con los grandes, y estoy a esto de que me dé algo —digo mientras junto el pulgar y el índice—. Ahora que lo pienso, ¿me vuelves a enseñar el rabo? Tiene un montón de venas, pero me da mucho menos miedo que pensar en el futuro. ¿Yo? ¿Jugadora de la liga profesional? ¿Están *seguros*?

—Ah. —Se frota la mandíbula y sonríe—. Veo que estamos en la fase de negación. Eso que notas son *emociones*, Emmy. Deberías aceptarlas. No te hacen una blanda.

—Lo sé. —Le hago un gesto con la mano para que se vaya, pero siento una opresión en el pecho cuando lo miro—. Es que es todo muy repentino.

Se acerca a mí. Cuando está lo bastante cerca, me rodea las mejillas con dedos cálidos y palmas callosas.

—Puedes con todo, Em. Esta transición no va a ser fácil, pero es una oportunidad única en la vida.

Joder.

Esperaba escabullirme de aquí sin que nuestra conversación se volviera seria. A Grady se le da bien arrancarme sentimientos profundos y aterradores y obligarme a enfrentarme a ellos, y hoy no estoy segura de poder soportarlo.

Empiezo a tirar de un hilo suelto de mis vaqueros cortos. Noto que me sudan las manos mientras jugueteo con el bajo deshilachado y trago saliva con fuerza.

—¿Crees que estoy como una cabra por aceptar esta oferta? ¿Por renunciar a la seguridad que tengo aquí? Odio estarme quieta, ya lo sabes, pero me siento como si estuviera a punto de saltar al mar sin salvavidas.

—Piensa en esto como si fuera el siguiente paso. Un cambio

de rumbo —me aconseja Grady, acostumbrado a ser la voz de la razón en el vestuario—. Te has dejado la piel para conseguirlo. Era solo cuestión de tiempo que se te presentara una oportunidad.

Llámame egoísta, pero sí que es *verdad* que me he dejado la piel.

Me he esforzado una puta barbaridad y ahora tengo la oportunidad de jugar con los D. C. Stars, nuestro equipo afiliado en la NHL, la liga profesional de hockey.

Eran una máquina potente y lograron llegar a los playoffs durante veinticuatro años consecutivos; todo un récord. Sin embargo, ahora están pasando por un bache del que parece que no pueden salir.

Llevan ocho temporadas consecutivas de derrotas y quince años sin levantar la Stanley Cup como campeones de la liga, y esta vez tampoco han empezado con buen pie. Una lesión a principios de temporada dejó a su alero, un jugador de élite nuevo en el equipo, con una rotura del ligamento cruzado anterior, y hasta ahora han estado rotando a jugadores de la liga AHL para ocupar ese puesto vacío sin éxito.

Me enteré de todo esto durante una llamada con mi representante y el entrenador principal de los D. C. Stars. Después de casi media hora de halagos y de recitar una lista de mis logros que se remontan hasta al instituto, el entrenador Saunders me ofreció un contrato porque le gusta cómo juego y admira mi tenacidad.

Llevo desde entonces esperando que en cualquier momento alguien me diga que es una broma. Que es un gran malentendido, que estaban buscando a otra Emerson Hartwell, pero el hachazo final no se ha producido.

Y ahora estoy así, con las maletas hechas y el corazón en un puño mientras me inclino hacia delante y abrazo al hombre que se ha convertido en un hermano para mí.

Nunca he sido de llorar, pero me pica la nariz y se me nubla la vista cuando Grady me abraza con fuerza. Huele a que lleva todo el día sudando, pero me da igual. No sé cuándo volveré a verlo y quiero saborear este momento.

Se aparta y me mira muy serio, lo que me deja claro que está a punto de ponerse en modo protector.

—¿Recuerdas la regla?

—Nada de fornicio con compañeros de equipo. —Me río—. No te preocupes. Aprendí la lección la última vez.

—Eso incluye a Maverick Miller. Y ese tío no cree en las reglas: tiene una chica en cada ciudad y cada dos semanas salen fotos de él con modelos y actrices. Se rumorea por ahí que un *reality show* de citas le ofreció ser el protagonista, pero que lo rechazó.

Pongo los ojos en blanco.

—Me las he visto con hombres como él durante toda mi carrera profesional. No me importa que esté bueno o sea famoso: no pienso tocarlo ni con un palo de tres metros.

—Bien. —Grady me besa en la coronilla y me revuelve el pelo. Lo aparto de un empujón, y él clava la mirada en mi taquilla—. Nunca pensé que vería tu taquilla vacía. ¿Dónde están todas tus cosas? Siempre la tenías llena de unos diecinueve cepillos de pelo y suficientes plantas como para suministrar oxígeno a toda una ciudad.

—Que te den. —Pongo los brazos en jarras—. No hables así de Fernie Ficus y Freddie Ficus.

—Sus hojas se metían en mi espacio, así que me alegro de que ya no estén. —Se mete la mano en el bolsillo delantero de los vaqueros y saca un trozo de papel doblado—. Esto es para tu nueva taquilla, si dejas sitio para ponerlo.

Desdoblo el papel y casi me ahogo de risa. Es una foto que nos hicimos hace dos años, durante mi primer día en los San Diego Iguanas. Grady tiene el brazo sobre mis hombros y yo me inclino hacia él. Se nos ve con la misma camiseta y la misma sonrisa, y lo recuerdo como si fuera ayer.

—Míranos —digo—, pero si somos unos bebés. Tú todavía tenías todos los dientes.

—Y tú creías que hacerte flequillo era buena idea.

—Nunca más. —Me muerdo el labio inferior—. ¿Crees que los D. C. Stars me han llamado para aparentar diversidad y ser el primer equipo con una mujer en plantilla?

—Joder, no. Te han fichado porque eres la mejor patinadora de la ECHL y de la AHL. Porque le puedes plantar cara a cualquier tío de las tres ligas. ¿A quién le importa que tengas tetas y lleves un sujetador deportivo?

—Ojalá todo el mundo pensara como tú. Mira el tiempo que tardé en ganarme a nuestros chicos; una temporada entera.

—Pero eso es porque pinchas al que se te acerque, no porque seas mujer. Eres mi pequeño cactus. —Me pellizca en una mejilla y lo miro cabreada—. Si tus nuevos compañeros son unos gilipollas, házselo pasar mal durante los entrenamientos. Dales una buena patada en el culo y luego regodéate con humildad. Y, si te sientes lo bastante peleona, menciona su puesto en la clasificación. —Me mira fijamente y después se le suaviza la expresión—. Algún día van a hacer una peli sobre ti.

—Esta conversación se está volviendo muy rara. Nadie me ha dicho nunca tantas cosas bonitas seguidas sin intentar acostarse conmigo —bromeo.

—Que sí, que vale. Tienes que aprender a aceptar un cumplido de vez en cuando. —Chasquea la lengua—. Háblame de la chica esa con la que te vas a quedar. ¿Es de fiar?

—Piper Mitchell no mataría ni a una abeja aunque le picara. Éramos amigas en el instituto y ahora trabaja para los D. C. Stars en el equipo de prensa.

—¿Tenías amigas en el insti? —me pregunta, y se me escapa otra carcajada—. ¡Qué fuerte!

Le hago una peineta y miro a mi alrededor, al vestuario que ha sido mi hogar durante dos años, mientras el corazón me late con fuerza en el pecho.

—Es el fin de una era, ¿verdad? —pregunto.

—Y el comienzo de una nueva. —Grady señala la puerta con la barbilla—. Sabes que no me gustan las despedidas, así que lárgate de aquí antes de que corte tus plantas y se las dé de comer a los pájaros.

—No serías capaz. —Lo abrazo de nuevo y siento que echo raíces a su alrededor mientras me estrecha—. Pórtate bien, Whitlock. No saques la polla de los pantalones más de la cuenta.

—Hoy tengo la confianza por los suelos. ¿Tan mala pinta

tiene? Hostia, a lo mejor por eso Sabrina no me llamó después del sábado por la noche en el bar.

—¿Porque se te desvía hacia la izquierda? Lo dudo. Seguramente sea porque se llama Samantha, no Sabrina. —Le doy una palmada en el hombro—. Mírate, te estás convirtiendo en un pichabrava.

—Mierda. —Echa la cabeza hacia atrás y clava la mirada en el techo—. Me gustaba un montón. Había demasiado jaleo en el bar; no la oí bien. La culpa es mía por no pedirle que me lo repitiera.

—Ya lo sabes para la próxima. —Recojo mi bolsa del suelo—. ¡Tú puedes!

—Recuerda: nada de acostarte con tus compañeros de equipo, ya pases frío, estés aburrida o te entre la depresión esa estacional del Atlántico Medio.

—Prometo que seré buena. —Siento la vibración del móvil en el bolsillo y lo saco para ver las notificaciones—. Debería irme, ya está aquí mi coche.

—Te quiero, Emmy. Pásatelo en grande —dice Grady.

—Yo también te quiero, gilipuertas. —Le doy un codazo en el costado y me alejo—. Si vienes a verme, habrá una entrada esperándote en taquilla.

Echo a andar hacia la puerta que da al vestíbulo de la pista de entrenamiento y miro por encima del hombro. Este es el paso más importante que voy a dar en mi carrera y, al ver que Grady me sonríe, sé que todo va a salir bien.

2

Emmy

Una tormenta tropical me da la bienvenida y me acompaña durante el trayecto desde el aeropuerto al piso de Piper Mitchell. Para cuando llego a la entrada del lujoso edificio residencial, estoy empapada.

El ascensor me deja rápido en la planta once y arrastro las maletas por el pasillo hasta la puerta de Piper. Llamo dos veces y se abre de golpe. Una rubia de metro sesenta y brillantes ojos azules me recibe con un abrazo que me deja sin aliento, y sonrío por primera vez desde que aterricé en el Reagan International.

De pequeña, no tenía muchas amigas. Me gustaban los deportes y convertí en mi misión que me aceptaran en los equipos masculinos. Dedicaba todo el tiempo libre a practicar, despejaba la agenda para los entrenamientos e intentaba demostrar mi valía. Era agotador.

Después de verme encajar un codazo en toda la cara durante un partido, mis compañeros del equipo de hockey solían decir cosas como: «No es como las otras chicas». Mientras me limpiaba la sangre de la nariz, me vitoreaban al ritmo de «¡Eres de los nuestros!».

Y yo me reía, pero en el fondo *quería* ser como las otras chicas. Quería una amiga con quien poder hablar de primeros besos y de citas desastrosas, de lo que me dolía la regla y de lo bueno que estaba el profesor sustituto de turno.

Sin embargo, me ha costado crear ese tipo de vínculo femenino también como adulta. A la gente le gusta decirme que soy difícil de tratar, cerrada y demasiado sarcástica. Siempre he sido así, que yo recuerde. No estoy descontenta, sino que soy inquieta: por eso siempre estoy buscando la próxima gran oportunidad, el próximo lugar al que ir, lo cual significa que normalmente me voy antes de conectar de verdad con alguien, y el ciclo continúa.

Pero con Piper fue distinto.

Se coló en mi vida en segundo, cuando nos emparejaron en la asignatura de Literatura Inglesa en el instituto, y ahí se quedó.

Ella es el sol y yo un nubarrón. Una se desvive por complacer a los demás, la otra evita a todo el mundo. Somos dos polos opuestos que dieron con una amistad que funciona.

Perdimos el contacto en la universidad porque yo estaba ocupada manteniendo la media alta para conservar la beca deportiva y ella interesándose por el periodismo televisivo y enamorándose de un pijo que dejó los estudios para convertirse en el CEO de una empresa tecnológica y que, al final, resultó ser un capullo.

Se separaron el año pasado y Piper y yo volvimos a conectar hablando por Instagram y luego a través videollamadas semanales por FaceTime.

No creo mucho en las almas gemelas, pero tengo la sensación de que Piper podría ser la mía. Me encontró cuando más la necesitaba y me hizo sentir querida, competente.

Cuando la llamé y le dije que me iba a los D. C. Stars, me invitó a quedarme con ella como si en lo que a nuestra amistad se refería no hubiera pasado el tiempo, y se mostró tan emocionada por mí que parecía que fuera ella la que había entrado en el equipo.

—¡Ya estás aquí! —exclama Piper.

—Estoy aquí y estoy empapada. Voy a dejarte el suelo hecho un desastre —le digo.

—¿A quién le importa el suelo? —Me suelta y me hace un gesto para que entre—. ¿Qué tal el vuelo? ¿Quieres darte una ducha antes de que te enseñe el piso y te ayude a instalarte?

¿Tienes hambre? —Habla a toda velocidad y mi cerebro, afectado por el desfase horario, tarda en seguirle el ritmo.

—¿Te importa si me ducho antes? —Miro el charco que se forma a mis pies—. El tío que tenía al lado se ha comido un sándwich de cebolla y creo que todavía apesto.

—¿Un sándwich de cebolla? —Piper se inclina hacia delante y me huele la camisa—. Qué asco. ¿Qué lleva un sándwich de cebolla?

—Pan y cebolla. Nada más —respondo—. Hemos compartido el coche y el pobre conductor ha estado con arcadas durante todo el trayecto, así que creo que definitivamente voy a perder la calificación de pasajera cinco estrellas en la app.

—La gente está perdiendo los modales básicos de viajero. Menos mal que nosotros vamos en vuelos privados. Si viera a alguien entrar en el aseo del avión descalzo, buscaría a un agente de seguridad aérea y me aseguraría de que lo metiera en la cárcel. —Me tira del brazo y me guía por el pasillo—. Voy a enseñarte tu dormitorio para que puedas ducharte y luego ya te lo enseño todo.

—Qué *cojones*, Piper. Ya sé que me enviaste fotos, pero este sitio es enorme. —Miro los ventanales del salón, que van del suelo al techo. El horizonte de Washington me guiña un ojo, dejándome oficialmente impresionada—. En California esto costaría un riñón.

—Es genial, ¿verdad? —Piper me sonríe por encima del hombro—. Después de que el muy cabrón me pusiera los cuernos con su secretaria y me dijera que el divorcio era culpa mía, no me quedó más remedio que sacarle hasta el último centavo.

—¿Cómo estás? —le pregunto.

—Bien —contesta, pero me mira con una sonrisa forzada—. No me había dado cuenta de lo mucho a lo que me había obligado a renunciar hasta que me alejé de él, ¿sabes?

Lo sé, y detesto que mi querida amiga haya tenido que descubrirlo de esa manera.

—Siento que hayas tenido que pasar por eso, y también no haber estado ahí para ayudarte.

—No te preocupes. Ya lo he superado y las cosas me van

bien. —Su sonrisa radiante vuelve a aparecer y se detiene delante de una puerta—. Esta es tu habitación. Tiene cuarto de baño propio y ya he puesto toallas limpias. Hay hasta un calentador para que las metas dentro.

—Mira que eres pija. —Dudo antes de inclinarme hacia delante y abrazarla de nuevo—. Gracias por abrirme las puertas de tu casa.

—No me las des. Nos lo vamos a pasar genial. Tómate tu tiempo, no hay prisa. Estaré en el salón cuando acabes.

Me hace un gesto con la mano, se sacude el pelo por encima del hombro y se aleja por el pasillo, tarareando una melodía que suena sospechosamente como «Goodbye Earl».

Media hora después, me siento al lado de Piper en el sofá y acepto la cerveza que me ofrece. Brindamos con los botellines a modo de celebración y nos acomodamos para relajarnos.

—No me puedo creer que estés aquí, Em. Y no solo estás aquí, sino que vas a firmar con los D. C. Stars.

—¿Cuánta gente sabe lo de la firma? ¿Han enviado una circular o qué?

—No, yo solo me enteré porque al equipo de prensa nos dieron tu hoja de estadísticas para que pudiéramos investigar un poco sobre ti. Pero creo que muy pronto se hará público a los medios de comunicación. Siempre hay alguien que se lo cuenta a otro, y ese a otro, y al final acaba apareciendo en la ESPN. Maverick lo sabe, por supuesto, así que cuando se filtre, podremos echarle la culpa a él.

Maverick Miller.

He visto sus mejores jugadas y sé que es un jugador de hockey increíble. Lo nombraron Novato del Año de la NHL y lo han elegido para el Primer Equipo de los All-Star cinco temporadas consecutivas. Hace poco, ganó el premio Ted Lindsay después de que los miembros de la Asociación de Jugadores de la NHL lo votaran como el jugador más sobresaliente.

Sí, es un deportista excepcional, uno de esos fenómenos que aparecen una vez cada diez años y al que le ofrecerías cualquier cosa con tal de ficharlo para tu equipo, porque sabes que te va a ganar una Stanley Cup, pero sus redes sociales están llenas de publicaciones que lo único que dicen es *mírame*.

Lo investigué a fondo durante el vuelo, y ojalá no lo hubiera hecho. Lo he visto en zonas VIP con una cadena de plata hortera colgada del cuello, repantigado en una suite de un partido de fútbol americano de los D. C. Titans, haciendo el saque de honor para el equipo de béisbol de los D. C. Dolphins.

Me parece genial que la gente alardee de su riqueza y que presuma de lo que ha ganado, pero él es Maverick, se ha convertido en el chico de oro de la liga: el que posa para revistas con trajes que cuestan ocho mil dólares y al que se lo dan todo en bandeja de plata.

Me han llegado rumores de que, como quería usar un gimnasio durante la temporada baja, se lo cerraron durante dos horas para que pudiera entrenar tranquilo.

Me apostaría cualquier cosa a que nadie le ha dicho nunca que no.

Es difícil jugar con gente así. Hay ego de por medio, una actitud de «yo» antes de «nosotros», que crea un ambiente tenso e incómodo en el vestuario.

Lo he visto de primera mano y no quiero volver a formar parte de eso. Si así es como funcionan los D. C. Stars, no voy a durar más de una semana.

—Oye, sobre Miller... —digo y oculto mi curiosidad con un sorbo de cerveza—. Nos han puesto un entrenamiento matutino a finales de esta semana y no quiero aparecer sin saber bien cómo es fuera de la pista. Un amigo me ha dicho que es un pichabrava. ¿Es verdad?

Piper se pone colorada.

—No sé nada por experiencia propia, pero durante las giras han visto que se lleva a alguna chica a su habitación después del toque de queda. Y ellas encantadas.

—Tiene pinta de que es un capullo, ¿no? Un tío que no tiene claras sus prioridades.

—Para nada. Maverick es como un cachorrito: está lleno de energía y no para quieto. Todo el mundo lo adora, y es admirable lo mucho que colabora con organizaciones benéficas. También se le da bien ser capitán. Por eso sigue aquí, pese a todas las derrotas. Cree en los chicos y adora a los D.C. Stars.

«Interesante...».

Lo cierto es que nunca me lo había imaginado ensuciándose las manos y colaborando en obras benéficas, pero me apunto la información para más adelante.

—¿Por qué han perdido tantos partidos? No han ganado ni una sola temporada desde que seleccionaron a Miller. Un jugador tan bueno debería haberles coronado.

—Solo llevo aquí unos años, así que no me sé la historia entera, pero he oído rumores sobre un entrenador tóxico. Parece que no se aprovechó el potencial de Maverick durante sus dos primeras temporadas. Lo dejaban en el banquillo en los últimos minutos del tercer cuarto y se frustraba. También fue quien pasó más tiempo fuera por sanciones de los árbitros durante esa época.

—¿Tiene mal genio?

—Qué va, no le haría daño ni a una mosca. Es muy leal y no le gusta que se aprovechen de sus compañeros de equipo. Desde que llegó el entrenador Saunders, la dinámica ha cambiado. Es muy fácil llevarse bien con él, pero sigue teniendo autoridad. Los chicos por fin creen que tienen lo que hace falta para triunfar, después de que les dijeran durante tanto tiempo que no eran lo bastante buenos —me explica Piper.

—Y ha habido lesiones —digo, y ella asiente.

—Sí, lo de Finn Adams es una pena. Hizo una pretemporada buena, y Maverick y él encajaban muy bien. Pero los accidentes ocurren, y eso significa que ahora tienes la oportunidad de tu vida, Emmy. ¿Estás emocionada?

—Ser la primera mujer que juega un partido de temporada de la NHL sería... —Hago una pausa y froto el cuello del botellín de cerveza con el pulgar—. No hay palabras para describirlo. Estoy muy orgullosa de mí misma, pero también tengo miedo. La atención que conlleva ser una deportista profesional es agobiante, sobre todo cuando juegas sin polla en un deporte dominado por hombres.

Piper se ríe.

—Ay, vas a cabrear a mucha gente. A los machos alfa les va a dar algo.

—Están por todas partes, ¿verdad? No sería la primera vez que me dicen que vuelva a la cocina. —Esbozo una sonrisa sincera—. Pero ya vale de hablar de mí. ¿Cuándo vas a conseguir un puesto oficial en el equipo de prensa de los D. C. Stars? Sé que has ido de sustitución en sustitución.

Piper se encoge de hombros.

—Quizá la próxima temporada. Alguien está pensando en jubilarse y yo soy la siguiente en la lista. Es cuestión de esperar, pero estoy contenta con lo que hago ahora, que es investigar a los jugadores, asuntos relacionados con el desarrollo del equipo, familiarizarme con los momentos álgidos de la carrera de cada uno. Las estadísticas que soy capaz de soltar me vienen genial para impresionar a la gente de fiesta.

—Odio hablar con los medios de comunicación, pero estaría encantada de concederte una entrevista a ti.

—Serás la primera persona con la que hable cuando por fin tenga un micrófono en la mano. No tendrás escapatoria, Emmy Hartwell.

—Ni se me pasaría por la cabeza.

Nos quedamos hasta tarde hablando del equipo y de los jugadores, y de cómo ha sido nuestra vida desde la última vez que nos vimos. Con Piper siento la misma tranquilidad que con Grady.

La seguridad de que, aunque todo parece abrumador, todavía hay gente que cree en mí.

3
Maverick

Alguien me está tocando el culo. Cosa extraña, porque juraría que anoche me fui a la cama solo.

Abro un ojo y gimo por la luz que inunda mi dormitorio. Es demasiado temprano. Hace demasiado sol. Y me duele demasiado la cabeza.

—Dios... —susurro contra la funda de la almohada—. No volveré a beber nunca más. Soy demasiado viejo para estas mierdas.

—Eso no es lo que decías anoche —dice una voz aguda desde algún lugar detrás de mí, y suelto un grito. Un grito desgarrador, como si estuviera en una de esas casas embrujadas de los parques de atracciones y alguien vestido con un traje de Michael Meyers me estuviera persiguiendo.

«¡Qué cojones!».

Las últimas doce horas son, en el mejor de los casos, un borrón. Recuerdo haber ido a una discoteca después de ganar 3-0 a los de Nueva York, luces estroboscópicas, alcohol a raudales, reírme con un par de compañeros de equipo y una morena que se restregaba contra mí al ritmo de la música electrónica.

Levanto la cabeza y miro por encima del hombro. Una chica rubia me sonríe, demasiado contenta para ser tan temprano, y lleva el cuello lleno de chupetones.

—¿Qué hora es? —pregunto, porque no recuerdo *para nada* haberla invitado a quedarse.

—Las diez. —Se inclina hacia delante y me pasa la lengua por la oreja. Me agarra el culo con la mano y, cuando me mete el dedo entre las nalgas, ruedo y me caigo de la cama con un golpe seco, llevándome la sábana conmigo.

—Me cago en la puta. —Me froto el codo—. Es mi brazo bueno.

—¿Por qué huyes? Anoche querías jugar conmigo —dice la rubia.

—Mira, estoy dispuesto a probar cualquier cosa una vez, pero eso fijo que fue cosa del alcohol. Mis ocurrencias de borracho son una cosa bien distinta por la mañana y no hay que hacerles caso. Sobre todo si tenían que ver con mi culo.

—No seas muermo, vuelve a la cama —dice.

—Estoy un pelín ocupado ahora mismo.

El mundo se inclina un poco mientras estoy tumbado en el suelo debajo de un montón de seda carísima. Aquí abajo se está mejor, y creo que así es como moriré: con tequila en la sangre, la vista borrosa y el culo completamente manoseado.

Tomo una honda bocanada de aire y la miro, listo para soltar mi discurso habitual.

«No eres tú, soy yo».

«Lo nuestro no funcionaría, casi nunca estoy en casa».

«Te mereces a un hombre que pueda dejarlo todo y estar a tu lado».

«El sexo ha estado genial, pero lo de anoche es lo único que puedo ofrecerte».

—Oye, Bailey…, me lo he pasado muy bien contigo, pero…

—Me llamo Bethany —me corrige y cruza los brazos por delante del pecho desnudo.

Gimo al verle el canalillo y ahora recuerdo por qué dejé que me la tocara por encima de los vaqueros de camino a casa: porque tiene unas tetazas impresionantes.

—Claro, perdona. Bethany. —Suspiro como si esto fuera lo más doloroso que he tenido que hacer en la vida. En cierto modo, lo es; tengo la cabeza a punto de estallar y voy a necesitar tres pastillas de ibuprofeno solo para pasar el día—. Me espera una reunión con mi entrenador dentro de una hora y tengo que recuperarme de esta resaca. —No es del todo mentira, porque *tengo* resaca y *necesito* ver al entrenador Saunders, pero también quiero que se vaya lo antes posible.

—¿Puedo darte mi número de teléfono? Quizá podamos comer juntos algún día. O cenar. ¡Ah! Mi hermana se casa el mes que viene. Podrías venir conmigo —me invita—. Su prometido es superfan del hockey.

—Ahora mismo no estoy buscando salir con nadie —replico, intentando no torcer el gesto.

¿Una puta boda?

Estamos en el nivel cinco de la escala de acoso, y tengo que salir de aquí.

—Pero...

—Acordamos que solo sería por una noche, ¿no? —La miro fijamente y veo que está haciendo pucheros. *Pucheros* de verdad, sacando el labio inferior como si fuera una niña que no ha conseguido lo que quería.

—Pensé que tal vez podría hacerte cambiar de opinión. Me dijiste lo mucho que te gustaba cuando te...

—¿Mav? —pregunta alguien a gritos desde el salón, y gimo de nuevo. Demasiados ruidos fuertes—. ¿Dónde estás? ¡Te he traído el desayuno!

—Me lo he pasado muy bien, pero es hora de que te vayas... —Titubeo. ¿Se puede saber qué coño me pasa que soy incapaz de recordar el nombre de esta mujer?—, Becky —termino con toda la confianza de que he acertado.

—¡Que es Bethany! —mascull.

«He bateado y he fallado, joder».

—Bethany —repito, fingiendo que intento que el nombre se me quede.

—Vale. Me voy.

Coge del suelo un vestido y unos zapatos de tacón altísimos y sale de mi habitación hecha una furia, completamente desnuda. Oigo murmullos en el salón y, acto seguido, la puerta de mi piso se cierra de golpe.

—Me he encargado de ella —dice Hudson Hayes, mi compañero de equipo y uno de mis mejores amigos, cuando entra en mi dormitorio—. Una chica majísima. Aunque ha dejado de ser tu fan.

—Lo siento, tío. No era mi intención que te tocara ocuparte de mi mierda.

Se pasa la mano por el pelo rubio con una sonrisa avergonzada y se encoge de hombros.

—¿Para qué están los amigos?

—¿Has dicho algo sobre el desayuno? —le pregunto.

—Sí. He traído tortitas de ese sitio que hay calle arriba. Pensé en venir a verte y que a lo mejor tenías hambre.

—Joder que si tengo. —Gruño e intento levantarme, pero se me enredan los pies en la sábana que me envuelve la cintura y vuelvo a caerme—. Te quiero.

Se echa a reír y dirige la atención a la cama, donde faltan la mitad de las almohadas. Luego mira la caja de condones en la mesita de noche y la ropa interior que *Bethany* se ha dejado.

Claro que sí, coño, ya me sale solo el nombre.

—De verdad que necesitas encontrar hobbies nuevos, Mav —dice.

—Soy joven, Hud. Tengo tiempo de sobra para hobbies. —Extiendo una mano—. ¿Me ayudas a levantarme?

—Te juro que como sueltes la sábana y tenga que volver a verte el micropene, me voy a cabrear.

Miro abajo para asegurarme de que llevo puestos los calzoncillos. Puede que los lleve del revés, pero estoy tapado.

—¿Cómo que micro? Saca la regla. Vamos a zanjar esto ahora mismo. Sabes que soy el que la tiene más grande de todo equipo.

—No llevo una regla encima. ¿Y tú?

—No. Supongo que tendré que empezar a llevar una en el bolsillo para que, cuando salga de nuevo el tema, pueda aportar pruebas contundentes que ayuden a establecer un ranking correcto de tamaños. Saldrías muy mal parado, Hayes.

Pone los ojos en blanco y me ayuda a levantarme, tras lo cual echa a andar hacia la cocina. Aquí fuera hay más luz todavía, y me arrepiento de no haber cerrado las persianas venecianas anoche. Me siento a horcajadas en uno de los taburetes de la isla y se me hace la boca agua cuando mi amigo me pone un plato de tortitas por delante.

—¿Vas luego a casa de Seymour? Da una fiesta en la piscina y va a preparar hamburguesas en la barbacoa para celebrar nuestro finde libre. Su novia va a hacer brownies —dice Hudson mientras se sienta a mi lado. Juraría que le cuelga una gota de baba de la comisura de los labios; al tío le gusta la comida más que el hockey—. Seguro que está genial.

—No puedo. —Me meto media tortita en la boca y los carbohidratos absorben los últimos restos de alcohol de mi organismo—. Hoy tengo reunión con el entrenador. Quiere que patine con el nuevo.

—¿Cuál?

—Uno que viene de la costa oeste. El entrenador me ha mandado un vídeo suyo, pero todavía no he tenido tiempo de verlo. He estado intentando ponerme al día.

Los chicos saben que he pasado el verano de entrenador en el campamento de hockey juvenil de los D. C. Stars. Por más ganas que tenga de pasar mi primer fin de semana libre en meses bebiendo cerveza y comiendo hamburguesas, llevamos dos semanas de temporada y ya estoy desbordado.

—¿Te refieres a Emerson Hartwell?

Vuelco el salero mientras cojo el móvil. Paso de los mensajes directos de Instagram que inundan mi bandeja de entrada y abro el correo electrónico del entrenador para comprobar que es el nombre correcto.

.—Sí, eso es, Hartwell. ¿Sabes algo?

—Mmm… —murmura Hudson y come un poco antes de contestar—. Creo que Emerson Hartwell será justo lo que necesitamos esta temporada. Más que cualquiera de los otros jugadores que nos han ido llegando las últimas semanas.

—De verdad creía que este iba a ser nuestro año. —Me froto los ojos y suspiro—. Los chicos por fin están orgullosos de la camiseta, y el entrenador va ganando confianza en sus jugadas con cada partido. Y entonces va Adam y se rompe el ligamento cruzado anterior en las putas Bahamas y nuestros sueños de llegar a los playoffs se van a la mierda. No se debería permitir que los novatos vayan por ahí sin acompañante, aunque fuese solo un fin de semana. Necesitan que un adulto los vigile en todo momento.

—Anímate, capitán. —Hudson se acerca y me da una palmada en un hombro—. Ya hemos pasado por esto antes y lo superaremos de nuevo. Ahora más que nunca, los más jóvenes nos tomarán de ejemplo y tenemos que demostrarles que la paciencia da sus frutos. Todo saldrá bien.

Los D. C. Stars seleccionaron a Hudson un año después que a mí. Nos hemos llevado bien desde el principio y ha sido un consuelo sufrir toda esta mala suerte con alguien que lo entiende.

—Ojalá pudieras ver el futuro en una bola de cristal. Eso reduciría mucho mi nivel de estrés —replico.

—Míralo de esta forma: a peor no puede ir. Cualquier cosa mejor que el último puesto en la clasificación de la liga es un gran avance.

—Vaya. Así que ahora nos agarramos a un clavo ardiendo, ¿no?

—Es como lo del vaso medio vacío o medio lleno. El psicólogo del equipo estaría orgulloso —me asegura.

—De ti, por lo menos. A mí me daría otra charla sobre que mis herramientas para gestionar el estrés son una mierda.

—Es que son una mierda.

—Podría recurrir a las drogas, Hud. El sexo consentido nunca le ha hecho daño a nadie. —Miro la hora y suspiro—. Mierda. Tengo que irme. El entrenador me va a echar la bronca por llegar tarde.

—¿No vas a ver primero los vídeos de Emerson?

—No tengo tiempo. No pasa nada. —Me bajo del taburete de un salto y levanto el pulgar a modo de aprobación—. Gracias por la comida, papá.

Se echa a reír y me hace una peineta.

—A partir de ahora, acompaña tú a la puerta a tus ligues de una noche. Y que sepas que se acabaron las tortitas.

Sonrío y entro en mi dormitorio para cambiarme de ropa e ir al estadio.

He trabajado con miles de jugadores a lo largo de mi carrera y odio ser realista, sobre todo después de escuchar a Hud tan optimista, pero dudo que Emerson Hartwell sea quien le dé un giro a nuestro equipo.

Ni de coña.

4
Maverick

Me encanta estar en la pista, pero un viernes soleado, con una temperatura que ronda los veintiséis grados y sin una nube en el cielo, preferiría estar con mis compañeros de equipo en la piscina, disfrutando de una última fiesta antes de que llegue el otoño.

Aparco mi Mercedes en el garaje del estadio y juego con las llaves entre los dedos. Sigo teniendo un dolor de cabeza monumental, así que espero que esta sesión sea rápida. Una presentación y unas cuantas vueltas a la pista deberían bastar para conocer a este tío y contentar al entrenador.

—¿Qué haces aquí, Mav? —me pregunta Bill, el guardia de seguridad que lleva casi veinte años trabajando para los D. C. Stars, mientras cierra el periódico y me mira—. Creía que hoy teníais el día libre.

—Cosas de capitán —le explico—. Vamos a traer a otro chico para intentar cubrir la posición de alero izquierdo. Voy a reunirme con él ahora.

—Espero que esta temporada sea distinta. —Bill menea la cabeza, y siento los años de decepción en ese gesto—. Qué pena lo de Adams. Ese chico apunta maneras.

—Yo también lo pienso, Bill. Quizá tengamos otra oportunidad el año que viene.

—Te tengo mucho respeto —dice—. Otros jugadores habrían exigido un traspaso hace años, pero tú te has quedado.

Teniéndoos a ti y al entrenador Saunders para cambiar la mentalidad que hay aquí, creo que algún día podremos llegar a lo más alto.

—Gracias por tu apoyo. —Le tiendo la mano y nos damos un apretón—. Será mejor que me vaya. Ya voy con unos minutos de retraso.

Bill se despide con un gesto de la mano y vuelve a su periódico mientras yo sigo andando hacia la entrada de los jugadores. Está alejada de las puertas que usan los fans para que podamos entrar en el vestuario sin que nos vean.

Doblo la esquina y me detengo en seco.

Hay una mujer cerca del control de seguridad, en un lugar al que el público en general no tiene acceso. Ha apoyado los codos en la barandilla metálica y tiene la cabeza levantada hacia el techo, como si estuviera perdida en sus pensamientos.

No la he visto en la vida.

No es la novia de ninguno de mis compañeros de equipo ni tampoco uno de mis rollos de una noche, lo que quiere decir que se ha colado sin que nadie se haya dado cuenta.

Sonrío.

Siempre me ha gustado la gente que rompe las reglas.

Tiene los ojos cerrados y lleva la melena pelirroja recogida en una coleta alta que le llega hasta la mitad de la espalda. Los pantalones negros que lleva le marcan tan bien las curvas que no dejan nada a la imaginación, de manera que veo la silueta completa de su cuerpo.

Madre mía.

Está buenísima.

Es justo la clase de mujer con la que podría meterme en problemas.

Soy consciente de que la miro embobado, pero me cuesta apartar los ojos de ella. Tiene algo que hace que me suden las manos y que el corazón me empiece a latir con fuerza en el pecho, como si hubiera estado corriendo kilómetros.

Y no es por la resaca.

Es por *ella*.

Esbozo una lenta sonrisa.

—Hola —la saludo, y ella abre los ojos y me mira. Son de un verde brillante, y tan peligrosos que de repente pienso que podría comerme vivo—. ¿Puedo ayudarte en algo, corazón?

Coge una bolsa del suelo y se la cuelga al hombro como si fuera ligera como una pluma. Mueve las caderas mientras camina hacia mí y me doy cuenta de que debe de rondar el metro ochenta por lo menos. Se le sube la camiseta por encima del ombligo y me fijo en los músculos que se extienden por su abdomen.

Hostia puta.

Me sorprendería no tener corazoncitos en los ojos ahora mismo. Las mujeres deportistas son mi puñetera kriptonita, y está claro que esta va al gimnasio a menudo.

—La verdad es que sí —contesta—. Te estaba buscando, Maverick Miller.

Supongo que es mi día de suerte, joder.

Le dedico la sonrisa que siempre me consigue los números de teléfono que se me antojan.

—Pues aquí me tienes. A los fans no se les permite entrar en esta zona, pero si no te importa esperar una hora, podemos ir a mi casa después de mi reunión.

Se planta delante de mí y levanta una ceja perfecta. Espero la respuesta afirmativa que suele seguir, pero no dice nada. Se limita a mirarme fijamente, y me sonrojo al verla esbozar una sonrisa burlona que casi hace que me ponga de rodillas.

La diosa me pone una mano en el pecho, y yo le doy otro buen repaso con la mirada.

Tiene pecas por toda la nariz y las mejillas. Parecen pequeñas constelaciones, cúmulos de estrellas que me gustaría trazar hasta crear un dibujo precioso. Sus hombros están esculpidos y lleva los labios pintados de un tono rojo oscuro que casi combina con su pelo.

Me araña la parte delantera de la camiseta con las uñas; la forma más cruel de tortura que he experimentado jamás. Suelto un suspiro ahogado y se me seca la garganta.

—¿Ese tipo de frasecitas te suelen funcionar? —me pregunta con voz sensual y grave.

Creo que esta mujer va a matarme.

—Éxito asegurado, al cien por cien —contesto con voz ronca.

—¿Incluso cuando tienes un chupetón en el cuello?

Me toco la piel por debajo de la cadena de plata que llevo y me encojo de hombros.

—Sí.

Se pone de puntillas y me acerca los labios a la oreja. Huele a vainilla y algo floral. Su aliento es cálido, y me pregunto cómo sería tenerla debajo de mí.

—Es una pena que ahora te lo acabe de bajar al noventa y nueve por ciento. Porque lo único que quiero hacer contigo es patearte el culo en el hielo, guaperas —susurra.

Trago saliva e intento recuperar la compostura. La tengo muy cerca y me encanta.

—¿Crees que soy guapo?

—Solo te has quedado con esa parte, ¿no?

—¿Te pone la idea de montártelo con alguien en el hielo?

—Dios, no. —Retrocede un paso, pero quiero que vuelva—. No sé si debería sentirme halagada o insultada de que estés tonteando conmigo.

—Halagada —replico sin pensar—. Halagada, sin duda.

Se ríe, pero no me da la sensación de que le parezca gracioso.

—Pensaba que el capitán de un equipo de la NHL habría hecho los deberes.

«¿Se puede saber que significa eso?».

Se da media vuelta y echa a andar hacia el interior del estadio como si hubiera estado aquí mil veces. La miro boquiabierto, desconcertado, mientras intento calmar el escozor del rechazo.

Mi cerebro tarda un segundo en reaccionar. Cuando vuelvo a la realidad, me doy cuenta de que seguramente debería ir detrás ella y preguntarle qué hace. Paso deprisa por seguridad y sigo el movimiento de su coleta mientras se dirige a las oficinas administrativas del equipo.

Cuando entro en la sala de juntas, ella ya está sentada a la larga mesa ovalada, y las tortitas que me he comido me parecen ladrillos en el estómago. El entrenador está frente a ella, sonriendo de oreja a oreja, y nunca he visto a ese cabrón tan feliz.

—Llegas tarde, Miller —me dice Saunders sin mirarme siquiera—. Siéntate.

—Perdón. —Me siento en la silla más cercana a la puerta—. ¿Qué pasa?

—¿Cómo que qué pasa? —me pregunta el entrenador con el ceño fruncido—. ¿Por qué no llevas los patines?

—¿Los patines? Solo voy… —Poso la mirada en la pelirroja. Me está observando y no ha perdido la sonrisa burlona—. Sería genial que alguien me pusiera al corriente.

—Estás de coña —dice el entrenador—. ¿No has visto los vídeos que te he mandado?

Entrelazo los dedos.

—¿Los de Emerson Hartwell? No, no los he visto.

—¿Se lo digo yo o se lo dices tú? —le pregunta la mujer al entrenador.

—Por favor, que me lo diga alguien —replico casi con un gemido, y el entrenador le hace un gesto para que siga.

—Yo soy Emerson Hartwell —dice ella, y yo me echo a reír.

Tardo un minuto en controlarme. Me dan calambres en los músculos del estómago y, cuando por fin me calmo, tengo que secarme una lágrima de la mejilla.

—Ya, vale —digo. Me da otra vez la risa y me pregunto si sigo borracho—. Y yo tengo una casa e Iowa con vistas al mar.

—Vaya… —La chica mira al entrenador, sin parecer muy impresionada—. Entonces ¿este es el tío que está al frente del equipo?

—¿*Eres* Emerson Hartwell? —le pregunto—. Pero eres…

Entrecierra la mirada y la furia relampaguea en sus ojos verdes durante un segundo. Es como si tuviera preparadas las garras, a la espera de una pelea.

—Por favor, termina esa frase.

—Pensaba que Emerson Hartwell era un tío —digo, algo que está claro que *no debería* haber dicho. Su ceño fruncido me deja bien claro que, definitivamente, me va a comer vivo—. Y… *no* lo eres.

—Tampoco soy una fan que quiera irse contigo a tu casa —replica ella.

Me pongo rojo como un tomate. Detesto sentir vergüenza y, ahora mismo, me gustaría que me tragase la tierra.

—Ha sido un error —me defiendo—. No es para tanto. Normalmente, cuando me encuentro a una mujer esperándome, es para darme su número o… En fin, para venirse conmigo al hotel. No porque sea jugadora profesional de hockey.

—Qué elegante —dice Emerson con desdén.

—Miller —tercia el entrenador, y vuelvo la cabeza en su dirección—, a mi despacho. Ahora mismo.

Si este hombre me dijera que saltara, le preguntaría hasta dónde. Así que salgo corriendo por la puerta y lo sigo por el pasillo.

Brody Saunders no es mucho mayor que yo. Tienes unos treinta y tantos años. Se lesionó al principio de su carrera en el hockey y convirtió esa desgracia en una sólida trayectoria como ojeador y ayudante antes de conseguir el puesto de entrenador principal de los D. C. Stars hace unas cuantas temporadas.

Nos tenemos un gran respeto mutuo. Saunders era una bala sobre el hielo cuando jugaba de centro y sabe de lo que habla. Suele pedirme opinión sobre las alineaciones y las jugadas y siempre nos hemos llevado bien. Pero, a juzgar por su forma de mirarme ahora mismo, creo que sería capaz de matarme y dejarle mi cuerpo a los buitres.

—¿Qué pasa, entrenador? —le pregunto. Me apoyo en la puerta y cruzo un tobillo sobre otro—. ¿Va en serio o me estáis tomando el pelo? ¿Es uno de esos programas de cámara oculta?

—Lo que pasa es que eres tan imbécil que debería quitarte el título de capitán. ¿Se puede saber qué has estado haciendo esta semana, Miller?

—He estado ocupado —admito, y siento un cosquilleo en la nuca—. No he podido…

—¿No has podido qué? ¿Dedicarme cinco minutos de tu tiempo en vez de pasar toda la noche de fiesta? —pregunta el entrenador, y encorvo los hombros.

—¿Sabías que nos fuimos de fiesta? —pregunto, optando por pasar de los insultos a mi persona.

—Como para no saberlo con la TMZ publicando fotos tuyas manoseando a las mujeres de todo el puñetero estado. Estás al mando de este equipo, Maverick, pero no actúas en consecuencia. Te portas como un novato incapaz de asumir responsabilidades, no como un hombre de treinta años.

Agacho la cabeza.

—Lo siento, entrenador —murmuro—. No volverá a pasar.

—No es a mí a quien deberías pedirle perdón. Le has faltado al respeto a Emerson y nos estás haciendo perder el tiempo. Deberíamos haber dedicado este rato a que os conocierais mejor en la pista; en cambio, estoy haciendo de mediador como si fuerais niños de preescolar.

—¿En serio? —Lo miro con rabia—. No le voy a pedir perdón. Ella ha sido una borde conmigo primero y me ha hecho quedar como un idiota cuando podría haberme dicho perfectamente quién era desde el principio.

—No me importa quién ha hecho qué. Si no quieres comportarte como un adulto, te voy a descontar del sueldo cada minuto que te pases aquí comportándote como un niño. —Me señala con un dedo—. La pelota está en tu campo, Miller.

—Has perdido una oportunidad al no decir «el disco está en tu palo», entrenador.

—No empieces.

Aprieto los dientes. No hay forma de ganar esta discusión. Saunders es un cabrón terco como una mula. En cuanto se le mete una idea en la cabeza, no hay quien lo haga cambiar de opinión.

—Vale —replico.

—Estupendo. Más te vale estar en el hielo con ella dentro de diez minutos —dice.

Me empuja al salir y me deja en su oficina, cabreado como una mona.

Me ha dicho que patine con ella, no que tenga que ser *amable* con ella.

Si esa tía quiere meterme caña, yo voy a devolvérsela con creces.

5
Emmy

Grady
Cómo te ha ido con Maverick?

...
Sin comentarios

Grady
Tan mal?

Si me ves en las noticias, que sepas que actué en
defensa propia

Estudiar durante horas las grabaciones de los partidos de Maverick Miller no me preparó para conocerlo en persona.

Su presencia resulta abrumadora. Tiene el pelo oscuro, los ojos más oscuros todavía, un metro noventa de estatura, los hombros enormes, los brazos tatuados, las piernas larguísimas, el constante asomo de una sonrisa burlona en los labios, un hoyuelo en una mejilla y una mandíbula tan afilada que podría cortar vidrio.

Anda con paso arrogante y seguro; se mueve de forma engreída y orgullosa, como si *supiera* lo bueno que está.

Su atractivo me irrita más que su arrogancia.

Me imaginaba que sería un poco arrogante, pero que haya intentado ligar conmigo sin tener ni idea de quién soy me ha dejado de piedra.

Tampoco es que me esperara que lo supiera todo sobre mí. Es un deportista profesional con un montón de contratos publicitarios. Tiene responsabilidades como capitán y una vida personal que abarca a un centenar de mujeres distintas en un centenar de códigos postales distintos, seguramente incluso en otros países, y puede que hasta una en la Antártida, solo para demostrar que puede.

Pero sí me esperaba un poco más de respeto en nuestro primer encuentro. Menos miradas lascivas, más cortesía profesional. Ahora hemos empezado con mal pie y es culpa suya.

La puerta de la sala de juntas se abre y enderezo la espalda en la silla. El entrenador Saunders vuelve a entrar y me mira con una sonrisa titubeante.

—Lo siento, Emerson.

—Puedes llamarme Emmy —le digo—. Y yo también lo siento. No estoy libre de culpa en esta situación y siento mucho haberme comportado de forma tan inmadura. No es la primera impresión que quería darte.

—Emmy, podrías atropellar a alguien con un coche en el aparcamiento y aun así encontraría la manera de tenerte en mi equipo. —Su sonrisa se suaviza—. Me alegro de que estés aquí.

—Yo también. Muchas gracias por darme esta oportunidad. Sé que has probado a varios jugadores para encontrar al adecuado y significa mucho para mí llevar la camiseta de los D. C. Stars.

—Quiero que sepas que no te he traído para marcar una casilla ni ninguna tontería por el estilo —dice el entrenador Saunders. Hay una ferocidad en su tono que antes no había, y me siento fatal por haber supuesto precisamente eso al principio—. Queremos a los mejores jugadores de hockey en nuestro equipo, y eso te incluye a ti. Se me ocurrió que una sesión individual con Maverick sería beneficiosa antes de tu primer entrenamiento con todo el equipo, pero ahora estoy dudando.

Recojo del suelo la bolsa con mis patines y protecciones.

—No habrá problema.

—Eso espero. Quiero que esto funcione, Emmy. Hay un aseo al final del pasillo donde puedes cambiarte, y la pista está justo al lado. Hablamos después para ver cómo ha ido todo.

Lo miro con una sonrisa que espero que no parezca tan forzada como la siento.

—Estoy deseándolo.

Me quedo de pie en el centro de la pista de hielo del famoso Civic Center, impresionada. Una alegría que nunca había experimentado me invade el pecho, y me recuerdo que tengo que respirar con normalidad mientras empiezo a patinar por la pista.

Toda la tensión que he acumulado esta semana se desvanece conforme me voy moviendo. Empaquetar todas mis cosas. El vuelo a la otra punta del país. Un nuevo equipo, una nueva normalidad…

Patino más rápido y con más fuerza hasta que se me relajan los músculos, hasta que me resulta más fácil respirar y el aire fresco me llena los pulmones.

Después de dar la sexta vuelta, por fin me relajo.

—Eh —dice una voz grave, y miro por encima del hombro. Maverick está de pie al borde del hielo con el equipamiento para entrenar puesto. Tiene los brazos en jarras y, en comparación con él, el palo que tiene al lado parece pequeño—, ¿qué haces?

—Patinar —contesto con voz inocente, solo para cabrearlo. Le aparece un tic nervioso en la mandíbula, y me doy por satisfecha—. ¿Está permitido?

—Esta es mi pista. Seguiremos mis reglas.

—Qué curioso. No he visto tu nombre en el edificio, semental.

—Lo único que he oído de esa frase es «semental».

—¿Cómo piensas patinar con tantos pájaros en la cabeza?

—Soy el capitán.

—Enhorabuena. Ya que te gusta tanto decirle a la gente lo

que tiene que hacer, ¿qué tienes planeado para la próxima hora? ¿Vas a torturarme?

Ahí está ese hoyuelo en su mejilla derecha, y lo detesto.

—Podría ser divertido. ¿Te gustaría? —Maverick esboza una sonrisa socarrona.

—Muy interesado te veo en la vida sexual de alguien que no va a acostarse contigo en la vida —replico—. ¿Vamos a necesitar que venga Recursos Humanos?

—Me encantan los retos. La determinación es una de mis mejores cualidades.

—Igual que ser una mosca cojonera, seguro.

—Le he prometido al entrenador que me voy a portar bien, así que empezaremos con un uno contra uno —dice.

Frunzo el ceño.

—Esa es una jugada para novatos. No puedes hablar en serio.

—Vamos, pelirroja. —Maverick me mira con una sonrisa pícara que me provoca un hormigueo en la piel. Durante medio segundo, entiendo por qué las mujeres se derriten por él. Avanza por el hielo como si hubiera nacido para ello, en dirección a la portería—. No voy a perder el tiempo contigo sin descubrir antes si sabes jugar de verdad.

—Esto se podría haber evitado si hubieras visto mis vídeos —suspiro—, pero no pasa nada. Cierro la boca.

Maverick no me pierde de vista a medida que me acerco a él. Me observa mientras me coloco en el centro del hielo. No le quita ojo a mis manos cuando ajusto el agarre sobre el palo y, por un instante, creo ver admiración en sus ojos antes de que parpadee y la oculte.

—No tengo todo el día, Hartwell —dice con voz lánguida—. A menos que quieras abrir la boca en vez de cerrarla. Porque en ese caso tienes toda mi atención.

—¿Quieres decir unas últimas palabras, Miller? —Dejo caer el disco y lo toco con el palo—. Todavía estás a tiempo de recular, corazón.

Él se echa a reír. Es un sonido masculino, ronco y profundo. Si no fuera tan antipático y engreído, hasta podría gustarme.

Se inclina hacia delante y ensancha la sonrisa.

—Buena suerte, Hartwell. La vas a necesitar.

Maverick no juega de portero, pero por lo que he visto en vídeos de entrenamientos amistosos y de escaramuzas con los chicos del equipo para ver quién es más machote, prefiere proteger el lado izquierdo de la portería al derecho.

Sin embargo, él no sabe que yo lo sé, así que lo uso en mi beneficio.

Me muevo de un lado a otro, provocándole. Me observa como un depredador que acecha a su presa.

Cuando me desplazo ligeramente hacia la izquierda, se inclina hacia la esquina superior de la portería, cayendo en mi trampa. Aprovecho que se ha equivocado al leer mis movimientos, me preparo y golpeo el disco con toda mi fuerza hacia la derecha, un tiro que entra directamente en la portería.

—Perdona, no te oído bien antes —digo—. ¿Qué decías sobre la suerte?

—¿Qué cojones? —Maverick mira el disco y luego me mira a mí—. Otra vez.

—Como quieras.

Separa las piernas, y su ancho cuerpo ocupa todo el espacio para jugar a la defensiva. Me preparo como si fuera a hacer otro tiro, pero cambio la posición de las manos en el último segundo.

La hoja de mi patín rodea el disco rápidamente, y cambio el peso del pie trasero al centro al tiempo que me desplazo con el movimiento.

Mis manos responden, con una trayectoria ascendente que da como resultado un tiro de muñeca que me pasé horas perfeccionando con mi padre en el lago que hay detrás de nuestra casa.

Maverick clava sus ojos en mí. Creo que está a punto de echarme de la pista, y me preparo para el cabreo al que seguramente está a punto de dar rienda suelta.

—Hazlo otra vez —masculla mientras me devuelve el disco.

Así que lo hago.

Bloquea mi tercer intento, un revés descuidado que fallo

desde una posición estática. Anoto en el cuarto y en el quinto intento, dos tiros más que meto en la portería pese a los esfuerzos de Maverick por detenerlos.

Y lo repetimos una y otra vez. Diez minutos se convierten en veinte, luego en treinta. Ninguno de los dos dice nada, pero de vez en cuando suelta un gruñido tan profundo y grave como su risa.

Me duelen los brazos. El sudor me corre por las mejillas y tengo el sujetador deportivo empapado. Mi respiración se vuelve pesada, e incluso Maverick parece estar sin aliento cuando levanta la barbilla y me mira.

—Para —dice. Se clava los dedos en el costado y se apoya en el poste de la portería—. Descanso de cinco minutos.

—¿No puedes seguirme el ritmo, Miller? —le pregunto mientras patino hacia él con cautela. El corazón me late con fuerza en el pecho y él posa los ojos en el pulso que me late en la garganta antes de volver a mirarme a la cara—. Pensaba que serías más rápido.

—Dado que juego de alero y no de portero, no sé cómo quieres que sea más rápido. Mi porcentaje de paradas es del cuarenta por ciento.

—Eso significa que te he marcado el sesenta por ciento de las veces.

Hace mucho que no me enfrento a nadie cara a cara, y es estimulante esforzarme al máximo y sentir cómo el cansancio me invade poco a poco y me deja exhausta.

—¿La AHL? —pregunta Maverick, y su voz resuena en el estadio vacío.

—La ECHL —contesto—. Los San Diego Iguanas.

—¿Qué has ganado?

—La Kelly Cup. Dos temporadas seguidas. —Hago una pausa y lo miro sonriendo—. Ya es más de lo que podéis decir vosotros.

—Me alegra saber que sigues de cerca a nuestro equipo, pelirroja.

—Es que me gusta estar preparada cuando conozco a la gente con la que voy a jugar.

La carcajada que se le escapa a Maverick es ligera y desenfadada. Se quita los guantes y se desabrocha el casco con dedos largos y ágiles. Se sacude el pelo empapado de sudor, y veo el corazón tatuado en el dorso de su mano, con la letra jota en el centro.

Me pregunto qué chica se quedó el tiempo suficiente como para que se tatuase su inicial en la piel. Quizá fue un reto de borrachos en Las Vegas.

—Hemos terminado por hoy. Ya he visto suficiente —dice.

—Ah, no quieres que tu ego se lleve más palos, ¿verdad?

—En realidad, es por ti. El entrenador nos las va a hacer pasar putas en el entrenamiento del lunes y voy a fregar el suelo contigo.

—¿Hay algún otro entrenamiento para novatos que deba prepararme? ¿Quieres que repase cómo atarme los patines?

—Dependes demasiado de tu lado dominante y flojeas por la derecha. Eso deja espacio para que alguien te robe el disco. —Maverick se levanta la camiseta y se seca la cara con el dobladillo. Los músculos de su torso son tal y como imagino que debían de ser los de Adonis en su mejor momento. Incluso con la equipación puesta, veo una profunda uve en la parte baja de su vientre. Líneas cinceladas y bordes definidos. El estómago se me encoge al verlo y aprieto los ojos con fuerza—. Hudson Hayes te va a dejar en ridículo. Es nuestro...

—Defensa —termino por él—. Te he dicho que me gusta estar preparada. —Hudson Hayes es un exjugador la All-American Hockey League y campeón de la Frozen Four. Tiene dos perros adoptados y pasa casi todo su tiempo en las redes sociales publicando sobre el refugio local en el que es voluntario—. Me muero de ganas. Será agradable jugar con otras personas cerca. Gente que me respalde cuando te ponga en tu sitio y no te guste.

La sonrisa socarrona de Maverick es peligrosa. Intento ignorar el hecho de que se me acelera el corazón y me sonrojo, y me digo que solo es por el esfuerzo de la última media hora, no por su cara bonita.

Se acerca a mí. Cuando está a unos quince centímetros, lo

bastante cerca como para que pudiera agarrarle la camiseta si quisiera, tengo que echar la cabeza hacia atrás para mirarlo.

Su sonrisa engreída se convierte en una de satisfacción, contento por contar con ventaja, y nunca he detestado tanto mi estatura.

—¿Vas a pensar en mí de aquí al lunes, Hartwell? —me pregunta, y me odio a mí misma por no haberme alejado patinando antes.

—Sí, en formas de destruirte —contesto con una voz bajísima mientras me desabrocho el casco, y en sus ojos aparece un brillo de diversión—. Será mejor que te comas las verduras el domingo por la noche, Miller. Lo que has visto hoy no es ni la mitad de lo que puedo dar.

—No hay problema; me encanta comer. —Se lame los labios, y la insinuación de sus palabras es obvia—. Que duermas bien, pelirroja. No sabes lo que te espera.

—¿Tienes apodos absurdos para todas las personas con las que te llevas mal o soy una de las afortunadas? —le pregunto.

—Solo son para las que intentan fingir que no les gustan. Pero ya te estás sonrojando.

—Alguien debería bajarte los humos, guaperas. —Le doy un codazo en el estómago y un ligero empujón en el hombro mientras paso a su lado. Él tropieza y se cae de culo. Lo miro con una sonrisa inocente—. Ay, me he tropezado.

—Me alegra saber que sigues creyendo que soy guapo. —Sonríe, pagado de sí mismo, mientras se estira sobre el hielo como una estrella de mar de extremidades larguísimas—. Empieza el juego, Hartwell. Espero que estés lista para la guerra.

—Siempre gano, Miller —digo mientras patino hacia mi bolsa, contenta de dejarlo atrás.

6
Maverick

LOS REYES DEL DISCO

Qué coño os pasa?

Connor
Yo no he hecho nada

Don Facilón
Yo tampoco. Seguro que ha sido Grant

Grant-ioso
Que te den! Soy inocente!

Connor
Sí, claro

Por qué ninguno me dijo que
Emerson Hartwell es una chica?

Hudson
*mujer

Vete a la mierda

Seymour
Quién? Qué?

Liam
Se puede saber por qué sigo en este chat?

Liam Sullivan ha abandonado el chat
Don Facilón ha añadido a Liam Sullivan al chat
Liam Sullivan ha abandonado el chat
Don Facilón ha añadido a Liam Sullivan al chat

Don Facilón
Estás atrapado, tío

Liam
Joder

Don Facilón
Está buena, Mavvy?
Capi!
Oh capitán, mi capitán?

Grant-ioso
No me jodas! Dice eso y se larga?

Don Facilón
Esto me ha dejado más en ascuas que el final
de *Regreso al futuro II*

La piscina de la azotea de Ryan Seymour está llena de gente, y no reconozco ni a la mitad. Me abro paso entre un grupo de chicas que no dejan de reírse y las saludo con educación cuando me tiran de la camiseta.

Me duelen muchísimo los isquiotibiales y tengo náuseas desde que salí de la pista. Las dos botellas de Gatorade que me he bebido en casa no me han devuelto las fuerzas, y ahora mismo me siento como si estuviera arrastrándome por el infierno.

—¿Qué pasa, Mavvy? —me saluda Grant Everett, el alero derecho de la segunda alineación del equipo. Está en el agua, en una colchoneta rosa. Tiene al lado a una rubia de piernas largas que le está manoseando el pecho—. Llegas un poco tarde.

—¿Dónde está Hayes? —le pregunto, y me señala con la barbilla hacia la mesa de los postres, así que pongo los ojos en blanco—. Qué sorpresa.

Me acerco a Hudson y justo cuando está a punto de llevarse un brownie a la boca, se lo quito de un manotazo.

—¡Oye! —exclama al tiempo que se vuelve para mirarme cabreado—. ¿Qué te pasa? Estás desperdiciando comida.

—¿Que qué me pasa? ¿Qué te pasa *a ti*? ¿Cuándo ibas a decirme que Emerson Hartwell no es un tío de la Universidad de Boston ni de la de Michigan o de donde sea que haya estudiado, sino una mujer que lleva años jugando en la ECHL?

Hudson coge otro brownie y se mete la mitad en la boca.

—No me vengas con esas. Yo no tengo la culpa de que no vieras los vídeos que mandó el entrenador.

—¿Tú los has visto?

—Pues claro.

—Genial. —Me dejo caer en una tumbona de mimbre que seguramente le haya costado dos mil dólares a Seymour, nuestro defensa izquierdo—. Soy idiota. No me puedo creer que haya metido tanto la pata.

—¿Qué te ha parecido?

Después de pasar una hora con Emerson Hartwell, no sé si el talento que tiene me cabrea o me la pone dura. Cojo una cerveza de la nevera que tengo a la derecha. La abro y bebo un buen trago.

—Tiene algo —contesto un minuto después.

—Oh, no. —Hudson se sienta a mi lado. Millie, su golden retriever, se acerca corriendo y le da un empujoncito con el morro en la mano. Él la acaricia detrás de las orejas y suspira—. ¿Qué has hecho?

—Puede que la tomara por una «fan» —confieso—. Y que fuera un imbécil y le preguntara si quería venirse a mi casa.

—No jodas.

—Sí. —Me froto la mandíbula y bebo otro sorbo de cerveza—. La vi allí esperando, guapísima, y me...

—Irrelevante. Sigue.

—Ella tiene tanta culpa como yo. Me puso verde delante del entrenador. Insinuó que no sé dirigir un equipo, todo por el malentendido que hubo cuando la vi cerca de la oficina, *merodeando* por allí sin tarjeta de visita, debo añadir. Me he sentido como un imbécil.

—¿Y crees que ella no? Es una deportista que seguramente haya tenido que aguantar mierdas como esas durante toda su carrera. Y ahora, el tío que se supone que es su nuevo capitán la trata igual, sin el menor respeto. Yo también me habría cabreado —dice.

—¡Podría haberme dicho quién era! —protesto.

—Y tú podrías haber visto los vídeos en vez de llevarte a casa a la chica esa de anoche, como se llame —me suelta y agacho la cabeza porque tiene razón—. Es buena con los patines, ¿eh?

Buena se queda corto para describir lo que he visto hoy.

Las habilidades de Hartwell como jugadora de hockey están a otro nivel, y creo que es posible que me haya enamorado un poco de ella. Nunca he visto a nadie jugar así, y no tengo ni puta idea de por qué no estaba ya en la NHL.

Se mueve como una patinadora artística y tiene la fuerza de una levantadora de pesas. Su atención al detalle es inigualable. Vi que anticipaba con la mirada mis movimientos defensivos antes de que yo me colocase siquiera en posición. Voy a soñar con la forma que tiene de golpear el disco hasta el día que me muera. Lo hace sin esfuerzo. Suave como la seda, y representa todo lo que adoro en este deporte.

Lamento no haber visto los dichosos vídeos, porque se los habría enseñado a los chicos del campamento hace unas semanas. Les habría dado una buena lección sobre cómo debe ser el hockey, porque ella es el puto ejemplo que seguir.

—Sí. —Bebo un buen sorbo de cerveza—. Es buena.

—¿Por qué tienes la cara roja? —me pregunta Hudson—. Maverick Miller, ¿te estás *sonrojando*?

—No me estoy sonrojando. Tengo resaca, me duele todo el cuerpo y estoy cansado. No me toques las narices. —Lo que también estoy es distraído por una pelirroja impresionante que me ha dado una paliza en el hielo, pero eso no se lo voy a decir. Se reiría de mí, y ya he recibido suficientes golpes hoy.

—La prensa va a enloquecer cuando el entrenador haga el anuncio oficial después del entrenamiento del lunes.

—Tiene carácter. Sabe defenderse sola. —Echo un vistazo hacia el otro lado de la piscina y observo a mis compañeros de equipo. Seis de ellos tienen chicas sobre los hombros y están jugando a empujarse. Los demás están admirando la barbacoa nueva de Seymour. Cuando lo ven encender el quemador, ponen la misma cara que un niño delante de un escaparate de chuches y me veo obligado a contener una carcajada—. Tendremos que hablar con los chicos.

—¿Sobre qué?

—Sobre no ligar con ella y tratarla con respeto. El entrenador nos va a dar la turra con eso.

—Tú le tiraste los tejos —señala Hudson—. Siempre salta un cojo, ¿no?

—Me rechazó —levanto un hombro y apuro la cerveza—. Hay una primera vez para todo.

Hudson se ríe, sobresaltando a Millie, que acaba aullando con él.

—¿De verdad? Por favor, cuéntame qué te dijo.

Gruño y tiro el botellín de cerveza vacío a un cubo de reciclaje cercano.

—«Lo único que quiero hacer contigo es patearte el culo en el hielo, guaperas» —repito y me froto el pecho con la mano. Todavía me pica la vergüenza. Nadie me había rechazado antes—. Y eso fue lo que hizo.

—La *leche*. Me da que va a ser mi nueva persona favorita.

—No podéis confabularos contra mí.

—¿Por qué no? Es muy divertido.

Pongo los ojos en blanco y echo un vistazo por la fiesta, cruzando la mirada con la de una mujer que lleva un biquini amarillo a juego con su pelo. Me hace una señal coqueta con el dedo. Sé que es una invitación, pero la habitual descarga de adrenalina que siento en estas circunstancias brilla por su ausencia.

—Me voy —digo.

—¿Con la rubia? No ha dejado de mirarte desde que has llegado. Estoy bastante seguro de que te ha hecho una foto del culo.

—Tengo buen culo.

—Como estoy obligado a mirarlo durante largos periodos de tiempo, confirmo que en efecto tienes un trasero satisfactorio. Asegúrate de usar protección —me dice, dándome el mismo sermón que nos da a todos—. Actúa con inteligencia y no hagas nada sin consentimiento. Ya sabes cómo va la cosa.

—Lo sé, pero hoy estoy agotado. No pienso hacer nada esta noche. —Me pongo de pie y acaricio a Millie, que me lame la mano y me arranca una sonrisa—. Además, le dije a Dallas que cuidaría a la niña y, después del día que he tenido, lo que más me apetece es ver una peli de Disney con mi sobrina.

—Emerson te ha dejado tocado, ¿verdad? —replica Hudson con una sonrisa—. Nunca te había visto irte temprano de una fiesta, y mucho menos solo.

—No sé qué me ha hecho, pero no me gusta. —Nos despedimos chocando los nudillos, tras lo cual le hago un gesto con la cabeza—. Disfruta del fin de semana libre, H. Creo que a partir del lunes todo va a cambiar.

—¡Cariño, ya estoy en casa! —grito al entrar en el piso de Dallas Lansfield veinte minutos más tarde.

—¡Tío Mav! —chilla June, la hija de Dallas, mientras corre por el pasillo hacia mí. La levanto del suelo y doy una vuelta con ella—. ¡Qué bien que hayas venido! ¿Puedo pintarte las uñas? Mamá me ha comprado un esmalte nuevo.

—Claro que puedes, Bichito. —Le beso la coronilla y la

estrecho entre mis brazos—. ¿Cómo estás, princesa? ¿Te ha ido bien hoy en el cole?

—Lucas me empujó en el recreo y la señora Wilson lo castigó. —June sonríe satisfecha—. Pero se lo devolví cuando ella no miraba.

—Esa es mi chica. Estoy muy orgulloso de ti, pequeñaja. ¿Dónde están mamá y papá? ¿Te han dejado sola al mando de este barco?

—No. —Ella se ríe—. Se están arreglando. Papá lleva corbata y mamá se ha puesto un vestido. Es muy bonito.

—Tus padres son dos pibones. —Enfilo el pasillo hasta el salón, me dejo caer en el sofá y la siento en mi regazo—. ¿Qué te parece si cenamos pizza?

—¡De pepperoni, por favor!

—Pues claro que de pepperoni.

—¿Y helado también?

—Por supuesto, Bichito. A lo mejor nos comemos el helado antes de la pizza, sin decírselo a los jefes. Será nuestro secreto —le contesto.

—¿Qué secreto? —pregunta Dallas. Está de pie en el vano de la puerta, vestido con un traje gris y con el pelo peinado hacia atrás—. No corrompas a mi hija, Miller.

Le sonrío al hombre que lleva casi diez años siendo mi mejor amigo.

—Ni se me ocurriría. Estás muy elegante, tío. ¿Adónde vas esta noche? ¿Es con los Titans?

Dallas es el pateador del equipo de la Liga Nacional de Fútbol Americano de la ciudad, campeón de la Super Bowl y uno de los deportistas más queridos por la afición. Estuvo a punto de dejar su carrera cuando se convirtió en padre soltero hace seis años, pero encontró a una mujer que los quiere a él y a su hija por igual. Ahora le resulta mucho más fácil compaginar el deporte profesional con la paternidad.

—Vamos a clases de baile. Maven está decidida a que aprendamos el tango para nuestra boda, pero yo no dejo de pisarle los pies. —Se mira en el espejo y se arregla la corbata—. Luego vamos a cenar a un restaurante francés nuevo. Lleva un tiempo con antojo de macarons y, por lo visto, en ese sito los hacen estupendos.

—¿Tiene antojos? No tendrás que decirme algo, ¿verdad?

—No —responde Dallas—. Por lo menos, de momento.

—Qué pena. Estoy deseando que pase. —Estiro los brazos sobre los cojines y suspiro feliz—. Tardad todo lo que queráis. Tenemos el fin de semana libre y me puedo llevar a June a casa si os apetece un… En fin, ya me entiendes.

—Estás un poco pesado con el tema, ¿no? Ponte tú manos a la obra —replica.

—No. Me gusta ser el tío Mav y necesito más sobrinas. Quizá también un sobrino. Quiero muchos, para formar un equipo completo de hockey.

—¿Papá, puedo patinar con el tío Mav? —pregunta June, y yo sonrío victorioso.

—¿Lo ves? Lo lleva en la sangre. Tráela al estadio la Noche Familiar y déjame bajarla al hielo para que dé una vuelta —digo.

—Ni hablar —replica una voz procedente del pasillo. Al cabo de unos segundos, Maven Wood, la futura esposa de Dallas y una de mis personas preferidas de todo el mundo, aparece en el salón—. Nuestra hija no se va a acercar a un disco de hockey. Y los que vengan detrás de ella, tampoco.

—Joder, Mae. —La miro de arriba abajo y silbo—. Estás espectacular.

—Gracias —dice ella, y después sonríe y gira para presumir de vestido. Es la fotógrafa oficial de nuestro equipo y estoy acostumbrado a verla con ropa deportiva y gorro de lana, pero está claro que tiene percha para ponerse cualquier cosa—. Y hablando de cosas espectaculares, me han dicho que hoy te han dado una paliza impresionante en el hielo.

—¿En serio? —Dallas la mira y luego me mira a mí—. ¿No tenías el día libre?

—Manda huevos. La mayoría de mis compañeros todavía no saben lo que ha pasado, y espero que siga siendo así —digo.

—Las noticias vuelan, Mav. Emerson es la nueva compañera de piso de Piper, y ella y yo somos muy amigas. Me ha dicho que Emerson llegó radiante a casa. Yo también lo estaría si hubiera dejado en ridículo a Maverick Miller. Y yo pensando que eras el jugador mejor pagado de la NHL... —Maven se echa el pelo hacia atrás y yo tuerzo el gesto, irritado—. Supongo que no es así.

—No me ha dejado en ridículo.

—¿Alguien puede ponerme al día? No me gusta estar en la inopia —dice Dallas.

—Emerson es la nueva jugadora de los D. C. Stars, va a ser el alero izquierdo —le explica Maven—. Tiene un talento increíble y es guapísima. Un poco brusca, pero me cayó bien nada más conocerla.

—No me extraña que Miller esté tan nerviosa. Ya sabes que le gustan mucho las mujeres deportistas —replica Dallas.

—Es la mujer de mis sueños, jod... jolines —protesto, asegurándome de no soltar palabrotas delante de June—. Empezamos con muy mal pie y ahora tengo que jugar a su lado con el rabo entre las piernas.

—Como si fueras un perro —dice Maven.

—Además pareces un perro —añade June, y le hago una pedorreta en la mejilla.

—Ganas de ponerme a ladrar nada más verla no me faltaron —digo—. Pero no pasa nada. Todo saldrá bien. Una de dos: o me la gano de tal manera que no pueda evitar caerle bien, o la cabreo hasta el punto de que acabe pidiendo un traspaso a otro equipo.

—Va a ser el traspaso —replica Dallas. Mira a Maven—. ¿Has dicho que es guapísima?

—Ya te digo. —Maven asiente y saca una barra de labios del bolso—. Es la mujer más atractiva que he visto en la vida.

—¿Por qué tiene que ser jugadora de hockey? ¿Por qué no la conocí en un bar? ¿O en un aeropuerto? ¿O en una gala benéfica donde yo pudiera donar un millón de dólares a la causa medioambiental que más la apasiona para que se enamorara de mí? —me quejo—. Esto es muy injusto.

—Tu vida es un calvario. De verdad, no sé cómo soportas el día a día —dice Dallas.

—Menudo mejor amigo estás hecho —protesto antes de resoplar—. Estoy sufriendo.

—Lo superarás. —Le pasa un brazo por los hombros a Maven y le da un beso en la frente—. ¿Lista, cariño?

—Oye, controlaos, que hay niños delante —digo, tapándole los ojos a June—. Este no es el momento ni el lugar para eso.

—Sí, tú eres uno de los niños. —Maven saca la lengua—. A lo mejor estás celoso. Quieres lo que tenemos nosotros.

Me echo a reír.

—Mujer, has perdido la cabeza. Eso no va a suceder nunca. Sabes que me gusta pasar la noche con chicas a las que no volveré a ver y fo...

—Como se te ocurra terminar esa frase delante de mi hija —me interrumpe Dallas con cara de cabreo—, te rompo los dedos.

—Lo siento. —Levanto las manos a modo de disculpa—. A partir de ahora soy apto para todos los públicos. Empezando por nuestra cita con Anna y Elsa. ¿Estás lista, Bichito?

—¡Sí! —June levanta los brazos y grita—. ¡Es hora de *Frozen*!

—Es la tercera vez que la vemos esta semana. ¡Allá vamos, muñeco de nieve!

Enciendo la tele y me apoyo en el respaldo del sofá, dejando que June se ponga cómoda, y no pienso en Emerson durante el resto de la noche.

7
Emmy

Número desconocido
Buenos días, Hartwell. Feliz primer día de
entrenamiento

Quién eres?

Número desconocido
Algunas personas me conocen como guaperas
Creo que también me han llamado semental ;)

Usar emoticonos guiñando el ojo
te funciona con la gente?

Número desconocido
No lo sé. Nunca he tenido que esforzarme para
gustarle a alguien

Me alegro de ser la primera

Número desconocido
Te van más los emojis?
Me gusta mucho el que lleva el gorrito de fiesta.
Parece que el tío se lo pasa bien

Eres rarísimo

Se puede saber cómo cojones has conseguido mi

número?

Número desconocido
Privilegios de capitán
Tengo los números de todos los chicos en el
móvil por si surge alguna emergencia. Hoy
firmas el contrato. He pensado que debía añadir
el tuyo también

Por qué me molestas?

Número desconocido
Tanto no te molestaré si me estás respondiendo.
Parece que lo estás disfrutando

Te voy a bloquear. Y seguramente luego te dé un

rodillazo en los huevos

Número desconocido
No puedo esperar ;)

Los D. C. Stars me han montado un vestuario improvisado en el cuarto que usan para guardar los útiles de limpieza y huele a fregonas sucias y a limpiacristales.

No es lo ideal, pero se trata solo de un apaño temporal hasta que el entrenador Saunders encuentre una solución mejor. Hasta entonces, me cambio con vistas a una pila de trapos usados.

—Eh —me saluda Piper, y cruzamos la mirada en el espejo—. ¿Estás bien?

Tomo una honda bocanada de aire y aguanto la respiración, contando hasta tres.

—Sí. No. No estoy segura.

—¿Quieres hablar? —Ladea la cabeza, y sé que es una forma sutil de animarme a ello, que me está diciendo que puedo contar con ella—. Tenemos tiempo.

—Estoy cagada. —Me paso las manos por los pantalones y me doy golpecitos en los muslos con los dedos. Anoche no pegué ojo y llevo temblando desde que salió el sol—. Esto es muy fuerte.

—Mucho.

—Creo que estoy cometiendo un error.

—Para nada.

—Habrá periodistas y cámaras por todas partes. Sabía que iba a pasar esto, pero… Me gusta mi vida solitaria. Me gusta que me reconozcan solo a medias, que la gente sepa mi nombre, pero que no me paren por la calle cuando voy a comprar yogur helado a las once de la noche. Eso va a cambiar a partir de hoy.

—Es el tipo de cosas que experimentan las pioneras como tú.

—Yo no soy una pionera.

—Lo eres, Emmy. Sé que no te gusta presumir de tus logros, pero no pasa nada por reconocerlo. —Piper me recoge el pelo en dos largas trenzas y añade un par de lazos a cada lado—. Además, no puede ser tan difícil jugar en un equipo de la NHL. Los chicos lo hacen.

—Es verdad. Los chicos lo hacen. Gracias, Piper. —Estiro el brazo por encima del hombro y le doy un apretón en una mano—. En serio, gracias por estar aquí.

Me rodea el pecho para abrazarme.

—No querría estar en ningún otro sitio.

—¿Sabes cuándo vamos a firmar?

—Después del entrenamiento. El entrenador Saunders ha decidido reunir a un grupo de jugadores para que te acompañen en la rueda de prensa. Maverick estará allí. Hudson Hayes también. Estoy intentando convencer a Liam Sullivan, nuestro portero, para que venga, pero tiene un palo gigantesco metido por el culo. No le gustan las entrevistas. —Me atusa la trenza izquierda—. No estarás sola, así que podrás desviar un poco las preguntas.

—Hasta que Maverick me haga quedar como una idiota

delante de todo el mundo. —Me alejo de ella y me pongo en pie—. No me puedo creer lo imbécil que fue cuando nos conocimos. Creyó que quería acostarme con él.

—No fue algo digno de comedia romántica, no —conviene—. Aunque, para ser justas, casi todas las mujeres quieren acostarse con él. Tú eres una anomalía.

Resoplo.

—Ya le gustaría.

—Al menos, las cosas solo pueden mejorar a partir de ahora. A la prensa le encanta Maverick. Sabe darles la información justa para quitárselos de encima. No te preocupes por él —dice Piper.

Es difícil no preocuparse por él cuando es el mejor del equipo. Cuando es el más corpulento, el más rápido y el más intimidante de la NHL, y cuando su opinión es la que más peso tiene en el vestuario.

Aunque me saque de quicio (y vaya a cambiarme de número de teléfono), Maverick Miller es clave para mantener mi puesto en los D. C. Stars.

No tengo que pasarle el disco.

Ni siquiera tiene que *caerme bien*.

Solo tengo que mantener una relación profesional que convenza a los que me pagan de que nos llevamos lo bastante bien como para mantenerme en el equipo.

—Tienes razón. —Cojo mi palo y echo a andar hacia la puerta—. Todo irá perfectamente.

—Eso es. —Piper aplaude. Me da la impresión de que encontraría la felicidad incluso en el día más sombrío y lluvioso—. Lo vas a hacer fenomenal. Es el mismo entrenamiento que has hecho cientos de veces. Ya te preocuparás por la prensa luego, y esta noche nos pondremos hasta las cejas de comida mexicana.

—¿Y de vino? —pregunto, y ella sonríe.

—Botellas y botellas. No me he emborrachado desde la noche que firmé los papeles del divorcio y ya me toca.

—¿Eso no fue hace un año?

—Sí. —Se encoge de hombros—. No me gusta beber sola.

Se me encoge el estómago.

—Mierda. He sido una amiga horrible.

—Eso no es verdad. Has estado ocupada viviendo tus sueños, igual que yo pensaba que estaba viviendo los míos. Ahora estamos aquí juntas y eso es lo que importa. —Su sonrisa es amable, rebosante de ánimo, y me llega a lo más profundo del alma—. Dales caña, Emmy.

El primer día de instituto comí sola en el baño.

Me preocupa que hoy vaya a pasar lo mismo.

Casi todos estos tíos llevan años jugando juntos. Puede que sus resultados sean un asco, pero en las entrevistas y en las fotos se nota que se quieren mucho. Es difícil infiltrarse en el núcleo de un equipo ya muy unido sin que sea forzado.

Adrede, llego la primera a la pista para calmar los nervios y doy cuatro vueltas rápidas. Cuando entra el resto del equipo, la persistente inseguridad que me oprime el pecho está empezando a calmarse. Me dirijo al banquillo y cojo mi botella de agua, porque no quiero quedar como una chula que quiere lucirse.

Algunos de los jugadores me saludan con la cabeza. El que lleva la equipación de portero (Sullivan, según me indica su camiseta) me dedica un gruñido que suena como si estuviera enfadado o le doliera algo.

Piper tenía razón: parece que tiene un palo metido en el culo.

Grant Everett, un tío de metro ochenta que no parece tener ni la edad legal para beber, me pregunta si puedo firmarle una toalla a su hermana después del entrenamiento. Me pone tan nerviosa que el jugador al que proclamaron el tercero mejor de la NHL la temporada pasada quiera mi autógrafo que fallo al intentar beber un sorbo de agua y me mojo la parte delantera de la camiseta.

Reconozco a Hudson Hayes al otro lado del hielo y, cuando me hace un gesto para que me acerque, me dirijo a la esquina de la pista donde está calentando.

—¿Qué tal? —Se quita el guante y me tiende la mano—. Soy Hudson.

—Emerson —digo, y engulle mi mano con la suya al darme un apretón—, pero puedes llamarme Emmy.

—Encantado, Emmy. —Su sonrisa es cálida y amable, y ya me cae bien—. ¿Qué te parece Washington?

—Llueve demasiado. Casi no he visto el sol desde que aterricé.

—Y que lo digas. Vienes de California, ¿verdad? Menudo cambio.

—Sí, vengo de San Diego, pasando por Michigan, con algunas paradas intermedias.

—Lansing, ¿no?

—Veo que has hecho los deberes. Podrías enseñarle un par de cosas a tu compañero.

—Y más que un par —bromea, y se me escapa una carcajada suave. Supongo que no hace falta que especifique que me refería al capitán del equipo—. ¿Es habitual que la gente se confunda por culpa de tu nombre?

—No sabes cuánto. Cuando hice los exámenes de acceso para la universidad, el supervisor intentó echarme de la sala porque pensaba que me estaba haciendo pasar por otra persona. Me soltó un sermón sobre lo grave que es la suplantación de identidad, incluso aunque fuera menor. La verdad es que antes me daban ganas de cambiarme legalmente el nombre por Emmy, pero ver la reacción de la gente cuando se equivoca es muy divertido.

—¿Te refieres a cuando algún capitán de hockey bocazas intenta ligar contigo?

Esta conversación tan fluida me recuerda a lo que sentí con Grady cuando nos conocimos. Esbozo una enorme sonrisa al pensar en mi mejor amigo y me pregunto si Hudson podría acabar siendo justo eso también.

—Exacto. Ojalá lo tuviera grabado en vídeo —contesto.

—Seguramente podría conseguírtelo. Hay cámaras de seguridad por todo el estadio. Podríamos usarlo como chantaje. —Hudson me devuelve la sonrisa—. Avísame si Mavvy te toca mucho las narices. No tengo ningún problema en ponerlo en su sitio.

—¿Mavvy? Me da rabia que tenga un apodo tan mono, aunque su encanto de guaperas no funcione conmigo.

—¿Seguro que no? —pregunta una voz ronca detrás de mí—. Yo diría que sí que funciona, porque sigues pensando que soy guapo.

—Lo de tu sordera selectiva es increíble. —Me doy media vuelta y me encuentro a Maverick detrás de mí, sujetando el casco y el palo—. A lo mejor empiezo a llamarte orco. O sanguijuela, porque parece que no puedes despegarte de mí.

—Los cumplidos no hacen más que mejorar —replica Maverick—. Estoy deseando oír el próximo que se te ocurra.

—¿Querías algo? —le pregunto.

—Solo desearte buena suerte.

—¿Desde cuándo eres majo conmigo?

—Soy majo con todo el mundo. —Saca pecho y juraría que crece otro centímetro—. Sé que empezamos con mal pie, pero si vamos a estar juntos durante los próximos setenta partidos de esta temporada, he pensado que lo mejor es que seamos civilizados. Será difícil ganar si tienes las manos ocupadas estrangulándome.

—¿No te va ese rollo? Me sorprende.

—Puede que sí. ¿Probamos?

—Sigue soñando.

—Y me lo dice la mujer que no deja de hablar de mí cuando no estoy presente. —Su sonrisa adquiere un brillo orgulloso y le salen arruguitas en los rabillos de los ojos—. ¿Estás obsesionada conmigo o algo, Hartwell?

—A veces delira —dice Hudson, que se acerca patinando a Maverick y le pone una mano en un hombro—. Si pasas de él, acaba buscando a otra persona a quien darle la lata.

—Como un mosquito molesto. Entendido —replico.

Suena un silbato. Los miembros del equipo técnico se colocan en la línea roja, carpeta en mano, y se me acelera el corazón.

—¡Acercaos! —grita el entrenador Saunders, y todos lo obedecemos.

—No la cagues mucho —me dice Maverick, golpeando mi palo con el suyo—. Tenerte en el equipo no sería lo peor del mundo.

—Gracias —replico en voz baja, aunque la confianza me abandona de golpe.

—Oye —dice Hudson, y su sonrisa es igual que la que me regaló Piper antes—, ahora formas parte del equipo. Estamos contigo.

Sus palabras me provocan algo que no puedo describir con precisión. ¿Gratitud, tal vez? ¿Aprecio? ¿El comienzo de una amistad y permitirme pensar que puedo sentirme cómoda en un lugar que me resulta tan desconocido?

La sensación se intensifica cuando Maverick asiente, con los ojos clavados en los míos, y añade:

—Sí, Hartwell. Estamos contigo.

8
Maverick

Nunca había visto la sala de prensa tan llena, y todos han venido por Hartwell.

No hay silla libre, un muro de personas ocupa la pared de atrás y sigue entrando gente. No entiendo dónde creen que se van a meter.

Los micrófonos están colocados en una fila ordenada sobre la mesa situada en la parte delantera de la sala, y las cámaras de las cadenas deportivas más importantes apuntan al lugar donde nos sentaremos mis compañeros y yo. Casi todos los periodistas tienen un teléfono en la mano, listos para grabar la respuesta a su pregunta.

—Hostia puta. —Retrocedo hacia el pasillo—. Qué locura.

—¿Qué? —pregunta Emerson, y yo señalo la puerta.

—Echa un vistazo.

Asoma la cabeza y se le ponen los hombros a la altura de las orejas cuando ve el mar de gente. Se aleja del cristal y respira hondo mientras la puerta se cierra con fuerza a su espalda.

—Hostia —masculla.

—¿No estarás pensando en el aspecto que tengo sin camiseta, Hartwell? —bromeo—. Me siento halagado.

Una pequeña sonrisa, la más sutil y menos apreciable que he visto en la vida, aparece en sus labios, y me siento el cabrón más orgulloso del mundo. Quiero disparar un cañón de confeti. Colgar una pancarta de las vigas del Civic Center que diga

LE HE ARRANCADO UNA SONRISA A EMERSON HARTWELL. Ponerlo en una camiseta y llevarla por toda la ciudad.

Creo que Emerson me estrangularía si lo hiciera, pero eso hace que me apetezca incluso más hacerlo.

—¿Es habitual? —pregunta Emerson—. La sala de prensa de los San Diego Iguanas solo tiene una silla.

—¿Quién es el afortunado?

—Doug, del *San Diego Chronicle*. Anota todo lo que va a publicar en un cuaderno y no tiene ni idea de cómo usar un micrófono.

—Parece una joya de hombre. No, nuestra sala de prensa nunca está así. La última vez que recuerdo haberla visto tan llena fue después de mi primer partido como novato, pero ni siquiera entonces se llenó hasta el punto de que no quedaran sillas libres y tuvieran que quedarse de pie. Me estás eclipsando y eso daña mi ego, pelirroja.

Consigo arrancarle otra sonrisilla con el comentario, y quiero coleccionarlas todas. Metérmelas en un bolsillo y guardármelas para mí.

—No me puedo creer que vaya a decir esto, pero me alegro de que estéis aquí conmigo hoy —confiesa Emerson—. No quiero que todo gire en torno a mí, y estará bien compartir el protagonismo. Estoy convencida de que a ti no te supondrá un problema. Seguramente tengas cámaras al pie de tu cama.

—Y más halagos. Como sigas así, se me va a subir a la cabeza.

—Si te comportas de esta forma sin que se te haya subido a la cabeza, no quiero saber cómo serás cuando se te suba.

Sonrío.

—¿Puedo hacerte una pregunta?

Emerson levanta la barbilla y me mira. Sus ojos verdes casi brillan bajo las horribles luces fluorescentes y puedo apreciar unas motitas de marrón en ellos.

—¿Para qué?

—Para que podamos conocernos mejor. Si voy a jugar a tu lado, necesito saber cómo te gusta el café. Considéralo una versión larguísima e interminable del juego de las veinte preguntas. Mejor todavía: que sean quinientas preguntas. Cada vez que estemos juntos, aprenderemos algo nuevo.

—Lo dices como si tuviera pensado pasar contigo más tiempo del estrictamente necesario. Cuanto menos te vea, mejor, Miller.

—Puedo ser muy persuasivo —le advierto.

—Tú dices «persuasivo», yo digo «irritante».

—Lo mismo da.

Ella suspira y pone los brazos en jarras.

—Odio estos jueguecitos, pero sé que no vas a dejar de darme la vara hasta que acepte.

—Fíjate qué bien, ya estás aprendiendo cosas sobre mí.

—Vale. ¿Qué quieres saber?

«Muchas cosas», pienso, y eso es nuevo.

Nunca me paro a hablar con las mujeres. No me hace falta.

Todas saben lo que van a sacar de mí: sexo. Entre uno y cuatro orgasmos, dependiendo de cómo vaya la noche. Un buen rato antes de que cada uno siga su camino, nada profundo ni significativo.

Sin embargo, por alguna razón, siento muchísima curiosidad por Emerson Hartwell.

No me importa que no vaya a acabar en mi cama esta noche.

No me importa que vaya a arrearme con el palo de hockey en la cabeza a la mínima oportunidad.

Solo quiero saber algo sobre ella: el nombre de una mascota de su infancia, sus cuatro jugadores de hockey preferidos, si le va más madrugar o trasnochar...

Cualquier cosa.

Apostaría lo que fuera a que comparte detalles personales de buena gana y, al igual que me pasa con sus sonrisas, estoy ansioso por que me dé más.

—¿Qué capullo te hizo creer que no debes estar orgullosa de tus logros? —le pregunto. Al otro lado de la puerta, el entrenador Saunders sigue hablando sobre el futuro y sobre los próximos pasos de nuestro equipo. Seguramente debería estar prestando atención y preparándome para que los medios me acosen, pero paso del tema y me concentro en la pelirroja pecosa que tengo delante—. ¿Te dieron alguna razón para no celebrar todo lo que has conseguido?

En la mandíbula de Emerson aparece un tic nervioso. Le relampaguean los ojos, igual que el día que nos conocimos, y cómo me gusta ese puto fuego que lleva dentro.

—¿A ti qué te importa? No somos amigos y solo llevamos tres horas siendo compañeros de equipo. No voy a arrodillarme y a besar el suelo que pisas solo porque todos los demás lo hagan, y no entiendo por qué quieres conocerme.

¿Por qué no iba a querer conocerla?

Puede que sea un poco estirada, pero me sigue pareciendo una tía cojonuda. Es obvio que alguien la jodió bien en el pasado, y no me gusta nada que sea tan reacia a dejar que sus compañeros de equipo sepan más de ella.

—Mi oído selectivo solo ha captado lo de arrodillarse —replico, intentando hacer una broma, y ella pone los ojos en blanco—. ¿Recuerdas lo que Hudson y yo te dijimos antes del entrenamiento? Sé que te importo una mierda y que no somos amigos, pero lo mío es la lealtad. Cuido de las personas que forman parte de mi vida, Hartwell, y ahora eso te incluye a ti. Si alguien te ha dicho que lo que haces como deportista, que lo que has hecho, no merece reconocimiento, me gustaría saber su nombre para poder mandarlo con mucha educación a la mierda y que deje de darle por saco a mi alero izquierdo durante el que debería ser el día más importante de su carrera.

—Perdona —dice ella, y lo hace con el tono de voz más suave que le he oído hasta el momento. Aparta la mirada de la mía y clava la punta del zapato en la alfombra—. He sido bastante agresiva y lo siento.

—Muerdes mucho además de ladrar, Hartwell. Estoy deseando verte sacar toda esa mala leche en el hielo.

—Y lo dice el tío que sigue a la gente como un perro perdido.

—A lo mejor estoy buscando dueña.

—Quizá haya que llevarte de vuelta a la perrera. —Me mira fijamente durante un segundo antes de suspirar y añadir—:

Tuve un exnovio que me decía que solo me daban oportunidades porque era mujer, no porque fuera buena jugadora. Porque yo... —Se calla y traga saliva—. En fin. Cuando oyes lo mismo tantas veces, empiezas a creer que es verdad.

Aprieto el puño a un costado. Entrecierro los ojos. La rabia me invade y siento la necesidad de hacerle mucho daño a alguien.

—¿Y salíais juntos? —le pregunto, y ella asiente—. No sé una mierda sobre relaciones, pero creo que un tío que menosprecia a su novia porque le sienta mal que tenga más éxito que él es una persona que es mejor no tener cerca.

—Todos hacemos tonterías cuando somos unos críos enamorados. Y si juegas a un juego estúpido, el premio que te llevas también lo es. El mío resultó ser un capullo al que le gustaba hacerme sentir pequeña porque tenía una polla minúscula.

Me atraganto por la risa.

—Exactamente ¿cómo de minúscula?

Emerson levanta los dedos separándolos apenas diez centímetros.

—Así.

—Te voy a enviar una cesta de frutas junto con mi más sincero pésame.

—Soy alérgica a las fresas.

—Me lo apunto. ¿Me vas a decir cómo se llama? —le pregunto.

—No —contesta.

—Tengo amigos que podrían averiguarlo. Podrían hackearle el ordenador si alguna vez te apetece vengarte.

—¿Qué amigos turbios tienes?

—Deja de preguntarme cosas personales —replico con retintín—. Al final voy a pensar que te caigo bien, pelirroja.

—Como tu ego crezca un poco más, no vamos a caber los demás en el pasillo.

—Puedes pegarte más a mí, si quieres.

—Antes muerta. —Se mira los zapatos y levanta un pie—. ¿Debería ponerme zapatos planos? No quiero parecer demasiado alta en las fotos.

—¿Demasiado alta? —Arrugo la nariz—. ¿Acaso se puede ser demasiado alta? A mí me encantan las mujeres altas.

—Entonces me pongo zapatos planos, está claro.

—Para. —Le toco el codo, pero aparto la mano cuando me doy cuenta de lo que estoy haciendo—. Perdona. No soy juez en *Project Runway*, así que mi opinión sobre asuntos de moda tiene poco mérito, pero me gustan los tacones. Y si a ti también, ¿a quién le importa lo que piensen los demás?

—Leí el artículo que hicieron sobre ti en *GQ* el verano pasado. Parecías tener muchas opiniones sobre moda —dice. Después, cuando se da cuenta de lo que acaba de decir, se tapa la boca con la mano, abre mucho los ojos y un precioso tono rosado le cubre las mejillas—. Mierda. Haz como si no hubiera dicho nada.

Esbozo una lenta sonrisa y apoyo el codo en la pared, por encima de su cabeza.

—Vaya, vaya, vaya. ¿Así que lees sobre mí, Hartwell? ¿Has escrito mi nombre en tu diario?

—Estaba usando las fotos para jugar a los dardos. Tu cara era la diana.

—¿Diste en el blanco?

—Justo entre los ojos. Todas las veces.

—Esa es mi chica —le digo, y el rosa de su piel se oscurece a medida que le baja por el cuello—. Eso me...

—¿Interrumpo? —pregunta Hudson. Pasa la mirada de mí a Emerson y sonríe—. Me alegro de ver que sois capaces de mantener una conversación sin que nadie salga herido.

—Todavía es pronto —replica Emerson antes de apartarse de mí.

—¿Dónde estabas? —le pregunto a Hudson—. Llegas tarde.

—Lo siento. Ethan tiene una mancha en el culo que cree que es cáncer de piel y quería que le echara un vistazo. Iba a pedírselo a Lexi, pero ella se la habría arrancado de cuajo por molestarla.

—¿Quién es Lexi? —pregunta Emerson.

—Nuestra preparadora deportiva. La conocerás pronto

—respondo, y luego le digo a Hudson—: ¿Cómo va a tener cáncer de piel en el culo? ¿Es que va por ahí desnudo?

—Hablamos de Don Facilón. No me extrañaría nada —contesta—. He visto su pito más veces que el mío.

Emerson se ríe y algo punzante me atraviesa al oírlo.

No me gusta que él la haga reír. No me gusta que ella lo encuentre gracioso, y me gustaba más cuando solo estábamos nosotros dos.

Los aplausos al otro lado de la pared acaban con mi mal humor y la puerta de la sala de prensa se abre. Piper nos hace señas para que entremos y mira por encima del hombro de Hudson.

—¿Dónde está Liam? —pregunta por lo bajo.

—Lo siento, Piper. Dijo algo sobre un pájaro y una jaula. —Hudson se sonroja y se rasca la oreja derecha, un tic nervioso que tiene cuando se siente incómodo—. Sé que es mentira, y siento ser yo quien tenga que soltártela.

—Qué tío. —Piper resopla y me agarra del brazo, tirando de mí hacia la mesa—. Ya es demasiado tarde. Os toca.

—Oye, pelirroja —digo, asegurándome de hablar en voz lo bastante baja como para que los periodistas no puedan oírme—. Si necesitas un respiro, tócate la nariz y empezaré a hablar de pollas minúsculas o algo.

—Que hayamos hablado de genitales no significa que seamos amigos, Miller —replica ella.

—Ni se me ocurriría suponer algo así, Hartwell.

9
Maverick

Estos periodistas me están cabreando.

Llevamos aquí una hora y no le dan ni un segundo a Hartwell para respirar. Tan pronto como termina de responder a una pregunta, le lanzan otra, como si estuviéramos en un puto partido de tenis. Estoy agotado solo de escucharla y no puedo seguir el ritmo con el que pasa de hablar de su carrera universitaria a lo que más la ilusiona de esta temporada.

A ver, lo entiendo; está en el candelero. Es la historia que todo el mundo quiere leer.

Pero *joder*.

¿No pueden dejarla parar ni medio segundo a beber un sorbo de agua? Extiende el brazo una y otra vez hacia la botella que tiene delante, pero no ha tenido oportunidad de abrirla.

—Emerson —dice un chico con cara de ardilla desde la segunda fila—, sin duda todo esto debe de parecerte muchísimo ruido innecesario para un equipo de hockey que no ha ganado más de veinte partidos en las últimas dos temporadas.

Entrecierro los ojos cuando reconozco quién está hablando.

Es Simon Buttecker, el gilipollas que escribió un artículo mordaz sobre las debilidades defensivas de Hudson el día después de que su madre falleciera de cáncer. El cerdo asqueroso que lo criticó por estar «distraído» durante los partidos, como si Hudson se pasara el día en la playa en Saint Tropez en vez de en el hospital para visitar a su madre enferma cada vez que podía.

De la boca de ese cabrón no sale nada bueno, y me preparo para cualquier porquería que le vaya a soltar a Hartwell.

—Es posible —replica ella—, pero los D. C. Stars siguen generando más de doscientos cincuenta millones de dólares en ingresos cada año. Mi equipo de la ECHL no obtuvo beneficios el año pasado, así que creo que un poco de atención sí se merecen. Además, es agradable sentirse importante. ¿A quién no le gusta que le extiendan una alfombra roja?

Todos los presentes se echan a reír. Simon se endereza en su asiento, preparándose para dar el golpe de gracia.

—Vas a ser la primera mujer en jugar un partido de la temporada con un equipo de la NHL. ¿Cómo crees que vas a competir con los hombres de la liga? ¿Crees que vas a tener minutos de juego o que vas a chupar banquillo?

Me agarro con fuerza al borde de la mesa y me noto un tic nervioso en el ojo. Hudson se tensa a mi lado y pierde la sonrisa que tenía hasta el momento.

—Espero hacerlo bien —contesta ella, que no da indicios de que le moleste la pregunta—. Siempre he confiado en mi velocidad y voy a aprovecharme de ella cuando me enfrente a deportistas más grandes que yo. En cuanto a los minutos que voy a jugar, eso lo decide el entrenador Saunders. Es un honor estar aquí, independientemente de si es como titular o en la tercera alineación.

En mi época de novato me dieron cierta formación en cuanto a relaciones públicas, pero al final todo se reducía a no ser un capullo y no dejar tirado nunca a nadie a los pies del enemigo. Salta a la vista que Emerson ha pasado por algo más intenso, porque se muestra mucho más cordial de lo que lo sería yo.

—Tus estadísticas son impresionantes... —sigue Simon, que hace una pausa y esboza una sonrisa letal—. Para ser mujer. Me han llamado la atención tus asistencias...

—Un momento —lo interrumpo, y todas las miradas de la sala se vuelven hacia mí. Abro la botella de agua que está delante de Emerson y se la acerco—. Por ahí no.

—¿Por dónde? —pregunta Simon, y tiene suerte de que tengamos una barrera entre los dos.

—No metas la coletilla de «para ser mujer». Llevas aquí desde que yo era un novato y nunca te he oído decir que mis estadísticas fueran buenas para ser hombre, Buttecker. Si vas a cubrirnos esta temporada, tendrás que reconocer a Hartwell como un miembro más de la NHL. Y punto.

—En ese caso, rectifico mis palabras. Sus estadísticas son impresionantes, pero quedaría la última de la liga en todas las categorías.

—¿Todavía no ha jugado ningún partido y ya la estás echando a los leones? —pregunto al tiempo que agarro el micrófono—. Me vas a perdonar, pero aquí no va a colar semejante gilipollez. Como no trates a todo mi equipo con respeto, me aseguraré de que te retiren el acceso a la sala de prensa inmediatamente. Puedes ver los partidos en el canal 5 en lugar de desde la cómoda cabina de prensa, capullo.

Tomo una honda bocanada de aire y espero a que Piper me aleje de la mesa, que me aparte de las entrevistas durante tres meses, como hizo con Connor cuando soltó un montón de tacos en directo por televisión después de una vergonzosa derrota por 7-0 el año pasado.

No sabía que había tantas formas de mandar a alguien a tomar por culo.

En cambio, Piper sonríe y le hace una peineta a Simon desde el lateral de la sala, donde él no puede verla, y nos indica que sigamos hablando.

—Esto..., a lo mejor podemos volver a la expectación que rodea al partido del jueves —tercia Hudson, siempre dispuesto a calmar los ánimos—. Jugamos en casa. Hemos ganado dos partidos seguidos, que no es que sea nada impresionante, pero, bueno, es mejor que perder quince del tirón como hicimos en mi temporada de novato.

Todos se ríen de nuevo, alguien le hace una pregunta sobre el número de jugadores jóvenes en nuestra plantilla y la conversación continúa.

Me vuelvo hacia Emerson para ver su reacción de los últimos minutos. Parece indiferente, pero empiezo a pensar que ella es así: tranquila, serena, pasando olímpicamente de lo que le digan. Le resbala por completo, y ojalá yo tuviera la capacidad de ser tan indiferente. Yo estoy aquí preparándome para una pelea.

—¿Estás bien? —le pregunto—. Siento haberte interrumpido.

—Estoy bien —contesta—. Normalmente se me da mejor defenderme, pero estoy agotada. Creía que estaba acostumbrada al ritmo frenético de mi vida, pero desde que he llegado aquí, es como si todo se hubiera acelerado de cero a cien en dos segundos.

—Bienvenida a la liga de los grandes. Tenemos diez partidos más de los que jugabais en la ECHL, cuatro equipos más, más viajes y más tiempo en la carretera. Lo primero es cuidarte tú, y eso significa decirle a esta gente que deje de hacer preguntas un segundo para que puedas beber agua.

—Voy a dar por terminado esto —anuncia el entrenador—. Ha sido un día largo para mis jugadores y Emerson tiene que firmar su contrato.

—Lo has leído con tu representante, ¿verdad? —le pregunto en voz baja, y ella asiente—. Bien.

Cruza y descruza las piernas. Esboza una sonrisa cuando el entrenador coloca una pila de papeles y una elegante pluma delante de ella y echa los hombros hacia atrás como si estuviera a punto de ponerse manos a la obra.

—Quiero dar las gracias a la directiva de los D. C. Stars por esta oportunidad. Sé que a lo mejor hay gente que cree que no merezco un puesto en este equipo, pero las críticas siempre me han motivado. —Le quita el capuchón a la pluma y lo gira entre los dedos—. Es lo que me impulsa a seguir esforzándome, así que gracias por el combustible.

Miro por encima de su hombro mientras firma la primera página del contrato. Tiene una letra preciosa, inclinada, como si escribiera en cursiva, y me pregunto si ha ido alguna vez a clases de caligrafía.

—Deja de mirarme por encima del hombro, Miller —murmura, pasando a la página siguiente con un movimiento de muñeca.

—Lo siento. Mi letra es horrible al lado de la tuya y me tiene fascinado.

—¿No te has tatuado la letra de ninguna chica? —Me recorre el brazo cubierto de tinta con la mirada antes de volver a subir—. Me sorprende.

—No. ¿Puedo usar la tuya? —le pregunto—. Me pondré un «guaperas» justo sobre el corazón.

—¿No te cansas?

—Pues no. Es un trabajo de veinticuatro horas al día, pelirroja, pero por lo menos te he arrancado otra sonrisa.

—No he sonreído. —Pasa a la página siguiente y firma dos veces más—. Son imaginaciones tuyas.

—¿Por eso te muerdes el labio?

—Me lo muerdo para no soltarte una bordería.

—Está bien si no quieres admitirlo. Podemos fingir que sonríes para la cámara. Mira, hay una allí. —Saludo y sonrío al objetivo largo que nos apunta—. Saluda.

—Eres agotador.

—Eso es lo más bonito que me has dicho en todo el día. Oye, ¿qué haces mañana por la noche? —le pregunto, bajando la voz.

—Contigo nada. —Se levanta, saluda al entrenador con un gesto de la cabeza y le estrecha la mano mientras posan para una serie de fotos que sé que mañana por la mañana aparecerán en la portada de todas las páginas web deportivas—. No somos amigos, ¿recuerdas?

—Como si me hubiera dado tiempo a olvidarlo en los cinco minutos desde la última vez que me lo has dicho —replico cuando los periodistas empiezan a recoger sus cosas—. Organizamos una cena de equipo todos los martes por la noche en mi casa. Todos traen un plato y pasamos un par de horas juntos. Algunos juegan a videojuegos. Otros beben. Otros sacan el montón de puzles que tengo en el salón. No se habla de hockey. Es relajado. Deberías venir.

—¿Te gustan los puzles?

—¿Esa es tu pregunta del día para nuestro juego?

La veo poner los ojos en blanco por enésima vez, y su irritación me hace sonreír.

—Supongo.

—Me encantan los puzles. Los hacía mucho cuando... —Carraspeo y cambio de tema—. A mi sobrina también le encantan y, cuando la cuido, siempre hacemos uno juntos.

—Gracias por la invitación, pero ya te he dicho que mi idea es pasar el menor tiempo posible contigo. —Me mira con algo que voy a fingir que es un atisbo de pesar—. Es mejor para todos.

—Ojalá yo pudiera hacer lo mismo —tercia Hudson—. Haces bien en mantener las distancias, Emmy.

Se me hace un nudo en el estómago cuando oigo que la llama así, como si fueran grandes amigos desde hace años, y yo, el intruso que intenta colarse en su círculo.

—La invitación sigue en pie siempre —añado—. Esta semana. La semana que viene. Dentro de un mes. No la pierdes solo porque no vengas mañana.

—Entendido. Nos vemos en el entrenamiento del miércoles —dice ella.

Se cuelga un bolso negro al hombro y se aleja.

—Recoge la lengua —me suelta Hudson, dándome un golpe en el hombro—. Y deja de mirarle el culo.

—Mi lengua está justo donde debe estar, así que vete a la mierda. —Me froto la cara con una mano y me echo hacia atrás en la silla—. Y no le estaba mirando el culo. No quiero perder una mano, y esa mujer no dudaría en usar una motosierra conmigo.

—Parece de las que apuñalan, ¿no?

—Sí. —Suelto una carcajada—. Eso nos va a venir muy bien en el hielo.

—¿Crees que tiene alguna oportunidad? Simon es un capullo, pero ha dicho lo que todos pensamos.

—Tiene posibilidades. Es lo que tú dijiste: las cosas no pueden empeorar más por aquí. Quizá Hartwell nos ayude a prender la mecha. Bien sabe Dios que yo lo he intentado y que no me ha salido bien.

—¿Ahora estás de su lado?

Me encojo de hombros.

—Soy el capitán. Hago lo que más le conviene al equipo. Si eso significa llevarme bien con una mujer que preferiría ofrecerse como comida para los leones antes que pasar tiempo conmigo, que así sea.

Hudson se acerca y baja la voz.

—He oído que casi le cuentas lo de los puzles. No hablas de eso con cualquiera.

—Se me ha escapado sin querer —replico—. Además, Hartwell no es una persona cualquiera.

—Ten cuidado, capitán. No te enamores de ella.

—Tranquilo, Hud. —Me pongo en pie y lo miro con una sonrisa—. Sabes que enamorarme no está en mi ADN. ¿La misma chica todas las noches? Qué puto horror.

—Ahora hay mujeres en la NHL, así que todo es posible.

Lo agarro del brazo y le doy un apretón en un hombro.

—Todo, menos que yo siente la cabeza. Eso no.

10
Emmy

Puedo con todo —me digo a mí misma delante del espejo. He repetido el mantra cincuenta veces y sigo sin creérmelo—. Esto solo es otro partido. Solo tengo que imaginarme que es un entrenamiento o una sesión de patinaje matutina. No es para tanto.

Sin embargo, sí lo es: es mi primer partido con la equipación de los D. C. Stars y estoy muy nerviosa. He jugado cientos desde que me gradué en la universidad, y a saber cuántos antes de eso, pero este es el más importante.

Este va a determinar mi futuro como jugadora profesional de hockey y, dado que nunca me he imaginado mi vida de adulta sin este deporte, tiene que salir a la perfección.

Desde que firmé el lunes, todo ha sido una locura. Cada vez que entro en redes, tengo más y más seguidores. Casi he llegado a los doscientos cincuenta mil en Instagram, y decir que estoy abrumada es quedarse corta.

Me llueven mensajes y comentarios para animarme y preguntarme dónde pueden comprar la equipación con mi nombre. Multitud de «Buena suerte» y «Haznos sentir orgullosos».

Sin embargo, por cada comentario de apoyo, hay un montón de gente con ganas de verme fracasar.

«No va a durar ni un mes».

«Me muero por verla llorar JAJAJA».

«Tío, ¿cómo quito esta mierda de mi tele?».

«¿Y qué va a pasar cuando le duela la regla? ¿Va a estar sin jugar una semana?».

«#LiberadAMaverickMiller».

Hice pantallazo de varios y los colgué en la pared de mi vestuario, justo donde puedo verlos cuando me cambio todas las noches. Siempre he sido de silenciar a los troles, pero me muero por demostrarle a toda esa gentuza que se equivoca.

Voy a jugar tan bien que no les quedará más remedio que volver, arrastrándose, con el rabo entre las piernas. Quiero que se avergüencen tanto que supliquen perdón.

Sin embargo, nunca les daré crédito por esto.

No lo hago por mí misma: es por todas las chicas a las que alguna vez les han dicho que no son capaces, que no son ni serán *nunca* lo bastante buenas, así que harían bien en ni siquiera molestarse en intentarlo.

Esta es mi forma de mandar a la mierda a todo aquel que nos haya hecho sentir insignificantes, ya sea en el deporte, en la vida o en una relación, porque nos merecemos muchísimo más.

Noto que me vibra el móvil y bajo la mirada. En general, paso de él cuando los partidos están a punto de empezar para poder calentar sin distracciones, pero veo que lo que aparece en pantalla es el nombre de Grady, que me llama por FaceTime. La verdad es que una de sus charlas motivadoras es justo lo que necesito ahora mismo.

—¡Pero si es mi amiga la famosa! —dice, y su cara ocupa toda la pantalla. Al ver su pelo castaño claro, esos ojos verdes, como los míos, y su sonrisa, que no puede ser más cercana, siento que es como si estuviera en la habitación conmigo—. Mírate con tu equipación.

Apoyo el teléfono en el espejo y retrocedo unos pasos antes de darme media vuelta para que pueda ver la camiseta completa y mi nombre en la espalda.

—Desde que empezó todo este torbellino, esta es la primera vez que me siento que esto es de verdad.

—¿Firmar un contrato millonario no te hizo sentir así? —bromea Grady, y le saco la lengua—. Estamos en Duluth y vamos a hacer noche aquí, así que he pedido al hotel que instale un proyector en la sala de conferencias para que los chicos y yo podamos ver tu partido juntos.

—Dudo que vaya a salir mucho. Todavía estoy aprendiéndome las jugadas y el entrenador ha dicho que me irá incorporando poco a poco.

—¿Qué más da? Vas a jugar un partido de la NHL, Emmy. Queremos animarte, da igual si pisas el hielo durante diez segundos o diez minutos.

Su apoyo hace que se me hinche el corazón.

—Eres demasiado bueno conmigo, Grady. ¿Cómo va todo en San Diego? Vi que marcaste un triplete hace dos noches.

—El primero de mi carrera. —Sonríe con orgullo y se recuesta en el respaldo de la silla de su habitación de hotel—. Por aquí va todo bien. Todavía nos estamos acostumbrando a que no estés, pero lo superaremos. ¿Cómo te tratan los D. C. Stars? ¿Nos echas de menos?

—Sabes que os echo de menos a todos. Mis compañeros son muy majos, pero muchos son bastante jóvenes y a veces me siento como una anciana cuando empiezan a hablar.

—Tienes treinta años, Emmy, no doscientos.

—Sí, lo sé. Mi favorito es Hudson Hayes. Me recuerda mucho a ti.

—Te juro por lo más sagrado que como me sustituyas por él, se la lío —protesta Grady—. Me da igual que sea más alto que yo, puedo con él.

—Te creo, sobre todo porque ayudaría mucho el que sea el hombre más amable del mundo y seguramente no te devolvería ni un solo puñetazo —digo.

—¿Y qué hay del Príncipe Azul? He visto que te defendió durante la rueda de prensa.

—No me hagas hablar de Miller. —Suspiro y me echo la trenza por encima del hombro—. Está empeñado en que seamos amigos, y no sé por qué.

—Quiere que a su equipo le vaya bien, Emmy, y la camaradería, incluso con los más cactus que persona, es importante para él.

—Eso me recuerda que tengo que regar las plantas, gracias. —Cojo mi casco del suelo y me lo apoyo contra la cadera—. Debería irme ya. Si llego tarde a mi primer partido, fijo que el capitán Sabelotodo me echa la bronca.

—Pásalo bien. Recuerda lo mucho que te gusta este deporte y todo irá genial.

—Ya, sin presión. Gracias por animarme, Grady. —Me despido de él con la mano—. Mañana te escribo.

Apago el teléfono, respiro hondo y me abrocho el casco bajo la barbilla. Cojo mi palo, que está apoyado en la pared, y cuando salgo al pasillo, me sorprendo al encontrármelo vacío. El ruido del estadio resuena en el túnel y sonrío al oír las voces de los fans que ocupan sus asientos.

—¡Hartwell! —grita alguien.

Miro por encima del hombro y veo a Maverick apoyado en la pared, vestido de pies a cabeza con su equipación. Ha cruzado un tobillo por encima del otro, en una pose relajada que contrasta con su estatura.

—¿Qué? —le pregunto al tiempo que me vuelvo hacia él.

Me recorre de arriba abajo con la mirada, desde la camiseta a los patines, e incluso a esta distancia le veo el hoyuelo cuando sonríe. Me hace un gesto para que me acerque y se me mueven los pies solos. Camino despacio hacia él mientras me pregunto qué tiene que decirme y me preparo para lo peor.

«Te vamos a mandar a nuestro equipo filial de la AHL».

«Te vuelves a California».

«Finn Adams se ha recuperado milagrosamente y ya no te necesitamos».

—¿Todo bien? —me pregunta cuando llego hasta él.

—Sí. ¿Qué ibas a decirme?

—¿Tengo que decirte algo? —Maverick se separa de la pared. Me mira y frunce el ceño—. ¿Qué quieres que te diga?

—Alguna mala noticia o algo así.

—¿Se puede saber de qué hablas?

—No lo sé. —Me encojo de hombros y me meto una mano por debajo de la camiseta para recolocarme la protección del hombro—. ¿Por qué has venido a buscarme si no?

—Pues... —Frunce el ceño—. Para desearte buena suerte. Hoy es un gran día.

—¡Ah! —Finjo que me fascinan mis guantes, porque no quiero mirarlo a los ojos—. ¿En serio?

—Sí, en serio. Tú y tus inseguridades, pelirroja... Vamos a tener que trabajar en eso —dice antes de chasquear la lengua—. ¿Quieres que te cuente cómo fue mi primer partido?

—Me lo vas a contar quiera o no —respondo, aunque siento curiosidad.

Maverick se ríe y el sonido consigue deshacer la tensión que notaba en la espalda.

—La media hora antes del saque inicial me la pasé vomitando en el cuarto de baño. El que era entonces mi entrenador no me encontraba y, cuando por fin me arrastré hasta la pista para la presentación de los jugadores, llevaba los pantalones al revés. Pero lo peor pasó a los ocho minutos del primer tiempo.

—¿Qué hiciste? —le pregunto, cautivada a mi pesar.

—Marqué en propia. —Suelta una risilla, un sonido agudo que casi me hace sonreír—. Le mandé el disco directamente a mi propio portero porque los nervios pudieron conmigo. El titular de ESPN al día siguiente fue «Miller el Maravilla» y fui incapaz de dar la cara durante una semana.

—Mierda.

—Ya.

—¿Cómo sobreviviste con toda esa atención sobre ti?

—Fue duro, pero aguanté. No soy de los que se rinden, Hartwell. —Sonríe y siento que me da un vuelco el estómago—. Todo esto es para decirte que todo va a ir bien. No sé cuánto tiempo te va a sacar el entrenador esta noche, pero mientras patines derecha por la pista, lo podremos considerar un éxito.

—Pues sí que está bajo el listón —replico, sorprendiéndome a mí misma con una carcajada. La sonrisa de Maverick se vuelve más deslumbrante y entrecierro los ojos—. Ya vale.

—¿Qué?

—Que dejes de sonreírme.

—Había olvidado que te sienta fatal que sea amable contigo, pelirroja. —Maverick me da un golpecito en el casco con los nudillos, y una llama se enciende en mi interior—. ¿Lista para que empiece la fiesta?

—Sí. —Asiento—. Estoy lista.

Me recibieron con una ovación en cuanto salí a la pista y no se me escapó que Maverick animaba al público para que vitorease más alto. Jugué tres minutos en el primer tiempo y cuatro en el segundo.

Me dedico a estudiar las jugadas de los D. C. Stars mientras no estoy en la pista. Esta noche me he notado un poco torpe y no quiero volver a cometer los mismos errores.

Maverick pasa más tiempo en el hielo que nadie y niega con la cabeza cuando el entrenador intenta sustituirlo por Grant al final del tercer cuarto. La experiencia de verlo pasar volando a mi lado, como un borrón de equipación azul y casco blanco, no se parece en nada a verlo en los entrenamientos.

Es una bestia sobre el hielo; está decidido a lo que sea con tal de ayudar a que su equipo gane y parece dispuesto a sacrificarse en el proceso. Ya sabía que era competitivo, pero en un partido, con el reloj corriendo, es letal.

Resulta fácil ver por qué es uno de los mejores jugadores de la liga. No hace nada a medias y admiro la forma que tiene de hacer que patinar parezca *fácil*.

—Hartwell —me llama el entrenador, y yo levanto la barbilla—. Entras.

—Quedan solo dos minutos —señalo mientras me abrocho el casco con manos temblorosas.

—¿Y?

—Y... Y nada —contesto, a sabiendas de que no debo discutir con un entrenador que ha tomado una decisión.

Saunders asiente y me levanto. Cuando Presley Donohue, el alero izquierdo de la segunda alineación, mira hacia el banquillo, entro en acción, me lanzo al hielo y me lanzo a la ofensiva.

—¡Ahí está! —grita Maverick. Estampa a un defensa contra la mampara de protección y gruñe—. Parecías un poco aburrida ahí, tanto tiempo sentada.

Recibo un pase de Hudson y cruzo la línea azul barriendo la pista con la mirada. Veo a Ryan Seymour libre a mi derecha y le paso el disco.

—A lo mejor estaba aburrida de verte a ti —replico.

La risa de Maverick me envuelve mientras pasa a mi lado. Es una masa imponente de hombre que se lanza directo hacia la portería. Seymour le pasa el disco, que juega con la defensa unos tres segundos antes de retroceder y lanzar un tiro perfecto que enloquece al público local.

—¿Sigues aburrida? Ese te lo dedico, Hartwell —dice con un guiño.

—Vaya creído —replico, uniéndome a los chicos que se agolpan a su alrededor.

—¿Crees que puedes marcar otro? —pregunta Ethan, con el brazo sobre el hombro de Maverick—. Me he llevado todos los cara a cara hasta ahora. Puedo ganar uno más para que selles la victoria, capitán.

—Que lo haga el diecisiete —responde Maverick, señalándome con la cabeza—. Vamos a prepararle un buen tiro.

—*Perdona*, ¿qué? Ni hablar —protesto—. El entrenador está a punto de sacarme y...

—No, no te va a sacar —asegura Riley Mitchell, el compañero defensa de Hudson—. Nunca saca a los jugadores en el último minuto y menos después de que marquemos. Estás dentro hasta el pitido final, Emmy.

—Lo vas a hacer bien —susurra Hudson y me da un codazo en el costado.

—A menos que no te veas capaz —añade Maverick—. Grant puede encargarse.

—¡No! —exclamo sin pensar y su sonrisa burlona me dice que estaba provocándome—. Puedo hacerlo.

El grupo se disuelve y Ethan gana el enfrentamiento cara a cara. Con una jugada desalmada para mantener el disco fuera del alcance de adversario, el disco llega a Hudson y luego a Maverick mientras avanzan hacia la zona de ataque.

—¡Pelirroja! —grita él, pasándomelo—. Vamos.

Lo atrapo y salgo disparada, con la sangre hirviendo de emoción.

Vivo para este tipo de momentos: una multitud que corea mi nombre después de que mi equipo venza, que me viertan Gatorade encima y hacer una montaña humana sobre el hielo con mis compañeros después de la victoria. Con veinte segundos en el reloj, estoy a punto de hacer el sueño realidad.

Hudson fuerza a uno de los defensas contrarios a desviarse hacia la mampara de protección y tengo clara mi oportunidad. Pero entonces el otro aparece a mi derecha justo cuando echo hacia atrás el palo y me doy cuenta de que no hay forma de que marque sin que me roben el disco.

Veo a Ethan libre a mi izquierda, le paso el disco y marca justo antes de que se acabe el tiempo.

—¡Sí! —grita, patinando hacia mí. Me abraza y se ríe contra mi casco—. ¡Qué pase, Emmy!

—¡Una asistencia en su primer partido! —dice Hudson, que es el siguiente en abrazarme—. Una forma cojonuda de empezar tu carrera en la NHL.

—Ha sido la leche —jadeo.

—Bien hecho, pelirroja —dice Maverick, con voz suave y baja—. Creía que ibas a marcar.

—He pasado para no perder la ventaja. —Me encojo de hombros—. Habrá más oportunidades para marcar.

—Tienes toda la razón. —Me tira del extremo de la trenza y sonríe—. ¿Estás orgullosa de ti misma?

—Sí. —Le devuelvo la sonrisa—. Una asistencia está genial y, además, no he marcado *en propia* como uno que me sé.

—Vaya mierda, Harwell, creo que eres mejor jugadora que yo.

—Sé que lo soy, Miller. —Patino hacia el banquillo, desde donde el resto de mis compañeros me están vitoreando—. Me muero de ganas de demostrarte que tengo razón.

11
Emmy

Suplicio
Enhorabuena, pelirroja, ya estás en la tercera
alineación
Estás subiendo puestos!

Cómo te enteras de estas cosas antes
de que las anuncien?

Suplicio
Magia!
Es broma
El entrenador me habló de los cambios durante
nuestra reu semanal y le dije que estaba
totalmente de acuerdo

Me alegra saber que cuento con tu aprobación
No sabes lo mucho que significa para mí

Suplicio
Estás siendo sarcástica?
Porque me da a mí que sí
Pelirroja?
Bueno, pues ya me voy yendo a la mierda yo
solito!

Me duele todo el cuerpo.

Me duelen músculos que ni siquiera sabía que tenía, y me avergüenza el gemido que se me escapa cuando intento incorporarme sobre un codo para seguir leyendo el libro.

Después de dos páginas, un pinchazo en los muslos me arranca un quejido y marco por dónde voy con un tíquet de la compra arrugado. Me froto los gemelos y los pies con los pulgares. Cuando empiezo a masajearlos, se me ponen los ojos en blanco. La presión es tan placentera que estoy a punto de llorar de alivio.

—¿Estás bien? —me pregunta Piper desde el otro lado de la puerta—. Suenas a gato moribundo.

—Con eso acabas de insultar a todos los gatos. —Vuelvo a gemir—. Pasa, pero solo si prometes darme un masaje en las piernas.

—¿Eso es lo único que pides? —Abre la puerta y atraviesa el dormitorio enmoquetado—. Qué facilona eres.

—¿A qué huele? —pregunto mientras intento identificar el olor—. ¿Estás horneando algo?

—Sí —contesta Piper con una sonrisa. Se lanza al colchón, se acurruca a mi lado y apoya la cabeza en mi hombro—. He hecho un bizcocho marmolado. He pensado que necesitamos celebrar tus dos primeras semanas con los D. C. Stars.

—¿Merece la pena celebrar dos semanas?

—Todo merece celebración —responde, una frase que parece sacada de un póster motivacional del vestuario—. Hasta le he añadido pepitas de chocolate.

—Joder. —Se me hace la boca agua, y me doy cuenta de que la última vez que comí fue cuando desayuné después del entrenamiento de la mañana. Se me ha pasado volando el único día que tengo libre entre partidos, y la puesta de sol me indica que casi es la hora de la cena—. Me mimas demasiado.

—Y lo hago con mucho gusto. —Entrelaza el brazo con el mío y me da unos golpecitos en el dorso de la mano—. ¿Cómo te encuentras? Has estado brutal en la pista. Los comentarios de la prensa son positivos, los pronósticos y los índices de audiencia de los partidos de los D. C. Stars han subido, y hasta la gente como el imbécil de Simon Buttecker está hablando de todo lo que le aportas al equipo.

—Estoy... —Me encojo de hombros, reacia a decir «bien». Tengo la impresión de que lo gafaría al pronunciarlo, como si reconocerlo en voz alta fuera a reventar esta inesperada burbuja de felicidad en la que me encuentro—. Llevo tres partidos en cinco días, y dos han sido fuera de casa. En la vida he estado tan dolorida y cansada, pero...

—¿Pero...? —Piper espera, consciente de que tengo más que añadir.

—Pero las cosas no van mal.

—Sí, ¿verdad? Estoy muy orgullosa de ti. —Me pellizca la mejilla y sonrío—. ¿Qué planes tienes esta noche?

—No moverme más de treinta centímetros a la izquierda o a la derecha. Soñar con tener un robot pequeñito que me trae agua y comida para que yo pueda quedarme a vivir en esta cama y no salir nunca. El entrenador es un sádico, ¿qué clase de monstruo programa un entrenamiento completo entre partidos?

—Uno que tal vez esté saboreando una temporada llena de éxitos —contesta ella con naturalidad—. ¿Te ves capaz de ponerte unos vaqueros y un jersey?

—¿Para qué? Son casi las seis, Piper. Mi batería social está casi agotada.

—He quedado para cenar con Maven y Lexi. Vamos a ir a un restaurante que hay a la vuelta de la esquina. Está para chuparse los dedos y te prometo que no tardaremos mucho. Una hamburguesa, algo de beber y nos volvemos a casa para que duermas bien antes del partido de mañana por la noche.

Abro la boca para negarme, como es mi costumbre, pero no me sale.

El «no» se me queda atascado en la garganta y, por primera vez desde hace meses, me apetece pasar un rato con estas personas que estoy conociendo. La idea de una salida nocturna con mis nuevas amigas parece divertida.

—Vale —digo—. Me apunto.

—¡Toma! —grita Piper y se abalanza sobre mí. Me río cuando me abraza con fuerza—. Asegúrate de ponerte una chaqueta, que hace frío. El dichoso invierno está a la vuelta de la esquina.

—¿De qué rollo es el sitio? ¿Tengo que llevar tacones o puedo ir en zapatillas?

—Es informal. Hay una gramola en un rincón, e intentamos ir todas las semanas cuando no jugamos fuera de casa.

Me pregunto cómo sería quedarse en el mismo lugar el tiempo suficiente como para desarrollar una rutina y que el chico del puesto de bagels te reconozca cuando pasas por delante el domingo por la mañana o el barista de la cafetería de la esquina sepa qué vas a pedir.

—Me parece perfecto —digo.

Las mesas del Bar de Johnny son pequeñas y están muy juntas. Apenas cabemos las cuatro en los asientos de cuero del diminuto reservado, pero después de una copa no me importa tanto. Me relajo, separo los hombros de las orejas y siento que una calidez se me extiende por el pecho.

—Vais todas a la cena familiar el martes, ¿verdad? —pregunta Piper, con las mejillas sonrosadas y el pelo suelto, después de llevarlo recogido en una coleta todo el día.

—¿Soléis ir? —pregunto, sorprendida.

—Por supuesto que sí. Es lo mejor de la semana. No fallamos: los martes a las seis. La única vez que no se ha celebrado en los últimos años fue por el funeral de la madre de Hudson. Todos los chicos llevan comida y es divertido pasar un rato con ellos fuera del estadio. —Piper clava los ojos en mí—. ¿Por qué no has ido todavía?

—No lo sé. —Me froto la nuca y me encojo de hombros—. No sabía si iba a encajar.

—Pues claro que encajas. Va hasta Liam. Se sienta en un rincón y no habla con nadie, pero está allí —sigue Piper, y después mira a Maven—. La semana pasada no viniste, Mae.

—Porque esta boda me está dejando sin vida y teníamos

degustación de tartas. —Su anillo de compromiso brilla bajo la tenue iluminación mientras hace girar el solitario en el dedo—. Deberíamos habernos casado en el registro civil sin decírselo a nadie.

—¿Estás prometida? —le pregunto—. A ver, es obvio que lo estás. Menudo pedrusco llevas. Lo siento, seguro que debería saberlo, pero...

—Has estado liada tú también, Emmy. —La sonrisa de Maven es amable—. ¿Sigues el fútbol americano?

—Lo veo de vez en cuando. Más cuando estaba en la costa oeste.

—Mi novio, Dallas, es el pateador de los D. C. Titans.

—Maven era la niñera de su hija —me susurra Lexi, aunque alto para que la oigamos todas, y lo remata con una risilla ebria—. Antes trabajaba para los Titans, y no se permiten las relaciones sentimentales entre los jugadores y otros miembros del equipo. Así que consiguió un trabajo con los D. C. Stars, y ahora Dallas y ella vivirán felices y comerán perdices.

—¡Ah! ¿Dallas es padre? ¿Qué edad tiene su... tu hija?

—Casi siete. Maverick es su tío.

—Un momento. —Aparto mi bebida y apoyo los codos en la mesa—. ¿Miller tiene un hermano que *también* es deportista profesional? ¿Qué probabilidades hay de que eso suceda?

—No son hermanos de verdad. Son grandes amigos. Cuando June llegó de repente a la vida de Dallas, Maverick no dudó en ayudarlo. La criaron juntos, con su otro amigo, Reid. Los tres la quieren un montón. —Maven se ríe y coge su teléfono—. Hace dos años nos disfrazamos de los personajes de *Frozen* en Halloween porque June estaba obsesionada. Maverick se tiró horas paseándose por la ciudad vestido de zanahoria y no se quejó ni una sola vez. Creo que es el único hombre del mundo capaz de conseguir el número de teléfono de una chica vestido de naranja chillón.

—Ah... —Me froto el pecho con una mano. Cuando me enseña la foto del momento, de sus disfraces, sus caras de alegría y la pequeña en brazos de Maverick, siento un dolor atenuado a la altura del corazón—. Qué... No tenía ni idea.

—Si hace falta, lo deja todo y se convierte en el tío Mav. Creo que, de todos sus logros, ese es del que está más orgulloso.

Hay un momento de silencio antes de que Lexi lo rompa al decir:

—Y ahora vamos a hablar también de lo buenísimo que está, ¿verdad?

Piper se echa a reír.

—Está tremendo. Me alegro mucho de no ser la única mujer del equipo ya. Es una crueldad estar rodeada de estos hombres y no tener a nadie con quien hablar de ellos.

—Todos los tíos que tienen algo que ver con los equipos deportivos de esta ciudad son guapísimos —añade Maven—. ¿Se puede saber qué le echan al agua?

—Sí, como tu padrino —añade Lexi—. Ese madurito interesante envejece como el buen vino.

—Me he perdido —digo.

Piper se acerca más a mí.

—El padrino de Maven, Shawn, es el entrenador principal de los D. C. Titans. Está que te mueres.

—Vale, ¿podemos dejar de hablar de mi familia y decidir quién es el más guapo de los D. C. Stars? —pregunta Maven—. Solo se puede elegir a uno.

Lexi se da un golpecito en la mejilla, reflexionando como buena borracha.

—Es muy difícil. Ethan es impresionante, pero no es mi tipo. Habla a gritos, es desordenado y tiene tres motos. Huele a desastre desde aquí.

—¿Y Grant? Siempre está intentando que le hagas caso —señala Piper, y Lexi pone los ojos en blanco.

—Pues que siga. No me interesa. Le saco diez años y apenas sabe comportarse como un adulto.

—Riley es mono —añade Maven—. Y es de los callados.

—Ya sabes lo que se dice de los que hablan poco —comenta Piper con una risilla—. Es verdad que Hudson es atractivo, pero es de tener pareja. Después del divorcio, me apetece descubrir lo que me gusta. Incluso salir con varios a la vez y divertirme sin más. Solo he estado con mi ex, y entre nosotros todo era muy convencional. He estado leyendo algunos libros que tengo en la estantería y siento... No quiero llamarlo «ansia», pero sí que me apetece probar muchas cosas.

—Ay, cari. —Maven se inclina sobre la mesa y le da un apretón en una mano—. Hay un montón de hombres mucho mejores que él.

—Muy bien dicho. —Lexi levanta su copa—. Oye, ¿y Liam? Ya sabes lo que dicen de los porteros...

—¿Qué dicen de los porteros? —pregunto.

—Que son flexibles, apasionados y unos neuróticos. Me da que Liam se entregaría hasta rozar la obsesión. Te desnudaría y marcaría con un rotulador permanente dónde te gusta que te toquen.

—Pues eso suena la hostia de sexy. —Maven se ríe—. Un mapa hacia el orgasmo.

—Nadie ha estado nunca obsesionado conmigo —dice Piper.

—Pues la espera merece la pena —le asegura Maven—. Hazme caso.

—¿Tú con cuál te quedas, Emmy? ¿Quién está más bueno del equipo?

—Me gustaría quedar exenta de responder. He visto a estos tíos con la nariz ensangrentada y oliendo a bicho muerto.

—Pero Maverick... —dice Lexi con un suspiro—. *Tienes* que reconocer que Maverick está cañón.

—¿Será por los tatuajes? —le pregunta Piper.

—¿O por lo alto que es? —añade Maven.

—Dicen que es un *portento* en la cama, que se entrega por completo a la mujer con la que esté. El año pasado me encontré con una chica en el ascensor del hotel después de un partido, y me dijo que la había hecho correrse cinco veces en una noche —contesta Lexi.

Me arde la cara. Ojalá mi vaso no estuviera vacío, porque voy a necesitar algo muy fuerte para superar esta conversación.

—¿Cinco orgasmos es humanamente posible? —pregunto—. Me parece una exageración. ¿No habrá extendido él mismo ese rumor?

—Cuando estás con el hombre adecuado, todo es posible —contesta Maven—. Cinco, seis... No estoy segura de que haya un límite.

—A ver, Miller es... —murmuro mientras recorro el borde del vaso con los dedos. Estoy intentando ganar tiempo, porque no sé cómo definirlo.

Sí, *está* bueno.

Es guapo, fuerte y un deportista increíble. Y también un pesado que no se va ni echándole agua hirviendo, pero no puedo evitar sentir curiosidad por saber cómo es en privado.

Esas manos enormes, que podrían posarse en mis muslos y separarlos. Ese torso firme en el que podría apoyarme mientras me mete un dedo. La risa ligera que soltaría cuando me estremeciera contra él. Las palabras bonitas y los elogios que me dedicaría.

—Pelirroja, ¿vas a terminar esa frase o prefieres dejarme en ascuas? —pregunta alguien con voz grave.

Giro la cabeza hacia la derecha.

Y ahí está Maverick Miller, con tres cervezas en una mano, sonriéndome.

12
Maverick

Vi a Hartwell en cuanto entraron las chicas.

Es difícil no fijarse en su pelo y creo que sería capaz de reconocerla incluso entre una multitud. Es imposible ignorarla y menos con los vaqueros ajustados y la camiseta corta que lleva y que le deja al descubierto los hombros.

Nuestra mesa está al otro lado del restaurante, pero no he dejado de mirarla.

La observo igual que hago con mis oponentes. La veo agitar su bebida antes de beber un sorbo. Oigo cómo se ríe, siempre medio segundo tarde, como si no estuviera segura de si debe encontrar graciosa la conversación. Me fijo en la forma que tiene de morderse el labio inferior.

Joder.

Esos malditos labios. Carnosos. Pintados de rosa. Tan besables que me distraen. Y tan follables...

Ahora que la tengo enfrente, no me resulta difícil imaginarme qué cara pondría con mi polla en la boca.

Me pregunto qué sentiría al verla manchármela de pintalabios mientras se la mete hasta la garganta.

—¿Qué haces aquí? —me suelta. Con eso, me saca de la fantasía en la que está de rodillas, yo tengo esa melena pelirroja enredada en la mano y ella me mira, con esos traviesos ojos verdes brillantes, mientras una gota de saliva le resbala por la barbilla—. No me digas que nos has seguido.

—Señoritas —digo, dirigiéndome al grupo y pasando de ella porque estoy completamente seguro de que le va a sentar fatal. Clavo la mirada en Maven—. Parece que tu novio y tú tenéis mente colmena. Ha sugerido que viniéramos sin saber que estarías aquí.

—Cómo quiero a ese hombre —dice ella con un suspiro, enamorada, feliz y todas esas cosas. Mira a nuestro alrededor, sin duda buscando a Dallas—. ¿Quién está con June?

—¿No la has visto? Está detrás de la barra sirviendo chupitos de vodka.

—Maverick Miller.

—Es broma, Mae. Está con la canguro. Reid ha tenido un mal día y necesitaba salir de casa. Debería decirle que se acerque aquí. Con tantas mujeres guapas, se le levantaría el ánimo enseguida. —Emerson resopla y la miro—. Sigo esperando a saber qué opinas de mí.

—Créeme: es mejor que no lo sepas —replica.

Me encanta cuando se pone chula, cuando va en plan chica dura e independiente que no se anda con tonterías. Es divertido que me ponga en mi sitio.

—Pero es que quiero saberlo. —Apoyo el brazo en la pared que tengo a la derecha y veo que clava la mirada en mis tatuajes durante un segundo. Me pregunto cuál será su favorito—. Soy un chico grande, pelirroja.

—A mí me han dicho más bien lo contrario. Que eres normalito, como mucho.

—No tienes pinta de ir por ahí creyéndote los cotilleos de la gente. Venga, dímelo.

—Necesito una copa antes de ponerme a analizar psicológicamente todo lo que no me gusta de ti. ¿Os apetece otra ronda? —les pregunta a las demás, que asienten a la par.

—Por favor —responde Maven.

—¡Y patatas fritas! —añade Piper. Tiene los ojos vidriosos y ya ha pasado de estar achispada a borracha como una cuba—. Muchas patatas fritas.

—Con extra de sal —dice Lexi, agitando la pajita en el vaso vacío—. Mucha sal.

—Entendido. —Emerson sale del banco del reservado y se pone en pie. Con tacones está más alta que con los patines y silbo cuando veo que solo le saco unos centímetros de altura—. ¿Qué pasa?

—El otro día, antes de la rueda de prensa, te dije que me gustaban los tacones. Sigo pensando lo mismo.

—Los halagos no te van a llevar muy lejos, Miller.

—¿Y solo unos metros, hasta la barra, para poder ayudarte a traer las bebidas y la comida?

Emerson inspira hondo y suspira.

—Vale, pero solo porque sé que cuanto antes te dé lo que quieres, antes nos dejarás en paz.

—Soy fácil de entender, ¿verdad? Vamos a pedirte otra copa antes de que me mates.

El local es pequeño y, cuando nos acercamos a la barra, es imposible no tocarnos.

—Lo siento —me disculpo al rozarle el brazo con el mío. Retrocedo y me coloco detrás de ella para dejarle un poco de espacio—. Aquí no hay mucho sitio.

—No pasa nada. —Me mira por encima del hombro—. Gracias.

—¿Por qué?

—Por ofrecerte a ayudar.

—Solo quería robar una patata frita. Sigo con hambre después del entrenamiento de esta mañana. ¿Te lo estás pasando bien esta noche?

—Sí. —Esboza una sonrisilla y se coloca un mechón de pelo detrás de la oreja, momento en el que veo tres piercings en los que no me había fijado antes. Lleva unos pendientes largos y brillantes que me hacen pensar que le gusta darse caprichos y comprarse cosas bonitas—. Piper me invitó a salir, y me alegro de haber venido.

—¿Incluso a pesar de la interrupción? —le pregunto.

Se muerde otra vez el labio inferior y, en serio, no debería excitarme tanto verlo.

—Incluso con la compañía aquí presente.

—Son todas muy buena gente. A Piper la conozco desde

hace mucho tiempo y ha sido genial verla abrirse camino hasta llegar al equipo de prensa. Espero que algún día llegue a ser periodista principal en el estadio.

—Me sorprendería mucho que no lo consiguiera. Cada vez que llego a casa, me hace doscientas preguntas sobre los entrenamientos y mi opinión sobre cómo ha ido el partido.

No he pasado nada de tiempo con Emerson fuera de la pista. La semana pasada no fue a la cena del equipo y después de los entrenamientos no se entretiene ni un rato para que pueda charlar con ella. Cuando jugamos fuera de casa, se sienta en la parte delantera del avión, con las chicas, lejos del caos del resto del equipo, y eso no me permite conocerla mejor.

Tanto su suave risa y como el hecho de que no huya delatan que está disfrutando de esta conversación, así que me animo a seguir hablando.

—¿Cuál es tu bebida favorita? —le pregunto sin pensar.

—¿Esa es tu pregunta del día?

—Sí. Así que puedes hacerme la tuya, que sé que la tienes preparada. Prácticamente la veo dar vueltas dentro de tu cabeza.

—Si estoy en casa, prefiero el vino tinto. —Se gira hacia la barra e intenta llamar la atención del camarero, que no la ve—. Si salgo, me gusta tomarme un martini, pero me da que aquí no tienen buenas aceitunas.

—No subestimes este sitio. Una vez vine después de una derrota y me apetecía algo dulce. Veinte minutos después, Johnny, que es una persona real y no solo el nombre del bar, además del único cocinero, me trajo un plato lleno de galletas enormes con pepitas de chocolate *recién salidas del horno*. Todavía no sé de dónde sacó los ingredientes, y seguramente sea mejor para todos que no lo averigüe nunca.

—Es el efecto Maverick Miller.

—Nunca había oído hablar del efecto Maverick Miller. Por favor, ilumíname.

—Es tu encanto. La gente se anima a hacer cosas por ti solo porque eres tú.

—No. —Me paso la mano libre por el pelo y me encojo de

hombros—. Aquí no soy esa persona. Soy simplemente Maverick, el tío que es malo a rabiar cuando juega a los dardos y que le echa monedas a la gramola para que solo suenen canciones horrorosas en bucle. El que se come los palitos de mozzarella congelados y finge que no sabe quién ha puesto «Funkytown» ocho veces seguidas.

—Podría ser peor. Podrías poner «Achy Breaky Heart».

—No me tientes, que me gusta. ¿Seguro que no quieres que salga a comprarte unas aceitunas? No me importa. Hay un súper cerca que está abierto hasta medianoche.

—¿Siempre eres tan complaciente? —me pregunta.

—La verdad es que no. Debe de ser por ti. Es la dinámica entre capitán y compañera de equipo. Te dije que cuido de mi gente, ¿te acuerdas?

—¿Y comprar aceitunas es parte de esos cuidados?

—Absolutamente. De hecho, es lo primero de la lista.

—No hace falta. En serio. —Posa la mirada en las cervezas que debería haber llevado a mi mesa hace diez minutos—. ¿Te gusta la cerveza?

—Si estoy con mis amigos, sí. Si estoy de fiesta, pido algo más fuerte. Por el ruido y todo eso.

—Interesante.

—¿Esa era tu pregunta?

—No —responde—. Solo te estaba devolviendo la tuya. Así es como funciona este juego.

—Entiendo. —Me froto los labios para evitar sonreír—. No sabía que ahora había reglas.

—Las hay. —Se da la vuelta para quedar frente a mí y descubro que la distancia entre nosotros es ahora mucho menor. Huelo su perfume. Veo las pecas que tiene en la nariz y una pequeña cicatriz blanca e irregular sobre la ceja—. ¿Tu tatuaje es por June?

Me sorprende cuando se acerca y me toca el dorso de la mano izquierda. El contacto me provoca una sacudida, como si me hubiera atravesado una descarga eléctrica. Me espabila de golpe y me llena de energía.

Sonrío y pongo la mano sobre la suya. Guío sus dedos por

la curva del corazón y de la jota, y la oigo contener la respiración.

—¿Me has estado investigando, Hartwell? Me siento halagado.

—Me lo ha contado Maven, sin que yo le preguntara. Pensaba que te lo habías hecho por alguna mujer con la que te emborrachaste y te casaste en Las Vegas.

—No soy de los que se casan, y mucho menos de los que se tatúan el nombre de una mujer. —Mantengo la mano sobre la suya y vuelvo a trazar el corazón con ella, en esta ocasión más despacio. Todavía no se ha apartado y pienso disfrutar de esto todo el tiempo que pueda—. Menos el de Bichito. Dallas no se la esperaba y, y cuando supo que iba a ser padre, sucumbió al pánico. Reid y yo intervinimos para ayudarlo, porque él habría hecho lo mismo por nosotros. Sé que no es mía, pero es como si lo fuera. Voy a cuidar de ella todo lo posible, la voy a malcriar hasta el infinito, la voy a querer y voy a ayudarla a asimilar las lecciones de la vida, tanto las buenas como las malas. Tendrá las puertas de mi casa abiertas cuando se enfade con sus padres, y voy a interrogar a su primer novio hasta estar seguro de que es un chico decente.

—Y también te disfrazarás de zanahoria y parecerás un idiota.

Echo la cabeza hacia atrás y me río.

—¿Maven te ha enseñado las fotos?

—Tenías un tallo en la cabeza —añade al tiempo que aparta la mano. Echo de menos su contacto al instante—. Y llevabas zapatos naranjas.

—Pues claro. Y lo volvería a hacer.

Ralph, uno de los camareros, se acerca por fin a nosotros y anota las bebidas de Emerson y la cesta de patatas fritas. Saco la cartera e ignoro sus protestas cuando dejo tres billetes de veinte en la barra.

—Puedo pagarlo yo —me dice, pero me encojo de hombros.

—Ya lo sé, pero quiero hacerlo yo.

—Gracias.

—De nada. —Me quedo mirando una de sus clavículas y

sigo hacia el lugar donde la camiseta se le hunde hacia el pecho—. ¿Tienes algún tatuaje?

—Ya has gastado tu pregunta del día.

—Sí, pero, según tus reglas, estás obligada a responder la misma pregunta que me has hecho.

Se pone colorada y se lame los labios.

—Sí —dice despacio—. Tengo uno.

—¿Dónde?

—En un lugar que nunca verás.

—Así solo consigues que tenga más ganas de verlo —replico mientras imagino dónde podría estar escondido. En las costillas. En la curva de una cadera o en la parte baja de la espalda—. ¿Es…?

—Perdón —dice una voz, interrumpiéndonos. Me doy la vuelta y veo a una rubia muy sonriente—. Eres Maverick Miller, ¿verdad?

—Depende. ¿He hecho algo malo?

—No. —Me regala una sonrisa coqueta—. Pero espero que estés de humor para ser un poco malo. Mis amigas se van y me parece demasiado temprano para dar por terminada la noche. ¿Quieres venirte a mi casa?

—Lo siento —le contesto con una sonrisa—. Ahora mismo estoy ocupado con la madre de mi hijo. El niño es mitad alienígena, mitad patata, y estamos tratando de averiguar de dónde ha sacado esos genes.

—Vale —dice la rubia frunciendo el ceño—. Qué raro. No sabía que tuvieras un niño.

—¿Podemos clasificar de «niños» a los extraterrestres? Supongo que deberíamos. Así se sienten incluidos, y es mejor que llamarlos «perros calvos», por aquello de que ahora llamamos «bebés peludos» a nuestras mascotas y tal. —Señalo con el pulgar por encima del hombro—. Tenemos que seguir con ello, me temo. Janet cree que la criatura se parece a ella, pero yo estoy seguro de que es clavado a mí.

—Estoy muy confusa —me dice la mujer—. No eres Maverick Miller, ¿verdad?

—Qué va. Ese tío juega mucho mejor al hockey que yo.

Todo lo que yo tengo que aportarle al mundo son niños alienígenas.

—Y medio patatas —añade Emerson, y casi me parto de risa.

—Uf, ya decía yo que mis amigas se equivocaban. No eres ni de lejos tan guapo como él. —La rubia me mira de arriba abajo y resopla antes de marcharse enfadada.

—Vaya golpe para tu ego —dice Emerson.

Me vuelvo hacia ella y le robo una patata frita de la cesta que acaba de llegar.

—Lo superaré.

—¿Esto te pasa a menudo?

—¿El qué, lo de los bebés alienígenas?

—No, lo de que se te acerquen mujeres pensando que vas a llevártelas a la cama.

—Allá por donde voy.

—¿Y siempre dices que sí?

—Casi siempre. ¿Y por qué no? Todo es consensuado, uso protección, saben que no voy a hincar la rodilla para pedirles matrimonio y, la verdad, está muy bien pensar en otra cosa aparte del hockey un rato.

—¿Se te va a caer la polla si no te acuestas con alguien esta noche? ¿Sobrevivirás?

—Tu compasión no tiene límites, Hartwell. Gracias por interesarte, pero estaré bien. Estoy más preocupado por ti. Dar a luz a una forma de vida que parece una patata tuvo que ser muy traumático.

—Casi tanto como estar aquí de pie hablando contigo durante los últimos diez minutos. —Pone los brazos en jarras y me mira fijamente—. Eres frustrante. Eso es lo que pienso de ti.

—¿En el buen sentido o en el malo?

—Todavía no lo he decidido. Vas de chulo y te encanta llamar la atención, pero luego tienes detalles muy tiernos, como lo de tatuarte la inicial de tu sobrina en el dorso de la mano. No te entiendo.

—¿He intentado llamar la atención hoy?

—No —admite en voz baja—. La verdad es que has sido discreto.

—¿Me he ido a casa con esa chica?

—No.

—Pues eso debería darte una idea de quién soy en realidad. —Cojo la mitad de las bebidas y las aprieto contra el pecho—. Llévale también agua a Piper. Está borracha y mañana por la noche tenemos partido.

—Buena idea. Me duelen mucho las piernas, no voy a poder ayudarla a llegar a casa.

—Llamaré a un Uber para que os lleve.

—Vivimos a cuatro manzanas.

—Pero es mejor que ir andando y que te hagas daño. Vamos a volver con tus amigas antes de que piensen que te he secuestrado.

—O antes de que traigas al mundo más bebés alienígenas. Es una idea aterradora. Contigo tenemos de sobra. —Pasa a mi lado con las manos ocupadas con las patatas y las bebidas, y me roza la cadera con la suya—. Y, para que conste, si intentaras secuestrarme, no llegarías muy lejos.

—¡Algún día te conquistaré, Hartwell! —le grito—. Ya lo verás.

Deja las bebidas en la mesa, y puede que me haga una peineta y que pase por completo de mí durante el resto de la noche, pero no se me ha escapado la sonrisa que ha intentado ocultar.

Punto para mí.

13
Maverick

Buenos días, princesa!

Asesina Pelirroja
Me estás mandando mensajes mientras tienes a
alguien durmiendo a tu lado?

Me viste salir del restaurante solo

Asesina Pelirroja
A saber lo que hiciste de camino a casa

Me busqué una bolsa de Oreos. Me zampé seis
Ah, por cierto! El entrenador quiere que te diga que
esta noche juegas de titular

Asesina Pelirroja
No me jodas, Miller

No te estoy pidiendo
Midiendo
Me cago en la puta, Siri. Jodiendo!!!

Asesina Pelirroja
Es en serio?

No es eso lo contrario de no joderte?

Asesina Pelirroja
A mi lista negra que vas

Lista negra? Me parece una cosa interesantísima
Cuéntame más cosas sobre tu desprecio hacia mí

Asesina Pelirroja
Mírate, usando frases largas

Sabes otra cosa que también es larga?

Asesina Pelirroja
Fue divertido mientras duró. Ahora mismo te
bloqueo

Me refería a la ovación que vas a recibir esta noche!!!!!!
Hartwell?
Pelirroja?
Miércoles

—No hay nada como jugar con el estadio lleno, ¿verdad? —le pregunto a Hudson mientras estamos en el túnel esperando para salir a la pista—. Es increíble lo que se consigue cuando ganas un par de partidos.

—Atrae a toda la ciudad. —Se abrocha el casco y traza círculos con las caderas, pasando de mi risilla por sus estiramientos—. ¿Cuándo fue la última vez que llenamos la grada superior?

—Hace siglos, ¿no? Ya te digo que la temporada pasada no.

—Creo que fue cuando repartieron esos calendarios del equipo sin camiseta a todos los fans que asistieron. ¿Recuerdas la cola para firmar tu foto después del partido? Estuviste aquí hasta medianoche. —Hudson se echa a reír al recordarlo—. Las desgracias de ser atractivo.

—Lo dice el que tiene dos millones de seguidores en Instagram que pierden la cabeza cuando publica una foto sin camiseta y con tus perros. —Flexiono los dedos bajo el guante y hago una mueca de dolor—. Acabé con la mano fatal aquella noche, pero la mitad de la recaudación de la venta de entradas se destinó a obras benéficas. Valió la pena. Quizás deberíamos repetirlo.

—Sonreíd, chicos —dice Maven, que nos interrumpe para hacer una foto. Le paso un brazo a Hudson por encima de los hombros y los dos sonreímos—. Definitivamente, deberíamos volver a hacer lo del calendario.

—¿Tu chico se une esta noche? —le pregunto.

—Sí, está en los palcos —contesta—. June también.

—¿Qué me dices? ¿Ha venido mi chica favorita? ¿Cómo lo has convencido para que lo permita?

—No he sido yo. June le puso ojitos y a Dallas no le quedó más remedio que decir que sí.

—Qué mala es. Podría pedirme dieciocho ponis y se los daría —digo.

—¿Vas a acercarte a saludarla después del partido? Querrá verte.

—Me encantaría, pero tengo un compromiso. ¿Qué tal un helado cuando volvamos todos a casa más tarde? Yo lo llevo.

—Nos encantaría. Eres un vecino estupendo. —Maven me pellizca la mejilla y se apresura por el pasillo hacia la pista, con la gran cámara bien sujeta contra el pecho—. ¡Que tengáis un buen partido, chicos!

Hudson hace un puchero.

—Yo también quiero helado.

—Pues cómpratelo —le digo y le doy un capirotazo en la oreja—. Y concéntrate en el partido. Estamos a punto de empezar.

—¿Te sientes bien esta tarde, capitán?

—Me siento de fábula.

La adrenalina me corre por las venas como antes de cada partido, pero hoy es distinto.

Estoy en racha después de varias intervenciones estelares en nuestros últimos partidos. Las piezas están encajando y nos estamos acercando al momento de que la magia surge sobre el hielo.

Y me puto encanta.

Es emocionante volver a disfrutar del juego. Esperar con ilusión cada partido y saber que mis compañeros van a darlo todo porque quieren ganar tanto como yo. Nunca antes había vivido este éxito en la NHL y estas dos últimas semanas son lo más cerca que he estado.

—Dentro de nada estarán coreando tu nombre, Mavvy —bromea Hudson, que coge su palo de la pared—. ¿Dónde está Emmy?

—Ni idea. No la he visto desde el entrenamiento de por la mañana. A lo mejor está haciendo una entrevista con Piper.

—Hablando de Piper, parecía mareada cuando me metió a empujones en la sala de prensa hace una hora. ¿Está bien?

—Seguramente tenga resaca. Anoche estuvo en el Bar de Johnny con Maven, Lexi y Hartwell. Cuando me fui, Piper iba por la cuarta copa.

—Espera un momento —frunce el ceño—. ¿Has quedado con Emmy fuera de un entrenamiento y has vivido para contarlo? Qué fuerte.

—No quedamos juntos. —Bebo un sorbo de mi bebida isotónica y me enjuago la boca con el líquido—. Estuvimos en el mismo sitio al mismo tiempo. Había bebés alienígenas de por medio. Rechacé una invitación para acostarme con una rubia y ¿sabes qué es lo mejor de todo? Nadie me tiró una cerveza a la cara.

Hudson me mira parpadeando.

—A mí me parece que eso es quedar.

—Pues no, fue más bien una broma del universo.

—¿Y qué es eso de que rechazaste a una mujer? Nunca haces eso.

—Bebés alienígenas, Hud. ¿No me estás escuchando? Estaban pasando cosas más importantes.

—No te perdiste nada, Hudson —dice Emerson, que aparece a mi lado, con la equipación ya puesta—, pero habría sido más divertido si hubieras estado allí.

—Ay. —Me pongo la mano sobre el corazón—. Y yo que pensaba que habías disfrutado de nuestra charla, pelirroja.

—Tenemos definiciones muy distintas de lo que es disfrutar, guaperas. —Se recoge el pelo y se lo echa hacia atrás, con dos cintas blancas ondeando a su espalda—. ¿Por qué no estáis calentando?

—Porque es tu primer partido como titular. —Hudson le pasa un brazo por los hombros y veo que ella le sonríe. A mí no me mira así—. Y, según la tradición de los D. C. Stars, merece que nos tomemos un minuto para celebrarlo.

—Anoche me comí tres trozos de bizcocho marmolado cuando llegué a casa para conmemorar mis dos semanas en el equipo —replica ella, y Hudson pone los ojos como platos—. Así que no hace falta que hagamos ningún ritual ni nada por el estilo.

—¿De dónde cojones has sacado bizcocho marmolado? —le pregunta él casi con un gemido.

—Tiene una obsesión enfermiza con la comida, sobre todo con los postres —le explico—. Si vienes a la cena de equipo el martes, lo verás por ti misma.

—Pero ir a la cena de equipo significa pasar más tiempo contigo, Miller, y últimamente estoy al límite de mi capacidad. El bizcocho me lo hizo Piper —le dice Emerson a Hudson—. Mañana te doy un trozo a escondidas durante el entrenamiento. A mí también me encantan los postres. Si alguna vez quieres hacer un recorrido gastronómico por la ciudad en busca de las mejores tartas, me apunto.

—Eres la mujer de mis sueños. —Hudson la sacude por los hombros y a Emerson se le escapa una carcajada auténtica—. ¿Estás lista para esta noche?

—Supongo. Todavía no termino de creerme que esta sea mi vida. Sigo esperando a despertarme de repente y que todo desaparezca —contesta ella.

—Vas a tener que aguantarnos durante un tiempo —digo, desesperado por formar parte de su conversación. No me gusta que él la haga reír y no me gusta lo cerca que están el uno del otro—. Nos quedan meses por delante.

Emerson cruza la mirada con la mía.

—Hay gente peor, supongo.

Me toco las sienes con los dedos enguantados, concentrándome.

—Seguramente sea el mayor cumplido que vaya a recibir de ti en la vida. Tengo que grabármelo en la memoria.

—¿Siempre es así de raro? —pregunta ella.

—Siempre —contesta Hudson.

Responde a la sonrisa radiante que le lanzo poniendo los ojos en blanco, pero no me importa. Por lo menos me está mirando. Levanto la barbilla hacia la pista, las luces intermitentes, la música atronadora y los gritos de los fans.

—Te mereces salir la primera.

—Liam siempre sale primero —replica ella.

—Esta noche, no.

—¿Estás seguro?

—Totalmente. —Le doy un leve empujón—. Vamos, Hartwell.

Emerson respira hondo. Se recompone antes de asentir y zafarse del abrazo de Hudson. Cruza las colchonetas y, sin mirar atrás, desaparece en el hielo.

—Me gustaría decir que no me creo lo buena que es, pero en realidad sí que me lo creo —me dice Hudson mientras la vemos saludar a la multitud. Golpea el hombro con el mío—. Estoy orgulloso de ti.

—¿Por qué?

—Por no guardarle rencor solo porque te dejó en ridículo. Por ser maduro y recibirla con los brazos abiertos. Por mantener la polla dentro de los pantalones.

Me río y le doy un codazo en las costillas, aunque apenas lo nota con las protecciones.

—Un poco de autocontrol sí que tengo, cabrón.

Seguimos a Emerson, pero apenas he salido del túnel cuando clavo las cuchillas en el hielo y freno de golpe contra la mampara de protección.

—¿Qué pasa, capitán? —pregunta Connor mientras pasa a mi lado patinando.

—¿Estás bien, Mav? —Grant me golpea el casco con los nudillos y yo miro a la multitud.

—Hostia —susurro.

Medio estadio está lleno de mujeres, algo que no es nada nuevo. Lo que sí es distinto son los carteles y las camisetas que llevan. Nada de eso es para el resto de los chicos, ni para mí.

Todo es para Emerson.

—Qué fuerte, ¿verdad? —Ethan sonríe—. Nunca había visto nada igual.

Busco a Emerson y la encuentro hablando con el entrenador cerca del banquillo. Está asintiendo, totalmente tranquila y sin inmutarse en absoluto, mientras él dibuja una jugada en la pizarra.

Supongo que se da cuenta de que la estoy mirando, porque levanta la cabeza. Cruzamos la mirada de nuevo y me quedo observándola fijamente.

Y entonces me golpea de lleno un pensamiento. Justo en mitad de la pista, delante de veinte mil personas. Algo que me ha estado rondando la cabeza más y más durante las últimas semanas, pero que ahora se consolida: esta mujer es una puta maravilla.

Es una fuera de serie.

Está cambiando el futuro de este deporte e inspirando a niñas y a mujeres de todo el mundo, sin renunciar a llevar lazos en el pelo o máscara de pestañas.

Simon Buttecker va a *rabiar* y eso me pone eufórico.

—¡Formad un círculo! —grito, y mis compañeros de equipo se agrupan a mi alrededor—. Todas las victorias son importantes, pero esta noche tenemos que darlo todo. La prensa nos crucifica en los días buenos y van a ir con saña en el primer partido de Hartwell como titular. No les demos munición. Estad atentos. Concentraos. Vamos a ir a tope durante los sesenta minutos enteros.

—Claro que sí, capitán. Me encanta cuando te vienes arriba

—dice Riley, y después mira por encima del hombro—. ¡Emmy! Ven aquí.

Ella se une al grupo, colocándose entre Connor y Seymour. Si está nerviosa, no lo demuestra.

—¿Qué pasa?

—Queríamos decirte que estamos contigo —dice Grant con expresión ufana, como si esta charla motivadora hubiera sido idea suya—. Me fastidia que no vayas a estar en mi zona, pero supongo que Mavvy es una mejora.

—Discutible —susurra ella.

—Todos juntos —digo, y todos apilan sus manos unas encima de otras—. A la de tres. Cuenta, Hartwell.

—Uno, dos, tres —dice ella.

—¡Juntos! —gritamos todos a pleno pulmón, y sé que esta noche vamos a arrasar.

—¿Qué coño te pasa? —grito mientras patino junto al árbitro, que me ha estado dando por saco desde que empezó el partido.

Antes me han sancionado por empujar a un rival y ahora me han mandado a la jaula castigado, como si fuera un niñato, por golpear con el palo. Nos están destrozando delante de nuestra afición, y todo el ímpetu que teníamos antes del partido se ha esfumado.

Los árbitros no nos dan tregua. No conseguimos encontrar el ritmo. Nuestras jugadas son malas y llegamos medio segundo tarde en cada contraataque.

Duele verlo.

El árbitro marca otra penalización con el sonido del silbato. Le sigue un coro de abucheos y estiro el cuello para ver quién es el afortunado que se une a mí.

—Cabrones —masculla Hartwell y tira su palo junto al mío mientras se deja caer en el banco a mi lado.

—Me alegro de verte aquí, pelirroja —le digo, y ella resopla—. ¿Cómo tú por aquí?

—Por cerrar la mano sobre el disco, que es una gilipollez,

porque lo he soltado en cuanto lo he cogido. Conozco las reglas. —Estira las piernas y gruñe—. ¿Por qué tienen un sistema para ver las repeticiones si no lo van a usar?

—Me encanta cuando te cabreas. —Le paso una botella de Gatorade y ella la acepta—. Te preguntaría qué tal te va en tu primer partido como titular, pero creo que ya sé la respuesta.

Emerson se frota la mandíbula. Tiene un corte en la mejilla derecha, una heridita causada por un golpe con el palo en la cara.

—Toda esta gente ha venido para verme y estoy jugando como si nunca hubiera pisado el hielo. Es vergonzoso.

—Todos tenemos días malos —le digo para tranquilizarla—. La buena noticia es que todavía tenemos el tercer cuarto por delante. Ya sabes lo rápido que pueden cambiar las cosas.

Bebe un poco del líquido naranja y observo el movimiento de su garganta al tragar. Una gota se le queda en la comisura de los labios y saca la lengua para lamérsela.

Eso me distrae.

—Es mucho más difícil cambiar el rumbo de las cosas cuando nada nos sale bien. ¿Qué hostias es ese jaleo? —pregunta. Mira hacia atrás y resopla—. Las chicas están tratando de llamar tu atención, Miller.

Sigo su mirada y veo a un grupo de cinco mujeres pegadas a la mampara. Llevan mi camiseta y han cortado la tela para que se les quede al aire el abdomen y el escote. Las saludo con un gesto de la mano, incómodo.

—¿Alguna vez te has preguntado cómo sería si fuéramos a la oficina de alguien y levantáramos carteles que dijeran «Deja que te agarre el palo» o «Miller, hazme un hijo» mientras trabajan? —le pregunto a Emerson—. Seguramente nos caería una demanda.

—Algo así como los bebés alienígenas —contesta por lo bajo, y sonrío.

—Oye. —Le doy un toquecito en un patín—. Parece que alguien se lo pasó bien anoche.

—Con mis nuevas amigas, sí.

—Pero te lo pasaste bien mientras yo estaba por allí, así que estamos avanzando.

—El listón está bajísimo, Miller. —Deja la botella en el borde de la jaula—. Entras de nuevo en treinta segundos.

—Gracias por estar pendiente de mí, pelirroja. Voy a fingir que es porque importo y no porque quieres que te deje tranquila. —Recojo mi palo del suelo y compruebo que tengo bien puesto el casco—. Arriba ese ánimo, florecilla. Tenemos tiempo para darle la vuelta a este desastre.

—Como vuelvas a llamarme «florecilla», te mato —replica ella con los brazos cruzados por delante del pecho y un brillo malicioso en los ojos.

—¡Esa es mi chica! —digo cuando vuelvo a saltar al hielo y sonrío cuando las mejillas se le ponen tan rojas como el pelo.

14
Emmy

Se lo he dado todo al hockey.

Me he perdido cumpleaños y eventos familiares por los entrenamientos y los partidos. He sacrificado sangre, sudor y lágrimas. He llevado mi cuerpo al límite del agotamiento una y otra vez. Y todo para quedarme corta en la noche más importante de mi vida.

Nunca he estado tan enfadada y decepcionada conmigo misma.

Miro mi reflejo en el espejo y suspiro. Me duelen las piernas y me arden los pies. Me salieron ampollas nuevas en los dedos de los pies entre el primer y el segundo cuarto, pero me los vendé y aguanté el dolor.

A medida que la adrenalina desaparece y la realidad de las últimas horas se impone, empieza a dolerme todo.

Los gemelos.

Los antebrazos.

El corazón.

Me ato de nuevo los patines y me levanto, arrastrando los pies hasta la puerta del vestuario con una nueva oleada de determinación. La abro y miro al pasillo, y no me sorprende encontrarlo vacío.

El partido terminó hace hora y media. Las luces del estadio están apagadas. Hace tiempo que la música acabó. Ya no hay abucheos ni vítores.

Reina un silencio absoluto.

Me acerco a la pista, incapaz de mantenerme alejada.

Cuando era pequeña, cada vez que perdía un partido, mi padre y yo íbamos arrastrando los pies al estanque de nuestro jardín. El aire gélido de Michigan nos congelaba la nariz y se nos enrojecían los dedos por el frío, pero nos daba igual. Repetíamos el partido a cámara lenta y analizábamos qué había salido bien y qué había salido mal. Debatíamos si debería haber hecho un pase más o haber lanzado a puerta cuando la tenía despejada.

Era catártico resolver mis frustraciones. Soltarlas al mundo en vez de guardármelas dentro.

Al final de la noche, cuando la luna estaba alta en el cielo y las estrellas comenzaban a brillar, todo estaba mejor. Me había quitado un peso de encima, así que podía dejar atrás el pasado y empezar de cero para el próximo partido.

Aunque mi padre no esté aquí para desestresarnos juntos esta noche, sé lo que tengo que hacer. Sé qué es lo único que me aclarará la mente y me volverá a encarrilar antes del siguiente partido fuera de casa a finales de esta semana. Es un encuentro importante contra nuestro rival de división en Milwaukee, y no puedo permitirme volver a meter la pata.

No me molesto en ponerme la equipación y las protecciones, y patino por la pista con unos leggins y una camiseta de manga larga de los D. C. Stars. Estoy temblando por el frío, pero lo agradezco.

A algunas personas les gusta hablar para sacarse lo que tienen dentro.

Yo prefiero patinar.

Siempre lo he hecho.

Hay un disco en el centro de la pista y parece que me está esperando. Un premio de consolación para compensar algunas de las peores jugadas de mi carrera.

Lo golpeo con el palo, un tiro que cruza la línea azul, y salgo tras él con un gruñido.

Fingiendo que tengo dos defensas delante de mí, finto a la izquierda y luego a la derecha, igual que hice en el segundo cuarto. Retrocedo y golpeo el disco con toda la fuerza que puedo, apuntando a la portería que está a tres metros delante de mí.

Fallo.

El disco rebota en el poste con un fuerte chasquido y entrecierro los ojos.

—Joder.

Repito la jugada seis veces más, relajándome a medida que la tensión abandona mi cuerpo cada vez que marco.

Satisfecha, paso a mi siguiente gran error del partido: un pase fallido de Hudson que provocó una pérdida del disco y un tanto para nuestros oponentes.

Sé exactamente cuál fue mi error: la lentitud. Me retrasé medio segundo y necesito practicar mi velocidad.

Apoyo el palo en la mampara junto al banquillo y patino hacia la portería contraria tan rápido como puedo. Mis isquiotibiales y mis cuádriceps gritan cuando llego a la línea de gol, y respiro hondo.

—Otra vez —me digo a mí misma, a sabiendas de que la única forma de poder seguir el ritmo de los hombres de esta liga es igualar su velocidad y su intensidad.

No sé cuánto tiempo estoy en la pista. Pueden ser minutos u horas.

Voy de un extremo al otro, deteniéndome solo cuando me arden los pulmones como si estuvieran en llamas.

—¿Se puede saber qué cojones estás haciendo?

Su voz grave y ronca resuena en la pista y sé muy bien de quién se trata.

Aun así, me pilla desprevenida cuando me doy media vuelta y veo a Maverick mirándome. Tiene el pelo mojado y revuelto, y lleva una camiseta de manga larga de los D. C. Stars a juego con unos pantalones de chándal grises que le acarician los muslos. Me doy cuenta de que tiene una cara de cabreo que no le he visto poner nunca y titubeo.

Mierda.

Creía que sería el primero en salir del aparcamiento después de nuestra derrota. Que se alejaría a toda velocidad de la masacre deportiva en el cochazo que conduzca... y estoy segura de que va cambiándolo según el día.

Sin embargo, está aquí.

Me mira con un brillo peligroso en los ojos y con el ceño fruncido. Recorre la pista a toda velocidad hasta llegar al banquillo de los jugadores con una expresión furiosa.

Trago saliva.

Durante las dos semanas que me llevo relacionando con él, siempre se ha presentado como un bromista. El gracioso del equipo, repartiendo sonrisas tontas y chistes como si fueran regalos en una fiesta.

Ahora parece *cabreadísimo*, y si quería llamar mi atención, lo ha conseguido.

—No te preocupes —le digo.

—Te lo voy a preguntar otra vez: ¿qué cojones estás haciendo?

La voz le sale más áspera en esta ocasión. Tiene un timbre grave que no le he oído antes y que me provoca un estremecimiento. Se me endurecen los pezones por debajo del sujetador deportivo, y nunca lo he odiado tanto.

—No te preocupes —repito. Intento coger mi palo, pero lo sujeta con su enorme mano por la parte superior, impidiéndome que me mueva—. Que sí, Miller. Eres más fuerte que yo. Enhorabuena.

—El partido terminó hace dos horas —dice, sin hacerle caso al cumplido al que en circunstancias normales le habría dado mucha importancia.

Renuncio al palo y me dejo caer en el banco de madera. No me vendrá mal descansar un poco.

—¿Y qué?

—Pues que ya deberías estar en casa.

—Tú también —le suelto a modo de desafío, y se queda callado. Pierde un poco de impulso—. Por favor, no me digas que te estabas follando a alguna en el vestuario.

—No. —Maverick se sienta cerca de mí, ocupando demasiado espacio con sus largas piernas y sus anchos hombros. Apoya los codos en las rodillas y clava la mirada en la pista con expresión ausente—. Estaba enseñándole el estadio a una familia del programa Make-A-Wish.

Me quedo sin aliento.

—¿Qué?

—Sí. Te he visto cuando les estaba enseñando los palcos privados VIP y le prometí a Rachel, la niña del programa, que le conseguiría una camiseta tuya firmada.

—Soy gilipollas —susurro.

—¿Por qué estás aquí? —Su mirada me atraviesa—. ¿Y sin ponerte el puto casco? Venga ya, Hartwell. Conoces las reglas.

Me ha contado algo. Yo puedo contarle algo a cambio. Dato por dato, un intercambio justo.

—Hoy he jugado como el culo.

—Hoy todos hemos jugado como el culo. Liam se ha comido tres tiros, más que en los últimos partidos juntos —replica.

—Yo he jugado especialmente mal, y encima en mi primera noche como titular. La prensa me va a crucificar.

—Bienvenida a la NHL. Mirarán con lupa todo lo que hagas e incluso en tus mejores noches la gente encontrará la manera de criticarte. Después de mi primer triplete, en la ESPN solo hablaban de lo egoísta que era y de que debería haber hecho partícipes a mis compañeros de equipo.

Se hace el silencio.

No es el toma y daca habitual entre nosotros, y sentir que Maverick está descubriendo una capa de mí me preocupa.

Quiero huir. Normalmente huiría. Pero no puedo moverme.

—Es algo que hacíamos mi padre y yo —le explico—. Me ayuda a pasar página después de un mal partido.

—¿El qué? ¿Correr hasta el agotamiento? Tenemos un viaje pasado mañana. Acabamos de terminar una racha de tres partidos en cuatro días, y hemos tenido entrenamientos completos antes y después de eso. ¿Se puede saber cuándo vas a descansar?

—No me gusta estarme quieta. Así es mejor. Así me vuelvo más fuerte.

—Joder, pelirroja —Maverick suelta una carcajada carente

de humor—. Solo vas a mejorar si te cuidas, y eso pasa por no patinar como una loca después de un partido agotador.

—Gracias por tu opinión, pero es algo que tengo que hacer. Llevo muchos años cuidándome perfectamente.

Maverick murmura, como si quisiera decir algo más. Sin embargo, en vez de hablar se pone en pie, supongo que para poner fin a la conversación.

—Entonces me quedo contigo —me dice, en cambio.

—¿Cómo? —Yo también me levanto y lo miro fijamente—. No hace falta.

—Claro que sí. Es parte de mis obligaciones como capitán. Nadie se queda atrás.

Maverick se va hacia el vestuario, y suspiro. No sirve de nada intentar discutir con él, no parará hasta salirse con la suya.

Aunque solo ha estado fuera cinco minutos, cuando regresa, parece tan enfadado como al principio.

—¿Por qué coño está tu vestuario en el almacén de la limpieza? —pregunta, y después me da el casco.

—Es temporal, hasta que la gerencia del edificio encuentre una solución permanente.

—Los cojones. —Se abrocha el casco y se dirige al hielo—. Te mereces un espacio como el nuestro. ¿Dónde está la ducha? ¿Y la camilla del fisio?

—Me ducho en casa y no tengo camilla.

—Pues más vale que lo arreglemos enseguida. —Me hace señas para que me acerque—. Vamos, pelirroja. Me estoy haciendo viejo esperándote.

—¿Qué vamos a hacer?

—No lo sé. Lo que sea que hayas estado haciendo aquí sola durante a saber cuánto tiempo.

Me rindo y me acerco a él.

—¿Puedes hacer de defensa? Quiero practicar un contraataque.

—Claro. Lo que necesites.

No sé por qué me da un vuelco el corazón cuando acepta, ni por qué siento una opresión en el pecho, pero así es, e intento ignorar la sensación.

Pasamos los siguientes tres cuartos de hora repasando diferentes partes del juego. Rápidas aceleraciones. Deslizamientos más lentos mientras trabajo en mover el disco a su alrededor. Momentos más exigentes físicamente que terminan con él inmovilizado contra la mampara y su cálida risa en mi cuello.

—Necesito un segundo. —Me apoyo en mi palo, jadeando con fuerza—. Tiempo muerto.

—Tómate los segundos que necesites. —Maverick se desabrocha el casco y se tumba en el hielo, boca arriba—. Estás consiguiendo que me sienta en muy baja forma, que lo sepas.

—¿Y de quién es la culpa, guaperas?

—Voy a echarte la culpa a ti, pelirroja. Mi plan era comer helado con mi sobrina y quejarme del partido desde el sofá, pero esto también es divertido. Me encanta cuando tengo el culo congelado y dolorido. —Se pone las manos en el abdomen y suspira—. Si me muero aquí, dile a June que la quiero.

—¿Qué tal ha ido la visita con Rachel? —se lo pregunto casi sin darme cuenta y, antes de percatarme de lo que estoy haciendo, me tumbo en el hielo a su lado—. No sabía que hicieras cosas así.

—No lo publicito, porque me repatea cuando la gente tiene los recursos para ayudar y solo lo hace cuando tiene una cámara delante. —Cierra los ojos y suelta el aire—. Pero me encanta.

—¿Me hablas de ella un poco?

Esboza una sonrisa tierna y siento de nuevo esa presión en el pecho.

—Nació y se crio en Washington D. C. y ha crecido siendo fan de los D. C. Stars.

—Pues ha debido de llevarse una buena decepción.

—Ya te digo. Enfermó hace un par de años y su salud ha empezado a deteriorarse en los últimos meses. Sin embargo, el hockey es lo que la hace feliz y su familia sigue viniendo a los partidos. Tienen abonos de temporada en la grada superior, pero su deseo era sentarse justo detrás del banquillo y hacer una visita guiada. Les he mejorado las entradas para el resto de la temporada, y le ha encantado ver el estadio sin nadie dentro.

Me escuecen los ojos. Se me hace un nudo en la garganta y no se me quita.

—Eso es muy generoso por tu parte.

—¿De qué sirve ser rico si no te gastas el dinero en las personas que se lo merecen? Por no mencionar que me ayuda a mantener los putos pies en el suelo. De todas las cosas que podría haber pedido, eligió pasar un rato conmigo. Tiene muchos sueños y aspiraciones. Quiere trabajar para la NASA y también encontrar una cura para el cáncer. —Se le quiebra la voz, y yo también lo siento—. Yo solo soy un jugador de hockey.

—Eres más que un jugador de hockey —replico, y él abre los ojos para mirarme. Creo que puede ver directamente dentro de mi alma—. Eres su héroe y no hay mayor honor que ese. Piénsalo. Algún día estará en la NASA, en algún prestigioso hospital de investigación o en una sala con gente muy inteligente y les contará a todos cómo consiguió pasar un rato contigo. Es verdad que a mí me parece el mismísimo infierno, pero me alegro de que a ella le haya gustado.

La sonrisa de Maverick hace que su hoyuelo asome.

—Yo le gusto, pero a ti te adora. Me ha dado todas tus estadísticas de la universidad y de la ECHL. Sé que crees que has jugado fatal, pero ¿sabes qué? Incluso así quiere tu autógrafo. La semana que viene seguirá aquí animándote y llevando tu camiseta.

—Sé que tengo esta oportunidad, que es increíble, pero no quiero que la gente piense que les voy a decepcionar —digo. Las palabras no se detienen y, por una vez, las dejo salir—. No quiero decepcionar a nadie.

—Eres una mujer en la puta NHL, Hartwell, te estás dedicando a derribar barreras. No hay ni una sola persona que piense que eres una decepción.

Me pica la piel, como siempre me pasa cuando alguien me dice cosas bonitas.

—A veces me cuesta recordar eso. Soy muy dura conmigo misma.

—No me digas —replica Maverick y se me escapa una risa—. ¿Eso ha sido una carcajada, pelirroja?

—No. Ha sido un… gorgorito.

—¿Qué cojones es un gorgorito? ¿Un Pokémon?

—No sé, pero no ha sido una carcajada. Y mucho menos por algo que tú hayas dicho.

—Admítelo: crees que soy gracioso.

—Como mucho, eres mediocre.

—Mejor que ser de lo peor. —Esboza una sonrisa ufana—. ¿Te apetece comer algo?

—No tengo hambre —contesto, pero mi estómago decide que es el momento de hacer un ruido vergonzoso que intento disimular con una tos.

—Mientes de pena.

—¿Por qué quieres que vayamos a cenar?

—Porque estás hambrienta, agotada y ya has dejado clara tu postura. ¿Te gustan los bocatas?

—Me encantan.

—Perfecto. Ya has pasado suficiente tiempo en el hielo por hoy, así que te voy a sacar de aquí.

—¿Y si no estoy de acuerdo?

—Pues te echo sobre mi hombro y te saco a la fuerza —contesta sin titubear.

—No creo que pudieras levantarme.

—¿No será eso un desafío, pelirroja?

Siento una calidez que se me extiende por el abdomen y entre las piernas.

Seguro que es un error imaginarme su brazo alrededor de mis muslos, su mano cerca de mi culo y mi pecho pegado a su espalda. Pero hay que decir que me encanta la idea de que se luzca un poco, de que actúe como un hombre grande y fuerte y decida por mí.

Me gusta más de lo que debería.

—Ya salgo yo por mi propio pie —respondo y agacho la cabeza para ocultar el rubor que se extiende por mis mejillas.

—Vale. —Maverick se pone de pie y me ofrece la mano—. Primero, a la ducha, y luego nos vamos.

—Se supone que no puedo entrar ahí, ¿te acuerdas?

—Ahora solo estoy yo, y no me voy a sentar a tu lado si hueles *así*.

Dejo que me ayude a levantarme.

—Seré rápida.

—Tarda todo lo quieras. ¿Tienes coche?

—No. Uso Uber o el metro.

—Pues vamos en el mío. No está muy lejos.

Me sacudo el hielo de los leggins.

—¿Por qué estás siendo tan bueno conmigo?

—Porque soy un buen tío y me he dado cuenta de cómo te ha afectado el día de hoy. No quiero que te hundas solo por una derrota. Además, tengo mucha hambre, así que cuanto antes lleguemos, mejor.

—Vale. —Lo miro con una sonrisilla, a la que él contesta con una sonrisa de oreja a oreja—. Dime dónde están las duchas.

15
Emmy

Media hora después, estoy en un restaurante tan pequeño que creo que puedo tocar las paredes si estiro los brazos, sentada frente a Maverick a una mesa con un mantel de cuadros rojos.

Miro la carta de papel, en la que aseguran que el restaurante lleva abierto desde la década de 1930, mientras me ruge de nuevo el estómago.

—¿Vienes mucho? —le pregunto.

—Una vez a la semana desde que me ficharon los D. C. Stars. —Maverick se desplaza medio centímetro hacia la izquierda para evitar golpearse la cabeza con la lámpara de techo, que cuelga muy bajo—. Es como el Bar de Johnny. Si me pongo gorra y capucha, nadie me reconoce. Y si alguien lo hace, no le importa. La gente solo viene a comer bien.

Efectivamente, se puso la gorra en el corto trayecto desde el estadio, pero luego tuvo el puto descaro de colocársela hacia atrás al salir del Mercedes en el aparcamiento de grava delante del restaurante. Siempre me he considerado feminista, pero no sé qué es lo que tiene un hombre con una gorra puesta hacia atrás que me hace estar dispuesta a arrodillarme ante el patriarcado.

Carraspeo.

—¿Qué sueles pedir?

—Es una crueldad elegir cuál es mi favorito. El bocadillo de queso fundido está buenísimo, y tampoco te puedes equivocar con el club o el de albóndigas. Si quieres una experiencia salvaje, la hamburguesa con pan de pretzel es mejor que cualquier orgasmo que hayas tenido en la vida.

El comentario me acelera el corazón. Miro fijamente la lista de acompañamientos en un intento por no pensar en Maverick Miller ni en sus orgasmos.

Ensalada de patata.

Patatas fritas.

Ensalada de col.

«Muy bien, pelirroja. Esa es mi chica...».

—El de queso fundido me parece genial —digo, casi a voz en grito.

—Suelo pedirme ese. Los pepinillos que le ponen al lado le dan el toque perfecto. —Mira a su izquierda y le sonríe a una mujer canosa con un delantal a la cintura que viene hacia nuestra mesa—. Hola, Mamá Darla.

—Aquí está mi chico favorito. —Ella le rodea los hombros con los brazos y le da un beso en la cabeza—. ¿Qué tal ha ido el partido?

—No muy bien, pero habrá muchos más —contesta, y después sus ojos se posan en mí—. Mamá Darla, esta es Emerson Hartwell, la nueva alero izquierdo del equipo. Es la primera vez que viene a El Rinconcito. Pensé que a le vendría bien comer algo rico para animarse después del resultado.

Darla se queda boquiabierta.

—Ay, cielos. Algunos de los chicos vienen después de los partidos o en su día libre, y esperaba poder conocerte. Mi nieta es una gran fan tuya.

—Es usted muy amable. Gracias.

—¿Puedes...? ¿Te importaría...? —Darla abre la libretilla que lleva para apuntar las comandas y me la da—. ¿Me firmas un autógrafo para ella?

—Con mucho gusto. ¿Cómo se llama?

—Lydia. Es pelirroja, como tú.

—Ah, otra chica de fuego. —Le escribo una nota rápida y añado un corazón y mi firma—. Aquí tienes.

—Gracias, cariño. Significará mucho para ella. Bueno, ¿qué os apetece comer?

Cuando se marcha, Maverick me mira con expresión traviesa.

—¿Ves? —me dice.

—¿El qué?

—A Mamá Darla no le importa que hayas tenido un mal partido, y a Lydia tampoco. Le acabas de alegrar el día.

—Puede que tengas razón.

—Perdona, ¿me lo puedes repetir? No te he oído bien.

—Puede que tengas razón —repito, esta vez más alto.

—¡Hartwell cree que tengo razón! —dice Maverick en voz bien alta, para que lo oigan los pocos comensales que hay en el local—. ¡Soy el rey del mundo!

Me deslizo hacia abajo por el asiento y escondo la cara.

—No voy a volver a salir contigo nunca más.

—Pero si nadie ha levantado la mirada del periódico —me asegura al tiempo que me golpea una rodilla con la suya por debajo de la mesa, y aparto la pierna—. Podrías comportarte como una loca absoluta y nadie se daría cuenta.

—Tú sí —replico, y él esboza una sonrisa burlona.

—Te guardaría el secreto…, como hago con este lado tierno que tienes. Aunque te muestras como una tía dura, estoy empezando a ver lo que hay debajo.

—¿De qué hablas?

—Acabas de firmar un autógrafo y has dicho que Lydia es otra chica de fuego, cosa bien cierta, porque tiene ocho años y es una rebelde. Te has interesado por Rachel y el recorrido que hemos hecho por el estadio. Eres buena persona, Hartwell, y no sé muy bien qué hacer con ese descubrimiento.

Hago una bola con la servilleta y se la tiro a la cara.

—Que te den.

—Ah, ahí estás. Esto ya me suena más —responde mientras se pone las manos detrás de la cabeza y se acomoda en el asiento—. ¿Quieres ser la primera en hacer la pregunta del día o empiezo yo? Estamos los dos solos, así que se aplican las reglas habituales.

—Empieza tú —le digo.

—¿Qué querías ser de pequeña?

—Con todas las cosas que podrías preguntarme, ¿vas y eliges un detalle de mi infancia?

—Paciencia, pelirroja. Me quedan cuatrocientas noventa y cinco preguntas. Tarde o temprano las haré todas. No me corre prisa.

—Estás dando por hecho que vas a seguir viéndome dentro de cuatrocientos noventa y cinco días. Podrían traspasarme a otro sitio o mandarme de vuelta a la AHL o la ECHL.

—También te puede caer un yunque del cielo cuando salgas de casa mañana por la mañana, pero soy optimista. —Me mira fijamente a los ojos—. Encontraría la manera de dar contigo.

Soy muy consciente de mí misma bajo su escrutinio, con la proximidad de su cuerpo y la intensidad de su mirada, como si estuviera deseando oír lo que tengo que decir.

«Solo son palabras», me digo. Son tonterías que les dice a todas las mujeres que entran y salen de su vida.

No soy especial.

«Pero a lo mejor te gustaría serlo».

Me echo hacia atrás porque necesito alejarme un poco de él.

No puedo concentrarme cuando está tan cerca. Solo quiero mirarle el moratón que se está desvaneciendo en su mejilla, memorizar los tatuajes que tiene en el brazo. Me muero por preguntarle qué significan, averiguar cuál es su favorito y recorrerlo con los dedos.

Me siento sobre las manos.

—Quería ser veterinaria —contesto—. Mi familia paterna tiene un rancho en Colorado y, cuando era pequeña, fuimos un verano a visitarlos. Cuando vi los caballos, las vacas y los seis perros que tenían, me entraron ganas de encontrar la manera de trabajar con animales. Así que convertirme en veterinaria me pareció lógico, pero ese invierno cogí un palo de hockey por primera vez y ya no hubo marcha atrás. El sueño de ser veterinaria pasó a un segundo plano, desplazado por el de ser deportista profesional, y aquí me tienes.

—¿Un rancho en Colorado? Yo solo he vivido en la ciudad; no puedo imaginarme tanto espacio abierto. Parece el paraíso.

—Lo es. Nos mudábamos a menudo durante mi infancia porque mi madre encontraba trabajo en diferentes lugares y mi padre formaba parte del servicio postal, así que podía pedir traslado a cualquier sitio. Recuerdo que cuando llegué al rancho Rolling Green, pensé: «No me iré de aquí en la vida». Creía que echaría raíces allí y me quedaría para siempre. No he vuelto a pensar eso de ningún otro sitio.

—¿Por qué es tan especial?

—Es uno de esos lugares tan impresionantes que es difícil de describir. ¿Sabes a lo que me refiero? Hay montañas y árboles por todas partes. Las puestas de sol tienen colores que no he visto en ningún otro sitio. Pero incluso describirlo así parece absurdo, porque no le hace justicia. Ni siquiera en fotos se puede captar su belleza del todo.

Maverick asiente y mantiene la mirada fija en mí, como desde que empecé a hablar.

—Nunca he tenido un lugar así —dice con voz ronca—, pero últimamente creo que podría estar experimentando algo así por primera vez.

El corazón empieza a latirme con fuerza en el pecho, así que respiro hondo.

—Qué bien —replico.

—A lo mejor tengo que comprarme un rancho en medio de la nada y desconectarme del mundo.

—Por lo visto, últimamente a las chicas les encantan las novelas románticas de vaqueros. Seguramente también les gusten en la vida real. —Bebo un sorbo de agua. Noto la piel caliente y tengo la vista un poco borrosa después de revelarle tantos datos sobre mí—. Claro que no parece que tú necesites ayuda para atraer a las mujeres, según el artículo de TMZ que leí anoche.

—¿Ya estás pensando en mí cuando estás en la cama?

—Es para los dardos, ¿te acuerdas?

—Anda, ¿has imprimido un artículo sobre mí? ¿Quieres que te lo firme? ¿Se lo dedico «a mi fan número uno»?

Le hago una peineta.

—Lo leí en el móvil, idiota. Ya sabes lo que quería decir.

—Conque idiota, ¿eh? Tienes que dejar de tontear conmigo, pelirroja. No soy ese tipo de hombre —replica con una sonrisa que da ganas de tirarle otra servilleta a la cara, pero que también consigue que se me encoja el estómago—. ¿Lees novelas románticas?

—Sí. Son una buena forma de escapar de la realidad. Vas a burlarte de mí, ¿verdad?

—Nunca me burlaría de ti por algo que te gusta. Ya encontraré otra forma de meterme contigo.

Frunzo el ceño, sin saber muy bien cómo continuar. Estoy tan acostumbrada a tener que defender mis gustos literarios que me desconcierta que él los acepte así, sin más.

—Ah...

—¿Se han reído de ti alguna vez por eso?

—Da igual.

—Si es importante para ti, no da igual.

—Sí —contesto, y doy unos golpecitos en el borde de la mesa—, se han reído de mí.

—Bueno, pues que les den. Si alguna vez me encuentro a esas personas, les caerá encima una buena.

Me río por la nariz.

—Gracias.

—Anda, otro gorgorito.

—Por lo menos esta vez no lo has llamado carcajada. —Cojo mi vaso de agua y doy un buen trago—. Te toca responder a ti. ¿Qué querías ser de mayor? Jugador de hockey, ¿verdad? Seguro que saliste del útero con un palo en la mano.

—No empecé a jugar hasta los nueve años. Crecí en Las Vegas y las pistas de hielo no eran muy populares cuando era pequeño. Ahora tienen un equipo en la NHL y muchos seguidores, pero cuando yo vivía allí, no era así.

—¿En Las Vegas? ¿En serio? Te creía un chico del noreste.

Maverick entrecierra los ojos.

—No me insultes, Hartwell, que yo no hablo como Ethan. Quería ser entrenador de delfines. Vi *Flipper* como veinte veces

132

seguidas y me obsesioné. Cuando salva a Elijah Wood del tiburón... Dios, fue una experiencia cinematográfica increíble.

—¿Aprendiste ecolocalización? Pagaría un pastizal por ver un vídeo del famoso Maverick Miller intentando hablar como un delfín.

—Qué va, no hay vídeos. Para eso habría...

Darla lo interrumpe al volver con nuestra cena.

—Dos bocadillos de queso fundido con pepinillo. —Deja los platos y un montón de servilletas entre nosotros—. También os he traído patatas fritas, que seguro que habéis quemado muchas calorías hoy.

—Gracias, Mamá Darla —dice Maverick con una sonrisa—. ¿Ray está en la cocina esta noche?

—Sí, se ha asegurado de poner doble de queso en el tuyo —contesta ella, y después le da una palmadita en la cabeza y juraría que Maverick se derrite con el contacto—. Ahí tenéis el kétchup. Si necesitáis algo más, decídmelo.

—Esto tiene pintón. —Le doy un bocado y gimo—. Dios mío...

Maverick se come la mitad del bocadillo de un mordisco. El queso fundido le cae por las comisuras de los labios, pero sigue devorándolo con ganas, sin hacerle caso.

—El nirvana, ¿verdad?

—Ahora entiendo por qué vienes una vez a la semana. Voy a tener que probarlo todo. —Me limpio la boca con la servilleta y suspiro—. Casi se me olvida que tenía que hacerte una pregunta.

—Ah —levanta la cabeza, entusiasmado. Tiene una mancha de kétchup en la barbilla—. Dispara, pelirroja.

—¿Cuál es tu tatuaje preferido?

—La jota, obviamente, por June. Pero, aparte de ese, me gusta el palo de hockey. No es muy original, lo sé, pero fue el primero que me hice.

—¿Cuántos años tenías?

—Dieciocho, y fue durante las vacaciones de primavera en mi primer año de universidad. Estaba con unos amigos en Florida y pensé: «¿Por qué no?». Me di cuenta de que los tatuajes son una forma de contar una historia, así que empecé a hacerme más y más. Pronto tendré que empezar con el brazo derecho.

—¿Y cuál es el que menos te gusta?

—Seguramente debería decir que el que tengo en el culo, pero en realidad me gusta.

—¿Tienes un tatuaje en el culo?

—Sí. —Esboza una sonrisa burlona—. ¿Quieres verlo?

—No, gracias. —Parto el pepinillo por la mitad y me como una parte—. ¿Qué cojones te has tatuado en el culo?

—Es un secreto.

—Te has acostado con la mitad de las mujeres de esta ciudad, ¿cómo es posible que la sirena de tu trasero no haya aparecido en algún foro de internet?

Maverick se ríe y se da un golpe en el pecho.

—¿Una *sirena*? Joder, eso habría sido genial. No es una criatura marina, pero buen intento. A lo mejor me tatúo una en la otra nalga.

—No me creo que tengas uno.

—A lo mejor algún día lo ves con tus propios ojos.

—Nunca va a pasar, Miller.

—Eso dices, pelirroja. ¿Y tu tatuaje? ¿Solo tienes uno?

—Tengo dos —confieso—. Y me gustan por igual. Me los hice en momentos importantes de mi vida y no me arrepiento.

Desliza la mirada de mi cara a mis brazos y a mis costillas. Es como si me estuviera desnudando con los ojos, buscando qué podría haber bajo mi ropa, y eso hace que me entre mucho calor.

Me pregunto si le gustaría lo que encontraría.

—Las mujeres tatuadas son muy atractivas —dice en voz baja y, aunque habla en general, es como si fuera solo para mí. Nadie me había dicho eso antes y devoro el cumplido de un solo bocado—. Me alegro de que hayas hecho algo que te empodere.

—Sí. —Vuelvo a coger el agua y bebo un sorbo—. Yo también.

Nos sumimos en el silencio mientras disfrutamos de la comida y cuanto más tiempo paso aquí, mejor me siento.

Aunque no me caiga bien, no puedo negar que Maverick

tiene una presencia tranquilizadora y que me ayuda a relajarme como no lo había estado en días. Soy capaz de respirar hondo por primera vez desde que me uní a los D. C. Stars y me zambullí en el caos.

Darla vuelve y deja la cuenta en la mesa.

—Me alegro de verte, Maverick. —Me mira—. Y ha sido un placer conocerte, Emerson. Espero que vuelvas.

—Emmy —le digo—. Llámame Emmy. Te prometo que esta no será la última vez que me veas.

—Estupendo. —Me toca el hombro y se me escapa una sonrisa—. No hace falta que paguéis ya, seguid tranquilos.

—Pago yo —digo cuando se aleja, pero Maverick me aparta la mano.

—No. Te he invitado yo. —Deja varios billetes de cien sobre la mesa y lo miro boquiabierta—. ¿Qué pasa?

—Es mucho dinero.

—Darla es la tutora legal de su nieta y tiene dos trabajos para llegar a fin de mes. Siempre que vengo dejo propina extra. Para mí no supone nada, pero para ella sí.

Juro por Dios que se me acelera el corazón.

Maverick me ha sorprendido dos veces hoy.

Sigue siendo el tío distante que posa semidesnudo para revistas y al que le llueven números de teléfono cada vez que sale. Es probable que tenga una agenda en su dormitorio llena de Sandras y de Sarahs.

Pero también es buena persona. Es tierno, tiene un gran corazón y espacio suficiente en él para todos los que conoce.

Yo todavía no lo conozco bien, pero es obvio que le gusta cuidar de las personas que son importantes para él. Disfruta haciendo un esfuerzo adicional por aquellos que, de otro modo, se quedarían atrás.

Me pregunto cómo será ver lo bueno allá donde vas. Cómo será amar y que te amen sin dudar.

Yo no estoy tan segura de poder ser así.

—Gracias por lo de esta noche. Por entrenar después del partido y por traerme aquí. Está bien saber que no estoy sola —le digo.

—¿Sola? —Maverick frunce el ceño y se inclina hacia mí—. Claro que no estás sola, Hartwell. Ya no. No cuando formas parte de nuestro equipo.

Esto se está poniendo demasiado, demasiado profundo y demasiado lleno de emociones que no estoy segura de saber expresar.

Me levanto.

—Debería irme.

—¿Vas a pedir un coche?

—Creo que voy a irme andando para que me dé un poco el aire. No vivo muy lejos.

—¿Me avisas cuando llegues a casa?

Pongo los ojos en blanco, pero también se me escapa una sonrisa. Es agradable que alguien se preocupe por mí.

—Vale, te aviso.

Más tarde, después de darme otra ducha y de meterme en la cama con un libro, abro el chat de mensajes con Maverick.

Estoy en casa

Suplicio
Estupendo
Todo bien?

Sí. Nos vemos en el entrenamiento

Suplicio
Ánimo, florecilla (puedo llamarte así, porque no estás aquí para ganarme un pulso). Mañana saldrá el sol

Gracias, Annie

Suplicio
La que es clavada a Annie eres tú, Hartwell
A lo mejor te cambio el nombre de contacto a ese

Cómo me tienes ahora?

Suplicio
Asesina Pelirroja. JAJAJA

Menos mal que te haces gracia a ti mismo
Duerme con un ojo abierto, Miller

Suplicio
Ven cuando quieras
Dejaré la ventana abierta

No recuerdo la última vez que me dormí con una sonrisa en la cara, pero si alguien iba a conseguirlo era el puto Maverick Miller.

16
Maverick

LOS REYES DEL DISCO

Creo que deberíamos montar un club de lectura
Podría ser divertido

Riley
Me apunto. Qué vamos a leer?

Connor
Qué?

Libros. Sabes lo que son?

Don Facilón
Por qué íbamos a leer por diversión?

Hartwell me ha dicho que a las mujeres les encantan
las novelas románticas
A lo mejor deberíamos leerlas

Hudson
Yo leo novelas románticas

Don Facilón
Qué cojones? En serio?

Hudson
Cómo iba a aprender si no qué buscan las
mujeres en una relación?

Grant-ioso
Pero quién ha hablado de relaciones?

Don Facilón
No quieren follar y ya está?

Hudson
Tenéis prohibido volver a hablar con ninguna
mujer en la vida

                    Alguna recomendación, Hud?

Hudson
Qué te apetece leer?

              No sé. Me dijo que los vaqueros están de moda

Hudson
Ahora vengo con mi informe

Seymour
Hablando de Emmy, no creéis que deberíamos
hacer un grupo con ella?

Riley
Hostia, no está en este?

Hudson
No. Y menos mal

Liam
A mí me gustaría no estar aquí. Que ocupe ella
mi lugar

Grant-ioso
Eso es porque tienes un palo metido por el culo

Riley
Voy a añadirla

Riley ha llamado al chat «Profesionales del Palo»
Riley ha añadido a Asesina Pelirroja al chat

Grant-ioso
Qué ha pasado con Los reyes del disco?

Ahora tenemos a una dama en el grupo

Asesina Pelirroja
Esto qué es?

Liam
Un chat grupal que está activo a todas horas del
día y de la noche. Bienvenida al infierno

Liam ha abandonado el chat
Asesina Pelirroja ha abandonado el chat
Don Facilón ha añadido a Liam y a Asesina Pelirroja al chat

Asesina Pelirroja
No quiero estar aquí

Don Facilón
Puedes huir, pero no puedes esconderte

Hudson
En serio, Ethan. No hables más

Riley
Sí, tío. Te falta poco para que te crezca un bigote malrollero

Don Facilón
A mí me quedaría de muerte un bigote

Cena del equipo esta noche.
A las 6 en punto en mi casa!

Me encanta jugar delante de miles de fans en estadios llenos.

Me encanta marcar el punto de la victoria fuera de casa y callar a los cabrones que me han abucheado durante una hora entera.

Me encanta firmarles camisetas a los niños y hacerme fotos con ellos.

Pero lo que más me gusta de ser deportista profesional es cenar los martes por la noche con gente a la que quiero.

La tradición empezó hace cuatro años, cuando el nuevo entrenador, que acababa de heredar un equipo pésimo y que tenía una actitud pésima, llegó a Washington D. C. Llevábamos una racha de diez derrotas consecutivas. Nadie se sentía orgulloso de llevar la camiseta con nuestro nombre. Hasta le había pedido a mi representante que empezara a buscarme un traspaso porque estaba harto y cansado de jugar con tíos que solo querían cobrar.

Pero un día el entrenador me pidió que invitara a un compañero de equipo a comer y me puso una única regla: prohibido hablar de hockey.

Empecé con Hudson. Ya éramos amigos y pensé que con él sería más fácil hablar. Él trajo comida tailandesa, yo abrí unas cervezas y nos sentamos juntos en mi cocina. Hablamos durante dos horas sobre *Fast and Furious*. Volvió a la semana siguiente y trajo a Ethan con él.

Y pasó algo fantástico: se formó una relación entre nosotros que resultó ser más profunda que la conexión que teníamos en la pista de hielo.

Me enteré de que Connor tiene un hermano con autismo, de que el padre de Riley perdió una pierna en un incendio en su casa, de que la madre de Grant los abandonó a él y a sus hermanas cuando tenía ocho años y de que Liam habla español con fluidez.

Los chicos pasaron de ser solo mis compañeros de equipo a convertirse en mis hermanos.

Nuestro grupo para cenar aumentó a cinco y luego a diez. Al final todo el equipo empezó a venir. Los martes por la noche se convirtieron en una oportunidad para dejar de hablar de deporte y pasar un rato juntos sin más.

A lo largo del último año se han sumado otros integrantes, como Piper y Lexi, y más tarde Dallas, Maven y mi otro mejor amigo, Reid Duncan, que gestiona las redes sociales de los D. C. Titans. También empezó a aparecer la novia de Seymour, Brooke. Y la familia sigue creciendo.

Nada me hace más feliz que una mesa llena de buena comida y una conversación todavía mejor.

—Voy a asegurarme de que todo esté listo en la cocina —les digo a Grant y Ethan. Casi ni apartan la mirada de mi tele de ochenta pulgadas porque están jugando al *NBA 2k*. Es como si hablara con la pared—. ¿Necesitáis algo mientras tanto?

—Que te quites de en medio, capi. —Ethan se inclina hacia la derecha para mirar detrás de mí y gruñe cuando Grant le hace un mate—. ¡Joder, serás cabrón!

—Si te duermes, pierdes, E. Con esa mierda de defensa no vas a ningún lado.

—Tenéis suerte de que no os desenchufe la consola, desagradecidos de mierda —digo entre carcajadas.

Echo a andar hacia la cocina, recogiendo de camino vasos de agua vacíos por el camino. Mañana volamos temprano a Milwaukee, así que los estoy obligando a mantenerse hidratados.

—¿Necesitas ayuda? —me pregunta Dallas a la vez que me sigue.

—No. —Miro hacia el vestíbulo para ver si ha llegado alguien más mientras estaba repartiendo el agua—. Pero gracias.

—¿Por qué miras hacia la puerta todo el rato?

—No estoy mirándola todo el rato. —Dejo los vasos en el fregadero y cojo las dos tablas de embutidos que Seymour ha sacado del frigorífico—. Solo estoy siendo un buen anfitrión.

—Estás muy raro.

—No estoy raro.

Dallas se ríe.

—Y una mierda que no, si ni siquiera eres capaz de mirarme. ¿Qué te pasa, Miller? ¿Has dejado a una embarazada o algo?

—¡Pero qué dices! No. *Joder*, claro que no. Llevo un mes sin acostarme con nadie y le pongo traje al soldadito.

—¿Un mes? Debe de ser un récord.

Le hago una peineta.

—A lo mejor viene Hartwell esta noche.

—Genial. ¿Te lo ha confirmado?

—No. Le he recordado diez veces durante el entrenamiento de esta mañana que su invitación sigue en pie, pero dudo que aparezca. Preferiría tirarme un zapato a la cabeza. Aunque ojalá lo hiciera.

—¿Que te tirara un zapato?

—No. Que ojalá viniera.

—Un momento. —Dallas apoya la barbilla en la palma de una mano y sonríe—. ¿Te *gusta*?

Ensarto un trozo de queso con un cuchillo, porque *definitivamente* no me gusta.

—Salimos a cenar después del último partido. Parecía que necesitaba un amigo, alguien que estuviera de su parte. Tengo la impresión de que no ha habido mucha gente que la apoye.

—Nunca has sido amigo de una mujer.

—Perdona, pero por supuestísimo que sí. Soy amigo de Maven y de Piper y de Lexi.

—Eres amigo de Maven por mí, y trabajas con Piper y con Lexi. Lo único que te une al resto de mujeres es esa actividad llamada «follar» —replica él.

—Con Hartwell no es así. Ni somos amigos ni follamos. No me soporta y a veces me saca de quicio.

—¿Pero quedáis después de los partidos?

—Fue solo porque me la encontré en la pista de hielo. Estaba dispuesta a entrenar hasta el agotamiento y la obligué a parar y a comer algo. No nos estamos enamorando ni gilipolleces por el estilo. Es parte del equipo y estaría bien que estuviera aquí. —Me encojo de hombros—. Y ya está.

—No quería insinuar nada. Lo siento si te lo ha parecido —se disculpa Dallas.

—Tranquilo. —Lo abrazo—. Es que no quiero que se sienta excluida, por muchas ganas que tenga de tirarme cosas a la cabeza.

—Seguramente te lo mereces, Mav.

—Sí. —Sonrío y pienso en los seis mensajes que le he mandado esta tarde. Seis mensajes que le llegaron y que leyó, pero a los que no ha respondido. Es un milagro que todavía no me haya bloqueado—. Seguramente.

—¿Qué hacéis abrazados? —pregunta Reid, que llega a la cocina con la mirada clavada en el móvil y apenas si la levanta para coger una galleta salada de la tabla de quesos. Las gafas se le bajan por la nariz y un mechón pelirrojo le cae sobre los ojos, pero le da igual todo con tal de seguir mirando la pantalla—. ¿Y por qué no estoy incluido?

—Porque estás con el móvil, aunque sabes que va en contra de las reglas. Nada de teléfonos en las cenas de equipo. Guárdalo, Duncan.

Refunfuña entre dientes y lo mete en un cajón.

—Ahí lo tienes. ¿Contento?

—Eufórico. ¿Quieres un abrazo?

—No, estoy demasiado estresado para abrazos. Necesito que la chica que gestiona la cuenta de los Thunderhawks deje de tocarme las narices. ¿Sabéis lo que ha hecho hoy? Ha cambiado su nombre de usuario de @ThunderhawksFutbol a @futbolendc. Y juegan en el puto *Baltimore* —protesta.

—Entiendo. ¿Y cuál es el problema...? —pregunto, sin entenderlo.

—Que ahora recibo notificaciones que van para ellos. Nuestro nombre de usuario, el que configuré hace *años*, es @dcfutbol, y la gente está confusa. —Clava una mirada asesina en el horno como si fuera la mujer de la que está hablando—. Lo está haciendo solo para tocarme los huevos, os lo juro.

Dallas y yo intercambiamos una mirada porque sabemos que su enemistad con esa mujer está a punto de llegar a un punto crítico.

—Yo haría lo mismo que ella. Estás muy mono cuando te cabreas, Duncan —replico y traslado las tablas de embutidos a la mesa del bufé con el resto de la comida que han traído mis compañeros de equipo—. ¡A comer, niños!

Se produce una estampida hacia la cocina. Connor acaba chocándose con la pared y un fajo de servilletas sale volando. Un montón de manos se abalanzan sobre los platos, los cubiertos y las albóndigas suecas que ha traído Riley.

—Primero yo —dice Grant, abriéndose paso a codazos hasta el principio de la fila—. Los más jóvenes van antes. Vosotros sois demasiado viejos para disfrutar de las cosas buenas de la vida, cabrones.

—Ni de coña. —Hudson lo aparta de un empujón—. Yo le he dedicado más tiempo a este equipo y mis rodillas son las que peor están. Voy primero.

—Creo que todos estamos de acuerdo en que las rodillas de Liam son las que peor están —dice Seymour, y el aludido frunce el ceño.

Me río y me aparto mientras se comportan como idiotas. Hay comida más que de sobra para todos, pero es divertido verlos picándose y compitiendo por ver quién prueba primero la piccata de pollo que Dallas ha comprado en un restaurante italiano de camino hacia aquí.

Por encima del ruido y los insultos, oigo el suave sonido de la puerta.

Vuelvo la cabeza hacia el vestíbulo y siento que todo el aire desaparece de la cocina.

Porque Emerson Hartwell acaba de aparecer en mi casa y está tremenda.

17
Maverick

Todavía no me he acostumbrado a verla con ropa normal, y la imagen me deja loco.

Menos mal que no va así todo el tiempo. No me concentraría jamás. De hecho, ahora mismo alguien está intentando llamar mi atención, pero no hago caso.

Estoy demasiado ocupado mirando las botas de cuero que hacen que sus piernas parezcan kilométricas, la falda negra que le llega por encima de las rodillas y el top corto que le deja al descubierto el abdomen.

—Hola —le digo mientras me acerco a ella.

—Hola.—Emerson ladea la cabeza y me mira fijamente—. ¿Qué tiene que hacer una chica para que le den de comer en vez de que se la coman con los ojos?

La miro con una sonrisa de culpabilidad.

—Se me ha notado mucho, ¿no?

—Lo tuyo no es la sutileza, ¿verdad, Miller?

—Me temo que no, pelirroja. Ahora mismo no podría ni deletrearlo. Bueno, siento haberte cosificado. Estás estupenda, y la verdad es que no creía que fueras a venir.

—¿Te parece bien que esté aquí? —pregunta con gesto titubeante, moviendo la punta de la bota sobre el suelo de mármol.

—Pues claro que sí —contesto de inmediato, porque no quiero que se sienta incómoda—. Me ha sorprendido, pero es una sorpresa de las buenas.

—Piper me ha mandado ocho mil mensajes. —Emerson se encoge de hombros, en apariencia despreocupada, pero por lo menos no tiene el ceño fruncido. Me las puedo apañar con este entusiasmo tibio—. Admiro su tenacidad.

—Es pequeña, pero poderosa. Coge un plato y sírvete. No hay ningún orden y la cocina es un caos total.

—Creo que mejor me quedo aquí un rato y espero a que se calme la locura —responde. Se toquetea el borde de la falda con los dedos y le da un tironcito al terciopelo—. Si te parece bien. No quiero estorbar.

—Si quieres, te enseño mi casa mientras tanto. Eres la única que no la ha visto. No es nada del otro mundo, pero te puedo hacer un tour.

—¿Cómo que nada del otro mundo? Es el ático de un rascacielos de lujo.

—Eso es verdad. —Me meto las manos en los bolsillos de los pantalones negros de chándal y me balanceo hacia delante—. Es un piso fantástico y bien vale el pastizal que cuesta.

Emerson me mira. Echa un vistazo por encima de mi hombro al caos que tienen montado nuestros compañeros de equipo y luego se muerde el labio inferior.

Ya me he dado cuenta de que es algo que hace a menudo: cuando está absorta en sus pensamientos, cuando no está segura de cómo debe reaccionar ante algo, cuando intenta no sonreír.

Y *joder*. «Me muero por hacerla sonreír».

—Vale —accede al cabo de un momento—, pero solo porque es mejor que quedarme aquí parada dando mal rollo.

—Un poco mirona sí que eres. Admítelo: quieres conocer todos mis secretos.

—Fijo que si descubro cómo organizas los calcetines, saco alguna pista de por qué eres tan insoportable.

—No creo que tengamos el tiempo suficiente para que desentrañes ese misterio en concreto. Vamos —le digo, y ella me sigue sin decir nada más.

La llevo al salón y le enseño todos los detalles relevantes de mi casa: las fotos enmarcadas del equipo en la estantería, la elegante casa de muñecas de Barbie que le compré a June para que jugara cuando viene, la vieja mesita de café de caoba que encontré en una pequeña tienda en Carolina del Sur, a ochocientos kilómetros de aquí, y que me traje yo mismo.

Emerson se toma su tiempo y lo examina todo con atención. Se detiene delante del reloj antiguo de la pared, de mi colección de juegos de mesa y del sofá que ocupa el centro de la estancia.

Me pregunto si debería haber ahuecado los cojines o colocado una manta sobre el respaldo para que pareciera más acogedor. Ahora mismo me parece un poco triste, un mueble gris recortado contra paredes grises.

Me resulta raro estar aquí plantado y dejar que una mujer mire las partes de mi vida que no suelo mostrar. Por lo general, están demasiado ocupadas cuando llegamos a casa tambaleándonos, con mi lengua metida hasta el fondo de la garganta y mi mano por debajo de su vestido para llegar a la cinturilla de su ropa interior a la vez que intento no golpearme con nada mientras la guío por el pasillo.

Pero esto es…

No sé qué es.

—¿Qué te parece? —le pregunto. Noto en el pecho la vieja costumbre de buscar la aprobación, de necesitar oír que le caigo bien a alguien.

—Es bonita. —Pasa el dedo por la madera del mueble del salón y se detiene en el montón de puzles que hay en la esquina—. Dijiste que te gustaban los puzles.

Me animo.

—Mira qué atenta. Me encantan.

—¿Es lo que más te gusta hacer cuando no estás en la pista?

—¿Esa es tu pregunta del día?

—Sí —asiente mientras me mira por encima del hombro y una sonrisilla aparece en las comisuras de sus labios—. Siempre y cuando no te importe compartir la información.

—Cuando era pequeño, no teníamos mucho dinero, pero siempre había puzles en casa. La primera vez que me puse a hacer uno, se me quedó la mente en blanco. Me concentré en lo que tenía delante y… No sé. Siempre me relajo cuando me pongo con uno. Sé que es una gilipollez. Tengo un tío de treinta años que…

—Las cosas que nos hacen felices nunca son una gilipollez. A mí me pasa lo mismo con las plantas —me interrumpe—. Las plantas, las flores y la jardinería. Es una forma de desconectar.

—¿En serio? Te voy a presentar a Reid. A él también le encantan. Podéis volveros locos por la botánica juntos.

Suelta una carcajada y se me hincha el pecho. Me enderezo un poco más, como el cabrón engreído que soy, porque por fin estoy avanzando con Emerson y eso me alimenta el orgullo.

Esta mujer tiene más defensas que un castillo. Está decidida a mantener a la gente fuera y yo estoy empeñado en entrar.

—Tengo que decidir qué cultivar mientras esté aquí. —Se da media vuelta y se aleja por el pasillo—. El invierno en Washington es más frío que en California.

—Aunque no tanto como en Michigan —replico y ella se para en seco—. Por fin he visto tus vídeos. También he encontrado algunos del instituto.

—Y solo te ha costado un mes.

—Más vale tarde que nunca, ¿no? Eras buena, pelirroja.

—¿Ya no?

—Claro que sí, pero no tanto como yo —bromeo, y cuando me hace una peineta, le veo bien la uña pintada de rojo—. Mi dormitorio es el de la derecha.

—¿Está maldito o algo? Si entro, ¿me voy a quedar sin ropa?

—Sería un truco cojonudo, ¿no? —Me acerco por detrás y giro el pomo de la puerta. Ella contiene la respiración y espero que me dé un codazo en el estómago. Que me diga que me largue. Como no lo hace, me acerco un centímetro más a ella—. No te vas a quedar sin ropa —le susurro al oído—. Sé portarme como un caballero.

Sin embargo, ahora mismo solo pienso en ella tumbada en mi cama.

En ese pelo rojo extendido sobre mi almohada mientras aferra la sábana entre los dedos. En deslizarle las manos por debajo de los muslos para atraerla hacia mí y en mi cabeza entre sus piernas.

No me parece que eso sea muy caballeroso.

—Mejor, porque no me gustaría tener que cortarte la picha. Las mujeres de todo el mundo se llevarían un disgusto.

—¿Estás intentando vérmela, Hartwell? Solo tienes que pedírmelo.

Juro que me roza adrede la parte delantera de los pantalones con el culo y empiezo a recitar mentalmente la lista de los presidentes de Estados Unidos al revés mientras se pega a mí.

—No —contesta ella—. Prefiero a los hombres que saben usar bien el palo.

—Yo soy un profesional del palo, ¿recuerdas? —replico y me aparto de ella. Necesito despejarme la cabeza—. Puedes entrar.

—Gracias por el permiso. —Se baja la falda de nuevo y entra en mi dormitorio. Hago todo lo posible por no mirarle el culo—. Vaya. Esto no es lo que me esperaba.

—¿Qué te esperabas?

—Tres mujeres metidas en la cama. Sujetadores por todas partes. Juguetes eróticos en el suelo y un columpio sexual colgado del techo.

Sonrío y me rasco el tatuaje del taco que tengo en el brazo.

—Siento decepcionarte. Han restaurado el edificio, así que un columpio podría hacer que se cayera todo el techo.

Emerson pone los brazos en jarras y observa la cama. Luego mira hacia las puertas de la terraza y hacia los ventanales que muestran el cielo nocturno. Murmura algo cuando abre mi armario y rebusca entre las camisetas, las camisas y los trajes.

—¿Tienes una camiseta de Mario Lemieux firmada? —La saca de la percha y se la lleva al pecho—. ¿Cuánto te ha costado?

—Nada. Lo conocí en un evento para recaudar fondos para la lucha contra el linfoma de Hodgkin hace un par de años y empezamos a hablar. Al final de la noche me regaló la camiseta y me dijo lo mucho que apreciaba que estuviera ayudando a concienciar a la gente sobre la enfermedad. He pensado en subastarla para alguna causa benéfica, pero de pequeño era mi ídolo. El niño que llevo dentro es incapaz de desprenderse de ella y, de todos modos, prefiero extender cheques.

Se aparta la camiseta del cuerpo y la coloca en la percha. Desvía la mirada de la ropa hacia mí y vuelve a morderse el labio inferior.

—Creo que quizá me he equivocado contigo —dice en voz baja—. Por lo menos en algunas cosas.

—¿Qué quieres decir? —pregunto, desconcertado.

—Pensaba que eras un egocéntrico. Pero resulta que al final eres buena gente.

—Y sienta fatal, ¿verdad, pelirroja?

—Me cabrea muchísimo. —Cuelga la camiseta de Lemieux en el armario y echa a andar hacia las puertas de la terraza, que abre de par en par—. Y detesto estas vistas.

—Yo también. Son lo peor. —La sigo y apoyo los brazos en la barandilla metálica—. ¿Ves el Monumento a Washington por allí?

—Sí, es precioso por la noche. Tengo pendiente hacer todo el recorrido turístico de la ciudad: los museos, los monumentos... Hay mucho que ver.

—Te acompaño. Si te apetece ir con alguien —me ofrezco.

—Pero eso significaría que tengo que pasar más tiempo contigo. —Se vuelve hacia mí y clava los ojos en la cadena que llevo antes de mirar por encima de mi hombro—. Y eso me parece repugnante.

—Ahora mismo parece que lo llevas muy bien.

—Porque puedo escapar cuando quiera. —Se frota los brazos con las manos y se estremece por la fría brisa que sopla. Me quito la sudadera con capucha y se la lanzo—. ¿Qué se supone que tengo que hacer con esto?

Me echo a reír.

—La gente normal se la pondría para entrar en calor.

Me la tira de vuelta y tirita de nuevo.

—No, gracias.

«Es más terca que una puñetera mula».

Me encanta que no ceda ante mí como todos los demás.

—¿Cuál es tu comida preferida? —le pregunto.

—¿Esa es tu pregunta del día?

—Sí. He pensado en usar las primeras cincuenta para averiguar todas las cosas aburridas y que luego ya pasaré a las interesantes.

Emerson suelta el aire despacio y yo dejo la sudadera entre nosotros, a modo de invitación para que la coja si quiere, porque la verdad es que no soporto verla con la piel de gallina.

—Las patatas —contesta con un suspiro que parece cansado y pesaroso—. En puré. Gratinadas.

—Tiene sentido que los bebés alienígenas sean mitad patata. ¿Te gustan recalentadas?

—La verdad es que no mucho, pero no las rechazaría.

—Así que te encantan los carbohidratos.

—Soy deportista. —Acerca despacio los dedos a la sudadera antes de apartar la mano y golpear la barandilla con las uñas—. ¿Y la tuya?

—La pasta. La lasaña, concretamente. De pequeño la comía una vez a la semana y nunca me canso de ella. —Sonrío en la oscuridad y la miro—. No le digas a ninguno de los chicos que tengo lasaña escondida en la nevera. Voy a calentarla cuando se hayan ido todos.

—Ahora que sacas el tema, creo que voy a entrar a comer algo.

—¿Hace demasiado frío aquí fuera para ti?

—No. —Me mira un segundo y después echa a andar hacia la puerta. La falda gira con ella, y puedo verle los muslos blancos, la curva de los cuádriceps y la piel suave—. Tengo hambre.

—No toques las tablas de embutidos, tienen fresas. Me aseguraré de que no haya la próxima vez.

Emerson titubea.

—¿Cómo?

—Las fresas —repito—. ¿La fruta? Eres alérgica, ¿verdad? El vuelo de mañana a Milwaukee será horrible si te lo pasas con los ojos hinchados.

Abre la boca y vuelve a cerrarla. Un intenso rubor se extiende por sus mejillas y se aferra al pomo de la puerta con tanta fuerza que se le ponen los nudillos blancos.

—Sí, soy alérgica, pero me sorprende que... —Menea la cabeza—. Te veo dentro, Miller.

Sonrío cuando cierra con suavidad.

He conseguido que no me tire al vacío y *además* la he hecho reír.

Dos veces.

Triplete para mí.

18
Maverick

Otra vez de viaje. —Me recuesto en mi asiento del avión privado y estiro las piernas—. La gente solo dice unas cosas maravillosas de Chicago en noviembre.

Hudson se ríe al otro lado de la mesa.

—Eso es como decir que el Polo Norte tiene las playas más bonitas del mundo. Va a hacer un frío que pela y me he dejado el gorro en casa. Además, es el de la suerte, así que, si las cosas salen mal en el partido de mañana, puedes echarme la culpa.

—¿Por las otras tres derrotas también puedo culparte a ti? —bromeo, a sabiendas de que Hudson no tiene nada que ver con nuestra mala racha.

Últimamente todos estamos un poco flojos, pero yo voy muchísimo peor.

He fallado tiros a puerta despejada. He pasado más tiempo en la zona de castigo esta última semana que en todo el primer mes de la temporada. Sigo pagando mi mal humor en la pista, lo cual deja a mis compañeros en desventaja y eso no es justo para ellos.

Estoy distraído, hay una fuerza ajena a mí que atrae todos mis pensamientos y los desvía del juego, y no sé de qué cojones se trata.

·He probado a hacer puzles. He meditado como me sugirió el psicólogo del equipo. He estado durmiendo lo suficiente y he seguido el plan de nutrición que me preparó mi chef personal, pero algo sigue fallando.

Me está tocando mucho las narices y no soporto ver que también le está afectando al equipo.

—¿Tienes algún plan en la Ciudad de los Vientos? —me pregunta Hudson mientras se da un golpecito en los auriculares—. Seguramente ya tengas algo para esta noche, ¿no? Grant dijo algo de una discoteca, de un karaoke o de una mezcla de las dos cosas. No recuerdo los detalles.

—Creo que hablaba de un sitio donde ponen las canciones más populares que la gente elige cuando va de karaoke, aunque la idea de una mezcla entre una discoteca y un karaoke podría ser muy lucrativa. —Pongo el móvil en modo avión y me lo guardo en el bolsillo—. Pero yo no voy a ir. Me quedo en el hotel. ¿Por qué? ¿Tienes plan?

—Venga, tío. —Se ríe y se aparta unos mechones rubios de los ojos—. Ya sabes que mi tradición cuando juego fuera consiste en comprar cruasanes en las panaderías locales e ir de librerías.

—Hud, ¿alguna vez has incluido en tu tradición un polvo de una noche? —le pregunto. Rebusco en mi memoria y no recuerdo que se haya llevado a nadie al hotel después del toque de queda.

—No, ya sabes que eso no me va mucho. Lo mío es ir en serio. —El rubor le sube por el cuello y sonríe con timidez—. Además no tendría ni idea de cómo hacerlo. ¿Pasas de hablar con una persona a enrollarte con ella en cuestión de un par de horas? ¿Sin conocerla?

—De eso se trata precisamente, no hace falta conocerlas. Es algo sin importancia para que ambos disfrutéis de la noche. Sin nombres. Sin detalles personales. Sin quedarse.

—Creo que se me daría fatal. Seguro que le preguntaría dónde se ve dentro de cinco años mientras ella me mete la mano en los pantalones. —Me mira fijamente, y su repentina atención me pone nervioso—. Hablando de polvos de una noche, te noto distinto últimamente.

—¿Distinto?

—No te metes a nadie a escondidas en la habitación. Bajas a desayunar antes que todos nosotros y no tienes chupetones. —Se inclina hacia delante para tirarme del cuello de la camisa, y le aparto la mano—. Es curioso.

Me encojo de hombros.

—Estoy priorizando el hockey e intentando que no perdamos cuatro partidos seguidos. Creo que la victoria que conseguimos la semana pasada fue una casualidad.

—No hablo solo de ahora, llevas así un tiempo. Desde que... —Se endereza y mira por encima del hombro. Se frota la mandíbula y sé que tiene algo en la punta de la lengua que no me quiere decir—. En fin, si alguna vez necesitas hablar de algo, aquí me tienes. No te juzgaré. Te lo prometo.

—Te lo agradezco, Hud, pero no me pasa nada. —Sonrío—. Si la cosa cambia, te lo digo.

—Hola, chicos. —La auxiliar de vuelo apoya un codo en mi asiento y nos guiña un ojo. No estoy seguro de que su camisa ajustada cumpla con las normas del uniforme de la aerolínea, pero eso a mí ni me va ni me viene—. ¿Podéis poneros los cinturones de seguridad, por favor?

—Claro —contesto, y le hago un gesto con el pulgar hacia arriba. Ella se ríe y se echa el pelo hacia atrás por encima del hombro para después alejarse por el pasillo—. Vaya. No sabía que fuera tan gracioso.

—No lo eres —replica Hudson despacio—. Lo que quiere es unirse al club de follar en el baño en pleno vuelo contigo.

—Joder, ni de coña. Seguramente haya pis por todas partes y tengo límites.

El avión empieza a moverse y avanza por la pista hasta que nos elevamos y Washington D. C. se convierte en una mota a nuestra espalda.

Las auxiliares de vuelo mantienen las luces apagadas, porque saben que a muchos nos gusta dormir en los vuelos matutinos, pero yo estoy nervioso. No puedo estarme quieto y estiro el cuello por encima de los asientos hasta que veo una larga melena pelirroja diez filas más adelante.

Salgo al pasillo de una zancada y me dirijo hacia la parte

delantera del avión. Seymour y Connor me paran por el camino y respondo a sus preguntas: no, claro que no pueden comer perritos calientes mañana antes del partido, pero sí, pueden comer pizza esta noche.

Cuando por fin llego a la fila de Emerson, la miro con una sonrisa.

—¿Qué haces aquí? —me pregunta sin apenas levantar la mirada de su teléfono. Es como si me estuviera esperando—. La señal del cinturón está encendida y esto es un riesgo para la seguridad.

—Entonces será mejor que me siente aquí a tu lado. —Me dejo caer en el asiento del pasillo y me quito la chaqueta del traje—. ¿Qué tal?

—¿En serio? —Levanta la cabeza y por fin me mira, aunque tiene una expresión hosca—. Es demasiado pronto para hablar, Miller. ¿Es que nunca duermes?

—Pero estabas hablando con Piper y Lexi.

—Son mis amigas.

—¿Yo no soy tu amigo?

—No —contesta con un resoplido—. Eres mi compañero de equipo y es una cosa muy distinta.

Frunzo el ceño.

—¿Se puede saber qué te pasa? La semana pasada te lo pasaste muy bien en la cena del equipo. Incluso conseguimos terminar la comida sin que quisieras estrangularme, pero desde entonces solo me diriges la palabra en la pista de hielo.

—No me sorprende que pienses que todo gira en torno a ti.

—¿Por qué te empeñas tanto en mantenerme a raya? —le suelto—. ¿En serio ser amiga mía sería lo peor del mundo?

—Pues sí, porque eres insoportable y nunca sabes cuándo parar.

—Vaya. —Suelto una carcajada y entrelazo los dedos por detrás de la cabeza—. No te cortes, Hartwell.

—Ya he pasado por esto antes. Sé cómo va a acabar lo de ser tu amiga y no pienso ponerme de nuevo en esa situación. Me alegro de que consideres a todos tus compañeros de equipo amigos íntimos, pero me gustaría que dejaras de esforzarte tanto por convertirme en uno de ellos.

Apoyo la cabeza en el asiento y suspiro.

—No todos los jugadores de hockey son unos capullos. Algunos tenemos en mente el interés del equipo, y eso incluye que todos se lleven bien.

—Y algunos no sabéis cuándo dejar de insistir —replica ella, y eso despierta algo en mi interior.

—No te estoy presionando. Solo intento averiguar cómo hacer que mi alero izquierdo juegue mejor, porque falló tres tiros a puerta en nuestro último partido y me gustaría una puta barbaridad que estuviera ahí cuando la necesitamos. —Suelto el aire con fuerza—. Perdóname por pensar que podría arreglarlo siendo amable contigo, intentando hacerte reír y arrancándote de vez en cuando una sonrisa.

Cuando vuelvo a mirarla, veo que echa chispas por los ojos.

—Tú tampoco has dado la talla, Miller, y no me gusta ni un pelo que me eches la culpa. Estamos hablando de un deporte *de equipo*, y no soy la única que la caga.

—Exacto. Es un deporte de equipo, y aquí estás, sin hablarme. ¿Es eso lo que quieres, Hartwell? ¿Que pase de ti? ¿Que no te preste atención? ¿Que te trate como si fuéramos desconocidos?

—¿Por qué no te ocupas de tus asuntos y dejas que yo me ocupe de los míos?

—Que yo sepa, mi trabajo como capitán incluye conseguir que el equipo juegue unido, y si alguien tiene que aplicarse más, se lo voy a decir.

—Pues ya puedes decírtelo a ti mismo, Miller. Tú a lo tuyo y yo a lo mío.

Aprieto los labios.

Salta a la vista que está decidida a mantenerme a distancia. Si todavía no la he convencido de lo contrario, no hay esperanza para nosotros, y supongo que la única manera de seguir adelante es ondear la bandera blanca.

—Vale. —Me pellizco el puente de la nariz. Estoy molesto, cabreado y *exhausto* por intentar convencerla de que piense en mí de cierta manera. Si quiere vivir en su burbuja, es cosa suya. Yo ya me he cansado de esforzarme—. Siento haberte molestado.

Abre la boca como si quisiera decir algo más, pero la cierra de golpe y apoya la cabeza en la ventanilla.

—Nos vemos en Chicago.

19
Emmy

Nos llevamos un buen desaire en Chicago.

Como equipo, no estamos en sintonía. La cohesión que teníamos durante mi primera semana en los D. C. Stars ha desaparecido, y puede que sea culpa mía.

La frustración era palpable durante los descansos en el vestuario y, cuando sonó la bocina final, Maverick salió furioso del estadio como un niño al que no le han salido las cosas como quería.

El trayecto de vuelta al hotel transcurrió en silencio, y después de una breve reunión con el entrenador y de recibir instrucciones de estar en el vestíbulo a las siete de la mañana para coger el vuelo de vuelta a casa, cada uno se fue por su lado.

Connor, Grant y Ethan me invitaron a cenar con ellos, pero preferí pedir al servicio de habitaciones. Zamparme un plato de espaguetis del tamaño de mi cabeza y tomarme una copa de tinto en paz me resulta mucho más atractivo que ir a un restaurante ruidoso.

También guardo una tarrina de medio kilo de helado de chocolate en la mininevera, y lo único que tengo planeado para el resto de la noche es ver un par de episodios de un *reality show* y usar el vibrador que tengo escondido en la maleta.

Apuro el plato de pasta y tiro las servilletas usadas a la basura. Saco mi juguete de la bolsa, me tumbo en la cama y lo enciendo.

He estado muy tensa los últimos días. Entre las derrotas, el hecho de no jugar bien y la conversación con Maverick, a la que no dejo de darle vueltas en la cabeza, sé que un orgasmo rápido me ayudará a aliviar la tensión que acumulo.

No sé cuándo fue la última vez que me toqué, pero, joder, ni siquiera he empezado y ya me sienta genial desconectar el cerebro y relajarme. Me acaricio los pezones con el juguete y luego lo bajo hacia los pantalones cortos. Siento las vibraciones en el clítoris y se me escapa un suave gemido.

Antes de que pueda sumergirme en una neblina de éxtasis, me sobresaltan unos golpes en la puerta y lanzo el vibrador por los aires. Casi llega al techo y luego cae en medio de la cama, todavía vibrando, mientras resuena un golpe más fuerte.

Es que no tengo ni un segundo de descanso.

—Mierda. —Apago el vibrador y lo escondo debajo de una almohada—. ¿Quién es?

—Abre, Hartwell —dice una voz familiar.

Entrecierro los ojos y salto de la cama para acercarme con sigilo a la puerta. La abro y me encuentro a Maverick ahí plantado, guapísimo con unos pantalones de chándal grises y una camiseta blanca. Tiene las puntas del pelo mojadas y un arañazo rojo en el pómulo.

—¿Puedo ayudarte? —le pregunto con educación, a tres segundos de cerrarle la puerta en las narices.

—Tenemos que hablar. —Recorre con los ojos oscuros los pantalones cortos y la camiseta de tirantes que me he puesto después de la ducha y suelta un leve suspiro—. Ahora mismo. —Y se cuela sin que lo invite, rozándome la cadera con la suya al entrar en mi habitación. Ni me molesto en discutir con él.

—¿Qué haces aquí? —Cierro la puerta y echo el pestillo—. ¿Es que a ti no se te aplica el toque de queda?

—¿Qué cojones te ha pasado esta noche en la pista? —Se pone a pasear de un lado para otro por la salita de estar y me taladra con la mirada—. Has estado la hostia de lenta.

Me río y me subo el tirante de la camiseta por el hombro. Él sigue el movimiento con la mirada y le relampaguean los ojos, oscureciéndose aún más.

—Supongo que has venido a sacártelo todo de dentro, ¿no?

—No me pasaste el disco. Tuviste ocasión tres veces, y elegiste pasarle a otro.

—Porque Seymour estaba mejor posicionado para tirar, so egoísta. Dime, ¿les vas a hacer a todos una visita a domicilio para criticar su forma de jugar o soy la única afortunada a la que vas a interrogar hoy?

Maverick se detiene en seco y después se acerca a mí con rapidez y actitud decidida. Antes de que pueda siquiera respirar, tengo la espalda pegada a la pared.

Posa las manos a ambos lados de mi cabeza, atrapándome sin dejarme salida, y una descarga de adrenalina me recorre la columna.

—No —contesta, y siento esa palabra en todas partes—. Por alguna razón que se me escapa, no consigo sacarte de mi puta cabeza.

—¿Y eso es culpa mía? —susurro.

—Resultas exasperante. No hay quien te entienda. —Me toca una mejilla. Me acaricia el mentón con una delicadeza exquisita—. Eres la persona más irritante que he conocido en la vida.

—Y sin embargo aquí estás, sujetándome la pared. —Levanto la barbilla y cruzamos la mirada—. ¿Por qué no te marchas? Ayer lo hiciste.

Maverick suelta el aire despacio. El sonido parece que saliera de lo más profundo de su alma, como si le costara dejarlo ir.

—No quiero irme —contesta en voz baja—. Ya no.

—¿Qué...? —Me humedezco los labios y él sigue el movimiento con la mirada—. ¿Qué quieres?

Se hace el silencio y me pregunto si va a pasar de la evidente invitación que le he puesto en bandeja.

Si le pido que se quede, será la estupidez más gorda que he hecho en la vida, pero últimamente me siento muy sola.

Además, tengo la sensación de que este momento es inevitable, como si todo, desde que me invitó a ir a su casa el día que nos conocimos, hubiera conducido a esto.

Si no es esta noche, será más adelante, y ahora que lo tengo justo delante, la verdad es que yo tampoco quiero que se vaya.

—A ti —contesta, y lo hace en voz tan baja que creo que a lo mejor lo he oído mal—. ¿Puedo tenerte a ti, Emmy?

Emmy.

No «pelirroja».

Ni «Hartwell».

Emmy.

Me quedo sin respiración. El corazón me da un vuelco y, después, se me dispara el pulso. Siento que una pequeña M se me clava en el pecho, en un lugar al que nadie ha llegado jamás.

Un lugar que ahora le pertenece a él.

—Sí —contesto, y le brillan los ojos como si fueran las estrellas en el cielo de medianoche—. Puedes tenerme.

Ninguno de los dos se mueve. Es como si ambos estuviéramos esperando a ver quién cede primero. A ver quién descubre el farol del otro.

Pero, al momento siguiente, su boca desciende sobre la mía.

Es un movimiento brusco y torpe. Una presión febril de sus labios. El roce de mi lengua contra la suya. Un sonido ronco que se abre paso por su garganta cuando le entierro los dedos en el pelo y le doy un tirón.

—Dios... —murmura.

—Creo que el momento de rezar ya ha pasado —replico.

Me levanta del suelo y me planta la mano abierta sobre las costillas. Me acaricia la parte inferior del pecho con el pulgar; un movimiento tortuoso que me provoca ganas de gritarle.

—Hazlo otra vez —me dice.

Vuelvo a tirarle del pelo, de los mechones más largos que le rozan la oreja. Lo invade un rubor intenso y ahoga un gruñido cuando le dejo un reguero de besos ardientes en el cuello.

—¿El qué? —le pregunto—. ¿Esto?

—Emerson —Me pega a la pared, y siento su miembro largo y grueso entre las piernas. Me enloquece por completo. Ladeamos el cuadro del puente Golden Gate. Me agarra la nuca con una mano para evitar que me golpee con la esquina del marco—, ¿qué estamos haciendo?

—No lo sé. —Muevo las caderas y se me escapa un suspiro. Podría correrme así, con la fricción de la costura de mis pantalones cortos, mientras él me acaricia el culo con los dedos—. Has empezado tú.

—Y tú no lo estás parando.

—Porque estoy cachonda y tu polla contra mi muslo es mejor que el vibrador que he escondido debajo de la almohada antes, cuando has estado a punto de echar la puerta abajo.

—Espera. —Maverick se aparta y me mira. Tiene una gota de sudor en la frente y las pupilas dilatadas—. Entonces ¿esto te parece bien?

—¿Que estemos hablando? Pues no mucho. Se me ocurren un montón de cosas que preferiría hacer y la mitad de ellas tienen que ver con tus dedos.

—¿Y la otra mitad?

Poso la mirada en la parte delantera de sus pantalones de chándal y levanto una ceja.

—¿Quieres averiguarlo?

Se le escapa una carcajada relajada por lo bajo y me besa de nuevo.

Esta vez es más lento, una explosión perezosa y sensual de lujuria mientras se toma su tiempo conmigo.

Me levanta los brazos por encima de la cabeza. Le rodeo la cintura con las piernas. Desliza los labios sobre los míos, incitándolos a separarse para poder clavarme los dientes en el inferior. Gimo por leve dolor y la rápida punzada de placer. Él responde con un gruñido satisfecho que desata un incendio forestal que me consume por dentro.

—¿Vamos a hacerlo? —Agacha la cabeza y me pega la boca a la camiseta. Me chupa un pezón a través de la tela, empapándola hasta que se me pega a la piel, como una niebla translúcida—. ¿Estás lista para admitir que me necesitas, Hartwell?

—*Joder*. —Me retuerzo contra él, y me pega con más fuerza las manos a la pared.

—Eso no ha sido un sí ni un no.

—¿Por qué no? A lo mejor tu polla consigue que te odie un poco menos.

—Es una buena polla. Nunca he recibido quejas. —Se traslada al otro pezón para chupármelo. Pasa la lengua sobre la fina tela, y siento que el calor se me acumula en la base de la columna—. Y no me odias.

—Te odio más que a nadie —le aseguro, pero cuando me muerde la suave carne de un pecho, los dos sabemos que miento.

—¿Por eso te restriegas contra mí, pelirroja? ¿Por eso me estás mojando los pantalones del chándal? ¿Porque me odias?

—Sí. —Muevo las caderas en círculos y jadeo cuando siento que me roza el clítoris con la punta—. Pero me gustarías mucho más si te arrodillaras como un buen chico y me demostraras que sabes usar la lengua para algo menos molesto que hablar por los codos. Si no, no tengo el menor reparo en hacer que te sientes en una silla para que veas cómo me corro usando veinte centímetros de silicona.

—Mierda. —Me acaricia una clavícula con el pulgar y después sigue por la línea del cuello—. La verdad es que me parece el paraíso en la tierra.

—Reglas —digo. Intento liberar mis muñecas, pero me tiene inmovilizada—. Solo es una noche.

—Seguramente nos ayude en la pista. Podemos follar para librarnos de la tensión que hay entre los dos y quedarnos como nuevos.

—Solo es eso, sexo. No salgo con jugadores de hockey.

—Y yo no salgo con nadie, punto. Nunca he estado dos veces con la misma mujer.

—Pues entonces va a ser sencillo. Follamos y punto. Te vas en cuanto terminemos. No hablamos del tema en la vida y no dejamos que nos afecte profesionalmente.

—Trato hecho. ¿Cuándo fue la última vez que te hiciste una analítica?

—Hace seis meses. Todo dio negativo y no he estado con nadie desde entonces. ¿Y tú?

—Hace poco más de un mes. También negativo.

Muevo la cabeza en una especie de asentimiento, sin saber muy bien qué decir.

—¿Por fin he encontrado la manera de que te calles, pelirroja? —murmura—. ¿La manera de evitar que no dejes de darle a la puta lengua todo el puto rato?

—Hay otras formas de hacerme callar, pero aquí estamos: todavía contra la pared cuando podría estar tragándome tu polla.

Sonríe y, *madre mía*, es devastador.

Me lleva en brazos hasta la cama y me deja caer sobre el colchón. Por la forma que tiene de lamerse los labios mientras me observa, sé que va a ser minucioso cuando por fin me toque.

Se quita la camiseta y la tira al suelo. Con el torso desnudo, no me queda más remedio que examinar las líneas de su cuerpo, el tatuaje de su brazo, el vello oscuro que se extiende por su pecho, los músculos marcados de su abdomen y el brillo de la cadena de plata a la luz de la lámpara.

Se me seca la boca.

Maverick Miller es el hombre más guapo que he visto en la vida.

—Me estás comiendo con los ojos —dice, y hay un deje orgulloso en su voz.

Levanto la cabeza a toda prisa para enfrentar su mirada.

—No es verdad.

—No pasa nada si crees que estoy bueno, Hartwell. Me lo puedes decir cuando esté encima de ti.

—No creo que estés bueno.

—Mentirosa. —Me acaricia una pantorrilla con una mano. Sus dedos llegan al borde de mis pantalones cortos y les da un tironcito—. *Joder.*

—¿Qué pasa?

—Tú. Nunca he podido ver tanto de ti.

Me quito la camiseta y la tiro junto a la suya.

—¿Y por qué no me estás mirando?

—Porque no me has dicho que pudiera hacerlo. —Se engancha los pulgares en la cinturilla del pantalón y se lo baja por los muslos—. Hasta que lo hagas, me limitaré a mirarte la cara bonita.

No sé cómo me imaginaba que sería el sexo con Maverick,

pero desde luego que *así no*, con él hablando de consentimiento cuando me tiene medio desnuda delante. Con su erección tensándole los calzoncillos y yo a un paso de meterme una mano debajo del tanga.

—¿Crees que soy guapa? —le pregunto, siguiendo su ejemplo.

—No. —Sonríe de nuevo, y siento una punzada en el centro del pecho. Y también entre las piernas—. Creo que eres una puta preciosidad.

—Puedes mirarme —le digo, y se me acerca—. Si quieres.

—Claro que quiero. No he querido nada en la vida más —replica con voz ronca y grave y le creo.

Aparta los ojos de mi cara. Los posa en mis pechos y deja escapar algo que es una mezcla entre un gemido y un quejido. Cierra la mano con fuerza antes de colocarse bien el paquete por encima de los calzoncillos.

Se humedece los labios de nuevo, como si estuviera a punto de darse un festín.

—Quítate los pantalones.

Me los quito y los aparto con el pie, de modo que me quedo en ropa interior de encaje morado. Tenso los dedos sobre la sábana mientras me muero por tocarlo.

Maverick me roza la cara interna del muslo con los nudillos antes de rodearme el tobillo con los dedos. Tira de mí hacia el borde de la cama, y me siento.

—¿Qué haces? —le pregunto.

—Has dicho que me querías de rodillas. —Me besa la espinilla antes de arrodillarse en el suelo, delante de mí—. Y siempre me ha gustado ser un buen chico.

20
Maverick

No era esto lo que tenía en mente cuando llamé a su puerta.

Si hubiera querido tener a una chica desnuda en la cama conmigo, podría haber respondido alguno de los muchísimos mensajes directos que inundan mi Instagram.

Sin embargo, aquí estoy: de rodillas entre las piernas de Emerson. A punto de correrme en los calzoncillos como un adolescente cachondo cuando ella separa bien los muslos, provocándome hasta el límite.

Seguro que lo está haciendo a propósito. No hay otra explicación para que yo esté al borde de la locura y ella me sonría con sorna.

Joder.

No puedo dejar de mirarla.

Tiene unas tetas bonitas y redondas, con el tamaño perfecto para mis manos. En cuanto se las toco y le froto un pezón duro entre el índice y el pulgar, se le escapa un suspiro de placer que va directo a mi polla.

Mierda.

Las cosas que quiero hacerle a esta mujer... La lista es kilométrica, y no tenemos bastante tiempo.

Quiero rodearle el cuello con una mano y correrme sobre su pecho. Untarle mi semen por el abdomen y pintar un cuadro. Quizá escribirle la palabra «mía», para que todos los demás se mantengan alejados.

Aunque solo pueda tener una noche con ella, una hora como mucho, voy a dejarla tan satisfecha que los que vengan detrás no podrán estar a mi altura.

La próxima vez que alguien la bese, deseará que sea mi boca la que la toque.

La próxima vez que alguien la acaricie, deseará que sean mis dedos los que recorran su cuerpo.

La próxima vez que alguien se la folle, deseará que sea *mi* polla la que tenga enterrada hasta el fondo.

—¿Me estoy portando bien, Emmy? —Le pellizco el otro pezón, y arquea la espalda sobre la cama—. ¿Lo bastante bien como para tocarte el resto del cuerpo?

—Sí —responde con voz ronca y rebosante de deseo, como si la palabra surgiera de lo más profundo de su garganta. Estoy deseando follarle la boca y ver qué otros sonidos puedo arrancarle. Descubrir si va a atragantarse o a gemir. Quizá incluso se ría—. Te estás portando muy bien. Puedes tocarme donde quieras.

Sonrío con satisfacción al oír su elogio y aparto la atención de sus tetas. No tengo mucho tiempo y no voy a salir de esta habitación sin haber aprovechado la oportunidad para saborearla.

Atisbo algo debajo de sus costillas que me hace inclinar la cabeza.

—¿Es uno de tus tatuajes? —le pregunto.

—Sí —responde ella, poniendo una mano sobre la mía para guiar las yemas de mis dedos. Es un reloj de arena con la mitad inferior llena—. Un recordatorio de que la vida es corta.

—Me gusta. —Beso el tatuaje y lamo la zona que acabo de tocar. Es cálida y suave, y sé que su coño será igual—. ¿Dónde está el otro?

Me lleva la mano a la parte superior del tanga morado, que es un trocito de encaje, lacitos y demasiadas tiras.

—Aquí. —Se da un toquecito en la cadera y veo un ramo de flores amarillas, naranjas y rosas con un lazo en forma de corazón alrededor del tallo—. Me gustan todos los colores.

—A mí también. —Froto la obra de arte con el pulgar. Recorro los pétalos y la cesta que sostiene las flores, y luego se lo beso.

—Maverick… —gime ella, y se me escapa un suspiro tembloroso.

Dios mío.

Quiero oírla decir mi nombre así todos los días durante el resto de mi vida.

Se me pone dura como una piedra. Necesito reunir todo el autocontrol que me queda para no masturbarme y acabar ya. Para no sujetarle la nuca y meterle la polla hasta la garganta, como ella dijo antes.

¿Qué sonido emitirá cuando la haga correrse? ¿Cuando se la meta poco a poco hasta que la tenga entera dentro?

—Mira qué cosa tan bonita… —Deslizo los dedos por la parte delantera del tanga. Estiro el elástico y lo suelto para que la golpee con suavidad, arrancándole un gemido que reverbera en la habitación—. ¿Quién iba a pensar que llevabas esto debajo de la equipación?

—Estoy sudada y asquerosa con la equipación y las protecciones. Sé que nadie va a ver mi ropa interior, pero me gusta llevar algo para mí misma. Algo que me haga sentir guapa y…, y como una mujer.

—Eres toda una mujer, cariño. —Tiro del tanga, metiéndoselo en el coño—. *Mírate.*

—Dijiste que ibas a usar la lengua —me recuerda mientras se retuerce sobre la cama—. ¿Necesitas una lección de anatomía femenina?

—Creo que no necesito ninguna lección, pelirroja.

—¿Seguro? No veo que tu lengua se haya acercado mucho a mi cuerpo.

—Creo que lo estoy haciendo bien. —Le bajo el tanga por esos fuertes muslos y se lo quito. Acto seguido, me enrollo la prenda de encaje alrededor de la muñeca, un recuerdo que tengo clarísimo que voy a llevarme a casa, y sonrío cuando la miro: reluciente, rosada. Mojada y lista para mí. Uso dos dedos para separarla y me río—. Estás empapada, ¿verdad? Y ni siquiera te he tocado todavía.

Ella resopla, indignada.

—No estoy empapada por tu culpa.

—Ah, ¿no? —la reto—. ¿Quién te ha puesto así?

Su sonrisa es peligrosa.

—Hudson. Grant. Liam. Cualquiera menos tú.

Me siento sobre las rodillas y me inclino hacia delante para besarla y callarla. Le acaricio una de las comisuras de los labios, y ella vuelve la cabeza para responderme con entusiasmo.

Dientes. Manos. Un roce en la nariz. Un quejido cuando le muerdo ese labio inferior que me vuelve loco y un gemido cuando se lo lamo para calmar el dolor.

—A lo mejor debería parar. O mirar desde la silla. Podría obligarte a hacer un numerito para mí sin acercarte la polla siquiera. Y te estaría bien empleado por decir esas cosas y comportarte como una puta niñata. —Le agarro la barbilla, dejándole espacio para que se aleje si quiere escapar—. No me gusta compartir.

—No te *atrevas* a parar, Miller —masculla—. Sabes que esta noche no voy a estar con ninguno de ellos.

«Ya te digo yo que no».

—¿Cómo te gusta? —Me inclino hacia delante y le beso ambas rodillas. Le paso las manos por los muslos y se los separo más para hacer sitio a mis hombros—. ¿Rápido? ¿Despacio? ¿Suave? ¿Duro?

—Nadie me había preguntado eso antes.

—¿Nunca? ¿Con qué capullos has estado?

Emerson resopla, pero no responde la pregunta.

Seguramente sea lo mejor.

La idea de que otro la tenga así, con esa melena pelirroja extendida por todas partes, las mejillas sonrojadas y los pezones duros, moviéndose con tanta suavidad... hace que algo ruja en mi interior.

—Me gusta despacio —acaba diciendo—. Me gusta cuando alguien se toma su tiempo y me deja disfrutarlo. Pero también me gusta duro. No tienes que ser cuidadoso ni tierno conmigo.

—Ser cuidadoso y tierno es lo último que tenía pensado. —Le deslizo un pulgar por el cuello. Añado un poco de presión justo en la tráquea—. Mmm... —murmuro al ver que no se aparta—. Voy a darte lo que no te ha dado nadie, Emmy.

—Me encantaría —replica con un estremecimiento.

—Vamos a hacerlo así. Para empezar, te lo voy a comer todo. Después usaré los dedos y te dejaré bien abierta. Y luego te follaré aquí en la cama y haré que te corras otra vez con mi polla dentro. Me lo vas a decir cuando haga algo que te gusta o que no te gusta. Cuando acabemos, te haré la pregunta del día y te daré las buenas noches antes de que puedas echarme.

—Te veo muy seguro de ti mismo. —Emerson me mira con los ojos vidriosos. Parece un poco borracha. Me está poniendo muchísimo—. Nunca me he corrido durante el sexo, así que buena suerte con eso.

Levanto una ceja, intrigado.

—¿En serio?

—En serio. Siempre hay mucha polla y pocas caricias. Me quedo muy cerca, pero nunca llego.

—Menos mal que yo sé usar todos mis apéndices. Se acabó la charla. Quiero que te tumbes y mantengas las piernas abiertas. Ponte cómoda, cariño, para que pueda ver bien este coño tan bonito que tienes.

Se sube las manos por las piernas, acariciándolas, y se agarra los muslos para que la vea bien, haciendo que casi se me olvide cómo me llamo.

Me tiembla la polla, pero sé que como me toque, se acabó.

Así que la toco a ella. La acaricio con un dedo y se lo meto hasta el primer nudillo. Gemimos al mismo tiempo y me acerco, desesperado por tener más de ella.

—Joder. Qué apretada estás, Emmy —susurro, y ahora soy *yo* el que parece borracho. Embriagado al sentirla abrirse para mí y oír su respiración entrecortada.

—Me gusta cuando me llamas así —murmura, como si tuviera miedo de admitirlo.

—A mí también. —Le froto los tendones y los músculos del muslo con la mano libre, subiendo poco a poco con el pulgar—. ¿Puedes relajarte para mí? Así. Esa es mi chica. Genial.

—Más. —Emerson se estremece y se acerca las rodillas al

172

pecho para que pueda llegar más hondo—. Dame más, Maverick.

Soy capaz de hacer cualquier cosa cuando me llama *así*. Cuando me mira con los ojos abiertos de par en par y los labios hinchados.

—Pídemelo por favor —replico y la veo fruncir el ceño, pero no me importa. Es la venganza por decirme que la han puesto cachonda los otros chicos del equipo—. Si me lo pides por favor, haré todo lo que quieras, Emmy.

Veo que tiene lugar una especie de guerra en su cabeza, pero cuando la echa hacia atrás, sé que he ganado.

—Por favor, Maverick —dice.

—Puedes hacerlo mejor. Si tan desesperada estás, por lo menos mírame cuando me pidas más dedos.

Levanta la cabeza y me mira con los ojos muy oscuros, hasta el punto de que no sé si quiere matarme o besarme.

Seguramente las dos cosas.

—Por favor, méteme dos dedos, Maverick. Méteme tres y acaríciame con la lengua. Usa el vibrador que tengo debajo de la almohada. No me importa lo que hagas, pero haz algo.

—¿Tan difícil ha sido? —le pregunto.

Añado otro dedo antes de que pueda protestar más. Una vez que llego a los nudillos, los curvo y ella gime.

Me encanta el sexo, pero esto me gusta más.

Ir despacio.

Descubrir su cuerpo.

Encontrar el ritmo que le gusta y repetirlo una y otra vez.

—Te odio —susurra, pero se retuerce entre las sábanas al tiempo que aparta una mano de las piernas y se la lleva al pecho para pellizcarse un pezón con fuerza.

—Dímelo otra vez —le susurro mientras le presiono el abdomen con la palma de la mano libre y se lo acaricio con los dedos extendidos. No me canso de ella y quiero tocarla por todas partes—. Sabes que me pone.

Cualquier protesta muere en su garganta cuando añado un tercer dedo al mismo tiempo que la recorro con la lengua de abajo arriba.

Sabe a gloria.

Un solo segundo dentro de ella y ya me he convertido en un adicto.

Nada será nunca tan bueno como esto.

Le echo un vistazo, solo para asegurarme de que está disfrutando, pero es un puto error.

Está completamente ida y le brilla la piel por el sudor. Jadea y tiembla con los labios entreabiertos, como si intentara decirme algo.

Le paso un brazo por debajo y la arrastro hasta dejarla casi al borde de la cama. Le pongo los pies sobre mis hombros y agacho la cabeza, manteniéndole el coño abierto mientras le acaricio el clítoris.

—¡Maverick! —susurra, clavándome los dedos y tirándome del pelo—. Justo ahí.

—¿No decías que necesitaba clases de anatomía femenina? ¿Todavía quieres darme alguna, pelirroja?

—No. —Niega con la cabeza frenéticamente y una gota de sudor le resbala por la espinilla. Levanto la cabeza y se la lamo—. Me gusta. Mucho. Nadie me...

—¿Nadie qué?

—Nadie ha hecho que me corra así —dice y me dan ganas de quemar el puto mundo—. Con la lengua.

—Vamos a cambiar de postura. —La levanto en brazos y me arrastro hasta la cama. Ella se agarra a mí y la coloco cerca del cabecero—. Siéntate en mi cara.

—¿Qué? —Me mira como si estuviera confusa—. ¿Qué pasa...? ¡Estaba muy cerca!

—Ahora mismo sigo. —Me tumbo boca arriba, con la cabeza apoyada en la almohada—. Nadie ha hecho que te corras así porque has estado con niñatos. Yo soy un hombre, y ya te he dicho que me encanta comer. Siéntate ya. —Sin darle más opción, la levanto y la siento sobre mi cara.

—*Joder* —grita.

—Abre bien las piernas. Si tengo que morir, prefiero que sea asfixiado por tu coño y no voy a parar hasta que te corras en mi lengua.

Se acomoda bien y desplaza el peso hacia delante. Le tiemblan las piernas a ambos lados de mi cara. Me presionan las orejas, y oigo que empieza a respirar de forma entrecortada.

Le agarro las nalgas, clavándole las uñas, y ella empieza a frotarse contra mi boca.

—Así —le digo antes de morderle la cara interna de un muslo—. Haz conmigo lo que quieras. Úsame. Demuéstrame cuánto me odias.

—No te odio —replica y vuelve a tirarme del pelo—. No cuando haces eso. *Maverick*. Voy a correrme. Por favor. ¿Puedo...?

—Estoy aquí. —Le doy un fuerte apretón en el culo—. Córrete para mí, Emmy, preciosa. Déjame saborearte.

Se estremece sobre mí y me río contra su clítoris cuando ella me aprieta todavía más la cara entre las piernas, como si de verdad quisiera asfixiarme.

No creo que se dé cuenta de que esto no es una tortura, sino el paraíso.

Sé exactamente cuándo se corre. Se inclina hacia delante y está a punto de derrumbarse. Planta las manos en la pared para mantener la posición y repite mi nombre una y otra vez entre sollozos entrecortados.

Voy a estar pensando en esto durante meses.

No me detengo y alargo su orgasmo hasta que se le aflojan las piernas y se aparta de mí para tumbarse en la cama, desmadejada.

La miro y me parece que es incluso más guapa que hace diez minutos. Me acerco y le recorro los labios con los dedos. Cuando abre la boca, le presiono la lengua con ellos.

—Chupa —le digo.

Abre los ojos y los clava en los míos. Me chupa los dedos con tanto entusiasmo que me vuelvo loco al pensar en cómo será cuando me coma la polla. Acto seguido, le paso el pulgar por el labio inferior y le doy una palmadita en una mejilla.

—Muy bien, Emmy —susurro, y ella sonríe. Se coloca de costado y me mira—. ¿Te ha gustado?

—¿Me vas a hacer una encuesta postorgásmica? —Me regala una sonrisa tontorrona, porque está claro que sigue flotando por encima de las nubes. Es preciosa, joder—. ¿Tengo que evaluarte?

—¿Qué comentarios tienes para mí? —Me apoyo en un codo y le paso los dedos húmedos por las tetas—. Dime cómo puedo mejorar.

—Ha sido… —La veo tragar saliva—. Agradable.

—¿Agradable? —repito—. ¿Nada más?

—Satisfactorio.

Me inclino hacia ella y le rozo la nariz con la mía.

—Admítelo: ha sido el mejor orgasmo de tu vida.

—Ha estado bastante bien —murmura antes de besarme. Le acaricio la nuca y me enrollo su pelo alrededor de la muñeca, donde sigue su tanga—. Has cumplido con tu cometido.

—Parece que lo de odiarme era puta palabrería, ¿no?

—Me gusta tu lengua. Y tus dedos. Nada más.

—¿Y mi polla? —Me meto la mano libre en los calzoncillos y echo la cabeza hacia atrás al pensar en lo apretada que va a estar a mi alrededor—. ¿También te gusta?

—No lo sé —contesta al tiempo que se incorpora y se coloca a horcajadas sobre mis caderas. Siseo en cuanto empieza a restregar el coño contra la parte delantera de mis calzoncillos—. Supongo que tendremos que averiguarlo.

—Condón —digo, aunque ella ni siquiera me entiende. No deja de mover las caderas y estoy tocando el cielo. Estoy a diez segundos de metérsela—. En la cartera.

—¿Siempre llevas condones?

—Me gusta estar preparado. Deberías estar agradecida, porque si no, no podríamos hacer esto.

—Eso no es cierto. —Se levanta y observo el vaivén de sus caderas mientras camina hacia mis pantalones. Clavo la vista en su culo cuando se agacha, momento en el que me mira por encima del hombro—. Podríamos hacerlo a pelo.

Gruño.

—No digas eso. Me darán ganas de repetir contigo.

—Pues es una pena… —El colchón se hunde bajo su peso cuando se arrodilla a mi lado—. Porque solo vas a tener una oportunidad, guaperas. —Se me pone más dura al oír el apodo, y siento que me sonrojo—. Ah... —susurra con un brillo travieso en los ojos—. Te gusta que te llame así, ¿verdad?

—Sí. Más de la cuenta. —Trago saliva y la agarro por las muñecas, tirando de ella hacia mí para que se siente en mi regazo—. Esta dinámica de poder entre nosotros me pone, pero ahora mismo soy yo quien tiene el control. Quítame los calzoncillos, Hartwell, y abre la boca.

21
Emmy

No voy a decírselo jamás, pero Maverick Miller me ha provocado el mejor orgasmo de mi vida.

Todavía tiemblo y siento que sigo flotando. Estoy extasiada, sumida en una especie de trance.

—¿Por qué sonríes? —pregunta Maverick con una voz ronca que me pone los pezones duros—. ¿He hecho algo?

—No estoy sonriendo. —Me retuerzo en su regazo y lo miro, sorprendida al descubrir que él ya me está mirando. Tiene la piel sonrojada, el pelo revuelto y una marca a un lado de su cuello, donde lo he presionado con el muslo—. Estás alucinando.

Él me sonríe y me acaricia las mejillas.

—Qué mona eres, joder. Ojalá tuviera el teléfono para hacerte una foto ahora mismo y ponérmela de fondo.

—Lo que quieres es una foto de mis tetas.

—No vas desencaminada, pero esto me gusta más. —Ajusta nuestra posición para poder llegar a mi boca y besarme—. Verte feliz —murmura contra mis labios.

A los veinte años, me habría enamorado de esa frase.

A los treinta, sé que solo forma parte de esta fantasía en la que nos hemos zambullido.

Una hora de fingir antes de volver a ser como éramos al principio de la noche: bromas, pullas y dos personas que no podrían ser más opuestas.

—Nunca conseguirás que sonría —le aseguro.

—Pero puedo hacer que te corras en mi lengua. Algunos dirían que eso es mejor que una sonrisa.

Me invade una oleada de calor al recordar sus manos entre mis piernas. Las suaves caricias de sus dedos y el brillo de sus ojos cuando me ha llamado «Emmy, preciosa».

No soy una experta en lo que a sentarme en la cara de la gente se refiere, pero Maverick se merece un sobresaliente. Una estrella dorada por el entusiasmo y la ejecución, y el aplauso del público.

—Ha sido satisfactorio, ¿recuerdas? —le digo, y su risa retumba debajo de mí.

—Creo que has dicho que ha sido agradable. —Me tira del labio inferior y presiona el pulgar sobre mi lengua, igual que hizo con los otros dedos—. ¿Vas a dejar que te folle?

—Sí —logro decir, y siento que se me humedece la entrepierna—. Eso seguro.

Maverick se recuesta y pone las manos detrás de la cabeza; la viva imagen de la arrogancia perezosa. Sigue con mi tanga enrollado en la muñeca y me pregunto si va a intentar llevárselo a su habitación.

—Pues cuando estés lista.

Pongo los ojos en blanco, pero engancho los dedos en el elástico de sus calzoncillos, desesperada por sentirlo sin ninguna barrera entre nosotros. Se los bajo por las piernas hasta llegar a los tobillos y entonces se me queda la boca abierta.

La tiene gruesa, dura y larga; puede que sea la más grande que he visto. Le brilla la punta por el líquido preseminal, y una parte de mí se siente orgullosa de que haya disfrutado haciendo que me corra tanto como yo.

—Serás cabrón —susurro.

Se la acaricia de arriba abajo y, al ver que sigo el movimiento de sus manos, aparece en sus labios una sonrisa burlona que deja el hoyuelo a la vista.

—Normalita, ¿verdad?

—Sabes que no hay nada en ti que sea normal. —Coloco las palmas de las manos sobre su torso y le clavo las uñas, dejándole marquitas con forma de media luna—. ¿Qué quieres que te diga? ¿Que no me va a caber? Porque empiezo a pensarlo.

—Yo te ayudo. —Se la suelta y me da dos golpecitos en una cadera—. Ponte a los pies de la cama y túmbate boca arriba.

Obedezco sus órdenes, porque este hombre está empuñando una puta *arma*.

Me deslizo por las sábanas arrugadas y doblo las rodillas. Dejo que la cabeza me cuelgue por el borde del colchón y espero a ver qué va a hacer a continuación.

Maverick se baja de la cama y se acerca a mí. Empieza a acariciársela, rodeándosela con los dedos, y respiro hondo para tranquilizarme.

—¿Todavía quieres atragantarte con mi polla? —me pregunta. Siento una punzada en el pecho al darme cuenta de que se está asegurando de que estoy dispuesta a hacer algo que dije sin pensar en lugar de precipitarse sin preguntar.

Asiento con la mirada clavada en él.

—Sí.

—¿Confías en mí?

Echo la cabeza hacia atrás un poco más para dejar claras mis intenciones.

—Confío en ti por completo, Maverick.

Su sonrisa es impresionante, una explosión de alegría que le ilumina la cara con mil colores.

Nunca había visto nada tan bonito.

«¡Esto es solo sexo! —grita una voz en mi cabeza, un recordatorio que necesito mientras él me acaricia los labios con su gruesa polla—. Ni se te ocurra caer rendida a sus pies».

—Abre la boca, Emmy, preciosa. Es hora de que cumplas esa promesa.

Tiemblo al oír el apodo cariñoso y abro más la boca. El salado líquido preseminal se me pega a la lengua y se la lamo con entusiasmo desde la base hasta la punta. Ahueco las mejillas y, cuando está a punto de llegar al fondo de mi garganta, se me llenan los ojos de lágrimas.

—Así se hace. —Maverick me rodea el cuello con una de

sus enormes manos y la presión que ejerce me acelera el pulso—. Lo estás haciendo muy bien.

Me seca las lágrimas de las mejillas con el pulgar, y no me molesto en intentar que esto se vea bonito desde arriba.

Es sucio. Se me sale la baba por las comisuras de los labios y el sonido que hago al atragantarme inunda la habitación. Sin embargo, no me detengo, me la trago hasta el fondo y luego le acaricio los huevos con la mano.

—*Joder* —murmura, tirándome del pelo para sacármela de la boca—. Creo que ya es suficiente.

—Pero todavía no me he atragantado. —Vuelvo a rodeársela con los labios y se la chupo—. Puedes darme más que eso, ¿no, campeón?

—Esos cumplidos me suben mucho la moral, pelirroja. —Se aparta de mí y cuando me la saca de la boca suena un chasquido. Lo miro, parpadeando—. Mírate, estás hecha un desastre. Eres preciosa.

—Dijiste que me ibas a destrozar. —Me meto la mano entre las piernas para acariciarme el clítoris con suavidad, porque lo tengo muy sensible. Haberlo probado me ha excitado—. ¿Qué te gusta, Maverick? ¿Con qué disfrutas?

—Contigo —contesta y me mueve por la cama hasta que se acomoda en las almohadas—. Tú eres más que suficiente.

—¿Les dices lo mismo a todas las mujeres? —le pregunto al oído mientras se tumba boca arriba y me coloca a horcajadas sobre sus caderas.

—No. —Me coge una mano y me besa la palma—. Nunca se lo he dicho a nadie. Solo a ti.

Sé que estoy atontada por una neblina de deseo, pero me lo creo.

Percibo la sinceridad en sus palabras y me aterroriza.

Nadie me ha hecho sentir nunca como «la única», pero, de alguna manera, en una habitación de hotel en el centro de la ciudad de Chicago, de repente soy especial.

—¿Condón? —pregunto antes de que la cosa se ponga demasiado intensa.

Maverick asiente. Desliza el látex por su miembro y se coloca en posición. Me mira a los ojos y por un momento ambos dudamos, como si supiéramos que, en el momento en el que me la meta, la dinámica entre nosotros va a cambiar.

—Fóllame —susurro y los ojos le brillan con intensidad—. Por favor.

Me agarra los muslos con tanta fuerza que sé que mañana los tendré llenos de moratones a juego con sus huellas dactilares. Levanta las caderas y me mete la punta. Gemimos a la par y se me queda el aire atascado en los pulmones.

—¿Estás bien? —balbucea Maverick, que se incorpora para poder acariciarme el pecho con la boca. Me muerde un pezón y suspiro—. Tengo que seguir, cariño. Necesito follarte bien.

«Cariño».

También me gusta que me llame así. Hace que me sienta valiosa, digna de adoración.

Y por la forma en la que me mira desde abajo, con una mejilla apoyada en mi pecho, creo que quizá así sea.

Separo bien las rodillas y bajo las caderas, bajando hasta que la invasión me resulta demasiado, hasta que estoy tan llena que se me nubla la vista y empiezo a experimentar una maravillosa sensación en el vientre.

—No cabe más. Es demasiado —digo.

—*Mierda*, Emmy, ni siquiera estoy a la mitad —dice, y mete la mano entre mis mulos para acariciarme el clítoris con los dedos y usar mi humedad para lubricarse.

—Ya lo sé, idiota —digo entre jadeos, y él sonríe con la cara enterrada en uno de mis hombros.

—Vamos a conseguir que te entre entera.

—¿Cómo? ¿Vas a cortarte diez centímetros?

Noto su risa cálida sobre mi piel mientras siento los lentos círculos que traza rítmicamente con los dedos, consiguiendo que la molestia empiece a resultarme tolerable. Se le da demasiado bien, y pronto vuelvo a estar al límite.

—Va a entrar porque este coño es mío —contesta, y el roce de su cadena de plata me provoca un estremecimiento mientras me agarra posesivamente—. ¿Puedo intentarlo otra vez?

—Quiero hacerlo yo —respondo, y suelto el aire mientras bajo un poco más, aceptándolo más adentro—. *Dios.*

—Me encantan los apodos que me pones —murmura Maverick, arrancándome una carcajada—. Así, Emmy, preciosa. *Mira.* Mira qué bien te la metes entera.

Desvío la mirada hacia el lugar donde nuestros cuerpos se unen, hasta el punto donde él sigue acariciándome con mi propia humedad y ambos movemos la cadera para igualar la intensidad del otro. Desaparece por completo en mi interior, y en la vida he sentido nada que pueda igualarse a esto.

—Más fuerte —digo antes de inclinarme sobre él, colocando las manos a ambos lados de la almohada—. Fóllame más fuerte, Maverick.

—Puedes decir que me odias todo lo que quieras, pelirroja… —Me desliza una mano por debajo de los muslos y me levanta, para después obligarme a bajar de nuevo con fuerza—. Pero los dos sentimos cómo estás apretándome la polla. Te encanta que haga que te corras.

Es cierto. Me encanta y siento que otra vez estoy a punto de alcanzar ese glorioso clímax.

Me acerco cada vez más. Con cada roce de sus nudillos, con cada presión de la palma de su mano, con cada tirón de pelo y con cada mordisco que siento en el cuello me acerca peligrosamente a gritar su nombre, tan alto que todo el hotel sabrá quién está consiguiendo que me lo pase *tan bien.*

—Creo que voy a… —Asiento cuando me besa justo debajo de una oreja y me da un chupetón. Entonces usa los dedos para acompañar los movimientos de las caderas, y sé que no tengo ninguna posibilidad de sobrevivir—. *Maverick.*

—Así, Emmy. —Me estrecha contra él y nos quedamos con el torso pegado y las extremidades entrelazadas—. Córrete en mi polla. *Por favor.* Quiero sentirte.

No me molesto en resistirme; dejo que la ola que cae sobre mí me envuelva y me arrastre mar adentro mientras me consume un éxtasis ardiente.

Me tiemblan las piernas y los hombros. Cierro los ojos con fuerza, en un intento fallido por conservar parte de mi dignidad, mientras repito su nombre una y otra vez a través del placer, como si le estuviera rezando a él.

—Dios, me encanta —gime Maverick en mi pelo mientras me agarra el culo con una mano—. Voy a correrme dentro de ti, ¿vale?

—Sí —le suplico, deseando que llegue al final conmigo—. Córrete para mí, guaperas.

Suelta un gemido largo y grave y deja de apretarme con tanta fuerza. Retira los dedos de mí uno a uno al tiempo que se le tensan las piernas. Suelta una retahíla de tacos mientras se corre en mi interior y luego se calma.

—Hostia —jadea, cubriéndose la cara con un brazo—. Creo que me acabas de mandar al espacio exterior de un polvazo.

—¿Dónde están los bebés alienígenas cuando los necesitamos? —le pregunto, y se ríe como si estuviera borracho—. Has hecho la mayor parte del trabajo.— Me aparto de él y hago una mueca por el repentino vacío que siento—. Yo me he limitado a estar.

—Hartwell, estoy bastante seguro de que ha sido tu coño el que ha hecho la mayoría del trabajo al apretarme así. Es el coño del año.

—¿Me vas a dar una medalla? —le pregunto.

Maverick abre un ojo y vuelve la cabeza para mirarme.

—Puede que tenga que hacerlo.

—En fin. —Me sonrojo y me tumbo a su lado, sin saber muy bien qué va a pasar a continuación—. Ha sido divertido.

Él se ríe y tira de mí para acercarme. Apoyo la cabeza en su pecho y respiro hondo.

—Necesito diez minutos para recuperarme y luego te dejo en paz. Si intento ir hasta el ascensor ahora mismo, me fallarán las piernas.

—Diez minutos. Tengo una tarrina de medio kilo de helado esperándome en el congelador y me voy a enfadar si no me la como antes de quedarme dormida.

—¿Cuál es tu helado preferido? —me pregunta mientras me pasa las manos por el pelo enredado, masajeándome el cuero cabelludo. Un sonido vergonzoso se escapa de mi cuerpo—. Esa es mi pregunta del día, porque no me funciona el cerebro.

—El que tiene pepitas de chocolate. ¿Y el tuyo?

—El de oreo. —Bosteza y apoya la barbilla en mi cabeza—. Pero, vamos, que no le hago ascos a ninguno.

—Lo mismo digo. —Recorro con los dedos los eslabones de su cadena y suspiro, agotada y saciada por completo—. ¿Eres más de perros o de gatos?

—De perros, sin duda, pero me gustan los dos. Hudson está intentando convencerme de que adopte uno del refugio en el que es voluntario, pero todavía no he dado el paso.

—¿Por qué no?

—No sé. Nuestro trabajo conlleva muchas incertidumbres. Podrían traspasarme. Podría fichar por otro equipo y desvincularme de los Stars. No tengo mucha experiencia con animales, pero hacer que una mascota se adapte y luego llevármela a la otra punta del país me parece cruel. Quiero adoptar uno cuando me retire, sea cuando sea.

—Entiendo lo de la incertidumbre porque yo he estado en cuatro equipos en seis años. —Estiro las piernas y hago una mueca por la sensación dolorida que noto entre los muslos—. Pero los perros son lo mejor.

—¿Cuatro equipos? ¿Fue por elección propia?

—Más o menos. Me gusta cambiar y me pongo nerviosa si me quedo en el mismo sitio durante demasiado tiempo. —Hago una pausa y le recorro el antebrazo con un dedo, pasando sobre sus tatuajes y las historias que encierran—. En una ocasión el cambio fue por un conflicto de intereses que me obligó a marcharme a otro equipo.

—Tu ex era jugador de hockey, ¿verdad? —me pregunta Maverick. Me incorporo sobre un codo para poder mirarlo, sorprendida de que lo haya descubierto—. No es tan difícil de deducir. Me has dicho que no sales con jugadores de hockey, y ahora, que hubo un conflicto de intereses. También está el comentario de ayer en el avión sobre que has pasado por esto antes. Supongo que has tenido una mala experiencia.

—Sí. —Trago saliva—. Era jugador de hockey.

—No todos somos lo peor. —Sonríe y me coloca un mechón de pelo detrás de la oreja—. Mírame a mí, por ejemplo.

—Te has acostado con la mitad de las mujeres de este país.

—Eso es una exageración, pelirroja. Eres la primera con la que estoy desde hace más de un mes.

—¿En serio?

—Mmm.

—¿Por qué?

—No lo sé. —Maverick se quita el condón y arruga la nariz—. Supongo que he estado ocupado.

—Seguro que pronto vuelves a ponerte las pilas. —Le doy una palmadita en el torso—. Tengo que ir a hacer pis, y luego voy a comer. Lo que significa que ha llegado la hora de que te vistas y te vayas, colega.

—Vale, vale. —Me agarra la barbilla con los dedos y acerca mi boca a la suya. Me roza en un beso suave—. No te pongas rara conmigo por esto, Emmy, preciosa.

—Eres tú el que hace que me sienta rara al llamarme así cuando no estás dentro de mí. Voy a volver a fingir que no existes.

—Así me gusta. Cuando salgas del baño, ya me habré ido.

—Muy bien. Y deja mi tanga. —Me levanto y pongo los brazos en jarras—. Me costó una pasta.

—Como debe de ser. Te mereces cosas bonitas. —Recorre mi cuerpo con la mirada y sonríe.

—¿Qué? —le pregunto, sintiéndome cohibida de repente—. ¿Por qué me miras así?

—Necesito grabarme esto en la memoria. Es demasiado bueno como para olvidarlo.

Le tiro una almohada a la cara y él se ríe mientras busca sus calzoncillos.

—¡Espera! —exclamo—. No te he visto el tatuaje del culo.

—¿Te has distraído mucho con mi tamaño normalito?

—Dios, no te aguanto. —Trazo un círculo con un dedo—. ¿Me lo enseñas?

—Con mucho gusto —dice y se da media vuelta. Ahí, en su nalga derecha, descubro un melocotón. Es naranja, amarillo y blanco, y destaca sobre su piel bronceada y la curva de su esculpido trasero—. ¿Qué te parece?

—¿Por qué *cojones* tienes un melocotón en el culo?

—Es una historia muy larga que se resume en que perdí una apuesta con Dallas, que es de Georgia. Quería que me tatuara el estado de Texas en honor a su nombre, pero me negué en redondo. Así que nos decidimos por un puto melocotón, que es el símbolo de Georgia.

—Vaya. Así que tienes un melocotón en todo el melocotón… Muy profundo. —Me tapo la boca, pero me es imposible ocultar la sonrisa—. Eres un tío rarísimo.

Me mira por encima del hombro.

—Pero he vuelto a hacerte sonreír.

—En tus sueños.

—Para serte sincero, tengo la impresión de que todo esto ha sido un sueño.

Me froto el pecho con la mano y me muerdo el labio inferior.

—Sí —replico en voz baja—. A mí me pasa igual.

Maverick sonríe y me da un beso en la frente.

—Que duermas bien, pelirroja.

Una hora más tarde, estoy a punto de dormirme cuando siento la vibración del móvil a mi lado en el colchón. Miro la pantalla con los ojos casi pegados y prácticamente inconsciente y descubro un mensaje de Maverick.

Suplicio
imagen
El que se lo encuentra se lo queda

Es una foto suya con mi tanga en la mano, mordiendo el encaje.

Lanzo el móvil al otro lado de la habitación y me juro a mí misma que bloquearé su número en cuanto me levante por la mañana.

22
Maverick

PROFESIONALES DEL PALO

Nada de chanclas esta noche

Don Facilón
Puedo ir sin camiseta?

Hudson
No

Grant-ioso
Sin pantalones?

Hudson
No

Don Facilón
Pronto empezaremos a llamarte papi

Hudson
No

Grant-ioso
Vamos, Hud!!!! Hemos ganado en Chicago!!! Celebrémoslo!

Hudson
Quitándote la ropa?

Asesina Pelirroja ha abandonado el chat
Don Facilón ha añadido a Asesina Pelirroja al chat

Don Facilón
Me puedo tirar todo el día jugando a esto, Emmy

Si hubiera podido elegir un sitio para ver a Emerson después de volver de Chicago, el último hubiera sido un local para lanzar hachas donde nos reunimos con el pretexto de fomentar el espíritu de equipo.

Lo ideal hubiera sido un lugar con menos armas. Un lugar donde ella no pudiera tirarme algo a la cabeza si me la como con los ojos al verla aparecer con unos vaqueros que ya sé que me van a volver loco, pero no he tenido ni voz ni voto al respecto.

—¿Estás bien, Mavvy? —me pregunta Hudson mientras firma el documento legal para entrar en el local, tras lo cual le devuelve el portapapeles al adolescente de detrás del mostrador—. Estás un pelín blanco.

—Estoy de maravilla. El entrenador ha tenido ocurrencias increíbles durante los años que lleva con nosotros aquí en Washington, pero esta se lleva la palma.

—Es para fomentar la confianza o no sé qué. Ha dicho que no jugamos como si nos apoyáramos los unos a los otros, pero es una gilipollez. Yo caminaría sobre brasas por todos vosotros, y sé que haríais lo mismo por mí.

—Por supuesto. —Echo un vistazo por el vestíbulo y suelto una carcajada—. ¿Qué mejor manera hay de desarrollar la confianza que darles alcohol y un hacha a un grupo de deportistas y ver cuál pierde un dedo primero?

—Si eso nos saca del bache, estoy totalmente a favor. El partido de mañana contra St. Louis va a ser difícil. Quienquiera que haya hecho nuestro calendario nos odia.

—Le echaremos la culpa a Ethan. Se acostó con la nieta de algún alto cargo y ahora nos están dando por saco —digo—. Oye, ¿has hablado con Hartwell desde que volvimos de Chicago?

—No. No hablamos fuera de los entrenamientos, y no he sabido nada de ella porque el entrenador canceló el de ayer para darnos un respiro. La última vez que la vi, estaba dormida como un tronco pegada a la pared del avión. Ni siquiera se despertó cuando tuvimos ese aterrizaje tan brusco. Debía de estar muy cansada —responde Hudson.

«Cansada o bien follada», pienso mientras contengo una sonrisa.

Vi su forma de subir las escalerillas del avión de vuelta a casa. Cuando le pregunté qué le pasaba, a sabiendas de que era mi polla la que le había provocado ese paso torpe, me hizo una peineta.

Lo normal sería que ya hubiera pasado página después de un rollo de una noche, porque no vuelvo a pensar en las mujeres con las que me acuesto, pero no puedo quitarme a Emerson de la cabeza.

Cada vez que cierro los ojos, la veo desnuda y ahogándose con mi polla.

La oigo gemir mi nombre y decir «por favor».

Siento sus uñas clavándose en mi piel.

No he conseguido hacer nada en los dos días que llevamos de vuelta en casa y empiezo a pensar que me estoy volviendo loco.

Es, sin duda alguna, la mujer más increíble con la que he estado. Me encanta que no esperase a que yo le diera nada; sabía lo que quería y lo *consiguió*. No estaba fingiendo ser lo que no es para demostrarme que le va la aventura en la cama, tampoco. Es auténtica, y saber que no puedo volver a tenerla hace que la desee todavía más.

Parpadeo para salir de mi ensimismamiento y carraspeo.

—Y yo mientras soy incapaz de dormir si te oigo respirar. No echo de menos la época en la que teníamos que compartir habitación.

—¿Cómo? ¿No quieres volver a dormir conmigo? —Hudson hace un puchero—. A mí me gustaban mucho nuestras fiestas de pijamas.

—Ni de puta coña. Siempre me aseguro de que estemos en plantas distintas para que tus ronquidos no me persigan en sueños.

—Capullo. —Hudson me da un empujón en un hombro—. ¿Qué planes tienes después de esto?

—Me voy a casa. ¿Por qué?

—Riley, Connor y yo vamos a ir al bar de la esquina a tomar algo. ¿Quieres venir a jugar un rato al billar?

—Suena divertido. Tengo la sensación de que llevo una eternidad sin salir con vosotros.

—Porque es así. Connor está cabreado porque ese capullo con el que jugaba en la universidad acaba de firmar un contrato millonario con Miami y está nervioso por su renovación al final de la temporada. He pensado que deberíamos animarle un poco.

—¿Te refieres a Perkins? No soporto a ese tío. Me apunto a unas cuantas partidas. —Mis compañeros de equipo entran en el reducido vestíbulo y ocupan demasiado espacio—. ¿El entrenador viene?

—Lo dudo. Esta semana le toca hacer de padre.

—Qué pena. Podría haberse traído al crío con él.

—No creo que dejen entrar a niños aquí. Sería un peligro.

—No más de lo que lo serían Ethan y Grant con un hacha —replico, y después saco el móvil—. Voy a ver por dónde anda Hartwell.

Espero que no te saltes la actividad obligatoria para
fomentar el espíritu de equipo, pelirroja

Asesina Pelirroja
Me echas de menos, Miller?

No. Todavía puedo verte si cierro los ojos

Asesina Pelirroja
Ni idea de a qué te refieres
Llego enseguida. Ha habido una avería en el
metro

Hace muchísimo frío
Tengo otro coche en el garaje. Puedes cogerlo

Asesina Pelirroja
No, gracias. No me gusta deberle nada a nadie

Como tu ropa interior?

Asesina Pelirroja
A lo mejor te mato. Es mi tanga favorito

Anda
Y el mío también

—¿Qué te hace tanta gracia? —me pregunta Hudson mientras mira por encima de mi hombro—. ¿Me he perdido algún mensaje en el chat del grupo?

—No. —Bloqueo la pantalla—. ¿Listo para lanzar unas cuantas hachas?

Antes de que pueda responderme, se abre la puerta del edificio. Emerson entra en el vestíbulo con unos pantalones de cuero, unas botas que le llegan a las rodillas y un jersey que le deja al aire el hombro derecho.

Me permite ver perfectamente el chupetón que le dejé en el cuello la otra noche, y sonrío.

—¿Esa es Emerson Hartwell? —El chico detrás del mostrador se levanta y su taburete sale volando—. Ay, Dios, es mi jugadora favorita de la liga. Hostia, ¿viene hacia aquí? ¿Puedo saludarla? ¿Me dará su autógrafo?

—Pregúntaselo tú mismo. Hola, pelirroja —la saludo, y ella echa un vistazo en mi dirección. Durante medio segundo me parece que le brillan los ojos, pero luego parpadea y vuelve a mostrar su habitual indiferencia—. Ven, que hay alguien que quiere conocerte.

Se abre paso entre los chicos, que la saludan. Un par le da un abrazo. Otros le chocan los cinco. Ethan y ella hacen una especie de apretón de manos secreto que consiste en mover los dedos y chocar las caderas, y noto una oleada de celos por la atención que le dedica Emerson a todo el mundo.

—¿Qué tal? —pregunta cuando por fin llega al mostrador.

—Te presento a Kevin —digo después de mirar la chapa con su nombre—. Es un gran fan tuyo.

—Muchísimas gracias.

—¿Crees que podrías...? —El chico traga saliva—. ¿Podrías firmarme algo? ¿Algo que no sea el permiso para las hachas?

—Pues claro.

Dibuja su elegante firma en un trozo de papel personalizado y posa para una foto, con la lengua fuera y los ojos cerrados. Ahora mismo, con las mejillas sonrojadas por el viento y una leve sonrisa tirándole de la comisura del labio, parece despreocupada. Noto un ligero dolor en el pecho.

Cuando termina la sesión de fotos, le doy un toquecito en un hombro.

—¿Quieres ir en mi equipo?

—Voy con Grant. Sería peligroso que tú y yo apuntáramos a la misma diana. Podría fallar por accidente y cortarte las manos.

—Y yo que pensaba que te encantan mis manos —le digo, bajando la voz para que solo ella pueda oírme—. O por lo menos eso me parecía la otra noche.

Entrecierra los ojos.

—No empieces, Miller. No quiero arrepentirme de nada.

—¿No te arrepientes? —le pregunto.

Hace una pausa y finge quitarse una pelusa del jersey.

—No. ¿Tú sí?

—Por supuesto que no. Lo pasé muy bien y te juro que, a partir de ahora, haré como si no hubiera pasado nada.

—Se supone que debías llevar días así.

—Uy... —Me echo a reír y retrocedo un paso—. ¿Tienes

planes para esta noche? Hudson, Riley, Connor y yo vamos a ir a jugar al billar. ¿Te apetece?

Me mira de arriba abajo, y me pregunto si se está acordando de cuando echó la cabeza hacia atrás y abrió la boca para mí, o de cuando se le caía la baba por la cara mientras se tocaba entre los muslos y me la chupaba.

Joder.

—¿Quieres que juguemos en serio? —me pregunta Emerson.

—Tienes toda mi atención.

—Si consigo más puntos que tú, me devuelves el tanga.

—Será una tragedia separarme de él, pero me lo pienso. ¿Y si gano yo?

—Os acompañaré al bar.

Le tiendo la mano.

—Trato hecho.

Nunca había oído a Emerson reírse tanto.

No tengo ni idea de lo que le está diciendo Grant, pero a ella le parece un tío graciosísimo, está claro.

Yo no le parezco tan gracioso, pero ojalá se lo pareciera.

—Oye. —Hudson chasquea los dedos delante de mi cara para que me concentre de nuevo en nuestra pista—. ¿Qué te pasa? Has fallado un tiro facilísimo.

¿Que *qué* me pasa?

Me encantaría responder a esa pregunta, pero no tengo ni idea de por dónde empezar.

No sé por qué no puedo parar de pensar en una melena pelirroja y en un momento clandestino en una habitación de hotel. En un tanga de encaje morado y en la sensación de tener entre mis brazos a una mujer de casi metro ochenta con curvas de infarto.

Probablemente se deba a que no hay distancia entre nosotros. Después de mis habituales rollos de una noche, no tengo problema en olvidar porque nunca vuelvo a verlas.

Sin embargo, con Emerson no es así.

Yo estoy aquí y ella está aquí, y cuanto más la miro, más recuerdo.

Seguro que es por eso.

Es la única explicación lógica de que tenga la cabeza hecha un lío.

—Lo que pasa es que prefiero golpear cosas a lanzarlas. —Me coloco en posición con el hacha sobre la cabeza y la tiro con fuerza. Aterriza en el centro de la tabla y levanto el puño en señal de victoria—. ¡Ahí vamos! Oye, pelirroja, ¿cómo os va por ahí?

—¡No muy bien! —grita, y después echa la cabeza hacia atrás—. Esto es una mierda.

Salgo de mi pista, me acerco a ella y me echo a reír cuando veo que su hacha ha aterrizado muy a la derecha.

—Te sienta fatal que no se te dé bien algo, ¿verdad? —le pregunto.

—La verdad es que sí. —Emerson mira fijamente la tabla—. No entiendo la técnica. Va en contra de todo lo que me han enseñado como jugadora de hockey.

—Pero sí es una buena forma de quitarte frustraciones de encima, ¿no te parece? —Me aparto y le dejo espacio—. Inténtalo de nuevo. Concéntrate en el objetivo. Imagina que la tabla es una red.

Emerson resopla, pero levanta el hacha y la lanza hacia delante. No da en el blanco, pero se acerca más que en el último tiro.

—Mejor —digo—. Bien hecho.

—Me estaba imaginando que la diana es tu cara —replica—. Quizá me ayude a ganar.

—¿No has mirado la puntuación? —Señalo con la barbilla la pizarra que hemos ido actualizando durante la partida. Seymour está en primer lugar y Liam va justo detrás. El pobre desgraciado de Riley es el último y a Emerson no le va mucho mejor—. No puedes remontar, lo que significa que oficialmente has perdido contra mí, pelirroja. Parece que te vienes al bar y yo me quedo...

—Ni se te ocurra acabar esa frase —me advierte.

—¿Con qué te vas a quedar? —pregunta Grant—. ¿Le has quitado algo? Robar no mola, Mavvy.

—Me guardé sin querer sus guantes en la bolsa la otra noche cuando estábamos en Chicago. Son mejores que los míos, así que quiero quedármelos —contesto.

—¡Ah! —Grant mira a Emerson y frunce el ceño—. ¿De qué marca son? Bauer es la única opción. Son carísimos, pero si necesitas unos nuevos, deberías echarles un vistazo. Asegúrate de comprar la serie Pro, no los de la HyperLite. Esos son una mierda.

—Gracias, Grant. —Ella le da una palmada en el hombro y él sonríe—. Lo tendré en cuenta, ya que parece que Miller no entiende el concepto de la propiedad privada.

—Lo entiendo perfectamente. Eres tú la que no entiende que el que se lo encuentra se lo queda. —Le guiño un ojo y ella frunce el ceño—. Disfruta de tus últimos lanzamientos. Puede que el marcador diga que has perdido, para mí eres una campeona.

Vuelvo corriendo a mi pista y hago como que no veo las dos peinetas que me hace.

23
Emmy

El sitio al que nos lleva Connor es más oscuro que el Bar de Johnny. También hay más humo y un hedor de cuarenta años de alcohol impregna el aire.

—Vamos a buscar una mesa —dice Hudson—. ¿Me pides una cerveza?

—Claro. —Maverick mira a Connor y Riley—. ¿Queréis algo, chicos?

—Agua para mí. —Riley se frota el cuello y cierra los ojos—. Todavía no tengo la espalda bien desde aquel golpe en Milwaukee, y no quiero que nada me siente mal antes del partido de mañana.

—¿No has ido a ver a Lexi? —le pregunto y, aunque la luz es tenue, veo que se le ponen las puntas de las orejas coloradas al mencionarla—. Hace milagros. La semana pasada me dolía el tendón de la corva y me quitó el dolor por completo con un masaje.

—No quiero molestarla con tonterías. Estoy haciendo unos ejercicios que he visto en internet y me pongo una almohadilla térmica. En unos días estaré bien. —Riley sonríe—. Gracias por preocuparte por mí, Emmy.

—Yo me tomaré una cerveza —dice Connor, y los tres doblan la esquina.

Maverick me roza la cadera con los dedos cuando pasa de mi izquierda a mi derecha y se inclina sobre la barra.

—No sabía que íbamos a venir a un sitio que lleva abierto desde la Edad de Piedra.

—¿Qué dices? Es perfecto. Me recuerda al bar al que iba con mi padre cuando vivía en casa —digo.

—Los de Michigan no tenéis escrúpulos, ¿no?

—Iba los viernes a las tres de la tarde, no los sábados a medianoche. Sus amigos y él se reunían una vez a la semana y hablaban de cosas trascendentales del mundo, como el entrenamiento de primavera de la MLB, si debía haber más vacaciones pagadas o qué peli de *Parque Jurásico* es la mejor.

—La única respuesta correcta es la original —replica Maverick—. No soy crítico de cine, pero creo que estaremos de acuerdo, como sociedad, en que la tercera es una vergüenza para el séptimo arte en conjunto. Ni siquiera es creíble.

—Ah, pero ¿un parque temático con dinosaurios sí lo es?

—Los multimillonarios hacen cosas rarísimas, Hartwell.

—Eso es lo que piensa mi padre.

—Ya me cae bien. ¿Participabas en esos animados debates?

—Pues no. Comía pizza de queso, bebía batido de chocolate y escuchaba mientras se tiraban hora y media hablando. Madre mía, llevo años sin ir. Me pregunto si seguirá abierto.

—¿Quién iba a decir que tu derrota en el tiro con hachas te conduciría a la nostalgia? Puede que hasta acabes pasándotelo bien.

—Con Hudson, seguro. Contigo no —bromeo, pero entonces me asaltan recuerdos de la habitación de hotel en Chicago.

Maverick diciéndome que *no comparte*.

Maverick con los ojos tan oscuros como el carbón mientras me rodea la garganta con una mano.

Maverick diciendo que le *encanta*.

No hay alcohol suficiente en este bar para que me olvide de cómo suena al correrse. Para borrar la imagen de esos tatuajes a la luz de la luna y de él entre mis piernas.

—¿Todo bien? —me pregunta con voz ronca, como si él también estuviera pensando en aquella noche.

—Sí. —Examino la selección de licores en vez de mirarlo a él—. ¿Crees que tienen aceitunas en este sitio?

—Si no tienen, yo he traído. —Rebusca en su abrigo negro y saca un tarro de cristal.

Me quedo mirando el tarro y después lo miro a él.

—¿De dónde las has sacado? ¿Vas por ahí con aceitunas en el bolsillo?

—Me he pasado por una tienda de camino y las he comprado.

—¿Por qué?

—Porque me he acordado de que dijiste que te gustan los martinis. No se puede preparar uno en condiciones sin acompañamiento. —Deja el tarro sobre la barra y me lo acerca un poquito—. Llévatelas a casa.

Las cojo y acaricio la etiqueta con el pulgar. Es una marca cara, la que me permito una vez al mes cuando quiero darme un capricho. Al ver que no ha elegido las baratas, me da un vuelco el corazón.

—¿De verdad son para mí? —pregunto en voz baja.

—Sí. —Maverick frunce el ceño—. Cuando las he comprado, no creía que fuera a ser para tanto. No te estoy pidiendo que te cases conmigo ni nada. Puedes tirármelas si te apetece. No me...

—Gracias —lo interrumpo, y pone los ojos como platos. Esboza una sonrisa, y el hoyuelo de su mejilla derecha hace que me sonroje—. Te lo agradezco. Es un detallazo por tu parte.

Finge tocarse el ala de un sombrero.

—El placer es mío.

—Ponme un martini con ginebra —le digo al camarero cuando se acerca, y me pego el tarro de aceitunas al pecho—. Por favor.

—Y a mí tres cervezas y un agua —añade Maverick. Saca la cartera y deja un par de billetes de veinte, pagando mucho más de la cuenta por las bebidas.

Mientras esperamos a que nos las sirvan, empiezo a darme golpecitos con los dedos en un muslo. Él apoya los antebrazos en la barra y mira fijamente el partido de fútbol americano que están echando en la tele del rincón. Estamos callados y eso me pone nerviosa.

—¿Listo para St. Louis el jueves? —le pregunto, sintiendo la necesidad de romper el silencio. Es incómodo y pesado, como si los dos quisiéramos decir algo, pero no supiéramos el qué—. Son un buen equipo.

Tuerzo el gesto.

«¿Un buen equipo?».

¿Se puede saber qué bicho me ha picado? Parece que nunca haya hablado de deportes, cuando en realidad me he pasado toda la tarde estudiando las estadísticas de los Pelicans.

—Un gran equipo. —Maverick se frota la mandíbula, donde ya se le empieza a ver un asomo de barba. No se ha afeitado desde que enterró la cara entre mis piernas, y me pregunto qué sensación me provocaría ese vello oscuro en la cara interna de los muslos—. Son campeones consecutivos de la Stanley Cup.

—Son jóvenes, ¿no? —pregunto, aunque ya sé la respuesta.

La media de edad del equipo es de veinticuatro años, pero pienso seguir haciendo preguntas si así consigo que Maverick me hable como lo hacía antes de follarme hasta que perdí el sentido.

—El segundo equipo más joven en llegar a los playoffs y el más joven de la historia en ganarlo todo —contesta—. Me gusta lo que están haciendo. No hay ninguna superestrella en su plantilla. Tienen muchos jugadores con talento, pero ninguno eclipsa al resto. Esperaba que fuera así aquí cuando me ficharon, pero todavía no hemos llegado a ese punto.

—Esta temporada no es tan mala como las últimas, ¿verdad? —Tomo una honda bocanada de aire y me preparo para hacer la pregunta que me ronda la cabeza de un tiempo a esta parte—. ¿Te has fijado en alguna debilidad en la que pueda trabajar para ayudar al equipo? ¿Algún aspecto en la pista en el que pueda mejorar? No soy un lastre, ¿verdad?

—¿Qué dices? —Maverick me da un tironcito de una de las trabillas del pantalón para que lo mire, y me encantaría que dejara los dedos ahí—. ¿De qué estás hablando?

—No sé... —Jugueteo con las puntas del pelo, porque necesito algo que me distraiga de esa mirada intensa—. Estabais jugando bien las primeras semanas de la temporada, pero luego llegué yo y se fue todo a la mierda. Tú mismo lo dijiste en el avión.

—Eso *no* es lo que dije en el avión y nunca te culparía porque las cosas se hayan ido a la mierda. Así no funciona el deporte, Hartwell. Hay altibajos. Ya lo sabes.

—Ahora mismo estamos más en un bajo que en un alto. Nos estamos ahogando.

—La razón por la que jugábamos mejor al principio de la temporada es porque estábamos en mejor forma que cualquier otro equipo al salir de la pretemporada. El entrenador nos da un plan de entrenamiento de fuerza muy estricto que debemos seguir durante el verano y todos nos lo tomamos muy en serio. No perdemos mucha forma física fuera de temporada y somos capaces de ganar desde el principio. Ahora todos los demás nos han alcanzado.

—Ah. —Asiento—. Tiene sentido.

—¿Te pasa algo más? —me pregunta, y da un paso hacia mí—. Sé que no somos amigos, pero puedes hablar conmigo de cualquier cosa.

«¿Y si quiero que sea mi amigo? ¿Y si quiero retirar todo lo que le dije en aquel vuelo?».

—No. Sí. —Me encojo de hombros e intento mirar por encima de su hombro, pero es demasiado alto—. Después de los últimos partidos, me he estado preguntando si debería haberme quedado en la ECHL. Si fue un error subir de liga.

—¿Estás contenta, Emerson? —me pregunta—. ¿Te hace feliz jugar en esta liga?

—Sí —contesto sin dudar.

—Pues entonces no fue un error.

—Ahora que estoy aquí, viviendo este sueño… no quiero dejar de amarlo —confieso—. El hockey ha sido una constante para mí y no sé qué haría sin él.

—Así son la vida y el deporte. Algunos días estás que te subes por las paredes por la frustración y otros quieres tirar la toalla. Pero mientras siga haciendo que se te acelere el corazón, tienes que seguir. Uno no renuncia a aquello que ama solo porque sea difícil.

Me agarro a la barra, porque me ha pillado desprevenida el poder que encierran sus palabras.

Maverick tiene razón.

Últimamente me he sentido frustrada y he pensado que no valgo para nada, pero esa frustración es normal. Es lo que pasa cuando algo te apasiona, y me niego a renunciar a esta oportunidad.

—No esperaba una charla motivadora esta noche —le digo, y después lo miro—. A veces me entra la neura. Gracias por escucharme.

—¿Has hablado con la doctora Jenn, nuestra psicóloga deportiva? Es un gran recurso.

—No, ¿y tú?

—Tengo cita todos los miércoles, ya sea en el estadio o por videollamada si jugamos fuera. Ser deportista profesional es la hostia de complicado, pero ya sabes lo que te dije: no estás sola.

—Sí. —Le sonrío al camarero cuando me entrega el martini. Abro el tarro de aceitunas y le echo dos a la copa—. Ya no me siento así.

—Que *no eres* más alto que yo —asegura Maverick.

—Soy dos centímetros y medio más alto —replica Hudson—. Como mínimo.

—¡Los cojones! Yo mido uno noventa y tres y tú no llegas al uno noventa.

—Este año he crecido.

—Eso es imposible.

—Chicos —digo y ambos vuelven la cabeza para mirarme—, hay una forma muy sencilla de zanjar el asunto. Quitaos las zapatillas y poneos espalda con espalda.

—Esto va a ser increíble. —Riley sonríe.

—No sé quién quiero que tenga razón —añade Connor.

—Hudson —dice Riley—. Sin duda, Hudson.

Maverick se pone en pie de un salto, ansioso por demostrar que está en lo cierto, y se quita las zapatillas con los pies. Una sale volando por los aires y la otra le da a Connor en un hombro.

Hudson se mueve más despacio. Se agacha, se desata con cuidado las Converse y las deja a un lado.

—Te voy a hundir, cabrón. —Maverick echa los hombros hacia atrás y saca pecho—. Tú haces de juez, pelirroja.

—¿Y yo qué tendré que ver en esto? —pregunto.

—Ha sido idea tuya. —Hudson se echa hacia atrás y se pone en pie—. Además, eres imparcial. El resto de las tías del bar le darían la victoria a Maverick para poder follárselo. Tú no.

«Yo ya me lo he follado», me digo, y veo que Maverick esboza una sonrisilla burlona.

—Vale. —Apuro mi copa y me pongo junto a ellos. Clavo la mirada en sus coronillas—. Hudson es más alto.

—¿*Qué*? Ni de coña. Otra vez —insiste Maverick.

—Lo siento, guaperas. Ya no eres el más alto del equipo.

—No te creo. —Maverick cruza los brazos por delante del pecho—. Mañana en el estadio sacamos el metro.

—¿Seguro que quieres usar uno? —pregunto, y los chicos se echan a reír—. Puede que te lleves un chasco.

—Voy a usar todos los metros del edificio y vosotros, capullos, no vais a tener razón. —Maverick coge una de sus zapatillas deportivas Nike de caña alta, se la vuelve a poner y me mira—. ¿Quieres echar un billar?

Miro la hora en el móvil. Solo son las ocho y Piper dijo de pasada que había quedado con algunos compañeros de trabajo esta noche. La idea de irme a casa a estar sola me resulta deprimente, y la verdad es que me lo estoy pasando bien.

No pasa nada por quedarme otro ratito.

—Vale —acepto, y se le iluminan los ojos—. Una partida.

—Hasta luego —les dice a Riley, a Connor y a Hudson, y yo lo sigo hasta la mesa que hay al fondo del bar—. ¿De verdad soy más bajo que él, o me estás tomando el pelo?

—Hudson estaba de puntillas —confieso—. Sigues siendo más alto.

—Cómo lo sabía. El muy cabrón es bastantes centímetros más bajo que yo, y eso siendo generoso. —Maverick coloca las bolas—. ¿Quieres romper?

—Hazlo tú —contesto, y le paso un taco que hay colgado en la pared.

Emboca una bola lisa y me hace señas para que me acerque.

—¿Has jugado antes?

—No —contesto, pero es una mentira de las gordas. Mi padre me enseñó cuando tenía seis años y casi ni alcanzaba a ver por encima de la mesa—. ¿Me enseñas?

—Claro. Ven aquí.

Me muevo hasta colocarme delante de él. Casi no hay espacio en este rincón, pero no retrocede.

Yo tampoco lo aparto.

—¿Qué tengo que hacer primero? —le pregunto, y posa la mirada en mi bola.

—Date la vuelta. Mira hacia la mesa —responde, y yo lo hago—. Échate hacia delante.

Me inclino sobre el borde, con los antebrazos sobre el tapete y las caderas hacia atrás. Le rozo la parte delantera de los vaqueros con el culo y lo oigo tomar aire con brusquedad.

Maverick pone una mano en mi cintura y la otra encima del taco, sobre la mía. Invade mi espacio personal, con el torso pegado a mi espalda, y no tengo adónde ir.

—¿A qué tronera apuntas?

—A la de la esquina más alejada —contesto. Me frota los nudillos con el pulgar, distrayéndome, y trago saliva.

—Buena elección. Echa el taco hacia atrás y alinea el tiro. Asiento.

—¿Así?

—Perfecto, Emmy —murmura, y me siento como si acabara de tocar un cable eléctrico.

Se me enciende todo el cuerpo y siento que su voz ronca y el calor de su cuerpo sobre el mío me dan una descarga. Noto su polla pegada a mí, medio dura, y la sensación me transporta de vuelta a Chicago, a sus elogios, a sus palabras susurradas contra mi cuello. La perfección con la que encajábamos y la sensación de su cuerpo debajo del mío.

—¿Y ahora qué? —susurro.

—Ahora golpeas. —Me roza la oreja con los labios—. ¿Puedes?

—Sí —contesto con un hilo de voz y echo hacia atrás el taco.

Los años que llevo jugando no me sirven de nada. No cuando sus manos me distraen y me excitan tanto. La bola choca con el borde de la mesa y se aleja de la tronera.

—Buen intento —murmura, y desliza la mano que me había puesto en la cadera hasta mi abdomen. Lo hace con tanta suavidad que podría habérmelo imaginado—. La próxima vez seguro que lo consigues.

—Te toca. —Lo miro por encima del hombro y veo que tiene los ojos tan oscuros como la noche. Me está observando y cuando me muerdo el labio inferior, echa la cabeza hacia atrás—. A menos que no quieras jugar.

—Quiero jugar. Tengo muchas, muchísimas ganas de jugar. —Cierra los ojos con fuerza y me roza la cadera. Creo que los dos entendemos que no se refiere al billar—. Es posible que esto haya sido una mala idea.

—Sí. Es posible.

Me aparto de él, pero me agarra del codo y hace que me dé media vuelta para mirarlo. Rozo su pecho con el mío y me pone una mano en la nuca.

—¿Qué superpoder te gustaría tener? —me pregunta. Yo parpadeo, confusa.

—¿Por qué me preguntas por superpoderes?

—Porque así me distraigo y dejo de pensar en inclinarte sobre la mesa y follarte sobre el tapete, o en sentarte en el borde y comértelo todo. No debería pensar nada de eso, pero lo estoy haciendo. Y me estoy volviendo loco.

—Ah... —Me humedezco los labios y él sigue el movimiento de mi lengua con la mirada—. Como no vamos a hablar de *eso*, si tuviera que elegir un superpoder, sería volar. ¿Y tú?

—Leer la mente —responde con un suspiro ahogado—. Para saber exactamente cuánto te gusta mi polla.

—La odio —replico, y suelta una carcajada por lo bajo, sensual y exasperante—. Es la peor que he visto en la vida.

—Me lo imaginaba. —Me acaricia la mejilla y sonríe. No me aparto—. ¿Cuál es tu pregunta, pelirroja?

—¿Cuándo es tu cumpleaños?

—El 15 de junio. ¿Y el tuyo?

—El 6 de agosto.

—Entonces eres...

—¿Va todo bien por aquí? —pregunta Hudson a nuestra espalda, y nos separamos de un salto.

—Sí —contesta Maverick, que casi se cae al apartarse de mí—. Todo bien.

—¿Quién va ganando?

—No hemos avanzado mucho —contesto—. Me gusta tomarme mi tiempo para asegurarme de que tiro bien.

—A mí también —conviene Maverick mirándome—. Hay que ser minucioso.

Hudson nos mira a los dos y frunce el ceño.

—¿Qué me estoy perdiendo?

—Nada de nada, tío. —Maverick le da una palmada en un hombro y se aleja de nosotros caminando de espaldas—. Voy al baño. ¿Alguien necesita algo?

—No —contesto, y se va.

—Parece que os lleváis bien —comenta Hudson—. ¿Ahora sois amigos o algo así?

Me paso el pulgar por la mejilla, justo sobre el lugar donde Maverick acaba de tocarme.

—O algo así.

24
Emmy

Nuestra suerte ha cambiado.

Después de ganar en St. Louis la semana pasada, también derrotamos a los equipos de Calgary y Minnesota. Marqué mi primer tanto con la camiseta de los Stars y parece que ya hemos dejado atrás la mala racha que arrastrábamos.

Mañana por la tarde jugamos en Boston y, aunque el resto del equipo tiene pensado ir a cenar al Seaport, yo he decidido quedarme en el hotel para recargar energías.

—¿No vienes? —me pregunta Piper por el altavoz de mi móvil mientras le echo un vistazo a la carta del servicio de habitaciones que está encima de la mesa—. Lexi ha dicho que sí y nunca nos acompaña si vienen los chicos.

—No, Piper, lo siento. Necesito ducharme y estirar. Y quiero dormir un poco, que mañana hay que madrugar.

—Vale. —Se ríe de algo que sucede al otro lado del teléfono—. Escríbeme si me necesitas, Emmy.

Colgamos y, antes de que pueda dejar el móvil sobre la almohada y apagarlo para dormir, se ilumina con un mensaje.

Suplicio
Así que no vienes a cenar?

Lo sabes todo de todo el mundo?

Suplicio
Me gustaría responder que sí, pero Piper acaba
de decirnos que te quedas en tu habitación

Estoy cansada

Suplicio
Yo tampoco voy

Por qué no? Siempre vas

Suplicio
Me encanta que me controles, pelirroja
La comida picante me sienta mal
Hay un sitio de patatas fritas al final de la calle
Tienen un montón de salsas
Quieres que pida algo y te lo lleve, chica patata?

Miro fijamente los mensajes de Maverick y me muerdo el labio inferior.

Debería decirle que no.

Es una mala idea.

Me da la sensación de que invitarlo a venir es como invitarlo a que volvamos a liarnos. La química que tenemos en la cama es increíble y, por mucho que dijera que solo sería una vez, va a ser complicado ignorar esa atracción.

Aunque a lo mejor puedo intentarlo.

Habitación 517

Suplicio
Hasta dentro de un rato

Media hora después, abro la puerta antes de que Maverick tenga oportunidad de llamar. Lo arrastro al interior y echo el pestillo cuando está dentro, tras lo cual echo un vistazo por la mirilla para asegurarme de que ninguno de nues-

208

tros compañeros lo ha visto merodeando fuera de mi habitación.

—¿Me echabas de menos, Hartwell? —Maverick sonríe y se descalza—. Parece que tienes muchas ganas de verme.

—Tengo hambre.

—¿De qué, exactamente?

Entrecierro los ojos y le quito la bolsa de las manos.

—De patatas fritas.

—Extraña forma de referirte a mi polla, pero me vale —bromea.

—Estás a dos segundos de que te expulse —le advierto—. Y me voy a quedar con la comida.

—Perdona. Ya no me quedan más bromas. —Se quita la sudadera y la deja caer sobre las zapatillas. Entra en la habitación y observa las dos camas de matrimonio—. Por favor, dime que una de ellas es para dormir y la otra para hartarnos a comer. Quiero darme un atracón con esas patatas fritas.

—Obviamente. —Paso junto a él, me siento en el colchón más cercano a la puerta y dejo la comida en medio de la cama—. Por eso he puesto una toalla.

—Chica lista. —Se sienta en frente de mí, frotándose las manos—. No sé qué salsa prefieres, así que las he traído todas.

—¿*Todas*? ¿A qué te refieres? ¿Kétchup? ¿Kétchup picante?

—Vamos, pelirroja. —Se ríe y menea la cabeza—. Me refiero a pimiento y mayonesa. Ajo asado. Chipotle ahumado. Ranchera con hierbas aromáticas... ¿Quieres que siga?

Se me hace la boca agua.

—Quiero que te calles y me las enseñes.

Maverick saca dos cajas de poliestireno de la bolsa. En la primera hay una montaña de patatas fritas, y en la segunda, un montón de tarrinas individuales que coloca en fila sobre la toalla.

—Tú primero —me dice.

—Has pagado tú. Deberías empezar tú.

—Yo ya las he probado, así que te dejo hacer los honores. La de ajo asado es mi preferida, pero todas están buenas.

Abro la tapa de la que me indica y mojo dos patatas fritas

en la salsa. Me las meto en la boca y gimo. Pongo los ojos en blanco y cojo unas cuantas patatas más antes incluso de haberme tragado las que tengo en la boca.

—Delicioso —digo.

—¿Qué has dicho? No te entiendo con la boca llena, animal.

Le lanzo una servilleta, pero él la atrapa en el aire.

—Perdóname por estar muerta de hambre.

—Pues come, Hartwell. Normalmente me como una ración grande yo solo, así que no está mal compartir los carbohidratos con otra persona.

Abro la tarrina que contiene la salsa de pimiento y mayonesa, y el olor casi hace que me derrita.

—¿Así que no te gusta la comida picante? —le pregunto.

—No, no es lo mío. He probado platos que me han recomendado, pero me sientan mal. —Se encoge de hombros y mete la mano en la bolsa—. De pequeño solo comía sándwiches de mantequilla de cacahuete y mermelada y tiras de pollo. De adulto como mejor y, cuando viajamos, me esfuerzo por probar restaurantes locales.

—Te estás perdiendo muchas cosas.

—Ya lo sé. ¿Vas a pedir algo al servicio de habitaciones para cenar? No puedes comer solo patatas fritas.

—Sí, pensaba llamar un poco más tarde. El pollo a la parrilla con verduras tiene buena pinta. —Me levanto para acercarme a la mesa, cojo la carta y se la ofrezco—. ¿Quieres algo?

Abre la boca y una gota de salsa se le queda colgando cerca de la barbilla.

—Emerson Hartwell. ¿Me estás invitando a cenar contigo? ¿Se acerca el fin del mundo?

—Me has traído patatas fritas. Qué menos que devolverte el detalle con comida mediocre de hotel.

—Me encantaría, pero voy a necesitar un rato. Tengo que dejar que se asienten las patatas.

—¿Qué te parece dentro de una hora? —Me acuesto en el colchón y me apoyo en la almohada—. ¿Te lo permitirá tu sistema digestivo?

—Muy amable por preguntar; en una hora me viene perfecto. —Se mete otra patata frita en la boca y me mira—. ¿Estás emocionada por tu primer partido de la NHL en Boston?

—Sí. Vamos a jugar en el estadio más antiguo de la liga, rodeados de los fans más apasionados, y tengo la sensación de que por fin estoy encontrando mi ritmo en la pista. —Cruzo las piernas a la altura de los tobillos y me pongo las manos detrás de la cabeza—. ¿Y tú?

—Me encanta Boston. Es donde siempre juego los mejores partidos de la temporada.

—¿En serio?

—Ajá. Me alimento de la energía negativa que proyecta la grada. Los fans pueden abuchearme todo lo que quieran, que yo seguiré marcando. —Se limpia las manos con una servilleta y la tira a la papelera—. Espero que tú también marques mañana.

Se produce un momento de silencio entre nosotros. Por el rabillo del ojo, veo que se acomoda en la cama a mi lado. El colchón se mueve y suelto un leve suspiro.

—¿No te parece interesante que, después de nuestra noche en Chicago, de repente hayamos entrado en una racha ganadora? —le pregunto en voz baja.

—Muy interesante —afirma. Me atrevo a volver la cabeza para mirarlo y descubro que él ya lo está haciendo—. Follamos y marcas por primera vez. Vaya coincidencia.

—Sí. Vaya coincidencia. —Me río mientras se me endurecen los pezones debajo de la camiseta de tirantes. Me relamo los labios y juraría que Maverick acerca la mano a mi pierna por encima de la colcha—. ¿Crees que deberíamos...?

—¿Volver a hacerlo? —termina él por mí—. Podríamos considerarlo una investigación.

—¿Ahora te interesa la ciencia?

—Pelirroja, en lo referente a tu coño, considérame el puto Bill Nye.

Es una tontería pensar que una noche juntos haya cambiado la trayectoria de nuestro equipo. No hay ninguna correlación *real* entre su polla, mi capacidad para marcar y nuestra racha de victorias.

Aunque tengo curiosidad.

—Siguen aplicándose las mismas reglas —digo—. Te vas en cuanto terminemos y después será como si esta noche nunca hubiera ocurrido.

—¿Alguna otra petición? —me pregunta mientras extiende el brazo y tira de mí hacia él para poner la boca casi sobre la mía—. Quiero asegurarme de que me das algo más que un «satisfactorio» raspado.

—Que sea más rápido esta vez. —Me paso la cadena de plata entre los dedos y recorro los eslabones con el pulgar—. Y me gustaría que esta vez también me pusieras algo en el cuello..., como tu cadena.

El deseo le brilla en los ojos y siento que se me extiende fuego por la piel.

—Quizá mi próximo tatuaje sea la palabra «mía» en el dorso de la mano derecha —dice mientras me recorre la garganta con los dedos y me la rodea con ellos—. Para que sepas a quién le perteneces cuando estás conmigo.

—Demuéstramelo —susurro—. Demuéstrame que soy tuya por esta noche, Maverick.

25
Emmy

Maverick se apodera de mis labios con tanta intensidad que me da la impresión de que teme que vaya a retractarme de lo que he dicho.

No voy a hacerlo.

Quiero que me consuma.

Este beso es igualito que el primero. Descarnado, ardiente y sensual, como si estuviéramos en guerra. Me dejo llevar por sus mordiscos y por sus tirones de pelo, por el roce de sus uñas en mi espalda y por la facilidad con la que me mueve para colocarme sobre él, con las piernas a ambos lados de las suyas.

He echado de menos esto.

No *a él*, sino la intimidad con otra persona. La presión de la satisfacción de que algo sea tan fantástico que quieres gritar para que todos se enteren. Que te acaricie una mano que no es la tuya y el fuego que ruge en tu interior cuando llegas a tocar el cielo.

Siempre he sido una mujer sexual que sabe lo que quiere y que no tiene miedo de expresarlo. He tenido parejas que criticaban mis necesidades y le restaban importancia a mi deseo de que fuéramos compatibles en la cama.

Creo firmemente en la importancia de una vida sexual plena, basada en la confianza, la honestidad y el respeto cuando estás más vulnerable. Te hace descubrir cosas sobre una persona, y lo que sé de Maverick después de haberme acostado solo una vez con él es que puede darme justo lo que quiero: una hora durante la que desconectar. Un momento para sentirme guapa, poderosa y en la puta cima del mundo.

Ahora no tengo que ser la deportista profesional que sonríe ante las cámaras y se mata a trabajar en el gimnasio y en la pista de hielo, ni la que se machaca hasta llegar al límite del agotamiento una y otra vez porque es lo que esperan de ella.

Puedo ser una mujer despreocupada y entregada al momento, merecedora del mayor placer.

—¿Tienes un condón? —le pregunto antes de besarle la comisura de los labios—. Por favor, dime que tienes un condón.

Maverick me agarra por la nuca y suelta una risa ronca.

—Por supuesto que tengo un condón. Metí uno nuevo en la cartera después de lo de Chicago. Soy optimista y pensaba que habría una segunda vez.

—Gracias, Dios.

—De todos los apodos que tienes para mí, ese es mi favorito.

Pongo los ojos en blanco y rebusco en su bolsillo. Una necesidad frenética recorre mi cuerpo mientras saco la cartera de cuero y reviso sus tarjetas de crédito y su identificación.

«Tengo que follármelo ya».

Me detengo cuando veo una foto escondida detrás de su tarjeta American Express negra.

—¿Llevas una foto de June en la cartera? —le pregunto.

—Sí. —Recorre la imagen con un dedo. June lleva dos coletas altas y le faltan los dos paletos. La imagen casi me parte el corazón—. Te dije que es mi persona preferida.

—Maldito seas. —Le agarro con fuerza la camiseta de algodón y lo zarandeo un poco—. ¿Por qué tienes que ser tan guapo y tan buena persona?

Maverick sonríe. Miro su hoyuelo y el rubor que le cubre las mejillas.

—No soportas que sea buena gente, ¿eh?

—Me repatea.

—Esto sería mucho más fácil si fuera un capullo, ¿a que sí? Así podrías fingir que quieres follar conmigo porque me odias, no porque sé tratarte bien…, porque sé cómo tratarte como te mereces. —Juguetea con un tirante de mi camiseta y me lo baja por el brazo, hasta el codo—. Ambos sabemos que con dos veces no va a bastar.

—Me basta y me sobra —le aseguro, y su risa es pecado sobre mi piel—. Dos veces son demasiadas.

—Muy bien Emmy, preciosa. Jugaremos a tu manera. —Saca el condón de detrás de un fajo de billetes y lanza la cartera contra la pared—. Pero solo porque no tengo miedo de admitir lo mucho que te necesito.

Nuestras camisetas caen juntas al suelo. Recorro su torso con la mirada y suspiro.

—Me parece muy injusto que seas tan guapo —digo en voz baja.

—Podría decir lo mismo de ti. —Me pone una mano en la base de la espalda y la otra en el abdomen y se incorpora para chuparme un pezón—. Normalmente me gustan más los culos, pero podría pasarme el día entero tocándote las tetas.

—No me opondría. —Separo más las piernas y siento la presión de la punta de su polla contra mis pantalones cortos—. Toca todo lo que quieras.

—¿Te gustó lo que hice la última vez? —me pregunta mientras cambia de pecho. Lame en círculos el pezón y me arranca un gemido—. ¿Cambiarías algo?

—Ahora no es momento para encuestas, Miller. —Cierro los ojos y meto la mano entre nosotros, colocándosela en el ángulo perfecto para poder frotarme contra él—. *Oh.* Eso me gusta.

—¿Crees que puedes correrte la primera vez sin quitarte los pantalones? —Me aprieta un pecho y me inclino hacia delante—. Yo apuesto a que sí.

—¿Por qué tengo que hacer yo todo el trabajo? —protesto al tiempo que muevo las caderas, buscando la fricción que ansío—. Tienes dos manos. Y una lengua.

—Porque me pone muchísimo verte frotándote contra mí, aunque ambos sabemos que vas a necesitar más. Eran tres dedos, ¿no? Y cada centímetro de mi polla.

No encuentro palabras para decirle. Suelto un trémulo suspiro y me restriego contra sus pantalones cortos, sintiendo la presión que va creciendo en mi interior.

—Eso es —susurra Maverick, y me aparta un mechón de pelo de la cara—. Ponme los pantalones perdidos. Haz que vuelva a mi habitación empapado de ti.

—Nunca he...

—¿Nunca te has corrido en el regazo de otra persona? Pues lo haces muy bien, Emmy, preciosa. *Joder.* Cuando estés a punto, quiero que te apartes los pantalones, ¿vale? Quiero verte cuando te corras.

Me agarro a sus hombros y le clavo los dedos en los músculos. Me siento descoordinada e inestable mientras hago girar las caderas una y otra vez hasta encontrar el ángulo perfecto en el que la punta de su polla roza mi clítoris.

Me tiemblan las piernas de tal forma que me cuesta trabajo apartar la tela mojada.

—Mira ese coño. Muy bien, Emmy. —Maverick me besa la parte superior del pecho y luego me da un mordisco en el lateral. Gimo porque la estimulación me resulta casi insoportable, y después lame las marcas que me ha hecho con los dientes—. Dámelo todo, cariño. Lo quiero todo.

Escondo la cara en el hueco de su cuello y ahogo un grito mientras estallo y veo ráfagas de colores. Me estremezco contra Maverick y él levanta las caderas un poco para seguir frotándose contra mí y que no me deje nada.

Antes de que pueda entender dónde estoy o cómo he llegado hasta aquí, me quita los pantalones y me descubro desnuda encima de él. Noto el aire fresco sobre mi piel empapada de sudor y el mundo deja de parecerme borroso.

Maverick me está mirando mientras se la agarra con una mano. Se la acaricia dos veces y luego se detiene para abrir el envoltorio del condón y desenrollarlo sobre su largo miembro.

Me siento sobre las rodillas, flotando sobre él, y cruzamos la mirada.

—Llévame al cielo, Emmy —murmura al tiempo que me

recorre los muslos con las manos hasta detenerse en las caderas y apretármelas con fuerza—. Por favor.

—No te tenía por un hombre religioso —susurro antes de dejarme caer sobre él, sumida en una neblina borrosa.

—No lo soy —me asegura y me muerde la suave piel del hombro mientras voy bajando centímetro a centímetro, y me quedo sin respiración—. Pero imagino que tú eres lo más parecido al paraíso, así que me he convertido.

En la habitación solo se oyen los suaves golpes de sus caderas contra las mías hasta que estoy sentada por completo sobre él. Me siento llena, acalorada y embriagada por su sonrisa y por el destello apasionado de sus ojos.

Se toma su tiempo para deslizarme la mano izquierda por el cuerpo, tocándome y torturándome hasta llegar al cuello. Una vez allí me rodea la garganta con los dedos, más fuerte que la última vez, y le hago un gesto silencioso con la cabeza para decirle que me gusta.

—Eres increíble —dice, moviéndose en mi interior.

—Eso lo dices porque me la estás metiendo.

—Lo pienso desde la primera vez que te vi.

—Mentira.

—Verdad. —Maverick me levanta de un solo movimiento, me tumba boca abajo y me levanta las caderas—. He pensado en tus curvas. En tus piernas. En todos estos músculos tan fuertes que tienes. En ese ingenio agudo que tienes. Llevo días soñando contigo. *Joder*, Emmy. Eres perfecta.

«Perfecta».

Soy *perfecta*.

Es otra palabra que nadie me ha dicho nunca, así que me la guardo en el corazón.

Maverick me embiste con fuerza y pierdo la cabeza. Se mueve de una forma posesiva, como si me estuviera marcando como *suya*, que es justo lo que yo quería. Es implacable, minucioso, y me toca en todos los sitios a los que puede llegar.

Sus movimientos se vuelven irregulares y un jadeo ahogado me indica que está a punto de correrse. Me rodea una cadera con el brazo y me presiona el clítoris con el pulgar.

Lo miro por encima del hombro, desesperada por ver más de él, y me arrepiento en el acto.

Está guapísimo, con el pelo alborotado en todas direcciones y los labios entreabiertos. Tiene la respiración entrecortada y marcas rosadas en la piel que se convertirán en pequeños moratones.

Y todo por mi culpa.

—¿Te gusta lo que ves? —me pregunta con una sonrisa oscura.

—No —niego y meneo la cabeza—. Nada en absoluto.

—Me encanta cuando mientes. —Echa la cabeza hacia atrás, mirando al techo, y tensa los músculos de los brazos—. ¿Cuánto te queda? Estoy a punto, joder.

—Poco. Sigue moviéndote así... *Joder, Maverick*. Justo así.

—Uno más, Emmy, preciosa. Dame uno más.

No soporto que mi cuerpo le responda.

No soporto que un segundo orgasmo se apodere de mí, mientras un gemido con la forma de su nombre se me escapa de entre los labios.

Detesto sonreír cuando lo oigo seguirme al son de «¡Emmy, Emmy, Emmy!», una plegaria que me susurra al oído mientras le tiemblan las piernas y aparta las manos de mi cuerpo.

Al cabo de un momento se derrumba sobre mí, aturdido. Me aparto de él y trato de recuperar el aliento.

—Si eso no me ayuda a jugar bien, nada lo hará —le digo entre jadeos.

Me rodea la cintura con un brazo y me pega a su pecho.

—Más vale que los dos hagamos triplete. Y que aparezcamos en el top de la ESPN.

—Es posible que hayamos gastado toda la energía que teníamos. —Me coloco de costado para mirarlo. Tiene los ojos cerrados y, por un momento, creo que se ha quedado dormido—. No lo hemos pensado bien.

—Hicieron un estudio sobre las endorfinas y las mujeres en el deporte —murmura—. Decían que el sexo mejora su rendimiento.

—¿Quién lo dice?

—No lo sé. —Agita la mano con pereza en el aire—. Alguien.

Suelto una risilla.

—Pues ese alguien es muy inteligente.

—Mucho —conviene—. Tienes que hacerme la pregunta del día. Estoy agotado.

—¿Y yo no? Dos orgasmos, Miller. Podría quedarme dormida de pie.

Lo veo abrir un ojo.

—¿Me he ganado otro satisfactorio?

—Un aceptable —contesto—. Ojo, que no se te suban los humos.

—Siempre es bueno tener margen de mejora.

No tiene nada que mejorar, pero no se lo digo.

—¿Cuál es tu mayor miedo? —le pregunto.

—¡Vaya! Preguntas psicológicas profundas después de que te la haya metido hasta el fondo. Me gusta tu estilo, pelirroja.

Cojo la almohada que tengo detrás y se la estampo en la cara.

—Se acabó el juego de las preguntas.

—¡No me estropees la cara bonita! —protesta al tiempo que me abraza con fuerza y me besa la clavícula—. Solo intentaba hacerte reír. ¿Ha funcionado?

—No —respondo, pero contengo una sonrisa.

—Lo que más miedo me da es el mar. Me encantan las piscinas, los lagos e ir a la playa, pero el mar me aterroriza. Es demasiado grande y desconocido. Apenas meto los pies porque tengo miedo de que alguna criatura marina me arrastre.

—Sería una forma horrible de morir. Imagínate que te atrapa una anguila.

—¿Cuál es tu mayor miedo? —me pregunta.

—Las serpientes. No puedo verlas ni en las películas. Tengo pesadillas durante días. —Tiemblo—. Joder, son repugnantes.

—Entonces no puedo dejar por ahí una serpiente de goma

para asustarte. Entendido. —Me desliza una mano por el brazo y luego vuelve a subir—. Si pudieras vivir en cualquier parte del mundo, ¿dónde sería?

—En algún lugar cálido, como una isla privada en el Caribe. Pero también me gustaría tener una casa de verano en Inglaterra. ¿Puedo elegir dos?

—Claro que puedes. Es nuestro juego. Puedes tener tantas casas como quieras.

—¿Dónde vivirías tú? En una ciudad, seguro. Me pareces un tío de ciudad grande, de los que llevan abrigos de Prada y trajes de Armani.

—No. Me gustaría vivir en las montañas. Aire fresco. Cielos abiertos. Sin vecinos en varios kilómetros a la redonda. Sería el paraíso.

—¿En serio? —Le apoyo la barbilla en el torso y le toco una mejilla—. Qué sorpresa.

—Nadie quiere ser predecible, pelirroja. Sería un aburrimiento. —Bosteza—. Sé que te dije que sí a pedir comida, pero voy a volver a mi habitación. Estoy agotado.

—Yo también. ¿Quedamos para cenar otro día? —le pregunto, y él sonríe.

—Por supuesto. —Desenreda nuestras extremidades y sale de la cama. Se quita el condón usado, le hace un nudo y lo tira a la basura—. ¿Has puesto la alarma?

—Sí. —Estiro las piernas y suspiro—. Gracias por una noche estupenda.

—Lo mismo digo. Mañana veremos los resultados de nuestro experimento.

—¿Qué pasa si volvemos a ganar?

—Supongo que tendremos que follar una tercera vez, solo para asegurarnos —contesta mientras se viste.

—¿Y si perdemos?

—Yo no lo consideraría una derrota si nos quitamos el disgusto de encima con un polvo.

Me río y le golpeo un muslo con un pie, empujándolo hacia la puerta.

—Buenas noches, guaperas.

Se inclina y me besa en la frente, igual que la última vez que estuvimos juntos. Sus labios se demoran en mi piel y me da un vuelco el corazón por su renuencia a alejarse.

—Buenas noches, Emmy, preciosa. Que duermas bien.

26
Maverick

Acostarme con Emerson dos veces se convierte, por accidente, en una tercera (durante una cálida noche en Florida) y luego en una cuarta (en Nueva York, después de que la calefacción de su habitación dejara de funcionar).

En presencia de nuestros compañeros de equipo y sobre la pista, todo sigue exactamente igual entre nosotros. Ella sigue poniendo los ojos en blanco y actuando como si yo fuera un auténtico incordio. Yo sigo intentando hacerla reír y me siento satisfecho si consigo sacarle media sonrisa.

Cuando estamos juntos a puerta cerrada, entre nosotros saltan *chispas*.

Nunca he deseado a nadie como deseo a Emerson: una y otra vez, de manera constante.

Cada segundo de cada día.

¿Y lo mejor de todo?

Seguimos ganando y, como soy un cabrón supersticioso, estoy seguro de que tengo que encontrar la manera de convencerla de que debemos hacer esto todas las noches.

Llegamos a diciembre con una racha de ocho victorias consecutivas. Estoy jugando mejor que nunca en toda mi carrera y la semana pasada, la liga me sorprendió con un control antidopaje sorpresa. Estuve a punto de llamar al presidente y decirle que no necesito drogas para mejorar mi rendimiento cuando estoy disfrutando del mejor sexo de mi vida, pero pensé que eso daría lugar a una serie de preguntas que no tengo ganas responder, la verdad.

—¡Terminad el calentamiento! —grita el entrenador—. Empezamos dentro de cinco minutos.

Estiro los isquiotibiales y hago una mueca por la tensión que siento en la pierna. Me duele desde que me follé a Emerson hace dos días contra la ventana del hotel, con el Empire State de fondo, y estoy haciendo todo lo posible por mantenerla relajada para que nadie me pregunte por qué cojeo.

Mereció la pena, eso sí.

Recorro la pista con la mirada, buscando su pelo rojo y su sonrisa sarcástica, pero no la veo por ninguna parte.

Lo normal es que esté aquí la primera y, después de seis semanas en el equipo, nunca ha llegado tarde.

Saco el móvil de mi bolsa y le mando un mensaje rápido.

> Toc, toc
> Quién es?
> Hartwell no
> Hartwell no?
> Hartwell no, porque no ha llegado a entrenar
> Estás viva, tardona?

—¿Hay algo en tu vida que sea más importante que esto, Miller? —me pregunta el entrenador. Levanto la mirada y descubro que la mitad del equipo está pendiente de mí—. ¿Tenemos que volver a repasar la política sobre los dispositivos móviles? Si quieres, la imprimo en un libro ilustrado. ¿Eso te ayudaría a entenderla mejor?

Me pongo colorado y guardo el teléfono en la bolsa antes de que pueda arrebatármelo de las manos y leer los mensajes incriminatorios que preceden al ridículo «Toc, toc». Aquellos en los que le digo que sigo pensando en ella. O la foto que me envió con la camiseta que me robó en Miami, tumbada en su cama con la mano entre las piernas.

Seguramente debería borrarla, pero está demasiado buena.

—Lo siento, entrenador. Es Hartwell. No ha llegado —digo, y la pista se queda en silencio.

Grant deja un estiramiento de ingle a mitad. Liam se levanta la máscara. Ethan se quita los guantes y Riley suelta el palo.

—¿Cómo que no ha llegado? —pregunta el entrenador.

—Lo normal es que esté aquí veinte minutos antes, pero no la encuentro —respondo.

—Hostia —dice Seymour—. Supe que pasaba algo en cuanto salí a la pista. ¿Y si alguien se la ha cargado? Últimamente he estado escuchando muchos pódcast sobre crímenes reales y más del setenta y cinco por ciento de las mujeres conocían a sus asesinos.

—Yo no soy capaz de matar ni a una araña. ¿Cómo es posible que haya gente que asesine a otros seres humanos y luego se siente a desayunar como si nada? —replica Connor con un escalofrío—. Qué mal rollo.

—¿Y si ha habido un accidente de metro? Ay, mierda, a lo mejor la han empujado a las vías. Eso pasó en Federal Triangle la semana pasada —dice Ethan.

—A veces viene corriendo al estadio —añade Grant—. Puede que la hayan secuestrado.

—Callaos todos ya. —Hudson me mira, y es el único que se comporta de forma racional en este momento—. ¿La has llamado?

—¿Puedo? —pregunto, y el entrenador suspira.

—Vale —dice, y sé que tengo ocho segundos antes de que me confisque el móvil para siempre.

Busco el teléfono en la bolsa a toda prisa. Tengo las palmas sudorosas y, cuando la llamo, salta directamente el buzón de voz. Lo intento dos veces más y sigue sin contestar.

—No lo coge —les digo a los chicos. Alguien da un grito ahogado.

—Prueba con Piper —refunfuña Liam.

Busco su contacto y la llamo, pero también salta el buzón de voz.

—Tampoco.

—¿Y si alguien les ha hecho daño *a las dos*? —pregunta Grant—. Podría ser un sabotaje.

—Ya basta con el drama —dice el entrenador frotándose la frente—. ¿Sabes dónde vive?

—Con Piper, pero no tengo la dirección.

—No debería darte esta información, y como descubra que la has utilizado para otra cosa que no sea comprobar si está bien, te suspenderé —me advierte el entrenador, que luego la busca en el móvil.

—¿Tienes muchos secretos ahí, entrenador? —bromeo en un intento por aligerar el ambiente, pero el corazón sigue latiéndome con fuerza en el pecho.

—No te pases, Miller. Vive en Garden Villas, en Connecticut Avenue.

—¿Qué? —frunzo el ceño—. ¿Estás seguro?

—Planta once. Número siete.

—¡No me jodas! Eso está al lado de mi casa. Podría tirarle una piedra a la ventana.

¿Oí sirenas cuando salí de mi casa hace una hora? ¿Había una cinta de escena de crimen impidiendo la entrada a su edificio?

Joder.

¿Dónde demonios se ha metido?

—Ve —me dice Hudson, aunque yo ya estoy casi saliendo de la pista.

Atravieso el vestuario como alma que lleva el diablo. Dejo caer los patines sobre el logotipo del equipo y me visto con la camiseta del revés. Me estoy poniendo una zapatilla cuando llego al garaje de los jugadores mientras la llamo otra vez sin suerte.

Prácticamente arranco la puerta de mi Mercedes al abrirlo y pongo rumbo a casa de Emerson, insultando al tráfico que me obliga a circular a menos de cincuenta cuando en realidad quiero ir a cien.

Sigo llamándola durante todo el trayecto por la ciudad, pero ella sigue sin contestar.

El pánico me oprime la garganta. Casi dejo las llaves en el

contacto cuando aparco en la plaza de visitantes del garaje de su edificio. Un papel brillante pegado al ascensor me indica que hoy no funciona, y suelto un taco entre dientes.

Voy al vestíbulo. Después de una conversación de diez minutos con el guardia de seguridad durante la cual lo convenzo de que soy el mismo Maverick Miller que vio en la televisión hace unas noches, por fin me indica dónde está la escalera.

Subo los once tramos más rápido de lo que he subido nada en toda mi vida y, cuando llego a la puerta de Emerson, me apoyo en la pared, jadeando.

—¿Hartwell? —grito, llamando con fuerza. Pego la oreja y escucho. No se oye nada al otro lado, así que vuelvo a golpearla—. ¿Emerson? ¿Piper?

Oigo un leve gemido y me quedo paralizado.

¡Me cago en la puta!

¿Está herida?

¿Hay alguien con ella?

¿Por qué cojones he venido solo?

—¡Tienes seis segundos para decirme que no eche abajo esta puerta! —grito. Dado que no obtengo respuesta, la embisto con el hombro hasta que se abre de golpe—. Joder.

Entro tambaleándome y casi me caigo sobre el suelo de madera. Siento un dolor agudo en el brazo, peor que cuando me estampan contra las mamparas de protección durante un partido.

—Contrólate, Miller —me digo mientras sacudo el hombro. Entro en el vestíbulo y examino el piso en busca de algún signo de violencia. Cojo un candelabro de una mesa y lo sostengo frente a mí—. ¿Hola? Mirad, si las tenéis de rehenes, os doy la tarjeta de crédito y podéis volveros locos con ella. Pero dejadlas en paz. Tengo un arma.

Oigo algo al final del pasillo y salgo corriendo. Veo una habitación a mi derecha y levanto el candelabro por encima de la cabeza, listo para atacar. Empujo la puerta y descubro a Emerson con la cabeza metida en el retrete.

—¿Maverick? —pregunta al tiempo que se incorpora, y me detengo en seco—. ¿Qué haces aquí?

Tiene un aspecto horrible, los ojos rojos y la piel pálida. Lleva el pelo recogido en un moño y tiene los labios manchados de vómito seco. Tiro el candelabro al lavabo y me acerco a ella.

—¿Qué te pasa? ¿Por qué vomitas? —le pregunto, y ella se seca la frente con el dorso de la mano.

—Tengo una intoxicación alimentaria, o algo igual de horrible, por culpa de un sándwich que compré en el aeropuerto LaGuardia. —Hace una mueca de dolor y se estremece entera—. En el quiosco de la terminal. Nunca más. —Se inclina sobre el inodoro y vomita—. Dios. Espero que sea lo último.

—Parece que te ha pasado un camión por encima.

—Creo que eso es lo más bonito que me has dicho nunca.

—¿Más que llamarte preciosa cuando estás encima de mí? Voy a tener que ponerme las pilas.

—O a lo mejor no —replica con una sonrisa débil—. Estoy bien. De verdad. Deberías irte.

—Y una mierda. ¿Dónde está Piper?

—Fuera de la ciudad, visitando a su familia.

—Eso explica por qué no ha contestado a mi llamada. ¿Cuánto tiempo llevas así? —le pregunto.

—No lo sé. —Cierra los ojos y echa la cabeza hacia atrás. Me abalanzo hacia ella y la agarro antes de que se golpee la cabeza contra la pared que tiene detrás—. No sé qué día es hoy.

—Es miércoles.

—Miércoles. —Abre un ojo y mira mi equipación. Abre la boca, sorprendida, y se le llenan los ojos de lágrimas—. Mierda. *Mierda.* Me he perdido el entrenamiento.

—No te preocupes, pelirroja. Ya nos ocuparemos de eso después. Estoy aquí. ¿Cómo puedo ayudarte?

—No tienes que ayudarme.

—No, pero quiero hacerlo. Dime qué necesitas.

Emerson parpadea y espero que proteste, que se resista y me diga que me largue, pero no lo hace. Suspira mientras hace un ligero gesto de asentimiento con la cabeza.

—Necesito una ducha, pero me da miedo levantarme.

—Eso es muy fácil. —Me quito la camiseta y la tiro hacia la puerta—. Da la casualidad de que me encantan las duchas.

—Lo que quieres es una excusa para quitarte la ropa, ¿verdad? —murmura ella mientras la rodeo con los brazos.

—Qué bien me conoces —le susurro al oído—. Desnúdate, Hartwell.

—Estoy asquerosa y huelo mal —protesta ella.

—¿Y? Te he visto sudar la gota gorda en los entrenamientos y con sangre en la camiseta. Esto no es nada.

—No tengo fuerzas.

—Pues levanta los brazos, cariño. Yo te ayudo.

Emerson refunfuña, pero levanta los brazos despacio y yo contengo una sonrisa. La oigo mascullar algo que suena como «capullo» y «pesado», pero lo considero una victoria.

Empieza a tiritar, así que le froto los brazos con las manos. Siento que se le calienta la piel con la fricción y el suspiro que se le escapa es lo mejor que he oído en todo el día.

—Voy a quitarte los pantalones y luego te levanto, ¿vale? —le pregunto, porque quiero asegurarme de que estamos en la misma onda. Está aturdida y tarda medio segundo en reaccionar, así que lo último que quiero es que piense que me estoy aprovechando de ella—. Es solo para meterte en la ducha.

—Deja de tontear conmigo.

—Si estuviera tonteando contigo, lo sabrías. —Le acaricio un hombro con los labios y le beso el cuello—. Esto no es nada.

Me aparto un poco para colocarla con cuidado contra la pared. Le paso la mano por las espinillas y le estiro las piernas para bajarle los finos pantalones cortos por las caderas y los muslos.

—No soporto estas cosas —digo.

—¿Qué te han hecho?

—Me distraen. Me he pasado años sin que nada me distrajera del hielo, y entonces vas y apareces tú y ya solo puedo pensar en lo que te pones para dormir.

Esboza una débil sonrisilla.

—Lo siento. Empezaré a acostarme con pantalones militares.

—No lo sientes en absoluto.

—No —reconoce, mientras extiende una mano y recorre mis tatuajes con los dedos, siguiendo las líneas del taco que tengo en el bíceps y del helecho del antebrazo—. No lo siento. Por cierto, la ducha está detrás de ti.

—Ya me lo imaginaba. Solo quería seguir mirándote.

—Antes has dicho que parece que me ha atropellado un camión.

—Eso no significa que no estés preciosa —replico—. ¿Por qué no me dijiste que no te encontrabas bien? Habría venido en cuanto me llamaras y no habrías pasado horas aquí sola, con la cabeza metida en el retrete.

—¿De verdad?

—Ya me he cargado tu puerta una vez, y lo volvería a hacer.

—¿Has echado la puerta abajo? ¿Por mí?

—Sí. Puede que me haya roto la mitad de los huesos del brazo en el proceso, pero sobreviviré. Por cierto, la puerta nueva corre de mi cuenta.

—A lo mejor tengo que empezar a llamarte Superman —replica al tiempo que me acaricia el interior de la muñeca con el pulgar y cierra los ojos.

—Cuidado, Hartwell. Por tu culpa voy a acabar con un complejo.

—Te habría llamado si me hubiera dado tiempo. Fue visto y no visto. Estaba bien y de repente empecé a vomitar y estuve así durante horas. No sé dónde está mi teléfono y solo de pensar que tengo que moverme por el piso, me muero.

—La próxima vez me avisas, ¿vale?

Vuelve a refunfuñar algo.

—Vale.

—Qué cabezota eres. —Me enderezo y la cojo en brazos—. No voy a dejar que te duches, eres incapaz de mantener la cabeza erguida. ¿Qué tal un baño?

—Hace años que no me doy un baño.

—¿En serio? A mí me encantan.

—¿De verdad?

—Pues sí. Enciendo unas velas, le echo al agua sales de Epsom y me pongo un episodio de *Ted Lasso* en el iPad. Es mi forma preferida de relajarme después de un entrenamiento duro.

Se le escapa una risilla que me encanta. Quiero volver a hacerla reír.

—Yo te imagino con buques de guerra y patitos de goma.

—Es divertido fingir que eres un general. —Descorro la cortina de la ducha y abro el grifo—. ¿A qué temperatura te gusta el agua?

—Hirviendo —responde, y espero a que salga calentita antes de meterla en la bañera.

—¿Me he pasado?

—No —contesta ella con un gemido y se recuesta—. Está perfecta.

—¿Dónde está el champú? —le pregunto, y señala la estantería llena de botes. Hay más de diez—. Dios mío, ¿usas todo esto?

—No siempre. Solo de vez en cuando.

—Parece una peluquería.

—De verdad que no tienes por qué hacer esto, Miller.

—Cállate, Hartwell. —Cojo un bote y agarro la alcachofa de la ducha. Cuando le mojo el pelo y le masajeo el cuero cabelludo con las uñas, ella suelta un gemido—. ¿Qué necesitas para relajarte?

—Esto —contesta con un suspiro—. Es el paraíso.

A mí también me lo parece.

Me encanta cuando se enfada. Me encanta cuando se le calienta la boca y suelta auténticas borderías, pero también me gusta así.

Tranquila.

Suave.

Y preciosa, con las gotitas de agua en las pestañas y los labios relajados soltando suspiros de placer.

Todos los elementos que componen este momento son muy íntimos. Nunca he tocado a una mujer sin la promesa del sexo como resultado final, pero con ella me gusta. Me gusta que incline la cabeza para que pueda lavarle el pelo y ponerle acondicionador en las puntas. Me gusta que se vaya hundiendo cada vez más en el agua cuanto más tiempo paso arrodillado a su lado.

Me pregunto cómo sería hacer esto todos los días.

—Gracias —le digo, y ella abre los ojos—. Gracias por dejar que te ayude, Emmy. Gracias por dejarme estar aquí. Puedes decirme que me vaya cuando quieras y lo haré, pero necesito que sepas que ahora mismo este es el único lugar donde quiero estar. Puedes contar conmigo.

Ella entrelaza los dedos con los míos y me da un apretón.

—Gracias por venir. Normalmente no soy... Esto es...

—Lo sé. —Sonrío y vuelvo a colocar la alcachofa de la ducha en su sitio—. Es algo puntual. Nuestro secretillo. Mañana podrás volver a ser la chica dura de siempre y nadie tiene por qué saberlo.

—¿Crees que soy una chica dura?

—La mejor. Voy a meterte en la cama y te llevo algo de comer. Necesitas proteínas y carbohidratos. ¿Qué quieres? ¿Sopa? ¿Tostadas? ¿Arroz? ¿Un plato entero de puré de patatas?

—Llévame al salón. No hace falta que entres en mi dormitorio.

Tiro del tapón de la bañera.

—¿Por qué eres tan reservada con tu dormitorio?

Emerson traga saliva.

—Puede que haya mojado la cama y seguro que hay vómito en la almohada.

La miro fijamente y el miedo que sentía antes vuelve a aparecer.

—Podrías haberte muerto.

—Qué va. Puedo cuidar de mí misma. Llegué al baño, ¿no?

—Pero qué cojones, mujer. —La saco de la bañera y la envuelvo en una toalla—. Nadie dice que no puedas cuidarte. Quiero ayudarte, Emmy. *Déjame ayudarte.* Comparte la carga conmigo. No tienes por qué llevarla sola. —La mantengo entre mis brazos y cojo el candelabro del lavabo antes de echar a andar hacia el salón.

Elaboro una lista mental con todo lo que necesito: cambiar la puta puerta; sábanas limpias y comida blanda; litros y litros de agua y un termómetro para asegurarme de que no tiene fiebre; mandar un mensaje al entrenador y a los chicos para decirles que está bien.

—¿Por qué llevas una vela en la mano? —me pregunta sin levantar la cabeza de mi hombro.

—¿Recuerdas que he echado la puerta abajo? Pensé que alguien podría tenerte de rehén y esta ha sido el arma que he encontrado —contesto avergonzado.

—Piper no va a entender nada.

—Para esta noche ya habrá una puerta nueva. —La acuesto en el sofá y la arropo hasta la barbilla con una manta de pelo largo—. No te muevas ni un centímetro, pelirroja. Como te vea arrastrándote como si fueras un gusano, te cargo al hombro y te ato a una silla con cinta americana.

—Estoy segura de que sería más rápida que tú —murmura antes de apoyar la cabeza en los cojines—. Aunque fuera arrastrándome por el suelo.

—Estás delirando.

—¿Maverick? —dice. Nuestras miradas se cruzan y se me hincha el pecho al oír mi nombre—. Gracias por estar aquí. Gracias por quitarme parte de la carga.

—De nada, Emmy, preciosa. Ponte cómoda. Vuelvo enseguida.

Emerson asiente y cierra los ojos. Se le relaja la respiración y se queda dormida en cuestión de segundos.

Antes de poder pararme a pensar en lo que estoy haciendo, le doy un beso en la frente y me pongo manos a la obra.

27
Emmy

Cuando abro los ojos, fuera está oscuro y tengo el pecho apoyado sobre algo firme.

Tardo un segundo en ubicarme y me doy cuenta de que las náuseas han pasado. Estoy relajada, y una felicidad me cala hasta la médula de los huesos de una forma que no recuerdo haber experimentado nunca.

Estiro los brazos, vuelvo la cabeza hacia un lado y veo a Maverick a mi lado.

Tiene una marca de almohada en la frente y el pelo muy revuelto. Una de sus manos descansa sobre mi cadera, con los largos dedos extendidos sobre la curva de mi muslo y la parte inferior de mi tatuaje.

Está descamisado, duerme como un tronco y respira con fuerza, y de todos los momentos que he pasado con él, este es mi preferido.

Mientras lo miro fijamente, las últimas horas vuelven a mi mente. Lo de lavarme el pelo y echar la puerta abajo. Cuando esperé a que pusiera sábanas limpias en la cama y me llevara a mi habitación. La sopa que me dio de comer con cuchara y el agua que me obligó a beber.

Me froto el pecho con una mano, porque noto un dolorcillo que se me cuela entre las costillas mientras veo que se le mueven las pestañas y oigo su suave respiración.

Lo dejó todo por mí.

Me ayudó a recuperarme y se quedó para asegurarse de que estuviera bien, solo porque *quería* hacerlo.

Nadie había sido tan bueno conmigo antes, sobre todo me sentía insignificante e incómoda, tan distinta a mi verdadero yo, y eso me descoloca.

Siento una necesidad magnética de tocarlo y no me resisto. Le acaricio la mejilla y le paso el pulgar por el mentón. Examino los rasgos de su rostro, su nariz aguileña y su expresión, como si sonriera satisfecho, incluso estando dormido.

Es un hombre guapísimo.

Su barba me hace cosquillas en la palma de la mano, y sonrío cuando vuelve la cara y me la acaricia con la nariz.

—¿Estás despierta? —me pregunta con voz ronca, un murmullo cansado que le sale de lo más profundo de la garganta. Los dedos que tengo en la cadera me acarician la piel, y casi parece que estuviera intentando escribir una palabra—. ¿O estoy soñando?

—Soñando, está claro —susurro al tiempo que me acerco más a él—. ¿Qué hora es?

—No lo sé. —Se frota los ojos y se gira para encender la lámpara con la mano libre. Toca su móvil y veo una foto de él y June con la cara pintada y sacando la lengua—. Las ocho.

—¿Por qué no me has despertado?

—Estabas hecha una bola debajo de las sábanas como un oso hibernando, muy mona. —Me pellizca la mejilla—. No me quedó más remedio que meterme aquí dentro para comprobar si de verdad estabas tan cansada o si la cama era así de cómoda.

—Las dos cosas. Es el colchón de Piper, y cuando me dijo que se había gastado cuatro mil dólares en él, casi me da un infarto.

—Está genial. —Golpea las almohadas con un codo para ahuecarlas—. Pero no tanto como el mío.

—¿Cuánto te gastaste en el tuyo? ¿Cinco mil?

—Casi aciertas. Seis.

—No me sorprende. Ahora que lo pienso, recuerdo que los cuartos de baño de tu casa eran de oro.

—Bromea todo lo que quieras, pero mi fisio me dice que los

músculos de mi espalda están en muy buena forma, así que valió la pena la inversión en el colchón. —Bosteza y me aparta de él. Me recorre la cara con la mirada y luego la baja hasta la parte delantera de la camiseta que debe de haberme puesto en algún momento. Frunce el ceño un poco, y decido que no me gusta mucho cuando no sonríe—. ¿Cómo te encuentras?

—Mejor. He retenido la comida y el agua, así que creo que me estoy recuperando.

—Bien. Voy a hacerte beber otro vaso de agua antes de que te vuelvas a dormir. Tenías la piel pálida y fría y estabas muy deshidratada.

—Creo que es lo que pasa cuando vomitas todo el líquido y la comida que has ingerido. —Suspiro—. ¿Se ha enfadado el entrenador por que haya faltado?

—No. Le he dicho que estabas muy enferma y me ha contestado que no volvieras hasta que puedas retener la cena.

—Eso será mañana.

—Ya veremos. Primero tendrás que conseguir el visto bueno del médico del equipo. Los chicos también se alegraron de saber que estás bien.

—¿Estaban preocupados por mí? —pregunto.

—Sí. Bueno, para ser justos, creían que un asesino en serie te había cortado en mil pedazos mientras te empujaba a las vías del metro, así que saber que solo era una intoxicación alimentaria ha sido un gran alivio —contesta.

—Sois gente muy rara.

—Pues sí, pero somos tu gente rara. La buena noticia es que deberías estar al cien por cien antes de la gala navideña de dentro de dos semanas. Es nuestro mayor evento benéfico para recaudar fondos, y los donantes estarán encantados de verte allí.

—No me lo recuerdes. Subastar una comida conmigo suena horrible. Seguramente acabaré en un KFC con un tío que da mucha grima llamado Bartholomew.

—¿Conoces a muchos Bartholomew?

—No. Pero seguro que alguno hay por ahí al acecho.

—No dejaré que eso pase, pelirroja. Pondré un par de miles

en el bote para mantenerte libre de cualquier tío que se chupe los dedos.

—Me alegra saber que eres un defensor del pueblo. ¿Estás...? —Oigo el tono de mi móvil y aparto las piernas de las suyas. Miro debajo de la almohada y en la mesita de noche—. ¿Dónde está mi teléfono?

—Aquí. —Maverick lo desconecta del cargador que está junto al suyo y me lo da con el ceño fruncido—. ¿Grady? ¿Se puede saber quién es Grady?

—*Mierda*. No puedes decir ni una palabra. —Se lo quito de las manos y descuelgo mientras me pongo en el borde de la cama para tener un poco de espacio—. Hola.

—Por fin. Ayer te llamé cuatro veces y no contestaste —dice Grady al otro lado de la línea—. ¿Estás viva?

—Estoy viva, pero por los pelos. Me puse mala —le explico—. Estuve vomitando a lo bestia.

—¿Una intoxicación?

—Sí.

—Qué mal.

—Ha sido horrible. En fin, siento no haber estado pendiente de tus llamadas, ni de los mensajes. Noviembre fue muy ajetreado, con dieciséis partidos, y este mes también he estado muy liada. —A mi espalda Maverick resopla, y le hago una peineta—. ¿Cómo estás? Te echo de menos.

—Yo también te echo de menos. ¿Te encuentras mejor?

—Sí, sí. —Una mano me rodea la cintura y me acaricia el abdomen. Echo la cabeza hacia atrás para acercarme a él y suelto un trémulo suspiro—. ¿Cómo van las cosas en California?

—Bien. Han mandado a Jeremey a la AHL, así que eso es una buena noticia.

—¿Cuándo te tocará a ti? —pregunto, y Maverick me desliza los dedos por la piel. Me pellizca un pezón, y contengo un gemido—. Eres tan bueno como cualquiera de los chicos de la AHL.

—Lo sé. Podría frustrarme porque no llega mi oportunidad, pero prefiero no cabrearme y jugar lo mejor que puedo.

Maverick me acaricia la parte delantera de las bragas con la otra mano y me separa los muslos. Me presiona el clítoris, y la mano que tiene debajo de la camiseta sube hasta mi cuello.

Me tapo la boca y cierro los ojos con fuerza, a punto de gritar su nombre.

—Para mí eres el número uno —le digo a Grady, pero casi no me sale la voz.

—¿Estás bien, Em?

—Se me está revolviendo el estómago de nuevo. ¿Te mando un mensaje mañana? Necesito recuperar sueño, así que me voy a acostar temprano.

—Claro. Te quiero, Emmy. Hablamos pronto.

—Yo también te quiero, capullo —replico antes de colgar—. Eres un peligro, Miller.

—Has contestado a la llamada de otro tío mientras estabas en la cama conmigo. Tenía que recordarte quién te la metió hasta el fondo hace tres noches. ¿Cuándo ibas a decirme que te estás follando a otro? —Me recorre el cuello con los labios. Succiona sobre ese punto en mi hombro que me pone a mil y me inclino hacia él—. ¿Y le dices que *le quieres*? Emerson Hartwell, ¿quién eres?

—Es mi mejor amigo. —Me retuerzo cuando Maverick me traza un lento círculo sobre el clítoris—. Y mira quién fue a hablar. Seguramente haya mujeres haciendo cola en tu casa.

—Un momento. —Aparta las manos de mí y me sienta en su regazo—. ¿De qué hablas?

—¿De qué hablas *tú*?

—¿No te acuestas con él?

—¿Con *Grady*? —Estallo en carcajadas—. Pero si es como mi hermano. Le vi la polla una vez y menudo trauma pillé.

—¿Y te estás acostando con alguien más? —me pregunta Maverick.

—¿Y tú?

—No. Eres la única mujer con la que he estado últimamente.

—¿En serio? —Me siento a horcajadas sobre él—. ¿No te has llevado a nadie a tu habitación de hotel? ¿Ni a tu casa?

—Entre nuestros encuentros y los mensajes que me mandas, ¿cuándo iba a tener tiempo de llevarme a alguien a mi habitación? Me follas de maravilla, pelirroja, y soy incapaz de mantener los ojos abiertos después de que termines conmigo. No tengo ni capacidad física para tirarme a otra, ni ganas.

—Nunca hemos hablado de exclusividad o de si estábamos acostándonos con otras personas. Pero, teniendo en cuenta tu historial, asumí que no eres hombre de una sola mujer.

—Antes no lo era, pero te estás ocupando muy bien de mí, Emmy, preciosa. Te restriegas contra mi muslo. Me obligas a ver cómo te tocas antes de dejarme acariciarte por fin. Me mandas fotos vestida con mi camiseta... —Me acaricia la barbilla con la nariz para que lo mire. Cruzamos la mirada y se me acelera la respiración—. No necesito a nadie más si te tengo a ti.

El corazón se me desboca. El mismo dolorcillo de antes se me instala en el pecho. Siento demasiado calor y estoy demasiado abrumada por las suaves caricias de sus manos, que apenas ejercen presión, y por sus palabras, que se me hunden en la piel y ahí se quedan, como una llave en una cerradura.

Es una conversación demasiado íntima, pero estoy desesperada por mantenerla.

—¿Qué significa esto? —susurro—. Tú no sales con nadie. Yo no salgo con jugadores de hockey. ¿Somos...? —Dejo la frase en el aire y busco su cadena para darle un tironcito—. ¿Hay alguna etiqueta para esto?

—¿Amigos con derecho a roce que no salen con nadie más? —sugiere—. ¿Donantes de orgasmos que no se lían con otras personas? ¿Compañeros de equipo que follan y luego juegan juntos en la pista y ayudan a su equipo a liderar la división Atlántica, sin tonterías como emociones y sentimientos? Tú te lo estás pasando bien, ¿verdad?

—Por Dios, sí —contesto antes de poder contenerme, y su sonrisa es ufana. Se está regodeando y eso me cabrea—. Nunca me lo he pasado tan bien con un tío. Mientras los dos estemos en la misma onda, ¿por qué no seguir haciendo lo que estamos haciendo?

—¿Se me permite proponer una cosa?

—Es posible.

—Podríamos follar no solo cuando estemos fuera de casa. Vivo literalmente al lado. Imagina lo bien que nos lo podríamos pasar en los días libres. Además, soy supersticioso que te cagas. Lo haría con el mejor interés del equipo en mente.

—Me lo pensaré —digo, porque la verdad es que parece divertido—. ¿Algo más?

—Lo nuestro se queda entre nosotros. Ninguno de los chicos tiene por qué saberlo. La situación es sencilla ahora mismo, pero cuantas más personas se enteren, más se complicará la cosa. No me gustan las complicaciones.

—Trato hecho. —Le tiendo la mano y me la estrecha—. No me puedo creer que estuvieras celoso.

—Parece que llevo un tiempo muy celoso. Las llamadas de tus amigos. Los apretones de manos secretos que tienes con algunos de los chicos. —Nos tumbamos de nuevo y me pega a su pecho—. Yo también quiero.

—Pero me tienes aquí. No me voy a ir a casa con ninguno de ellos.

—Que siga siendo así. Y este es mi lugar preferido.

Bostezo y cierro los ojos mientras me acurruco contra él. No me gustan mucho los abrazos, pero Maverick tiene algo que me hace desear quedarme entre sus brazos un rato.

—Te caería bien Grady. Hudson me recuerda a él. El eterno optimista. Un tío majo.

—¿A quién no le encantan los tíos majos? —Me acaricia el pelo con los dedos y se me escapa una especie de gemido de placer—. Tendré que conocerlo algún día.

—Ya veremos. ¿A quién le toca hacer una pregunta? Me he perdido.

—Puedes preguntar tú primero. ¿Qué va a ser hoy?

—¿Qué estudiaste en la universidad? ¿Te graduaste?

—Pues no. La oportunidad de que me seleccionaran para la NHL se presentó y la aproveché. Cuando estaba estudiando, quería graduarme en Biología.

Pongo los ojos como platos.

—¿*Biología?* Me sorprende.

—¿Cómo que te *sorprende*? Vaya, Hartwell. Así que creías que era un musculitos descerebrado, ¿no? —me pregunta antes de clavarme los dedos en las costillas. Chillo e intento zafarme, pero no cede ni un centímetro—. Se me daba genial el instituto. Era un estudiante modelo de sobresalientes, hombre ya.

—Solo lo digo porque es una rama un poco rara —replico cuando por fin cede y deja que me aparte—. No conozco a nadie que haya estudiado Biología.

—Pues ya conoces a uno. —La sonrisa que me dedica se me va directa entre las piernas y me entran ganas de asfixiarlo con una almohada—. ¿Qué estudiaste tú?

—Me gradué en Comunicación. Si todo el tema del hockey no llegaba a ninguna parte, quería trabajar en relaciones públicas. Por suerte, mi habilidad en el hielo destacó. No me gustaría tener que estar hablando con gente todo el santo día.

—La gente es lo peor, ¿a que sí? Vale, me toca. —Maverick se frota el mentón, sumido en sus pensamientos—. Dime algo que quieras hacer antes de morir.

—Ir a la Antártida. Es un viaje que solo se hace una vez en la vida y se pueden ver los glaciares y kilómetros y kilómetros de paisajes que el ser humano nunca ha tocado. Y también quiero ver a los pingüinos, claro.

—Ah, qué buena esa. Si yo digo que quiero ganar la copa, es demasiado predecible, ¿verdad?

—Vas a tener que pensar en algo más allá del hockey.

Se queda callado un momento y cuando vuelve a hablar, lo hace en voz más baja. Algo con lo que lleva soñando miles de veces y que por fin comparte con el mundo.

—Me gustaría crear mi propia organización benéfica y dar becas a niños que tal vez no tengan un hogar. Sí, quiero ver el mundo entero, viajar y mimar a las personas que me rodean, pero mi legado no sirve de nada si no comparto mis recursos con aquellas personas a las que han pasado por alto y que puede que solo necesiten una ayudita extra.

Le acaricio la barbilla con una mano.

—Es una idea maravillosa.

—Estoy hablando con mi abogado sobre distribución de la riqueza y un montón de términos legales más que me superan, pero creo que pondremos el proyecto en marcha la próxima temporada. De todos modos, será un hito especial: mi décimo año en la liga.

—Tienes un corazón de oro, Maverick, y me parece muy especial que quieras compartirlo con tanta gente.

—Vaya, estás inflando mi ego.

—Por una vez, mereces que te lo inflen.

—¿Cómo te encuentras? ¿Quieres probar a comer algo más?

—No. Creo que estoy lista para dormir más. Todavía estoy muy cansada. Gracias por toda tu ayuda. Me has cuidado genial y he recuperado la salud. Diez sobre diez, le recomendaría a todo el mundo tus servicios de limpieza de vómitos.

—¿Me escribes si necesitas algo o si vuelven las náuseas? Puedo estar aquí en tres minutos. Dos si corro.

—Lo haces todo igual de rápido.

—Serás cabrona. —Se baja de la cama y se pone la camiseta—. ¿Necesitas algo más antes de que me vaya?

Por un momento barajo la idea de pedirle que se quede, que se tumbe y se acurruque a mi lado hasta mañana por la mañana, pero no estoy segura de dónde encaja eso en la escala de amigos con derecho a roce ni si se me permite tenerlo.

Así que en vez de eso, meneo la cabeza y me olvido de la invitación.

—Te veo mañana en el entrenamiento.

—Pues hasta mañana en el estadio. Todavía está por verse si vas a entrenar o no. —Se inclina hacia delante y me da un beso en la frente. Me coloca un mechón de pelo detrás de la oreja y sonríe—. Me encanta darte órdenes.

—No te acostumbres. —Me subo las mantas hasta la barbilla—. Buenas noches, guaperas.

—Buenas noches, Emmy, preciosa —dice, y se apoya en el marco de la puerta de mi dormitorio, para mirarme hasta que me quedo dormida.

28
Maverick

No soporto jugar a videojuegos con vosotros. —Reid tira el mando al sofá y se sube las gafas por la nariz—. Usáis vuestras habilidades de atletas y yo no aporto nada.

—Es *Grand Theft Auto*, no un deporte de la vida real. Las habilidades atléticas no sirven de nada cuando conduces un coche por las calles de Los Ángeles —replico—. Por lo menos eres mejor que esos críos de doce años contra los que jugamos en *Halo*. Menudo bochorno si llegamos a perder a la hora de capturar la bandera.

—Conseguimos ganar esa vez porque les dijiste a los niños quién eras y estuvieron gritando durante ocho minutos —dice, rascándose la barba pelirroja y apoyándose en los cojines—, no porque jugáramos mejor.

—Una victoria es una victoria —tercia Dallas mientras se pone en pie—. Os quedáis a cenar, ¿verdad? Maven y June están en casa de su padre y hace mucho que no pasamos tiempo los tres juntos.

—Una temporada de ochenta y dos partidos es mucho más intensa que una de dieciocho —bromeo—. Algunos estamos muy ocupados.

—Tenemos el mejor récord de la liga y ya he marcado dos goles de campo que han dado la victoria, así que vete a la mierda —dice Dallas.

—El hockey sigue siendo el deporte más duro.

—¡Por favor! —protesta Reid—. No empecéis otra vez con esta discusión.

—Creo que mis ausencias son perdonables, dado que he estado en tres zonas horarias diferentes en las últimas dos semanas, pero contad conmigo para cenar esta noche —digo, pasando de él.

—Has estado mucho en casa y todavía no te hemos visto. —Reid coge su teléfono y se desplaza por sus aplicaciones de redes sociales—. Publicaste que fuiste a Georgetown Cupcakes la otra noche y no nos invitaste.

Es cierto que fui a Georgetown Cupcakes la otra noche, pero no lo hice por mí. Emerson me dijo que aún no había tenido la oportunidad de probar la famosa pastelería, así que compré media docena de dulces de camino a su piso.

Me puse creativo con el glaseado del cupcake Red Velvet, que le lamí de los pechos y del abdomen antes de darle el resto para que se lo comiera mientras me ponía las piernas al cuello y me tiraba del pelo con los dedos.

Los mensajes de Dallas, de Reid y del resto de mis compañeros de equipo se quedan sin respuesta, pero cuesta contestar cuando Emerson me invita a su casa, se arrodilla en el vestíbulo y me la chupa mientras yo estoy con los vaqueros alrededor de los tobillos.

La necesito con desesperación y empieza a costarme no tocarla cuando estamos rodeados de gente. Estoy cachondo todo el tiempo y tengo la sensación de estar de nuevo en el instituto cuando ella se sienta a horcajadas en mi regazo y me besa hasta que se me hinchan los labios.

El sexo es la caña, pero no solo disfruto del aspecto físico.

Algunas noches, cuando se cuela en mi habitación de hotel, nos tumbamos en la cama con los albornoces puestos y hablamos de los próximos partidos o de nuestras películas preferidas. No nos tocamos, salvo un beso o un roce de un dedo contra el muslo, pero me parece bien.

Me lo estoy pasando *genial* y, aunque sé que debería estar más accesible como capitán y como padrino de una próxima boda, me resulta prácticamente imposible mantenerme alejado de ella.

—Lo siento, colega. La próxima vez que salga a comprar algo para picar por la noche, me aseguraré de llevarte un pedido a domicilio —le digo, mirándolo con una sonrisa—. ¿Cómo va la temporada? ¿Y esa mujer de la que estás enamorado?

—No estoy *enamorado* de ella —replica Reid, sin molestarse en levantar la mirada de su teléfono.

Dallas resopla.

—¿Estás seguro? Porque la mencionas muy a menudo.

—Porque me pone de los nervios y, si alguna vez la conozco, le voy a cantar las cuarenta —dice—. Que lo entiendo. Es buena en su trabajo. Los vídeos que publica reciben miles de me gusta e incluso gente que no es aficionada al fútbol americano sigue sus cuentas. Lo único que pido es que no se pasara tanto de frenada. Me está haciendo quedar mal.

—A lo mejor tú deberías esforzarte un poco más —replico antes de coger un puñado de uvas de la bandeja que hay sobre la mesa de centro—. ¿Cómo va la organización de la boda, Dal?

—Bien. Maven me ha dicho que ha encontrado vestido y estoy tentado de cancelar el fiestón para ver cómo le queda mañana mismo. —Suelta un suspiro emocionado, y Reid finge que le dan arcadas—. Soy el cabrón más afortunado del mundo.

—Sí que lo eres. Esa mujer es increíble. Recuerda mis palabras, Lansfield: si alguna vez le haces daño, voy a por ti —le digo.

Me hace un gesto con la mano y se va a la cocina.

—¡He sentado cabeza! —me grita—. No me voy a ir a ninguna parte.

—Tenemos que planear su despedida de soltero —le digo a Reid cuando nos quedamos solos—. La boda es el próximo otoño, así que ¿quizá en verano?

—Claro. Habrá poco trabajo y podré ausentarme unos días sin problemas. ¿Qué te apetece hacer? ¿Un crucero? ¿Una isla llena de mujeres? ¿Algún sitio donde podamos jugar al golf?

Arrugo la nariz.

—Lo de las mujeres no es un requisito.

—¿Desde cuándo?

—No lo sé. ¿Desde hoy?

Reid me mira fijamente y entrecierra los ojos. Extiende la mano y me aparta el cuello de la camisa hacia un lado para inspeccionarme la piel.

—¿No quieres mujeres, pero tienes un chupetón? ¿Hay algo que debas contarnos, Mav? Espero que sepas que no te vamos a juzgar.

—Lo sé, pero no es lo que estás pensando. —Me aparto de él y me tapo con la mano las marcas que Emerson me ha dejado—. Soy... En fin, soy algo así como el amigo con derecho a roce de alguien, y hemos acordado no acostarnos con nadie más.

—¿Cómo se llega a ser «algo así como amigos con derecho a roce»? O se la metes o no se la metes, ¿no?

—Tienes razón. Sí, soy el amigo con derecho a roce de alguien y no me acuesto con nadie más.

—¡Dallas! —vocifera Reid, y doy un respingo—. ¡Ven aquí ahora mismo!

—¿Se puede saber qué pasa? —Dallas aparece en la entrada con un delantal rosa y una espátula de flores.

—Maverick tiene novia —dice Reid.

—Que no tengo novia. Tengo una amiga con derecho a roce —aclaro—. Hay una gran diferencia.

—Espera. ¿Por eso has estado tan callado por el grupo y June te ha estado preguntando dónde te metes? ¿Porque te estás acostando con alguien? —pregunta Dallas.

—No hay que darle tanta importancia. Solo somos dos adultos que follan juntos. No es diferente de lo que he hecho en el pasado con todas las mujeres con las que he estado.

—Nunca te acuestas dos veces con la misma —señala Reid—. ¿Por qué con esta sí?

Me encojo de hombros.

—Porque es graciosa e inteligente y me lo paso bien cuando estoy con ella. Ninguno de los dos busca nada serio, y nuestros horarios encajan lo bastante bien como para asegurarnos de que ambos obtenemos lo que queremos el uno del otro antes de seguir adelante con nuestra vida. Es una situación mutuamente beneficiosa.

—Vaya, jamás creí que vería este día —dice Dallas—. Maverick Miller está pillado.

—No estoy pillado. No hay flores ni poemas ni nada por el estilo. Solo es sexo.

Reid resopla.

—Hasta que deje de serlo.

—¿Qué significa eso?

—Significa que siempre una relación física suele conllevar sentimientos. Puede que ahora solo sea sexo, pero al final uno de los dos se enamorará del otro y las cosas se complicarán.

Me echo a reír.

—Créeme, eso no va a pasar. A esa mujer le gusto solo por una cosa.

Menos cuando me desperté con ella entre los brazos la noche que se puso enferma. Entonces me miró con una expresión que nunca le había visto antes, y me pareció... importante. Como si yo tuviera un propósito y ella se alegrase de que estuviera allí tanto como yo me alegraba de estar allí ayudándola.

Sin embargo, no le he vuelto a ver poner esa cara desde entonces, así que debió de ser una expresión de agradecimiento por regarle las plantas, cambiarle la puerta y limpiarla, y seguramente solo la puso porque estaba agotada.

—No sé por qué te comportas como si salir con alguien fuera lo peor del mundo —dice Dallas mientras se apoya en la pared—. Es justo lo que estás haciendo ahora, pero con otras cosas divertidas.

—¿Como llevar pijamas a juego? Suena patético.

—Mi hija eligió esos pijamas, imbécil. —Resopla y me apunta con la espátula—. Ya verás. Algún día te tocará a ti, y te lo voy a estar recordando durante toda tu puta vida.

—Sigue soñando, Lansfield.

Mi móvil me vibra en el bolsillo y veo quince notificaciones del grupo del equipo de las que he pasado durante la última hora. Sin embargo, hay otro mensaje en el chat de Emerson, y sonrío cuando deslizo el dedo para leerlo.

Asesina Pelirroja
Estás ocupado esta noche?

Por? Me echas de menos, Pelirroja?

Asesina Pelirroja
Solo a tu polla

Me lo imaginaba

Aparecen tres puntos y luego desaparecen, y espero a que conteste.

Asesina Pelirroja
Puedo decir que sí?

Sí, porque yo también te echo de menos
Esta noche estoy ocupado. Voy a cenar con Reid y
Dallas

Asesina Pelirroja
Entendido

Cómo te encuentras?
Te llevo algo?

Asesina Pelirroja
Estoy mejor. Creo que ya no me queda nada
que vomitar, menos mal

Me alegro
Qué haces mañana por la noche?

Asesina Pelirroja
Voy a cenar con Piper, Maven y Lexi

Mírate con tu grupo de amigas!!
Parece divertido, pero me da pena no verte hasta
nuestro vuelo a Toronto pasado mañana

Asesina Pelirroja
Crees que sobrevivirás?

Dímelo tú, Hartwell. Has sido la primera en escribir

Asesina Pelirroja
Te voy a bloquear

Un besito

—¿Por qué sonríes? —me pregunta Reid. Intenta quitarme el móvil de las manos, pero peso veinte kilos más que él y le aparto el brazo con facilidad—. ¿Es ella?

—No es nadie —le contesto—. Ocúpate de tus asuntos y coge el mando. Vamos a jugar otra partida.

—La táctica de distracción. Te tengo calado, Mav.

El móvil vuelve a vibrar y le echo un vistazo mientras Reid prepara la siguiente ronda al *GTA*.

Hay otro mensaje de Emerson, un emoji de un corazón negro que me hace sonreír como un idiota el resto de la noche.

29
Emmy

Gran victoria, chicos! —grita Grant—. ¡Esta noche salimos de marcha y no acepto un no por respuesta!

Tiro mi bolsa al autobús y tirito.

—Pero es que hace muchísimo frío y además me duelen mucho las piernas.

—Vamos, Emmy —rezonga—. Es como si el Señor todopoderoso nos hubiera bendecido con un partido el sábado por la tarde. Tenemos mucho tiempo para descansar antes de irnos. ¡Oye, Lexi! ¿No viene genial para la acumulación de ácido láctico moverse después de hacer ejercicio?

La aludida levanta la mirada de su móvil.

—¿Quieres la respuesta científica o la fácil de entender?

—La fácil —bromea Connor—. Grant solo aguantó un año en la FSU.

—La FSU es una gran universidad, y solo duré un año porque me llamaron de la NHL para que os ayudara, so inútiles —replica Grant con vehemencia al tiempo que le da un empujón a Connor en un hombro—. Lex, puedes hablarme de ciencia todo lo que quieras. Sabes que me gusta cuando usas palabras complicadas de esas.

—Es curioso que se crea capaz de entender palabras complicadas —murmura Maverick, y me roza la oreja con los labios mientras me pone una mano en la cintura—. ¿Cómo te encuentras después del partido? ¿Tienes náuseas, estás deshidratada? ¿Algún síntoma persistente por haber tenido la cabeza metida en un retrete?

El corazón me late con fuerza por sus preguntas y por la forma en la que me ha cuidado cada día desde que me encontró vomitando en mi casa.

Me manda mensajes por la mañana y por la noche para preguntarme si necesito algo. Me espera al final del entrenamiento para que le diga que estoy bien antes de irse.

Es bueno hasta rayar en lo ridículo, y darle las gracias no me parece suficiente.

—Estoy bien. —Le doy un apretón en el brazo—. Hoy me he sentido genial ahí fuera.

—Eso me ha parecido, sí. ¿Vas a salir con nosotros?

—¿Tú vas?

—Creo que sí. Ha sido una gran victoria y celebrarlo me parece buena idea.

—No tenía pensado unirme. Una ducha caliente, una copa de vino y una cena calentita en pijama me parece mucho mejor plan que soportar música a todo volumen y a trescientas personas.

—¿Y si yo hago que merezca la pena? —Me desliza los dedos por un hombro—. Podría ser divertido. Una excusa para tocarte en público y que nadie sepa que ya he estado dentro de ti.

Aunque una discoteca es mi idea del infierno, no dudo de la capacidad de Maverick para hacerme cambiar de opinión.

Rincones oscuros, música alta, su mano en mi cintura cuando nuestros compañeros de equipo no estén cerca, pegarnos mucho para que la multitud no nos separe...

Es arriesgado, pero él hace que me apetezca romper las reglas.

—Vale —digo, y en sus labios aparece una sonrisa—. Con dos condiciones.

—Dime —replica al instante.

—Que me compres mi helado preferido al final de la noche y que me lleves a caballito de vuelta al hotel cuando terminemos de bailar.

—¿Un kilo de helado con pepitas de chocolate y que me rodees con las piernas? Hecho y hecho. —Se sube al autobús y me ofrece la mano para que no me resbale en los escalones helados—. Me lo estás poniendo demasiado fácil.

—Ya veremos si sigues diciendo eso cuando estés agotado y tengas que subir la cuesta que hay delante del hotel.

Engancha su meñique con el mío antes de soltarme la mano y dejarse caer en un asiento.

—Estoy deseando ver qué te vas a poner esta noche.

—No te hagas ilusiones. Metí ropa en la bolsa sin pensar. —Echo un vistazo para comprobar los asientos libres que quedan en el autobús y decido sentarme junto a Maverick—. Seguro que parezco un trol.

—Nunca podrías parecer un trol, pelirroja.

—Grant —me doy media vuelta y él asoma la cabeza al pasillo—, ¿a qué hora salimos?

—¿Te vienes, Emmy? La virgen. Una victoria fuera de casa contra un rival importante. Mi persona preferida del equipo ya está recuperada del todo, no la han asesinado y va a salir de marcha con nosotros. ¿Puede haber un día mejor?

—¡Oye! Pensaba que yo era tu persona preferida del equipo —protesta Seymour, y Grant pone los ojos en blanco.

—Hace semanas que te degradé. Creo que quedaremos a las nueve. Así todos tendremos tiempo para relajarnos y podremos estar a tope hasta el amanecer. Tenemos tres días libres después de esto, así que vamos a darlo *todo*.

—El avión sale a las seis —le recuerda Maverick bostezando—. Solo se puede dar todo hasta entonces.

Revuelvo en mi bolso, intentando encontrar el móvil.

—¿Se lo puedo decir a Piper?

Me echó una buena bronca cuando volvió de visitar a su familia. Me cayó un sermón de veinte minutos en el salón, en el que me dijo que la próxima vez tengo que llamarla o mandarle un mensaje en cuanto me encuentre mal, y la echo de menos.

—Cuantos más, mejor —contesta Grant. Echa un vistazo por el autobús hasta que encuentra a Lexi y sonríe de oreja a oreja—. ¿Has oído eso, Lex? Las chicas salen esta noche. ¿Te apuntas?

—Pídemelo por favor —responde ella, y juraría que veo corazones en los ojos de Grant—, y a lo mejor me lo pienso.

—Por favor, ven. —Él se arrodilla en el pasillo y Hudson le tiene que pasar por encima para llegar a su asiento, meneando la cabeza—. Te pediré la bebida que quieras y me aseguraré de que no te moleste ningún baboso.

—Pero ¿eso no significa que tú *tampoco* me podrás molestar? —replica ella, y el autobús al completo corea un «¡Oooh!».

—Los jóvenes de hoy en día… —Maverick bosteza otra vez y se rasca el corte de la mejilla—, no saben cuándo parar.

—Y lo dices tú, que eres una lapa —le suelto, y él sonríe.

—Me encantan que me llames cosas, pero tengo debilidad por «Dios». Sobre todo cuando estás encima de mí.

Noto que me sube el rubor por el cuello y me alegro de que ninguno de nuestros compañeros de equipo esté prestando suficiente atención como para escucharnos hablar.

—La próxima vez a lo mejor te llamo Satanás, solo para mantener el equilibrio.

—Me da igual cómo me llames. —Enrosca su tobillo alrededor del mío y me atrae hacia él con la fuerza de su pierna hasta que nuestros muslos se tocan—. Lo que me gusta es que vaya a haber una próxima vez.

Nunca he tenido un amigo con derecho a roce, pero Maverick es un buen punto de partida. No hay emociones complicadas ni horas de soltar poesía sobre lo que sentimos o lo que esperamos de una relación.

Nos limitamos a follar como queremos y cuando queremos, y en el fondo me encanta que pueda intercambiar pullas conmigo y hacer que parezca que estamos tonteando.

También me vuelve loca que me toque cuando no debe, en momentos robados cuando nadie nos ve, porque no puede dejar las manos quietas.

Es agradable sentirse deseada.

—¿Estás seguro de que quieres que haya una próxima? —le pregunto en voz baja—. Me has visto cuando estaba hecha una mierda.

—Eso no cambia nada.

—¿Y de verdad te parece bien que no salgamos con nadie más y solo nos acostemos el uno con el otro? —Me froto la frente y hago una mueca—. Lo siento. No deberíamos hablar de esto ahora mismo. La noche que estuve enferma es un poco confusa y...

—Oye —dice Maverick. Me agarra de la muñeca y sonríe—, me parece mucho más que bien. Hablaba en serio cuando dije que contigo tengo más que suficiente, Emmy, y lo que tenemos ahora mismo me hace feliz. Vómito incluido.

El corazón me late demasiado deprisa en el pecho.

—A mí también me hace feliz.

—Fíjate. —Sonríe—. Dos personas felices.

—Hablando de gente feliz, un día de estos es posible que tengas una buena pelea entre manos. —Miro por encima del hombro y veo a Grant hablando sin parar con Lexi. Dos filas más atrás Riley observa su conversación con los hombros encorvados, y me dan ganas de darle un abrazo—. Deberías tenerlo en cuenta como capitán.

—¿Eh? —Maverick tiene los ojos cerrados. Está agotado, deseando echarse una siesta—. ¿A qué te refieres?

—Grant está tonteando con Lexi y es obvio que a Riley también le gusta. De lo que no estoy segura es que a ella le guste alguno de los dos.

—¿A Grant le gusta Lexi?

—Sí.

—¿Y a Riley le gusta Lexi?

—Es la cosa más evidente del mundo.

—¿En serio? Vaya... No me había dado cuenta.

—¿Cómo es posible que no te hayas dado cuenta?

—No lo sé. —Se encoge de hombros y mueve los dedos sobre mi rodilla—. Supongo que he estado demasiado ocupado mirándote a ti.

Los graves suenan tan altos en la discoteca que me van a estallar los tímpanos.

Después de recorrernos medio kilómetro por el centro de

Toronto, a los diez integrantes del equipo nos acompañan nada más entrar a una sección VIP en la planta alta, con gruesas cortinas a lo largo de la pared y lujosos asientos de cuero.

Las bebidas empiezan a llegar en cuanto nos sentamos y no han parado en la hora y media que llevamos aquí. Un sinfín de hombres y mujeres se han acercado para llamar nuestra atención, pero no les hacemos ni caso.

Ni siquiera Maverick, que sigue mirándome incluso cuando una horda de mujeres con vestidos escotados se acercan gritando su nombre y pidiéndole un autógrafo, interrumpiendo nuestra conversación.

No sé cómo nuestros compañeros de equipo no se han dado cuenta de que no podemos estar separados el uno del otro. Claro que también ayuda el hecho de que casi todos estén en la pista de baile y los demás estén tan borrachos que seguramente no recordarán nada de esta noche.

—¿Te lo estás pasando bien? —me susurra Maverick. Su aliento es cálido contra mi piel y me está acariciando el bajo del vestido. Me lo sube unos centímetros por el muslo y me estremezco—. Dios, pelirroja. Estás increíble. Te miran todos los tíos desde que entramos.

—Gracias. —Cruzo las piernas y el vestido se me sube otro centímetro. Maverick sigue el movimiento con la mirada y se humedece los labios con una expresión salvaje en los ojos—. No está tan mal este sitio. Y la compañía es aceptable.

Sonríe y, *joder*, lo único que quiero hacer ahora mismo es besarlo, levantar la barbilla y rozarle los labios con los míos. Arrastrarlo a un rincón oscuro y dejar que me recorra el cuerpo con las manos.

—¿Quieres otra copa?

—Pues sí, me vendría bien —respondo.

Echa un vistazo a nuestro alrededor. Al no ver a nadie conocido, me da un beso rápido en la mejilla y se levanta del asiento.

—Ahora vuelvo.

Lo veo abrirse paso entre la multitud hasta la barra. Tres mujeres distintas intentan hablar con él, empujándose con los codos para acercarse. Él les hace un gesto amable con la cabeza y sigue hasta el bar, donde empieza a hablar con el único camarero que está detrás.

Sé que no va a besar a otra mientras yo esté cerca, pero es increíble lo feliz que me siento cuando veo que ignora completamente a las impresionantes mujeres que hay aquí. Esperaba que se le escapara un poco el lado mujeriego, una sonrisa, un guiño, un roce coqueto de la mano al pasar al lado de alguien.

Sin embargo, nada de eso sucede y, cuando se da media vuelta y sus ojos se encuentran con los míos a través del abarrotado local, se le suaviza la sonrisa. Es una expresión secreta solo para mí, la misma que me muestra a altas horas de la madrugada, cuando tengo la pierna sobre su hombro y su risa rozándome el interior del muslo.

Me saluda con la mano con torpeza y sostiene con orgullo las bebidas. Intento poner los ojos en blanco, pero en cambio sonrío, porque me invade una sensación ridícula y vertiginosa, y todo por culpa de su dichoso hoyuelo y su mirada penetrante.

—Ay, madre mía. —Piper se derrumba en el asiento junto a mí y aparto la mirada de Maverick—. Me duelen los pies.

—¿Por qué pareces tan contenta? —Le toco las mejillas sonrojadas y me río—. Estás ardiendo.

—Acabo de bailar con un chico italiano y era guapísimo. Le he preguntado si quería acompañarme a la gala del equipo la semana que viene, pero me ha dicho que se vuelve a Europa mañana. —Hace un puchero—. Qué pena.

—Ya conocerás a más italianos. ¿Tienes vestido?

—¡Sí! Es rosa, largo hasta el suelo y *muy* elegante. —Se ríe y coge mi copa vacía—. Ay, no. ¿Dónde está?

—Me lo he bebido todo, aunque no te lo creas. Quizá deberías comer algo, Piper.

—Una hamburguesa me parece genial. —Cierra los ojos y se balancea al ritmo de la música—. Del In-N-Out. ¿No tienen In-N-Out aquí?

—Creo que solo hay en la costa oeste de Estados Unidos.
Piper gruñe.

—Maldita geografía. Maldigo los mapas.

—¿Qué quiere? —pregunta Liam desde el otro lado de la mesa, y doy un respingo.

No sé cuándo se ha sentado, pero nos está mirando con la mandíbula tensa y un brillo de molestia en los ojos. No me puedo creer que los chicos lo hayan convencido de salir esta noche, pero Grant ha dicho no sé qué del código de caballeros, como si yo entendiera lo que significa.

—Tiene hambre. Yo me encargo. A lo mejor podemos encontrar algún sitio que esté abierto y...

—Me ocupo yo —me interrumpe con brusquedad y se levanta, elevándose sobre nosotras con su metro ochenta y sus cien kilos. El tío es como un muro de ladrillos—. ¿Quieres comer algo, pequeñaja?

—¿Qué? —Ella parpadea y abre la boca—. ¿Acabas de ponerme un apodo? Creía que eras incapaz de sentir emociones humanas y que solo sabes pasarte las veinticuatro horas del día gruñendo. —Se tapa la boca con una mano y se pone todavía más colorada—. Dios, no. Haz como si no hubiera dicho nada.

Liam esboza una sonrisa y le tiende una mano.

—Conozco un sitio muy bueno.

—No vas a matarla, ¿verdad? —le pregunto, y él se ríe. O el mundo va a acabarse, o estoy más borracha de lo que pensaba.

—El asesinato no es lo mío —me asegura y espera a que Piper acepte su mano. Cuando lo hace, se mueve con tanto cuidado que parece que estuviera sujetando algo frágil—. Te escribo si necesito algo —dice, y desaparecen por las escaleras.

—¿Ese era Liam? —me pregunta Maverick, con las dos copas en la mano—. ¿Y *Piper*? ¿Qué cojones está pasando esta noche?

—No es lo que piensas. —Cojo la bebida que me ofrece—. Va a comprarle una hamburguesa.

—Liam nunca hace nada por nadie. —Me coloca un mechón de pelo suelto detrás de una oreja—. ¿Quieres quedarte aquí arriba?

—No. —Me bebo la mitad del martini de un trago, lo dejo en la mesa y me levanto—. Me apetece bailar.

—¿Sí? —Sus ojos siguen el movimiento de mi garganta y se detienen en mis labios—. ¿Eso es una invitación, pelirroja?

—Si eres capaz de encontrarme ahí abajo, Miller, puedes hacer conmigo lo que quieras —digo, y, tras oírle ahogar un gemido, me alejo con paso tranquilo.

30
Maverick

Emerson me está matando.

Las curvas de ese culo tan firme y el brillo de su piel bajo las luces me resultan más embriagadores que el alcohol que he estado bebiendo toda la noche.

No estaba de broma cuando le he dicho que todos los tíos la han estado mirando desde que entramos en la discoteca.

Algunos de nuestros compañeros de equipo también la han mirado. Vi que Connor le miraba las caderas mientras subía la escalera hacia la zona VIP. Y también me fijé en Ethan, que puso los ojos como platos cuando ella se sentó y cruzó las piernas.

Quiero gritarles a todos que es mía.

Mía, mía, mía. Y que se vayan a tomar *por culo.*

Cabrones.

Le doy ventaja a Emerson en nuestro juego del escondite. Ambos sabemos que soy lo bastante alto como para ver por encima de la multitud y que ella es lo bastante astuta como para ponérmelo difícil, y estoy deseando empezar.

Cuando llego a treinta, decido que ya le he dado suficiente tiempo.

Abajo hay mucho ruido. Me abro paso entre la multitud y no tardo en verla en un lateral, casi escondida en un rincón, de espaldas a la sala y bailando sola.

Me detengo un segundo para admirar su forma de moverse

y el peligroso vaivén de su vestido plateado, que apenas le cubre el culo. Es imposible apartar la mirada de ella; hay algo hipnótico en cómo levanta los brazos por encima de la cabeza y se contonea al ritmo de la música.

Acorto la distancia que nos separa.

—Aquí estás —le digo—. ¿Qué gano por haber dado contigo?

—¿Me estás acosando, Miller? —pregunta, pero me distraen el movimiento de sus caderas y la larga melena que le cae por la espalda, sus tetas y la fina capa de sudor que tiene en los brazos y en la parte superior del pecho—. Parece que no puedes alejarte de mí.

—¿No es obvio? Soy un adicto. —Le pego la polla al culo y la oigo contener la respiración—. Mira lo que me haces.

Necesito tocarla, y si eso significa fingir que estamos bailando al ritmo de la música electrónica para alejarnos de nuestros compañeros de equipo y poder tener un momento para nosotros, pues eso es lo que voy a hacer.

—¿Qué estamos haciendo? —me pregunta ella cuando le rodeo la cintura con un brazo y la pego a mí.

—Pasárnoslo bien después de la victoria.

—Mmm —murmura ella. Se le ha subido el vestido por el culo, lo suficiente como para que pueda ver la parte inferior de sus nalgas, y suelto un gemido.

Dios mío.

Estoy empalmado y sé que ella lo nota. Casi puedo ver la sonrisa en sus labios rojos, como si estuviera orgullosa de ponerme cachondo.

—Hace tiempo que no me lo paso bien. —Echa la cabeza hacia atrás, y le rozo la garganta con la nariz—. Puede ser divertido.

—Conmigo estás a salvo. —Le pongo una mano en un muslo y le doy un apretón sobre la piel desnuda—. Si quieres emborracharte, yo te cuido. Si quieres tomarte ocho chupitos, me aseguraré de que llegues a la cama sana y salva.

—¿Y si quiero bailar con otro?

—Le rompo los dedos.

—No soy tuya, Maverick —dice y, *joder*, me encanta cuando me llama así.

—Ah, ¿no? ¿Y con quién te corriste anoche? —le pregunto y aprieto más fuerte—. ¿Qué nombre decías esta mañana cuando tenías mis dedos dentro? A mí me parece que a lo mejor sí que podrías ser mía, pelirroja.

Ella levanta la barbilla y la miro. Se le ha corrido un poco el maquillaje de los ojos por culpa del calor que hace aquí dentro, pero está preciosa.

—¿Y si te pidiera que me tocases? —me pregunta en voz baja, y se me pone más dura debajo de los vaqueros—. ¿Lo harías?

—Sí —contesto con brusquedad. Le deslizo la mano por el muslo y ella presiona sus pies contra los míos para separar las piernas—. Te daría todo lo que quisieras. Aunque no me lo pidieras.

Esboza una sonrisa mitad traviesa, mitad peligrosa. Un problema de los buenos en el que no dejo de querer meterme una y otra vez.

—Para ser jugador de hockey, no tienes mucho ritmo en la pista de baile —dice por encima de la música, y yo entierro la cara en su cuello.

Tiene la piel caliente y todavía huele a jabón. Me recuerda al verano y a estar al borde del éxtasis. Respiro hondo, porque ya no tengo puto remedio, y le doy un beso justo encima de la clavícula.

—Porque estoy bailando mientras intento ocultar una erección en mitad de la pista —digo.

—Pues menos mal que está oscuro. —Se le sacuden los hombros por la risa—. No sabía que este tipo de música te ponía tanto.

—No es la música. —Deslizo la mano hacia arriba y le rozo la ropa interior con el meñique. Quiero saber de qué color es lo que lleva esta noche—. Eres tú.

—Me tienes aquí mismo. —Me cubre la mano con una de las suyas—. A lo mejor deberías hacer algo al respecto.

Nunca he tocado a una mujer en público.

No así.

Sin embargo, Emerson tiene algo que me hace querer ser un irresponsable.

Se me acelera el corazón al pensar que nos pueden pillar. Deslizo el pulgar por la parte delantera de sus bragas de encaje, por debajo de su vestido, y ella jadea.

—¿Te gusta? —le pregunto—. Sé que te encanta cuando voy directo al grano, pero ¿te gustan que te provoquen despacio?

—Sí —susurra, soltando el aire, y su pecho sube y baja—, pero solo cuando lo haces tú.

Me acerco a ella y me inclino sobre su cuerpo para que nadie pueda verla. Para que nadie pueda verme apartar la tela húmeda y acariciarla con dos dedos.

—Joder, Emmy. Ya estás empapada.

Emerson sisea. Arquea la espalda contra mi pecho y me rodea el cuello con un brazo para mantenerme donde estoy. Me dan ganas de echarme a reír, porque está loca si cree que voy a irme a otro sitio que no sea el fondo de este coño tan estrecho que tiene.

—Te gusta cuando te llamo así, ¿verdad? —le digo al oído. Empieza a respirar de forma entrecortada mientras asiente.

—Sí. —Me agarra del pelo, intentando aferrarse a algo estable—. Sí, me gusta.

—Emmy. —Le froto el clítoris con el pulgar, y su gemido flota entre nosotros—. Mi preciosa y dulce Emmy… —Le meto un dedo al mismo tiempo que le acaricio el cuello con la mano libre. Le rozo con el pulgar el pulso, que le late en la garganta, y ella se frota contra mí—, a la que le encanta que le toque el coño delante de todo el mundo. Todo el equipo podría vernos. A lo mejor los obligo a mirar para que sepan que eres mía.

—*Maverick* —gime ella—. Necesito más. Por favor.

—¿Dos? —le pregunto, y cuando ella asiente, le meto un segundo dedo—. Respira hondo, cariño. Puedes soportarlo, ¿verdad?

—Claro que puedo. He podido con tu polla, ¿no? —me desafía, y suelto una carcajada.

—Puede que seas mi persona preferida del mundo.

Cuando una gota de sudor le resbala por la mejilla, se la lamo. El rubor se extiende por toda su piel y le soplo en el cuello para refrescarla.

La veo cerrar los ojos. Siento que me está utilizando, que estoy aquí para darle placer a ella y solo a ella, y es lo más excitante que he experimentado en la vida.

—¿Qué más necesitas para llegar? —le pregunto.

—Más —contesta con deje suplicante, tirándome del pelo—. ¿Pueden ser tres?

—Te he dicho que voy a darte todo lo que quieras —contesto, y cuando deslizo otro dedo en su interior y noto que lo acepta, tengo que cerrar los ojos con fuerza para no perder el control—. Joder, Em. Esto me está volviendo loco.

Ella se da la vuelta para quedar frente a mí. El movimiento me obliga a sacarle los dedos, pero no tarda en guiarme de nuevo hacia su interior mientras me acaricia por encima de la bragueta. Recorre mi erección con la mano, por encima de los vaqueros, en una caricia suave que hace que mueva las caderas como un puto imbécil desesperado.

—Nunca he hecho que ningún hombre se corra en los pantalones —dice, y percibo el desafío que encierran sus palabras.

—Sabes que siempre me gusta ser el primero y el mejor. —Echo la cabeza hacia atrás y gimo cuando ella me la agarra, acariciándome con el pulgar de arriba abajo—. Emerson. En serio, como sigas haciendo eso…

—Me gustaría verlo. —Me rodea la muñeca con la otra mano y acelera el ritmo de mis dedos, marcando cómo quiere que entren y salgan de ella—. Me gustaría ver cómo te corres.

—Después de ti. —Curvo los dedos y ella jadea. Abro los ojos y sonrío al ver el rubor en sus mejillas y sus pezones duros a través del vestido—. Esa es mi chica. Ya te he dicho que conmigo estás a salvo. Déjate llevar, Emmy. Déjame ver lo guapa que te pones cuando te corres.

Le cambia la respiración. Me inclino y le beso la sien, la mejilla y el cuello. Ella se pega a mí y me dice que está a punto. Le acaricio el clítoris hasta que la oigo gemir y empieza a temblarle el cuerpo mientras la música retumba a nuestro alrededor.

La animo a seguir, susurrándole al oído lo bien que lo hace. Lo guapa que es y lo mucho que me gusta estar aquí con ella. Cuando me desabrocha los vaqueros y mete la mano por debajo de los calzoncillos para empezar a acariciármela, siento que el placer se acumula en la base de mi columna vertebral.

—Emmy —digo, arrastrando los pies hasta el rincón más alejado de la discoteca. Apoyo una mano en la pared para mantenerme en pie—, me voy a...

Cuando me recorre el glande con el pulgar, pierdo el control.

Se me nubla la vista y tenso las piernas. Jadeo, movido por un placer que noto hasta en los huesos, mientras me corro en los calzoncillos.

—Joder. *Joder.*

—Dame todo lo que tienes, guaperas.

Gimo desesperado, y sé que mañana me avergonzaré de haberlo hecho, pero no ahora mientras ella me abraza y sigue acariciándome, alargando mi placer al máximo.

—Hostia. *Hostia*, Emmy —jadeo. Creo que estoy a punto de caerme—. Joder.

—¿Te ha gustado, Maverick?

Trago saliva.

—No me había corrido así desde los catorce años —admito.

—Me gusta. —Me besa de nuevo y recorre mis labios con la lengua—. Eres un buen chico, y muy obediente. Mira la que has liado.

Joder.

Me arde el cuerpo como si estuviera en el infierno y se me escapa un gemido por sus elogios. Le saco los dedos y se los acerco a los labios.

—Abre la boca —le digo—. Quiero verte dejarlos limpios.

—Separa los labios y le presiono los dedos contra la lengua—. ¿Te gusta tu sabor?

—No está mal. Pero tú sabrías mejor.

Le agarro la barbilla y la beso, una promesa de lo que está por venir esta noche. Puede que hayamos terminado aquí, pero yo no he hecho más que empezar con ella.

—¿Quieres volver al hotel? —le pregunto.

—¿Para qué?

—Sexo. Mucho, mucho sexo —respondo—. Después ya veremos.

—Vale. —Me mira la parte delantera de los vaqueros y esboza una sonrisilla—. Iba a preguntarte si podíamos ir a comer algo, pero...

—Te pediré todo lo que tengan en la carta del servicio de habitaciones. También el helado.

—Antes tengo que limpiarme.

Le cojo la mano y le limpio los dedos en mi camisa, sin importarme lo más mínimo la mancha.

—Ya está. Problema resuelto.

Ella entrelaza sus dedos con los míos y me arrastra hacia la puerta.

—Vamos, guaperas.

Una vez fuera, me inclino y me doy una palmada en los hombros.

—Súbete. Alguien me ha pedido que la lleve a caballito.

Emerson salta a mi espalda y me rodea la cintura con las piernas, tras lo cual me entierra la cara en el pelo. Echo a andar por la acera en mitad de un frío glacial. Cuando llegamos al hotel, me la follo dos veces, una en la cama y otra contra la pared.

Nos quedamos despiertos hasta las dos de la madrugada comiendo patatas fritas, pollo a la parrilla y un cuenco de helado. La beso de nuevo cuando sale de mi habitación a escondidas, justo antes del amanecer, y pienso que esto de estar con una sola mujer no está nada mal.

De hecho, es una puta pasada.

31
Emmy

Joder, Emmy. —Piper silba—. Estás fantástica. Date la vuelta para que pueda admirar todo el conjunto.

Me echo a reír y giro sobre mí misma en el vestíbulo de su piso para enseñarle bien el vestido ceñido de color verde bosque y los zapatos de tacón de aguja con los que lo he combinado.

—He supuesto que tenía que sacar la artillería pesada para estos donantes tan importantes —digo.

—Pues no te has equivocado, amiga. Por favor. Mira qué culo. Me da que voy a tener que salir de la cabina de prensa y meterme en la pista de hielo si así voy a conseguir un culazo como el tuyo.

—Calla, anda. —Le doy un golpecito en el brazo con mi bolso negro, pero no puedo contener la sonrisa por el cumplido—. ¿Ya ha llegado el coche?

—Sí. Hemos quedado con Lexi y Maven abajo. El tráfico para llegar a estos eventos siempre es una pesadilla. Si vamos a quedarnos atrapadas en un atasco, mejor que sea juntas en una limusina con champán.

—¿Una limusina? ¿Cómo la has conseguido?

—No ha sido cosa mía, sino de Maverick. —Piper sonríe con picardía—. ¿No hay nada que quieras contarme, Emmy? ¿Alguna razón que tal vez explique por qué desde hace meses no se ve a cierto donjuán del hockey con ninguna mujer del brazo y ahora resulta que está mandando coches de lujo a recogernos en la puerta de casa?

Finjo estar ocupada con mis pendientes de plata y me encojo de hombros.

—No sé nada sobre la vida personal de Miller. Lo que hace fuera de la pista es asunto suyo.

Salvo que ahora también es asunto mío. Las líneas han comenzado a difuminarse desde nuestra conversación sobre la exclusividad.

Cada vez estoy más enredada y no encuentro la manera de parar.

Tampoco estoy segura de querer hacerlo.

Fui a su casa dos veces la semana pasada y ayer se coló aquí mientras Piper estaba en el supermercado.

Fue todo muy apresurado y frenético, me tapó la boca con una de sus manos enormes y me dijo que *no hiciera ruido*.

—Parece que a una que yo me sé le han enseñado a enfrentarse a la prensa —replica—. Porque tu respuesta es el equivalente a «sin comentarios». Y los que no hacen comentarios son siempre los que tienen mucho que decir.

—Yo no tengo nada que decir.

Piper abre la puerta del armario y rebusca entre las perchas hasta encontrar su abrigo negro cruzado.

—Si estás disfrutando de una buena tranca, me alegro por ti. No estoy para nada celosa.

—Dios mío. —Me echo a reír—. Por favor, no vuelvas a decir nunca más «buena tranca».

—¿Eso es que es mala?

—No hay ninguna tranca para nadie.

Me siento mal por mentirle, pero Maverick y yo acordamos que se quedaría entre nosotros.

Me muerdo la lengua por mucho que quiera contárselo todo como si estuviéramos en el instituto, hablando de quién nos gusta y de los chicos más guapos de nuestra clase. Me lo guardo todo en un compartimento que solo me permito abrir cuando estoy sola.

—Qué pena. —dice—. Debería haber tranca para alguien.

—Brindo por eso —convengo, y levanto una copa imaginaria—. ¿Nos vamos? Ahora que sé que este viaje lo va a pagar Miller, creo que deberíamos ir por el camino más largo.

Piper entrelaza el brazo con el mío y sonríe.

—Efectivamente, deberíamos.

Nos reunimos con Maven y Lexi abajo y pasamos un cuarto de hora admirando nuestros modelitos. El pelo, los zapatos, el collar de diamantes que lleva Maven, que es un regalo de Dallas, a juego con el del anillo de compromiso.

Estoy animada y sonriente cuando nos subimos a la limusina y abrimos la primera botella de champán. Aunque aún no he bebido nada, ya siento una emoción burbujeante y efervescente en mi interior. Esa que se siente cuando estás con personas que te hacen bien.

Hacer amigos cuando eres adulta es difícil de por sí, pero con una agenda como la mía resulta casi imposible. Sin embargo, con ellas es fácil. Cada vez que estamos juntas, crece en mí la sensación de que formo parte de algo especial. Siento que tal vez quiera quedarme en Washington D. C. una vez que acabe la temporada y hacerme un hueco aquí, no solo con los Stars, sino también con estas mujeres.

—Hay una nota de Maverick. —Lexi coge la tarjeta que reposa sobre la mesita que tiene a la izquierda y carraspea antes de leerla en voz alta—. «A las cuatro mejores mujeres de la liga: gracias por todo lo que hacéis. Os merecéis que coreen vuestro nombre a los cuatro vientos».

—¡Ay, Mavvy! —Maven se lleva una mano al pecho y hasta a mí se me acelera el corazón por su generosidad—. Cómo quiero a este hombre. Es un buenazo.

—¿Por qué no abrimos la segunda? Ya que él paga y eso —digo antes de coger la siguiente botella.

Las chicas están distraídas, especulando sobre de quién aparecerán acompañados los jugadores, pero yo centro mi atención en el papelito escondido detrás de un juego de copas de martini.

Le doy la vuelta y encuentro una nota escrita con letra casi ilegible.

EP:

Espero que seas tú quien encuentre esto.

Si no es así, lo negaré todo.

No se lo digas a las demás, pero tú eres mi preferida.

Me muero por verte esta noche.

Deseo de todo corazón que no te hayas puesto bragas.

G

Releo la nota y empiezan a dolerme las mejillas de tanto sonreír. Debería tirarla a la basura; en cambio, me la guardo en el bolso porque, por motivos que no acabo de entender, quiero mantenerla a salvo.

A dos manzanas de distancia, ya alcanzo a ver el lujoso hotel donde se celebra la gala. Está iluminado con luces enormes y brillantes y hay una alfombra roja extendida como si fuéramos la realeza del deporte.

Los fotógrafos están en fila, inmortalizando la llegada de los jugadores. Sus cámaras, ansiosas por hacerse con imágenes del equipo más popular de la NHL en este momento, no dejan de soltar flashes.

—Vaya… —susurro al pisar la acera—. Esto es increíble.

—Al equipo de eventos le encanta llamar la atención. —Piper saluda a alguien que está más adelante mientras Maven y Lexi suben los escalones hacia el edificio—. Estoy casi segura de que se gastan el presupuesto anual entero solo en esta noche.

—Pues vamos a tener que celebrarlo en serio. ¿La subasta es tan horrible como creo que va a ser?

—No, es muy normal. Si la cosa se pone incómoda, la mayoría de las veces los chicos pujan los unos por los otros. Hace dos años, una mujer no dejaba en paz a Hudson. No paraba de intentar llamar su atención y subió su puja a lo largo de la noche para ser ella quien ganara una comida con él. La cosa estaba yendo más allá de lo meramente amistoso y Hud se sentía muy incómodo, así que Maverick intervino y acabó donando cien mil dólares. Se lo llevó de cita al planetario del Smithsonian.

—No está bien hablar de la gente a sus espaldas, señoritas —dice Maverick con su voz grave, y se me pone la piel de gallina—. Aunque sea para halagarme.

Tardo un segundo en darme media vuelta, porque no quiero avergonzarme a mí misma ni tener una reacción evidente al verlo en público. No quiero darle esa satisfacción.

Antes, Maverick me mandó una foto de perfil en la que vi unos gemelos, zapatos relucientes y pantalones a medida que se le ajustaban al cuerpo. También atisbé la curva de su característica sonrisa burlona y tenía los dos primeros botones de la camisa desabrochados, mostrando lo suficiente como para que se pudiera apreciar el chupetón en el cuello. El rojo empezaba a dar paso al morado y me entraron ganas de hacerle otro al lado.

Suelto el aire, me doy media vuelta y de inmediato quiero arrearle con el tacón en la cara.

Ojalá Satanás se lo llevara a rastras al infierno.

Ya lo he visto anteriormente vestido de traje y corbata al entrar a un partido, pero esto es distinto.

Es atractivo, la manifestación de las fantasías de todas las mujeres condensada en un hombre tremendo de metro noventa y tres con esmoquin y pajarita.

Noto que se me humedece la entrepierna y experimento una sensación como de vértigo en la parte baja del abdomen. La sangre se me va transformando en lava según lo miro. Se me endurecen los pezones debajo el vestido y soy consciente de que Maverick se va a dar cuenta y, aunque me encantaría echarle la culpa al viento o al frío o a cualquier otra cosa, los dos sabemos que es por él.

—Hola, Mav. —Piper le da un rápido abrazo—. Muchas gracias por la limusina.

—Por mis chicas favoritas, lo que sea. ¿Os lo habéis pasado bien?

—Nos lo hemos pasado genial. —Ella sonríe y le da un apretón en un brazo—. Qué guapo estás.

Me entran ganas de reír.

Maverick Miller está mucho más que guapo.

—Tú también, Piper —dice, pero no la mira.

Sus ojos están clavados en mí.

Hay algo deliberado y apasionado en esa mirada oscura y en la sonrisa que esboza.

Se humedece los labios, un movimiento lento de la lengua que recuerda al de un hombre hambriento, y tengo la sensación de que me está recorriendo todo el cuerpo con ella: el hueso de mi cadera, la cara interna del muslo, las curvas de mis pechos y mi abdomen mientras me separa las piernas, preparado para darse un festín.

—¿Estás bien, Hartwell? —me pregunta Maverick, y ladea la cabeza—. Pareces un poco acalorada.

Creo que me va a dar un infarto.

—Estoy bien. —Me coloco mejor el tirante del vestido y se le oscurecen un poco más los ojos. Me pregunto si me está desnudando con la mirada tal como estoy haciendo yo con él—. La verdad es que sí que tienes buen aspecto, Miller. Me alegra ver que sabes arreglarte para la ocasión.

—Me adelanto, chicos —dice Piper mientras se vuelve hacia la escalera—. Te veo dentro, Em.

—¿Me guardas un sitio en tu mesa? —pregunto.

—Lo siento, pelirroja. Los asientos ya están asignados y tienes uno a mi lado —dice Maverick—. Pero me aseguraré de que te lo pasas bien.

—Me pasaré a verte —me promete Piper y después me lanza un beso—. No os quedéis mucho tiempo aquí fuera, que hace un frío que pela.

Qué curioso.

Porque yo tengo la sensación de estar ardiendo.

—Ahora mismo entro —le aseguro y, cuando se pierde entre la multitud, miro a Maverick—. ¿Has venido con alguien?

—Sí —contesta, y no sé por qué se me encoge el corazón—. Es más o menos así de alta. —Se lleva la mano a la cadera—. Le gusta hablar mucho. Sin duda sabe más sobre los Stars que yo y me daría mil vueltas en un concurso de Trivial. —Ante mi expresión de desconcierto, se echa a reír—. He traído a Rachel. La chica a la que...

—Le enseñaste el estadio —termino por él. Se me sube el corazón a la garganta—. ¿De verdad?

—Creí que le... —Se interrumpe y deja la frase en el aire, sin terminar. Se mete las manos en los bolsillos y levanta la mirada hacia el cielo nocturno—. Se merece estar aquí.

Extiendo un brazo y le toco el bíceps, justo donde sé que está el tatuaje de una constelación.

—¿Puedo verla? —le pregunto. La sonrisa que me dirige es como un disparo directo al corazón.

—Va a sentarse con sus padres, pero me aseguraré de que se pase por nuestra mesa. Seguro que le hace ilusión verte. —A un lado de la multitud, alguien grita su nombre—. Resérvame un baile, pelirroja. Creo que, si no consigo ponerte las manos encima esta noche, me moriré.

—Eso sería una lástima. —Le doy unas palmaditas en el pecho y paso junto a él, moviendo las caderas mientras subo los escalones—. Te convertiste en un peligro cuando me robaste mi tanga favorito, Miller. Deberías saber que esta noche no llevo.

Se queda boquiabierto y yo sonrío durante todo el camino hasta llegar a mi asiento.

32
Maverick

Mirar a Emerson toda la noche ha sido una tortura.

Me ha rozado la rodilla con la suya mientras escuchábamos el discurso inaugural del entrenador y juro que lo sentí igual que si la tuviera encima.

Me ha acariciado un muslo con los dedos cuando se levantó de la mesa para ir al baño y se me olvidó completamente dónde estaba durante unos minutos.

Sin ropa interior. Con un vestido que se ciñe a sus curvas y una sonrisa arrogante que me dice que cree que ya ha ganado a lo que estemos jugando.

Sí que es una asesina pelirroja.

La gente ha estado compitiendo por su atención desde que entró en el salón de baile, y me doy cuenta de que está llegando a su límite.

Desvía la mirada hacia la salida cada pocos minutos, como si estuviera planeando una fuga. No deja de intentar acercarse a la mesa del bufé, y no la he visto probar bocado en toda la noche.

Es hora de intervenir.

Echo la silla hacia atrás, me quito la chaqueta del esmoquin y voy hacia ella. Rodeo la abarrotada pista de baile para llegar a su lado. Me detienen varias veces representantes de algunos de nuestros patrocinadores, y también abonados de temporada. Me dicen que es mucho más divertido animar a un equipo que está ganando y yo me río cuando se supone que debo reírme.

Les estrecho la mano a todas esas personas tan importantes que pagan mucho dinero por vernos jugar, pero no le quito la mirada de encima a Emerson en ningún momento.

Cuando por fin me libero de una conversación sobre el equipo All-Star de este año, me detengo a repostar en la fila del bufé. Me sirvo unos trozos de pollo y una ración de puré de patatas. Me meto un montón de servilletas en el bolsillo del pantalón por si acaso, ya que he visto cómo come esta mujer. Va a ensuciarlo todo, y será la cosa más mona del mundo.

—Siento mucho interrumpir. —Me acerco a Emerson y le pongo la mano libre en la base de la espalda—. Necesito robarle a mi alero izquierdo un momento. Es muy importante que me dé su opinión sobre un asunto urgente relacionado con la longitud de los palos.

—¡Ah! —El periodista, un tal Stewart, según me indica su chapa identificativa, abre mucho los ojos—. Parece importante, sí.

Asiento, porque quiero resultar convincente.

—Muchísimo. Te agradezco que seas tan comprensivo, Stewart. Me encantaría mandarte una camiseta.

—Ahí va, ¿en serio? Sería estupendo. —Busca en su bolsillo y saca una tarjeta de visita—. Aquí tienes mi número.

—Haré que nuestro equipo se ponga en contacto contigo el lunes. Gracias, tío. —Le doy una palmada en un hombro y él sonríe—. Eres un fenómeno.

—Ha sido un placer hablar contigo, Stewart. Que pases una buena noche —añade Emerson. La guío hasta una mesa escondida detrás de un altavoz y una enorme maceta, donde nadie debería molestarnos—. Conque «la longitud de los palos», ¿no? Haz el favor de decirme que no era una insinuación vergonzosa, Miller.

—Si quieres, puede serlo. —Bajo la voz y le acaricio el hombro desnudo con los nudillos. Se estremece y me entran ganas de tocarla por todas partes—. Estás increíble con ese vestido, pelirroja.

—Gracias. No tengo la oportunidad de ponerme ropa así a menudo y quería aprovecharla.

—Y muy bien que has hecho. —Señalo la silla vacía y la ocupa. Le paso el plato y las servilletas y me siento a su lado—. Para ir al estadio te pones ropa normal pero adecuada, ¿qué más da si te pones un vestido de noche de vez en cuando?

Emerson se mete una patata frita en la boca. Luego se lame la sal del índice y yo vuelvo a tocar fondo, porque oficialmente estoy celoso de un dedo.

—Ojalá fuera tan fácil.

—¿No lo es? —Frunzo el ceño y apoyo el codo en el muslo para mirarla fijamente—. Ilústrame.

—No quiero convertir esto en una cuestión de sexismo, pero lo cierto es que las mujeres estamos sujetas a un doble rasero tremendo. Si llevo una falda que me deja las piernas al descubierto al estadio, soy una guarra. Si me pongo chaqueta y una camisa abotonada hasta el cuello, me llaman mojigata. Estoy segura de que cuando las fotos de esta noche circulen por internet, habrá quien piense que soy un mal ejemplo para las chicas jóvenes solo porque llevo escote.

—Yo estoy muy a favor del escote. De hecho, creo que deberías llevar más. Mejor todavía, quítatelo todo. A ser posible en mi habitación.

Me sonríe. Hay cuatrocientas personas aquí, pero ella me elige a mí para regalarme su sonrisa.

Soy el cabrón con más suerte de esta fiesta.

—Aprecio tu compromiso con la causa. —Emerson prueba el pollo y suspira—. Es que resulta agotador. Ser deportista profesional ya es duro, pero además tengo que ver comentarios debajo de cada una de mis publicaciones criticándome. ¿Por qué llevo maquillaje? ¿Quién me ha dejado salir de casa con esa ropa? ¿Con cuántos chicos del equipo me he acostado? No hay cosas así debajo de tus fotos.

Tiro de la pata de su silla para acercarla a mí. Pego mi muslo al suyo y no me molesto en apartarme. La quiero justo aquí.

—Siento mucho que tengas que pasar por eso y también haber bromeado sobre algo que no tiene gracia. No tenía ni idea y es una mierda que la gente diga ese tipo de cosas. Lleves puesto lo que lleves, eres un modelo a seguir. Fíjate en los estadios; no solo el nuestro, sino también los que visitamos. Vienen cientos de chicas con tu camiseta. Te admiran por ser una deportista excepcional, pero también porque eres una persona amable que se desvive por mostrarse agradecida con los fans que acuden a apoyarla. O fíjate en esta noche: has hablado con Rachel durante veinte minutos y, con eso, le has alegrado el año entero, a pesar de que podrías haber empleado ese tiempo en congraciarte con los ricachones que nos pagan el sueldo. Lo que lleves puesto no cambia lo que tienes dentro, y eso es una mujer preciosa.

—Vaya —dice ella, y me sorprende cuando se inclina y entrelaza sus dedos con los míos—. Es la cosa más cautivadora que me han dicho nunca.

—No lo digo solo para poder meterte la mano debajo del vestido más tarde.

—Cosa que puedes hacer, que lo sepas.

—Ah, pensaba hacerlo. Si no, me voy a volver loco. Pero diría lo mismo aunque no fuera a enterrar la cabeza entre tus piernas. Lo digo en serio, Emmy. Cada palabra.

—Me encanta que me llames así —susurra ella—. Me gusta cuando me llamas «pelirroja» o «Hartwell», pero también me gusta mucho cuando me llamas «Emmy». No suena igual que cuando cualquier otra persona lo dice.

—¿En serio? —Trago saliva con dificultad mientras la tensión entre nosotros aumenta poco a poco. Me cuesta mucho no atraerla hacia mí y besarla hasta dejarla sin sentido, pero me conformo con apoyarle nuestras manos entrelazadas en el muslo—. Entonces supongo que tendré que seguir haciéndolo.

Es una puta imprudencia comportarnos así en público, tocarla y trazar círculos en su rodilla, pero quiero que sepa que es perfecta. Que, aunque viniera a los partidos vestida con un saco de arpillera, seguiría pensando que es la persona más increíble del mundo.

De hecho, llevo un tiempo pensándolo cada vez más, y me desconcierta.

Sé por qué me atrae sexualmente y también que me gustan

su sarcasmo y su ingenio mordaz. Sus réplicas rápidas y la facilidad con la que me hace reír. La dulzura que demuestra cuando baja la guardia y el brillo que aparece en sus ojos cuando algo la hace feliz.

Lo que no entiendo es por qué todavía no me he aburrido.

Siempre me ha costado mantener el interés por una sola mujer. Me inquieto poco a poco, mi atención decae al cabo de unas horas y pronto estoy listo para pasar a otra cosa. He estado con muchas chicas amables, tiernas y graciosas que cumplen todos los requisitos que buscan otros hombres, pero a mí nunca me han importado.

Sin embargo, Emerson sí me importa.

Me importa mucho, y no sé qué cojones significa eso.

—¿Estás bien? —Me da un apretón en la mano y me observa—. Parece que tienes la cabeza en las nubes.

—Perdona, me he distraído pensando.

—¿En algo bueno?

La miro, ahí sentada con su precioso vestido y su maquillaje tan bonito, con ese brillo en los ojos y media sonrisa en los labios.

—Estaba pensando en ti. —Trago saliva—. Así que era algo mejor que bueno.

Me toca una mejilla y su sonrisa se vuelve deslumbrante.

—Me alegro.

—¿Quieres bailar?

—¿Al ritmo de Justin Bieber? ¿Se puede?

—Si tienes fe, cualquier cosa es posible. —Me pongo en pie y la ayudo a levantarse—. Vamos.

—Espera. —Se agarra a mi hombro y se quita los zapatos de tacón—. Me están matando. Tengo una ampolla en el dedo meñique que me va a doler un montón cuando me ponga los patines mañana.

La suelto mientras nos abrimos paso entre la multitud, pero siento su calor corporal detrás de mí.

Justo cuando llegamos a la pista de baile, empieza a sonar una canción más lenta. Emerson aprieta los labios y levanta una ceja.

—¿Lo tenías planeado, Miller? —me pregunta—. Seguro que le has dado un billete de veinte al DJ.

—Soy inocente, te lo juro. —Le tiendo la mano a modo de invitación y ella echa un vistazo a su alrededor. Sé que le preocupa lo que piense la gente, pero podemos achacarlo a que lo hacemos por la gala benéfica. Somos solo un capitán y su compañera de equipo bailando juntos una canción con el fin de recaudar fondos para el banco de alimentos y otros proyectos de ayuda a la comunidad—. Me portaré lo mejor posible.

—Vale. —Acorta la distancia que nos separa. Me coloca una mano en un hombro y le pongo una de las mías en la base de la espalda—. Como te pases de la raya, te vas a meter en un buen lío.

—Prometido —replico al tiempo que entierro los dedos en la suave tela de su vestido—. Todavía no me has hecho la pregunta de hoy.

—Porque yo pregunté primero la última vez —dice, y casi me roza el torso con los pechos—. Te toca a ti.

—No, te la reboto. Te toca.

—¿Quieres tener hijos?

—Madre mía, Hartwell. —Me echo a reír y le acaricio el brazo con la mano—. Te encanta ponerme en un aprieto, ¿eh?

—Lo siento. Es que salta a la vista que quieres mucho a June y que lo has hecho muy bien con Rachel esta noche. No sé si es un papel que te gustaría tener.

—Si te digo la verdad, no estoy seguro —contesto en voz baja, por si alguien nos está escuchando—. Jamás me he visto en la situación de tener que tomar esa decisión, así que nunca lo he pensado. Me encanta ser tío y pasar tiempo con los fans jóvenes que vienen a los partidos, pero no puedo decir con certeza si quiero niños. No es un no, sino un quizá.

—Yo creo que serías un padre genial. Tienes un corazón enorme, Maverick, y hay mucha gente ahí fuera que necesita la alegría que transmites.

Sus palabras hacen que me pique la piel, como si no estuviera seguro de merecerla.

Los niños suponen un compromiso, y un compromiso significa para siempre y... *joder*.

¿Sería capaz de comprometerme así?

Mis padres no fueron capaces. ¿Quién me asegura que no voy a acabar igual?

—¿Y tú qué? —le pregunto con voz ronca, y tengo que carraspear—. ¿Quieres tener hijos?

Cada vez que levanto una barrera de Emerson, aparecen más. Nunca ha hablado de su madre, y me pregunto si se debe a que tiene una relación más estrecha con su padre o a si es que ella ya no forma parte de su vida. No sé si llegaré a conocer la respuesta.

—Tengo sentimientos encontrados —contesta—. Veo todas esas familias felices en redes y me pregunto si yo también quiero algo así, pero luego hay una parte más fuerte de mí que sabe lo mucho que me gusta mi trabajo. Me encanta vivir mi sueño y, ahora mismo, eso es lo que me importa. Quizá sea egoísta, pero hasta que no cierre este capítulo, no estaré lista para pasar al siguiente.

—Si decides hacerlo, serás una madre estupenda.

Resopla.

—No estoy tan segura. Acabo de decir que quiero darme prioridad a mí misma. ¿No se supone que la maternidad es el trabajo más desinteresado del mundo?

—Eso no quiere decir que se te vaya a dar mal. Sabes cómo eres, y eso es importante.

—No esperaba que mi pregunta se convirtiera en algo tan profundo. ¿Te importaría aligerar el ambiente?

Hago que se incline hacia atrás de repente y roza el suelo con las puntas del pelo. Me mira desde abajo y me doy cuenta de la sonrisa que intenta contener.

—¿Calzoncillos holgados o ceñidos? —le pregunto, y su repentina carcajada me sorprende.

—¿Para quién? ¿Para ti o para mí?

—Para mí, obviamente.

—Ceñidos. —Baja la mirada a mis pantalones y su expresión se vuelve ardiente—. Me gusta que no oculten nada. Me gusta ver con lo que estoy trabajando.

—¿Te gusta lo que ves ahora mismo, Emmy, preciosa?

Emerson clava su atención en mi boca y se detiene allí.

—Sí —contesta—, me gusta mucho.

—¿Te vienes conmigo al guardarropa? Ya he socializado lo suficiente. O te la meto pronto o la palmo.

—Anda que no eres exagerado… —Pone los ojos en blanco, pero cuando vuelvo a enderezarla, me tira del brazo—. Vamos, Miller. Y tráete las patatas.

—Sabía que la comida era uno de tus vicios —le digo, y nos alejamos de nuestros compañeros de equipo sin que nadie se inmute siquiera—. Pero, en aras de la sinceridad, tengo que decirte algo, pelirroja.

Me mira por encima del hombro.

—¿El qué?

—Sí que le he pagado al DJ para que ponga una lenta, y me ha costado mucho más de veinte dólares. Estás preciosa esta noche y quería tenerte solo para mí durante un minuto. Supongo que yo también soy un egoísta, es algo que tenemos en común.

—¿Cuánto le has pagado?

—Mil pavos. Y le habría pagado mil más.

—Eres ridículo.

—Pero te encanta —replico.

Cuando me sonríe en esta ocasión, lo siento en el centro del pecho. Hay una parte hueca detrás de mis costillas donde nunca había sentido una punzada antes, y la sensación se extiende por mi cuerpo hasta que todo se reduce a una sola cosa: ella.

—Pues sí —susurra Emerson, y en la vida me habían gustado tanto unas palabras—, me encanta.

Cuando tira de la trabilla de mis pantalones para meterme en el guardarropa, una vocecilla en mi cabeza me dice que es posible que me haya metido en un buen marrón.

33
Emmy

Seguro que no quieres venirte con nosotras? —pregunta Piper—. ¡Es Nochevieja!

—Lo sé, pero después de la derrota del otro día y con el próximo viaje cerca, necesito quedarme en casa esta noche. —Marco la página por donde voy con un tique de la compra, cierro el libro y estiro las piernas—. Vais a ir a esa discoteca nueva del centro, ¿verdad?

—Sí. Tengo muchas ganas de besar a alguien a medianoche, aunque sea un desconocido. —Me mira a través del espejo y hace un puchero—. No voy a conseguir convencerte de que vengas, ¿no?

—No. Tengo helado en el congelador, voy a abrir una botella de vino y estoy leyendo una novela romántica que me tiene emocionadísima. ¿Qué más se puede pedir?

—Voy a dejar que te libres porque yo también me estoy leyendo ese libro y lo he tenido que soltar a la fuerza. Sé que es ficción, pero me está haciendo volver a creer en el amor. Es una tontería, ¿verdad?

Me levanto del sofá y me acerco a ella.

—Significa que sabes que ese tipo de amor existe y que te lo mereces. No es ninguna tontería. Aunque las palabras sean ficticias, para ti pueden ser reales.

—Ay, madre. —Piper se abanica la cara, pero aun así se le resbala una lágrima por una mejilla y se la seca con el pulgar—. Voy a llorar y me prometí a mí misma que este año no iba a hacerlo.

—Puedes llorar, pero no por un hombre de mierda. No se merece tu amor ni tu atención, y mucho menos tus lágrimas. —La rodeo con los brazos y la estrecho con fuerza—. Estoy muy orgullosa de ti. Este va a ser tu año. ¿Y qué mejor manera de empezarlo que encontrando al tío más guapo de la discoteca y metiéndole la lengua hasta la garganta?

—Gracias, Emmy. —Se ríe contra mi hombro y me da un apretón—. A lo mejor me quedo a dormir en casa de Lexi esta noche, dependiendo de cuándo acabemos. Es posible que solo aguantemos una hora y luego nos atiborremos de Taco Bell.

—Un buen Crunchwrap Supreme nunca te decepcionará. Apoyo esa decisión. —Me separo de ella y le doy una palmadita en la cabeza—. Diviértete. Dale recuerdos a Lexi de mi parte y mándame un mensaje si me necesitas. Dejaré el móvil encendido por si acaso.

—¿Interrumpirías tu sueño por mí? Sé lo mucho que odias cuando alguien te despierta antes de que suene el despertador.

—Tú no eres alguien, Piper. Eres mi mejor amiga.

—¡Maldita seas, Emerson Hartwell! —exclama mientras coge el bolso—. Me voy antes de que me estropees más el maquillaje.

—¡Yo también te quiero! —le grito, riéndome al verla hacer un corazón con las manos antes de cerrar la puerta.

Echo el pestillo y vuelvo al sofá. Leo durante la siguiente hora y media, cansándome y bostezando a medida que el reloj se acerca a la medianoche.

Cuando cierro el libro y me levanto, me llega un mensaje al móvil, que tengo sobre la mesita del sofá. Lo cojo, esperando que sea Piper para decirme que se le ha olvidado algo, pero me sorprende ver un mensaje de Maverick.

Guaperas
Feliz casi Año Nuevo!
Cómo vas a pasar la gran noche?

Leyendo tranquilamente. Estoy a punto de comerme un
helado y luego irme a la cama
Y tú? Estás en alguna fiesta elegante en un yate?

En vez de mandarme otro mensaje, me llama por Face-Time.

Aparece en mi pantalla la foto de contacto de Maverick, una que se hizo la semana pasada en el entrenamiento, sin camiseta y sujetando ocho palos de hockey en alto por encima de la cabeza.

Contesto con una sonrisa en los labios.

—Ahí estás —dice y saluda a la cámara. En la mejilla tiene un moratón de color rojo violáceo de cuando le dieron un puñetazo durante el partido del sábado—. Hola, Hartwell.

—Eso no parece un yate. ¿Estás celebrando solo?

—Jamás. —Inclina el teléfono hacia abajo y veo a June sentada en su regazo. Le está pintando a Maverick las uñas de la mano izquierda. Ambos llevan gorros de fiesta a juego que dicen ¡FELIZ CUMPLEAÑOS!—. Mi chica favorita está conmigo. Me está haciendo un cambio de imagen.

—¿Qué color has elegido?

—Rosa. Es su preferido —contesta, y la cámara vuelve a enfocarlo—. ¿Estás sola en casa?

—Sí. Piper y Lexi se han ido a una discoteca. Me han invitado, pero estoy cansada. Además, la idea de ponerme ropa de verdad me parece un horror.

—¿Quieres venir a celebrarlo con nosotros? También tenemos helado, así que no tendrías que abandonar tus planes.

—Y champán —añade June, y me río.

—Así que champán, ¿eh? ¿Estás siendo una mala influencia, Miller?

—¿Yo? Nunca. La versión infantil es zumo de uva, pero también tenemos la adulta. Vamos, pelirroja. Vives justo al lado. Puedes estar aquí en cinco minutos. Nadie debería empezar el Año Nuevo solo.

De repente, el piso me parece demasiado vacío. Ese silencio que tanto anhelaba me resulta atronador, y me siento inquieta y nerviosa. Un cambio de aires puede que sea la idea perfecta. Puede que *Maverick* sea la idea perfecta.

—Vale —digo, y esboza una sonrisa deslumbrante que le forma arruguitas en el rabillo de los ojos y que podría iluminar toda una habitación—. Me peino, me cambio y estoy allí enseguida.

—¿A quién le importa cómo tengas el pelo? Mueve el culo y vente. —Maverick enfoca la cámara hacia sus muslos, cubiertos por unos ceñidos pantalones de deporte que le resaltan los músculos. Se me hace la boca agua, una reacción natural al ver a un hombre con un chándal gris—. Vamos informales.

—No todos estamos tan bien con pantalones de chándal.

—Ponte unos y deja que eso lo decida yo. Haré una inspección minuciosa.

Pongo los ojos en blanco, pero ya estoy a medio camino de mi dormitorio, quitándome los calcetines gruesos. Me deshago el moño desastrado que llevo y abro los cajones de la cómoda. Mientras me aseguro de coger la bolsa de regalo que tengo en la mesita de noche, derribo sin querer un montón de ropa doblada y la dejo en el suelo.

—Estaré ahí en diez minutos.

—Puedes hacerlo mejor, Emmy. Que sean ocho.

—¿Me vas a dar un premio si lo consigo?

—Sí. —Le brillan los ojos—. Un beso a medianoche.

Como nunca rehúyo un reto, le regalo una sonrisa.

—Trato hecho.

Llego a su piso en siete minutos y treinta y dos segundos.

Abre la puerta antes de que yo pueda llamar y enseguida me entrega un gorro de fiesta.

—Es el código de vestimenta obligatorio. —Me coloca la goma bajo la barbilla y me acaricia el mentón con los dedos—. Bien hecho, pelirroja. Estoy orgulloso de ti.

Me sonrojo por el elogio e intento distraerme quitándome el abrigo. Añado las botas al motón de zapatos y sonrío al ver las pequeñas Nike que hay encima.

—¿Dónde están Dallas y Maven? ¿Cómo has acabado haciendo de niñero?

—Me ofrecí voluntario. Van a cenar y a brindar con champán en el Four Seasons, y les he reservado una habitación. Han estado muy ocupados con el trabajo y preparando las vacaciones de Navidad, así que pensé que se merecían pasar esta noche solos.

—Qué detalle por tu parte.

Me atrae hacia él y me coloca una mano en una cadera. Me acaricia la cara interna del muslo con el pulgar, arrancándome un suspiro.

—Me gustan tus pantalones de chándal.

—El anfitrión se ha empeñado en que me los ponga. Es insoportable.

—Eso parece. —Me sujeta la nuca y acerca su boca a la mía. El beso prende fuego a mis terminaciones nerviosas y siento como si estuviera flotando por encima de las nubes—. Gracias por venir.

—Gracias por invitarme. Te he traído un regalo. Es para agradecerte que pujaras más alto que nadie por mí en la subasta benéfica. Ya no tendré que comer con ningún baboso.

—¿Un regalo? —Sonríe y me quita la bolsa—. No hacía falta.

—No es nada del otro mundo. En realidad, es una tontería, es solo una ridiculez que…

—¿Puedo abrirlo?

—Pues claro.

Maverick saca el papel de seda de la bolsa y luego, una caja.

—¿Un puzle? Qué bien. Gracias, Emmy.

—He comprado uno con pocas piezas para que June y tú podáis hacerlo juntos. —Meneo la cabeza—. Ya te he dicho que era una tontería.

—Para nada. Lo voy a añadir a la colección. Nunca tengo suficientes y este es perfecto.

—Por cierto, te agradezco la puja en la subasta, pero no tenemos por qué ir a comer a ningún sitio.

—¿Y si en vez de ir a comer conmigo vas con Rachel? —su

giere—. El dinero ya se va a destinar a una buena causa y me gustaría que fuera ella en mi lugar.

—Me... —Asiento, sin saber qué decir—. Me encantaría.

—Me pondré en contacto con sus padres y lo organizaremos. —Me coge de la mano y me lleva al salón, donde June está sentada en el sofá, balanceando las piernas hacia adelante y hacia atrás, fascinada por las celebraciones que se ven en la tele—. ¿Bichito? ¿Quieres conocer a mi amiga Emmy?

—¡Sí! —grita ella, que baja de un salto del sofá y corre hacia mí—. ¡Hala, tío Mav! Es muy guapa.

—¿Le has pagado para que diga eso? —le pregunto.

—No. Es auténtica. —Se agacha, la levanta y se la pega al costado—. Sí que es guapa, ¿verdad?

—Me gusta tu pelo —me dice June—. Parece fuego.

—Gracias. —Sonrío y le toco una de las coletas—. A mí me gusta el tuyo.

—¿Vas a besar al tío Mav a medianoche? Mamá y papá dicen que hay que besar a alguien especial.

—No estoy segura. ¿Crees que debería besarlo?

—¡Sí! El tío Mav es el mejor.

Mis ojos se encuentran con los de Maverick, que me está mirando con una expresión indescifrable en la cara. Está a medio camino entre la felicidad y la confusión, como si no supiera muy bien qué sentir.

Yo tampoco sé lo que siento, porque verlo con una niña en brazos y mimándola despierta algo en mi interior.

Hace que aparezca en mi cabeza una imagen de dentro de diez o quince años: una casa grande con un jardín grande, bicicletas en la entrada y Maverick en el porche, con los brazos cruzados delante el pecho y la sonrisa más bonita del mundo.

—Es verdad que es el mejor —coincido, y meneo la cabeza para librarme del sueño.

—¿Quieres una copa? June no va a aguantar mucho más de medianoche, y la voy a acostar en cuanto baje la bola.

—¿Tú vas a tomar una?

—No. No bebo mientras la cuido. Mi pequeña salvaje puede dar muchísimo trabajo y me gusta estar lúcido cuando estoy al cargo. —Le hace cosquillas a June en los costados y ella grita—. Pero no lo cambiaría por nada del mundo.

Los observo a los dos y, en vez de sentirme como una extraña, me siento incluida, como si fuera parte de su grupo, sobre todo cuando June alarga los brazos hacia mí y Maverick me la entrega, cuando nos sentamos en el sofá y él me rodea los hombros con el brazo, acercándome a su cuerpo, cuando llegamos a la cuenta atrás de cinco minutos y June salta sobre mi regazo.

Siento que estoy justo donde debo estar.

—Bichito, ¿sabes lo que es un propósito? —le pregunta Maverick, y ella niega con la cabeza—. Es cuando eliges algo que vas a intentar hacer durante todo un año. Puede ser grande o pequeño. Por ejemplo, mis propósitos son intentar cocinar más en casa y participar en una labor de voluntariado en persona al mes.

—Yo quiero aprender a montar en bici —afirma—. Crystal llevó la suya al cole para enseñárnosla y es rosa.

—¡Qué dices! —exclama Maverick con sorpresa, pero algo me dice que ya ha oído esta historia antes—. ¿Una bici rosa? ¡Qué guay! Tendremos que hablar con los jefes, pero estoy seguro de que dirán que sí. Dentro de nada estarás recorriendo el barrio a toda velocidad, pequeña. —Me da un codazo—. ¿Y tú, pelirroja? ¿Cuál es tu propósito?

—Quiero pensar en hacer de Washington D. C. mi hogar permanente. Quiero encontrar un piso e ir a la misma cafetería los fines de semana. Quiero ir a comprar al mercado cuando haga buen tiempo. Por primera vez en mi vida, quiero disfrutar del lugar en el que estoy en lugar de buscar el siguiente.

Las palabras salen a borbotones de mi boca, porque no estaba segura de cuál iba a ser mi propósito hasta que él me lo ha preguntado. Ni siquiera había pensado en uno.

Sin embargo, ver la vida de mis amigos me anima a intentarlo.

Me da miedo pensar que voy a echar raíces en un lugar y a dejar atrás una parte de mí misma…, pero estoy preparada.

—Ah, ¿sí? —La sonrisa de Maverick rivaliza con el sol y quiero guardarla en una botella para cuando mis días se vuelvan oscuros y grises, como un recordatorio de toda la bondad que hay en el mundo—. Me encanta la idea de que te quedes mucho tiempo.

—Eso no significa que tengamos que continuar con nuestro acuerdo ni nada por el estilo —añado, porque no quiero que piense algo que no es, como que estoy haciendo esto por él.

—¿Y si yo sí quiero continuar con nuestro acuerdo? —replica, en voz lo bastante baja como para que June no nos oiga—. ¿Y si quiero descubrir cómo te gusta el café, ver qué plantas compras para tu casa y burlarme de ti por dormir con ocho mantas?

Me humedezco los labios.

—Me parecería muy bien.

—Bien. Me alegro de que estemos de acuerdo.

—¡Diez! —grita June, y miro hacia la televisión. Cae confeti del cielo y empieza a sonar «Auld Lang Syne»—. ¡Nueve! ¡Ocho!

—Feliz Año Nuevo, guaperas —le susurro, y él me coloca una mano en la nuca. Su contacto es como un ancla en mi piel y suspiro.

—¡Dos! ¡Uno! ¡FELIZ AÑO NUEVO! —grita June, y después sopla en una serpentina.

—Feliz Año Nuevo, Emmy —murmura Maverick con voz grave y ronca, al tiempo que se apodera de mis labios. Es un beso breve, nada que ver con lo que hacemos cuando estamos juntos en la cama, pero siento la misma descarga eléctrica en todo el cuerpo—. Creo que este va a ser el mejor año hasta ahora.

34
Maverick

June ya se ha dormido. Quiere que te diga que le caes muy bien y que está deseando que vuelvas pronto a pasar el rato con nosotros. —Me apoyo en la pared de mi dormitorio y le sonrío a Emerson—. Tienes su aprobación, pelirroja.

—No me gustaría decepcionarla —dice ella desde mi cama, con las piernas colgando por borde del colchón y los pies casi en el suelo—. Así que supongo que volveré.

—Nos encantaría.

Mira la hora en su móvil, que está en mi mesita de noche, y se pone en pie.

—Es tarde. Debería irme.

—¿Por qué no te quedas? —digo sin pensar—. Hace frío, y sé que estás justo al lado, pero la gente va a volver a casa borracha y alborotada. No quiero que te pase nada.

—Se supone que no dormimos juntos —me recuerda despacio—. Nunca lo hemos hecho.

—¿Y si hoy sí?

Siempre que follamos, volvemos a nuestras habitaciones después de pasar unos minutos abrazados. Yo la beso en la frente, ella me acaricia el torso con una mano y a continuación nos separamos, como si un hilo se cortara en dos, y eso supone el final natural de la intimidad.

Pero esta noche no es eso lo que quiero.

Quiero que se quede aquí.

Emerson se muerde el labio inferior. Desvía la mirada hacia la puerta que tengo detrás y luego hacia las almohadas que están a su lado.

—Vale —dice, y casi levanto un puño en señal de victoria—, pero solo si pones una alarma para que pueda irme antes de que June se despierte. No quiero tener que darle una charla sobre cómo vienen los niños al mundo.

—Trato hecho. —Cierro la puerta con pestillo y me quito la sudadera—. ¿Quieres que te preste algo para dormir? Puedes coger una de mis camisetas. Quiero ver cómo te queda mi nombre en la espalda.

—¿Cuándo vas a llevar tú *el mío*?

—Me encantaría, pelirroja. —Rebusco en mi cómoda hasta dar con una vieja camiseta de entrenamiento y se la lanzo—. Ponte esa.

—Gracias.

Emerson se quita la sudadera, dejando al aire las tetas. Exhalo cuando se levanta y se quita los pantalones de chándal, descubriendo unas bragas de encaje que ha estado ocultando toda la noche.

—Qué bonitas —digo con voz ronca, mirando el encaje rosa—. Me gustan.

—¿Sí? —Se pone mi camiseta y gira sobre sí misma muy despacio para que pueda admirarla por detrás, los músculos de los isquiotibiales y de las pantorrillas, las nalgas y toda esa piel suave y *mi puto nombre* entre sus hombros. Podría correrme solo con verlo—. ¿Lo demás también es bonito?

—Es una puta preciosidad, cariño. Me gusta que tengas cosas bonitas. —Me quito los pantalones y me cambio los calzoncillos por unos sueltos—. Me gusta que te des caprichos y te compres lo que te apetezca. Es sexy.

—No tengo las mismas condiciones que tú, pero en el pasado los hombres se han sentido intimidados por lo que gano jugando y por las pocas colaboraciones con marcas que tengo. En general no les gusta que sea alta o que pueda ganarles echando un pulso. No les gustan las ampollas de mis manos, ni cuando estoy sudada y asquerosa. —Ladea la cabeza y nuestras miradas se cruzan—. Pero tú no eres así. A ti te gustan todas esas cosas.

—Me encantan esas cosas. —Trago saliva y me quito la camiseta para después dejarla en el montón con el resto de la ropa que acabamos de quitarnos—. Ya te dije que solo has estado con niñatos, no con hombres. Los hombres queremos que te gastes el dinero que tanto te ha costado ganar. Queremos que lleves esos zapatos de tacón porque con ellos pareces una diosa, Emmy, preciosa.

Emerson se sienta en la cama y separa los muslos. Tiene el encaje húmedo en la parte delantera, y estoy deseando lamer y saborear esa mancha.

—Deberías follarme algún día con los zapatos de tacón puestos.

Echo la cabeza hacia atrás y gimo. La polla me da un respingo debajo de los calzoncillos y aprieto un puño a un costado. *Joder*, cómo quiero sentir sus zapatos alrededor de mi cintura, hundiéndoseme en la espalda mientras yo me hundo en ella.

—Me gustaría —digo, un poco mareado mientras la veo apoyarse en los codos, ofreciéndose ante mí—. La próxima vez que salgamos de viaje y te pongas esa minifalda de cuero, te follaré con ella puesta.

—¿Te sabes mi vestuario de memoria, Miller? —Esboza una sonrisilla y extiende los brazos a modo de invitación—. ¿Esa es tu preferida?

—Sí. —Apago la lámpara de la mesita de noche y la cojo en brazos, arrastrándome por mi enorme cama hasta que quedamos en el centro—. Me vuelven loco tus piernas. Me la suda lo que piensen los mojigatos.

—Tomo nota. —Apoya la mejilla en mi torso y bosteza. Por mucho que quiera atraerla hacia mí y follármela, veo que está agotada—. ¿Cuál es tu pregunta? Es la primera del año, así que tiene que ser buena.

—¿Vas a hablarme de tu familia? —le digo, acariciándole el pelo con los dedos—. No has ido a casa por Navidad, ¿verdad?

—Ah. —Guarda silencio un minuto y se tensa entre mis brazos—. No, no he ido.

—No tienes por qué hablar del tema si no quieres. No me debes ninguna respuesta.

—Es complicado. Mi padre jugaba al hockey en la universidad y, cuando mi madre y él decidieron aumentar la familia, él siempre quiso un niño. Cuando nací, mi madre estaba decidida a orientarme hacia cualquier otro deporte. Ballet, patinaje artístico... Incluso probé el waterpolo y el remo. Pero siempre volvía al hockey, y a ella la cabreaba —dice.

—¿Por qué?

—Siempre quiso una hija, y creo que tenía la idea de que iríamos juntas de compras y nos haríamos la manicura, y no de que yo tendría que estar rodeada de adolescentes sudorosos. Me gustan esas cosas, pero también darle al disco. Llegaba a casa con un ojo morado y magulladuras por todo el cuerpo y ella se enfadaba mucho. Así que discutía un montón con mi padre, y se culpaban el uno al otro. Gritaban mucho. Al final se divorciaron. A veces... —Se queda callada.

—Oye —digo y le aparto un mechón de pelo de la cara—, no tienes que contármelo si no quieres.

—No. No es eso. Es solo que... es una carga que llevo conmigo. Porque creo que es culpa mía. Quizá debería haber hecho otra cosa para hacerla feliz. Por eso voy por la vida con este mal genio. Siento que tengo que defender constantemente mis decisiones.

—Ni hablar —digo con vehemencia—. Ser padre no funciona de esa manera. Tú hacías cosas que te hacían *feliz*, y ella también debería haberse alegrado por ti.

—Se volvió a casar y tiene tres hijas perfectas que llevan vestidos, van de compras con ella y no tienen moratones en los brazos de cuando las estampan contra la mampara de protección durante un partido. —Suspira—. Mi madre consiguió lo que quería, y supongo que yo también.

—¿Y tu padre?

—Tuvo un accidente —responde en voz baja, y se me encoge el corazón—. Un encontronazo raro durante un partido en una liga amateur hace diez años. Se rompió las vértebras cervicales. Está paralizado de cintura para abajo. —Sorbe por la nariz y me entierra la cara en el cuello.

No sé qué decir. No sé cómo consolar a alguien que acaba de compartir conmigo la parte más trágica de su vida. Porque decirle que no pasa nada, que todo va a ir bien, me parece una puta mierda.

Aunque sí quiero que todo vaya bien. Quiero quitarle parte de su dolor y cargar yo con él, para que no tenga que hacerlo sola.

—Lo siento —susurro y le acaricio el pelo. Le froto la espalda y la estrecho con fuerza contra mí—. Siento mucho que tu padre haya tenido que pasar por eso.

—No es culpa tuya. —Me mira y le tiembla el labio inferior. Le seco una lágrima y le beso la frente—. Vuelvo a casa en verano, pero es difícil escaparme más de un día durante la temporada. Cuando estoy allí, todo va un poco más lento y no quiero que sienta que quiero que el tiempo que paso con él avance deprisa.

—Me alegro de que puedas seguir yendo a verlo. Seguro que está muy orgulloso de ti.

—«Orgulloso» se queda muy corto. —Su risa me hace cosquillas en la piel—. Le cuenta a todo el mundo que juego al hockey. A la gente del súper, a los chicos de la gasolinera... Tiene como quince camisetas mías y las va rotando.

Sonrío.

—Parece increíble.

—Es el mejor. Pese a todo lo que ha pasado, me manda todas las mañanas un mensaje que dice: «¡Buenas noticias! ¡Hoy es el mejor día de tu vida!». —Se ríe—. No he heredado su optimismo, pero le sigo el rollo.

—¿Qué dices? ¡Si eres la persona más optimista que he conocido en la vida! —replico con tono burlón, y ella me pellizca los costados—. Gracias por contármelo.

—¿Y tú? —me pregunta—. En tu página de Wikipedia no hay nada sobre tu familia. Lo he mirado.

—¿No serás una acosadora, Hartwell?

—Se llama «curiosidad», Miller.

—Mmm —murmuro—. No encontrarás nada en mi página de Wikipedia. Pago mucho dinero para que siga siendo así.

—¿En serio? —pregunta, frunciendo el ceño—. ¿Por qué? No eres reservado, ¿verdad?

—No. Es que... crecí en casas de acogida —contesto, y ella abre los ojos de par en par—. Hasta que cumplí la edad para poder salir del sistema.

—¿Qué? —me pregunta mientras se incorpora. Se sienta con las piernas cruzadas y me mira fijamente—. ¿Lo dices en serio?

—Sí. No recuerdo mucho de mi infancia. Sé que mi padre no se portaba muy bien con mi madre. Gritaban, se tiraban cosas. El psicólogo infantil me dijo que mi madre sufría muchos problemas de salud mental. Depresión posparto, ansiedad, trastorno bipolar... Creyeron que lo mejor para mi futuro era una familia de acogida.

—¿Nunca encontraste un hogar definitivo? —me pregunta en voz baja.

—No. Ninguno funcionó. Pasé por ocho familias distintas antes de llegar a la mayoría de edad y, para entonces, estaba deseando largarme. No quería hacerme ilusiones y que luego me rechazaran. —Le cojo una mano y le beso los nudillos—. La gente se pregunta por qué me acuesto con tantas mujeres, y creo que es porque solo quiero que alguien me necesite. Ellas saben lo que hay, porque soy muy sincero al respecto: solo es por una noche. Sexo sin ataduras. Aunque digan que quieren salir conmigo, que quieren algo a largo plazo, está claro que solo buscan las entradas, el dinero y la fama. Los rollos calman esa necesidad de que me necesiten, de tener a alguien que quiera quedarse conmigo, aunque solo sea unas horas. Así puedo controlarlo: soy *yo* quien se va, no ellas. Seguro que eso me convierte en una persona horrible. Mi terapeuta me dice que el sexo no puede ser mi mecanismo de defensa para siempre y estoy empezando a entender por qué. Conforme me hago mayor, más deseo que me quieran de verdad. Más deseo encontrar a alguien que quiera quedarse conmigo, no con Maverick Miller, el jugador de hockey, sino con Maverick Miller, el chico traumatizado sin familia que cuenta chistes para que nadie sepa que a veces siente que está muerto por dentro. Y que se queden no solo por una noche, sino por mucho tiempo. Pero va en contra de todo lo que he deseado hasta ahora y mi cabeza está hecha un puto lío.

—Ay, Maverick... —susurra Emerson. Se sube a mi regazo. Su contacto me tranquiliza y cuando me mece entre sus brazos, siento el escozor de las lágrimas en los ojos. Parpadeo para contenerlas y entierro la cara en su pelo—. Eres un encanto de hombre, todo lo contrario de una persona horrible. Eres una buena persona, por más que te hayan destrozado y golpeado sin que tengas culpa. Siento mucho que alguien te haya hecho pensar que solo valías la pena por una noche. Porque no es así, vales mucho más, eres maravilloso y... algún día, cuando quieras sentar cabeza, harás muy feliz a una mujer que nunca te abandonará. ¿Sabes por qué?

—¿Por qué? —pregunto, sin enseñarle la cara. Me da miedo mirarla y mostrarle este lado descarnado y roto de mí mismo que nunca dejo que nadie vea. Hudson, Dallas o Reid no han logrado romper esta parte de mi coraza. Supongo que no debería sorprenderme que sea Emerson quien lo haya conseguido; ha escuchado tantos secretos míos que este es solo uno más que añadir al montón.

—Porque amas a todo el mundo con fiereza. Te entregas por completo a las personas que te importan y en algún momento aparecerá una mujer que se dará cuenta de eso, que sabrá lo maravilloso que eres y para la que será un honor enamorarse de ti. Protegerá tu corazón y todo irá bien.

Nunca había imaginado mi futuro, pero por un segundo lo hago. Miro hacia delante, un año, cinco, diez, e intento vislumbrar quién podría ser esa mujer, pero lo único que veo es una melena pelirroja.

Unos ojos verdes.

Una sonrisa pícara.

Un «guaperas» susurrado al oído.

Mierda puta.

Abro los ojos de par en par y me aparto para poder mirarla. Emerson me sostiene la mirada, y no sé qué hacer.

No sé *qué coño hacer*, porque es mi amiga *con derecho a roce*, no mi amiga *para siempre*, joder. Pero la idea de follar con ella para siempre no me asusta como lo haría en circunstancias normales, y creo que estoy sufriendo un derrame cerebral.

—Oye —me toca la mejilla y frunce el ceño—, ¿estás bien?

No.

Sí.

No tengo ni puta idea.

¿Estoy mirando a la mujer a la que algún día le voy a poner un anillo enorme en el dedo?

¿Me está entrando el pánico porque nunca hablo de estas cosas y ella es la única con la que lo hago, y eso está engañando a mi cerebro para que piense que vamos a compartir la vida?

—Estoy bien —contesto, aunque sé que no me cree—. Gracias por escucharme. Sé que no es necesario decirlo, pero si me haces el favor de no ir por ahí contándoselo a la gente…

—Mis labios están sellados. Te lo prometo.

He terminado de hablar. He terminado con los sentimientos y las emociones confusas.

La necesito.

Necesito follármela como siempre y volver a la normalidad que tan bien se nos da.

Le quito la camiseta y acerco mi boca a un pecho para chuparle un pezón. Le meto una mano entre las piernas, le separo los muslos y siseo cuando la descubro húmeda, estrecha y lista para mí.

—Joder, Emmy, te necesito —le digo al oído antes de pasarle la lengua por el cuello—. ¿Puedo tenerte?

—Por favor —me suplica al tiempo que me tira de los calzoncillos. Mete la mano por el elástico y me rodea la polla para acariciármela con un ritmo decidido—. Yo también te necesito, Maverick.

—Déjame coger un condón. —Alargo un brazo hacia la mesita de noche, pero me agarra por la muñeca—. ¿Qué pasa?

—¿Puede ser sin uno? —susurra, y noto fuego en la piel—. Quiero sentirte.

Respiro hondo e intento llevar todos los pensamientos inteligentes y racionales a la parte delantera de mi cerebro, pero me resulta muy difícil cuando ella me coge la otra mano y la apoya sobre la cama. Cuando levanta las caderas y se coloca encima de mis dedos para frotarse contra ellos.

—*Joder* —gimo—. ¿Estás...? ¿Con...?

—Tomo la píldora —dice—. Todos los días.

—¿Estás segura? —Suelto el cajón y le rodeo el cuello con la mano—. Tienes que estar segura al cien por cien, Emmy. Porque cuando te la meta a pelo, se acabó. Serás mía para siempre. No te compartiré con nadie más. Es mi semen el que va a llenarte. Es mi polla la que se ocupará de ti. Te tendré donde me dé la gana, y soy un hombre muy necesitado, cariño. Voy a necesitarte mucho.

La veo tragar saliva con un brillo ardiente en los ojos al tiempo que mueve las caderas. Se le escapa un gemido.

—Nadie te folla como yo, ¿verdad? —replica—. Por eso sigues volviendo. Soy la única mujer con la que has estado más de una vez porque no te cansas de mí, ¿a que sí?

Un placer ardiente me recorre cuando me la agarra y pasa el pulgar por la hendidura. Extiende el líquido preseminal por la punta y ya estoy a punto de tocar el cielo.

—No me canso de ti —le confirmo, y ella me acaricia de arriba abajo. Sube de nuevo y vuelve a bajar y acabo jadeando como si no me hubieran tocado nunca antes—. Nunca me cansaré de ti, cariño.

—Estoy segura. Estoy segura y quiero que me folles como si fuera tuya, Maverick.

Todo se vuelve borroso después de eso.

Es *mía*.

La tumbo de espaldas y me coloco sobre ella. Le doblo las piernas hacia el pecho y la agarro por los muslos para acariciarla con la polla, frotándole el clítoris hasta que su humedad me empapa y me suplica que se la meta.

Y eso hago.

La penetro y esto… es el puto paraíso. Es cálida y perfecta a mi alrededor. Tensándose en torno a mi polla y gimiendo cuando le doy en el punto más sensible.

Es un momento… salvaje, atávico y posesivo, joder. Nunca he sido así con otra mujer.

Aunque también hay algo distinto.

Lo noto cuando me coge una mano entre las suyas. Cuando cruzamos la mirada en mitad de una embestida y sonríe. Cuando intento sacársela, pero me pide que me corra dentro, con una timidez en sus palabras que nunca le había oído.

Después, una vez limpios y con ella entre en mis brazos, lo noto de nuevo.

Nunca he sentido que tuviera un hogar de verdad. Pero con Emmy a mi lado creo que mi hogar está dondequiera que ella esté.

Y me gustaría quedarme para siempre.

35
Emmy

Llaman a la puerta del aseo en el que me estoy preparando.

Los Dallas Wildebeests, como todos los demás equipos de la NHL, no tienen vestuario femenino en su estadio. He tenido que conformarme con el baño para visitas que hay en el pasillo que da a la pista.

No lo soporto más.

No soporto que toda mi equipación esté tirada por el suelo.

No soporto carecer de un lugar o un espacio que considerar mío.

No soporto tener que colgar mi camiseta del secador de manos mientras mis compañeros tienen taquillas de dos metros y medio de altura donde pueden colocar sus equipaciones y mantenerlas en buen estado.

No soporto el olor a meado y no soporto estar separada de todos los demás.

—Está ocupado —mascullo. Me toco la goma del pelo con la que me he sujetado la trenza para comprobar que no está floja—. Salgo enseguida.

—Emmy, soy Piper. ¿Puedo entrar?

Abro la puerta y me aparto para dejarla pasar.

—Hola.

—Hola. —Se retuerce las manos y mira al suelo—. Tengo que contarte una cosa.

Pienso en Maverick de inmediato. Se ha lesionado. Lo traspasan. Se ha ganado una suspensión por la estupidez que haya dicho en una entrevista hace un momento.

Se me hace un nudo en el estómago y se me tensan todos los músculos del cuerpo.

—¿Qué pasa? —pregunto, con el corazón acelerado.

—Los Wildebeests acaban de entregarnos su alineación definitiva para el partido. —Levanta la cabeza y me mira—. Han llamado a Cole Meyers, de su filial de la AHL, y jugará esta noche.

El mundo se para.

Agarro el borde del lavabo con tanta fuerza que se me ponen los nudillos blancos. Se me corta la respiración y casi me caigo.

Todos tenemos una relación que desearíamos poder borrar. Esa que desharíamos y de la que advertiríamos a nuestro yo del pasado para que tuviera cuidado.

Cole Meyers es la mía.

Lo conocí hace cuatro años, cuando ambos jugábamos en los Nashville Bulls de la ECHL. Llegó a finales de temporada, traspasado desde Filadelfia, y me atrajo desde el primer momento.

Es la clase de tío que le cae bien a todo el mundo. Domina cualquier habitación en la que esté con su personalidad y siempre es el centro de atención. El público lo adora, es un auténtico encanto y sabe cómo hacer reír a la gente.

Su pelo rubio hace que parezca que encaja más en California, surcando las olas en vez de sobre el hielo, pero lo que me conquistó fueron sus ojos azules y su sonrisa amable.

Perdí la cabeza por él.

Había salido con otros antes, pero pensé que Cole sería el definitivo.

Durante nuestro primer año juntos, todo fue genial. Creamos una rutina entre los entrenamientos, los partidos y la elección de plantas para mi apartamento. Yo le sugerí que se mudara conmigo. Él habló de anillos, de una boda en el campo o una ceremonia en la playa.

«Las tonterías que llegamos a decir cuando estamos enamorados».

Después de una racha de partidos en los que su rendimiento decayó y tuvo problemas para controlar su temperamento, lo bajaron a la segunda alineación y luego a la tercera. Yo ocupé su puesto como titular y ahí fue cuando todo se fue a la mierda.

Delante de la gente estábamos bien. Éramos una pareja perfecta que vivía su sueño.

Cuando nos quedábamos solos y nadie podía oírlo, la cosa cambiaba.

«Sabes que el entrenador solo te ha ascendido porque quiere acostarse contigo, no porque tengas talento».

«El único motivo por el que tienes un puesto en este equipo es porque a los directivos les gustan tus tetas».

«¿Sabes que en el vestuario hay una coña recurrente sobre con cuántos de nosotros te montarías una orgía? A veces les digo a nuestros compañeros que los voy a colar en casa cuando estés dormida, que a lo mejor te levanto la camiseta y les dejo echar un vistazo».

Siento la bilis en la garganta.

No sé por qué me quedé seis meses más incluso después de eso.

A lo mejor fue porque estaba empeñada en intentar justificar su comportamiento. A lo mejor oír esas cosas se volvió algo tan normal que empecé a creer que eran ciertas.

No salí de ese trance horrible hasta que lo vi darle su número a una fan en uno de nuestros partidos. Decidí que necesitaba salir de allí y, dos semanas después, estaba en San Diego.

—¿Cuándo han hecho el cambio? La última vez que lo busqué, estaba en Utah.

—Lo estaba, hasta que en Navidad el alero de los Wildebeests tuvo un accidente esquiando. Se rompió el brazo, así que llamaron a Cole. —Piper se me acerca—. ¿Te encuentras bien?

No.

No estoy bien.

Un mes después de aterrizar en San Diego, me enteré de que lo habían ascendido a la AHL y sentí un gran alivio. Nunca más tendría que verlo. No tendría que pasar junto a él patinando y hacer caso omiso de las cosas que murmuraba. Podría fingir que esa parte de mi vida nunca había existido.

Y ahora voy a reencontrarme con él delante de veinte mil fans.

Dios.

—¿Sabe que juego para los Stars?

Es una pregunta estúpida, porque ¿cómo no va a saberlo? La atención de los medios no ha disminuido desde que me uní al equipo. Cualquiera que haya puesto un canal deportivo durante todo este tiempo ha visto una imagen mía con la camiseta de los D. C. Stars.

Incluido Cole.

—Sí, lo sabe. Estaba… En fin, estaba haciendo una entrevista en el túnel y ha dicho que no entiende el revuelo que se ha formado en torno a tu rendimiento mediocre.

«Hay cosas que nunca cambian».

—Claro que ha dicho eso. —Me froto la frente y suspiro—. ¿Tengo alguna opción?

—¿Quieres jugar?

—Sí —contesto sin dudar—. No voy a dejar que me arrebate esto.

—Como miembro del equipo de prensa, te diría que lo más fácil para ti es no seguirle el rollo a menos que sea totalmente necesario. Pasa de lo que diga, porque ya sabes que va a intentar crear polémica. Tú ve a lo tuyo y juega el partido. —Hace una pausa—. Pero como amiga, te diría que le des una tremenda paliza.

—Sin problema. —Me cuadro de hombros y me coloco bien las protecciones—. Todo irá bien.

—Ya lo sé. Eres muy fuerte, Emmy. Siento haber tenido que decírtelo yo, pero supuse que preferirías saberlo de antemano a encontrarte la sorpresa en la pista.

—Pues sí. Gracias por preocuparte por mí, Piper. —Recojo mi casco del suelo y me lo abrocho debajo de la barbilla—. Voy para el túnel.

—Los chicos están fuera. ¿Se lo vas a contar?

No quiero hacerlo, pero creo que debo.

—Sí. —Asiento y me muerdo el labio inferior—. Voy a contárselo.

—Te veo desde las gradas. —Piper me da un apretón en el codo—. Y estaré aquí después del partido si necesitas algo.

—Eres la mejor amiga que se puede tener. —La abrazo—. No sabes cómo te quiero.

—Yo también te quiero, Em. Ahora ve y arrastra a ese cabrón.

Abro la puerta. El túnel está abarrotado y mis compañeros de equipo están esperando para salir a la pista.

Connor y Grant golpean sus patines uno contra otro. Riley está escuchando atentamente a Lexi, y nunca he visto a nadie asentir tantas veces seguidas. Liam tiene la mirada clavada en la pared mientras masculla algo y se muerde la camiseta como de costumbre, y Hudson y Maverick están en el rincón hablando sin parar.

Cuando Maverick me ve, se le iluminan los ojos. Esboza una sonrisa y levanta la mano para saludar.

Intento sonreírle, pero lo que me sale se parece más a una mueca. Frunce el ceño y echa a andar hacia mí, pasando junto a Seymour y Ethan.

—Oye, ¿qué pasa? —me pregunta.

—Nada.

—Y una mierda.

Levanto la cabeza para mirarlo.

—Acabo de enterarme de que mi ex juega esta noche con los Wildebeests. No me lo esperaba y estoy un poco nerviosa.

—¿El tío que la tiene diminuta?

—Sí.

—¿Fue una mala ruptura?

—Algo así.

Maverick se acerca más. Invade mi espacio y clava su mirada en la mía.

—¿Te puso las manos encima?

—¿Cómo? —pregunta Hudson a mi izquierda—. ¿Quién le ha puesto las manos encima?

—¿Que alguien le ha hecho daño a Emmy? —Ethan se quita los guantes—. ¿Quién coño ha sido?

—¿Qué cojones? ¡Vamos a por él al alba! —grita Grant, y Seymour le da una palmada en un hombro.

—A lo mejor vamos a por él dentro de diez minutos, G.

—Es mi ex, con el que estuve en la ECHL. Se fue a la AHL y los Dallas Wildebeests lo han llamado para jugar esta noche —digo a toda velocidad, contándoles la verdad a todos.

—¿Te hizo daño? —pregunta Maverick con un deje letal en su voz ronca.

—No. ¡No! No fue buena persona, pero nunca me puso la mano encima.

—¿Qué te dijo? ¿Qué te hizo? —Maverick se quita el casco de un tirón y lo lanza contra la pared. Hay tanta intensidad en su mirada que casi se me corta la respiración—. Dímelo, Emerson.

—Dijo muchas cosas… Como que la única razón por la que ascendí en el equipo fue porque mi antiguo entrenador quería liarse conmigo. Que solo me ficharon porque a los directivos les gustaba mi aspecto. Bromeó con… —Meneo la cabeza. Soy incapaz de terminar la frase.

—¿Qué dijo?

—Bromeó diciendo que iba a dejar que mis compañeros de equipo vinieran y me hicieran lo que quisieran mientras yo dormía. Que me iban a pasar de mano en mano por el vestuario para que todos pudieran aprovechar. —Se me escapa un sollozo—. Perdón, no sé por qué estoy llorando. No pasa nada, no quiero que esto sea incómodo. Os prometo que sé controlarme.

En las gradas, los fans gritan, expectantes por el partido. La música que anuncia la presentación del equipo titular comienza a sonar, pero dentro de nuestro túnel hay un silencio sepulcral.

—Ven aquí —dice Hudson, que es el primero en hablar, y me abraza.

Me refugio en el consuelo de sus brazos. Es una sensación estupenda que me abrace alguien a quien considero un hermano. Saber que me apoya y que está de mi parte, con lágrimas y todo.

—Voy a matarlo —susurra Maverick—. Le voy a arrancar las extremidades una a una hasta que solo sea un puto montón de huesos.

—¿En qué posición juega? —me pregunta Hudson. Yo me seco los ojos.

—Alero izquierdo. Lo sustituí en la alineación titular y ahí fue cuando todo se fue al traste.

—¡Esa es nuestra chica! —grita Seymour, y estoy a punto de echarme a llorar de nuevo.

—Nosotros nos ocupamos de él —dice Ethan. Me pone una mano en un hombro—. Cuenta con nosotros, Emmy.

—Sí —añade Grant—. Ahora eres de los nuestros.

—Si se acerca a menos de un metro de la portería, va a tragar palo —dice Liam, y viniendo de él, es el equivalente a un soneto.

—De verdad que no tenéis que...

Alguien me tira del brazo y descubro que es Maverick, atrayéndome hacia él. Me acaricia la mejilla y baja la cabeza para apoyar la frente en mi casco.

—¿Tengo que recordarte cómo funciona eso de las cosas que tenemos que hacer y las que queremos hacer?

—No. —Trago saliva—. Lo recuerdo.

—¿Y también te acuerdas de que protejo lo que es mío, verdad? —me pregunta, aunque en voz más baja.

—Sí —susurro—. Me acuerdo.

—Bien.

Se aparta y mira hacia el pasillo. El entrenador Saunders se acerca a nosotros, pero se para en seco al vernos a todos tan juntos.

Maverick sonríe, aunque no hay nada dulce en la expresión.

—Entrenador, a lo mejor quieres llamar al comisionado para ir disculpándote. Cuando esta noche termine, vamos a estar metidos en un lío de la hostia.

36
Maverick

No soy un hombre violento.

A veces me meto en alguna que otra pelea durante los partidos, un encontronazo en el que me quito los guantes, los tiro y me pongo manos a la obra, pero la mayor parte del tiempo no va en serio. Es algo con lo que animar a los espectadores sin que llegue la sangre al río de verdad.

Hoy, en cambio, voy a la batalla.

Cole Meyers es mi objetivo y no voy a parar hasta hacerlo pedazos.

Los demás sienten lo mismo. Lo veo en su mirada cuando salimos a la pista para calentar, en el desdén que se refleja en su expresión cuando miran al banquillo de los Dallas Wildebeests, y sé que esta noche va a ser una puta carnicería.

No me esfuerzo mucho con los estiramientos cerca del centro de la pista. No tiene sentido dedicar el tiempo habitual a calentar y flexibilizar el cuerpo, ya que no voy a estar en el partido el tiempo suficiente como para preocuparme por cómo tengo las piernas.

Cole se acerca patinando y me mira con una sonrisa de oreja a oreja.

—Miller —me saluda, como si fuéramos buenos amigos o compañeros de universidad que compartían fraternidad y salían de fiesta juntos, y me muero del asco—, encantado de conocerte.

Yo estaría encantado de estrangularlo, retorcerle el pescuezo hasta dejarlo sin aire. Cuando suplicara clemencia, me limitaría a apretar más fuerte.

—¿Y tú quién eres? —Me agacho para atarme bien los cordones. Cualquier cosa es mejor que mirarle la cara de idiota.

—¡Cole! —grita para hacerse oír por encima de la música—. Cole Meyers. Me han convocado para el partido de esta noche. Es mi primera vez en la NHL —dice con orgullo, y yo murmuro un asentimiento distraído, como si me importara una mierda.

—Enhorabuena —replico.

«Me iban a pasar de mano en mano».

«Para que todos pudieran aprovechar».

Me da igual si lo dijo en broma o si es una chorrada de las que se sueltan en el vestuario para hacer la gracia.

Esta escoria de tío es un depredador y estoy deseando acabar con él.

Respiro hondo y echo un vistazo por la pista en un intento por calmarme, apartando la mirada del cabrón que tengo delante. Veo a Emerson terminando de estirar y hablando con Hudson.

Él la está haciendo reír, le está contando alguna anécdota con gestos. Sonrío cuando veo que a ella le tiemblan los hombros y que echa la cabeza hacia atrás para soltar una carcajada que resuena sobre el hielo.

No siento la menor punzada de celos cuando los miro. No quiero apartarlo de ella ni comportarme como un imbécil para llamar su atención.

Lo único que siento es una gratitud enorme.

Agradezco la actitud relajada de Hudson y que le esté haciendo compañía. Agradezco que se esté asegurando de que Emerson tiene una sonrisa en la cara. Agradezco que me mire y asienta una sola vez para indicarme que todo va bien.

—Estáis teniendo un buen año —dice Cole, y me doy cuenta de que lleva quince segundos hablando—. Seguramente vais derechos a los playoffs.

—Eso parece.

—Mi equipo de la AHL es una mierda esta temporada, así que espero poder quedarme con los Dallas Wildebeests a largo plazo. La AHL está llena de viejas glorias; no sabes lo agradable que es estar con deportistas de verdad.

Me aparece un tic nervioso en un ojo.

«Deportistas de verdad», como si no nos dedicáramos todos al mismo deporte.

Me siento orgulloso de mí mismo por no estar ya estampando a este imbécil contra el hielo. Debo actuar con cabeza. Si le meto un puñetazo antes de que empiece el partido y sin provocación alguna, lo único que conseguiré es que me arresten. Pero una vez suene el pitido inicial, todo vale.

Voy a dorarle la píldora, a dejar que crea que estoy de acuerdo con esa actitud arrogante suya, antes de quitarle la venda de los ojos y sorprenderlo con un giro que no verá venir.

—Buena suerte esta noche —le suelto. Cole me mira parpadeando. Está tan zumbado que cree que lo digo de verdad—. La vas a necesitar.

Suena la bocina del reloj del estadio y patino hacia mis compañeros de equipo. Formamos un círculo y paso los brazos por encima de los hombros de Ethan y Grant.

—Sé que todos hemos venido a por venganza, así que ni me voy a molestar en sermonearos sobre mantener la concentración. Descargad la frustración como consideréis, eso es cosa vuestra, pero sabed que os apoyo. Estoy con vosotros. Vamos a pasar un buen rato en la zona de castigo y por mí está perfecto —digo.

—¿Puedo decir algo? —pregunta Emmy. Asiento—. No soy el tipo de mujer a la que le gusta que hagan cosas por ella y nunca os pediría que defendierais mi honor ni nada por el estilo. Pero significa mucho para mí saber que me apoyáis. Tengo mucha suerte de jugar junto a vosotros todas las noches y no querría a nadie más como compañeros de equipo.

—¡Te queremos, Emmy! —grita Grant e intenta saltar a sus brazos. Emerson se resbala y los dos acaban en el hielo.

—Al montón —dice Ethan, y los demás se unen a ellos como si acabáramos de ganar la Stanley Cup.

—A ver —digo—, no os lesionéis antes del partido. Tenemos trabajo que hacer.

—¿Cuál es tu plan para esta noche, capi? —murmura Hudson al tiempo que me da un codazo en el costado.

—Hud, lo único que tengo planeado es pasar cincuenta y ocho minutos en el vestuario después de que me expulsen, así que vais a tener que jugar sin mí.

—Cuando Emmy nos ha contado todo eso... —Deja la frase en el aire y menea la cabeza. Siempre ha sido un tío sensible y siente el máximo respeto por las mujeres. Vi el horror en sus ojos cuando se enteró del pasado de Emerson, y parecía que iba a vomitar—. No sé ni lo que quiero hacer.

—Supongo que tenemos que decidir si nos importa perder. Estamos a tres semanas del partido de los All-Star y tenemos una situación muy cómoda en lo más alto de nuestra división. Estamos terceros en la Conferencia Este, pero solo a dos partidos de Boston, que ocupa el primer puesto. Sé cuál es mi opinión, pero...

—A la mierda la victoria. Esto va más allá del hockey. Es algo personal. —Hudsen me interrumpe y me mira a los ojos—. Sobre todo para algunos de nosotros.

—¿A qué te refieres?

—He visto cómo has reaccionado cuando Emmy nos ha contado lo que dijo su ex. Tenías ganas de consolarla. No hace falta que me cuentes lo que hay entre vosotros, pero llevo años jugando a tu espalda. Te leo como un libro abierto, Mav. Ella significa mucho para ti.

—Sí. —Trago saliva y veo que Seymour la ayuda a ponerse de nuevo en pie—. Es verdad. Por eso no va a haber tregua posible hoy.

—Eso pensaba. —Me pone una mano en un hombro—. Vamos a darle caña al capullo ese.

—¡Ve a por él! —le grito a Ethan desde el banquillo, y empuja a Cole contra la mampara de protección con tanta fuerza que el cristal tiembla.

El público abuchea, pidiendo una penalización, y sé que Ethan les está haciendo una peineta debajo del guante.

Llevamos cinco minutos de partido y al tío ya le han zurrado a lo bestia diez veces. Casi me da pena, pero entonces veo que Emmy pasa patinando por delante de mí y pienso que no es suficiente ni de lejos.

El entrenador pita y vuelvo a saltar al hielo, lanzándome hacia el disco. Recibo un pase de Hudson y salgo disparado hacia la portería sin ningún oponente. Con el rabillo del ojo veo a Emmy desmarcada a mi izquierda.

—¡Pelirroja! —grito. Le paso el disco y bloqueo al jugador de los Dallas Wildebeests que la sigue de cerca, sacándolo de en medio camino con la parte inferior de mi cuerpo—. ¡Venga!

Emmy acelera y, al acercarse a la portería en solitario, echa el palo hacia atrás y lanza un tiro precioso que acaba con el disco en la red.

Es la misma maniobra que me hizo hace meses, cuando patinamos juntos por primera vez, y siento un nudo en el pecho.

—¡Sí! —grito al tiempo que la rodeo con los brazos y la estrecho contra mí. Hudson se estrella contra nosotros y Riley también se suma—. Ha sido perfecto, Hartwell.

—¡Qué tiro, Em!

—Joder, qué a gusto me he quedado. —Ella se echa a reír y se seca una gota de sudor de la mejilla—. Ya se me han pasado los nervios.

—Esa es mi chica —le susurro. Noto que ella me agarra la parte inferior de la camiseta—. Eres increíble.

—Gracias por el pase.

—Te dije que iba a trabajarlo. —Sonrío cuando la veo menear la cabeza—. Vais a tener que terminar a partir de aquí. Me he hartado de portarme bien, estoy listo para la carnicería.

—¿Estás seguro? —me pregunta Emmy.

—Nunca he estado más seguro de nada en la vida, pelirroja. Veré el resto del partido desde el vestuario. —Miro a Hudson—. ¿Crees que podrías empezar la pelea?

—¿Que quieres que la empiece *yo*?

—Sé que no eres un instigador, pero seré yo quien la termine.

Cuando entiende lo que le estoy diciendo, asiente con un gesto firme de la cabeza.

—Cuenta con ello, Mav.

El público está inquieto. Su equipo va fatal y, como alguien que ha perdido muchos partidos en su carrera, quiero darles un poco de emoción.

La jugada avanza más allá del centro del hielo y Ethan tiene el disco. Hudson se queda rezagado y cuando Cole empieza a avanzar, le pone la zancadilla con el patín y lo derriba.

Cole cae de bruces sobre el hielo y los fans gritan. Se levanta de un salto, listo para pelear, y Hudson se quita los guantes en un abrir y cerrar de ojos.

Les doy un segundo para que se enfrenten, y reconozco el mérito de lo que está haciendo Hud. Para ser un tío que nunca, jamás de los jamases, se pelea con nadie, está aguantando bien el tipo.

Patino hasta ellos, me quito los guantes y agarro a Cole por la parte trasera de la camiseta.

—¿Qué cojones? —grita, mirándome con ojos desorbitados—. ¿Qué puto problema tienes?

—¿Quieres una lista? —Le doy un puñetazo en la mandíbula, obligándole a desviar la cabeza a un lado por el golpe—. Empecemos por Emmy.

Cole intenta darme en el hombro, pero soy más grande que él, estoy en mejor forma y tengo más experiencia, así que ni se acerca.

—¿Esa puta? ¿A quién se está follando ahora para que le den el puesto protagonista? ¿A ti, Miller? ¿A tu amigo Hayes? A lo mejor a los dos.

Un árbitro intenta agarrarme, pero aprovecho mi tamaño para quitármelo de encima. Los fans de la primera fila golpean la mampara, pero es un sonido amortiguado que apenas oigo mientras le doy el siguiente puñetazo en toda la cara. Cuando le brota sangre de la nariz, sonrío. La adrenalina me recorre el cuerpo y hace años que no me siento tan vivo.

—Déjame decirte algo sobre Emmy, pedazo de mierda. Dentro de quince años, cuando ella entre en el Salón de la Fama y tú seas un don nadie que nunca ha logrado nada en este deporte, tus hijos hablarán de ella. —Lo agarro del cuello y me lo acerco para asegurarme de que escucha todas y cada una de mis palabras—. Tendrás que comprarles su camiseta y les contarás que la dejaste escapar porque no soportabas la idea de estar con una mujer que era mejor deportista que tú. ¿Y sabes qué? Ahora es mía, cabrón, y no voy a permitir que le faltes al respeto nunca más. —Le estampo el puño en los dientes y me río cuando gime de dolor—. ¿Quieres más? Porque puedo seguir.

Cole se zafa y consigue darme un puñetazo en el ojo derecho. Trastabillo hacia atrás y lo agarro del brazo, tirando de él para que caiga en el hielo conmigo. Me libero la piernas y ruedo para quedar a horcajadas sobre él. Me crujo los nudillos.

Vuelvo a darle un puñetazo en la nariz.

—Eso es por decir que solo tiene trabajo porque se va acostando con la gente. —Acto seguido, le doy un puñetazo en el mentón y algo le cruje en una mejilla—. Eso, por decir que dejarías que tus compañeros de equipo la tocaran. —Cambio de objetivo y le doy un golpe en la frente—. Eso, por burlarte de los libros que le gusta leer. —El golpe final es en un ojo, y ojalá que le rompa la cuenca—. Y eso por haberla conocido antes que yo.

El caos se desata a nuestro alrededor. Dos árbitros intentan apartarme de él, pero es otro jugador de los Dallas Wildebeests quien consigue alejarme de Cole y me tira al suelo con fuerza. Me da un puñetazo en la nariz y noto el sabor metálico de la sangre en la lengua. Suena un silbato y Hudson aparece de repente delante de mí para ayudarme a levantarme.

Cole yace inmóvil, con los ojos cerrados y la cara ensangrentada.

Perfecto.

Le doy una patada en la pierna mientras patino hacia el vestuario, porque ya sé cuál va a ser mi castigo.

Miro hacia el banquillo y veo a Emmy, con la boca entreabierta y los ojos muy abiertos. Le sonrío y antes de entrar en el túnel hago un corazón con las manos y se lo muestro. Ella agacha la barbilla y oculta su sonrisa.

Plantarme encima de Cole me ha ayudado a darme cuenta de una cosa.

Emmy no me gusta solo como un miembro de mi equipo ni como una amiga con quien follar varias veces a la semana.

Me gusta más que eso, como compañera. Como novia. Como mi mejor amiga.

No sé si vamos a perder el partido o no.

La verdad es que me importa una mierda, porque yo ya he ganado.

La tengo a ella y ese es el mejor premio de todos.

37
Emmy

Grady
Maverick le dio una buena a Cole, eh?
Cuándo ibas a decirme que estáis saliendo?

No estamos saliendo

Grady
Está claro que estáis haciendo algunas
actividades extracurriculares
Y seguramente en horizontal

No pienso contestar a ningún mensaje tuyo más

Grady
Ah, las clásicas maniobras evasivas de Emmy
Eso es que es verdad

El vestuario del equipo visitante es un caos después del partido. Grant me deja entrar a escondidas y los chicos actúan como si hubiéramos ganado la Stanley Cup.

Alguien le ha explicado al entrenador por qué hemos jugado con tanta agresividad y, aunque no le hace gracia la expulsión de su jugador estrella y de otros tres más, se le nota el orgullo en los ojos cuando arrastra a Maverick a un rincón para hablar con él.

—¡Hay una señorita entre nosotros! —grita Ethan—. Que nadie se baje los pantalones, tapaos bien.

—Ha valido la pena jugar con uno menos —dice Riley. Se seca la frente con la camiseta y sonríe—. Me arden las piernas, pero me ha encantado destrozar a esos cabrones.

—¿Cómo estás? —me pregunta Hudson al tiempo que le da una palmadita al banco para que me siente a su lado—. Estoy orgulloso de ti por haber marcado ese tanto.

—Estoy bien. —Sonrío y estiro las piernas. Los patines me pesan en los pies, pero no me molesto en quitármelos—. Tengo tal subidón de adrenalina que creo que podría jugar otros tres cuartos.

—No se lo digas al entrenador. Encontraría la manera de hacerlo posible. —Se ríe y me da un codazo en el brazo—. Oye, siento que hayas tenido que vértelas con alguien tan horrible del pasado. No voy a fingir que sé lo que se siente, pero ahora eres nuestra amiga. Si alguien no te trata bien, dínoslo y nosotros nos encargamos.

—¿A base de puñetazos? —Le cojo la mano y le doy un apretón—. Gracias, Hudson. Eres un encanto.

—Mav ha sido muy listo al asegurarse de que la pelea empezara así. Una bronca normal no habría funcionado, y me impresiona que aguantara tanto tiempo sin darle un puñetazo en la cara a ese imbécil.

Contengo una sonrisa.

—A mí también me sorprende.

Sé por qué quiso que Hudson empezara la pelea: por la regla del tercer hombre.

Si un jugador se une a una pelea ya en curso, se le expulsa de forma automática. Maverick no tenía nada que perder.

Con un solo puñetazo no habría sido suficiente. Era obvio que quería darle hasta en el carnet de identidad.

Y *joder* si lo ha conseguido.

Nunca he visto tanta sangre y nunca me he puesto tan cachonda. Llevo cuestionándome mis gustos sexuales desde que lo expulsaron. Aunque verlo darle semejante paliza a Cole me encantó, la guinda del pastel fue cuando expulsaron a Maverick de la pista y, ensangrentado y magullado, me miró y sonrió.

Sonrió mientras me decía, solo moviendo los labios, que volvería a hacerlo. Y me lo creo.

—Escuchadme —dice el entrenador. El vestuario se queda en silencio—. Buena victoria. Obviamente había mucha tensión, pero hemos hecho bien nuestro trabajo. Eso me demuestra no solo que podemos jugar bajo presión, sino que también podemos hacerlo cuando nuestro jugador número uno no está en el hielo. El nuestro es un deporte de equipo y esta noche todos habéis demostrado vuestra pasión. Pasado mañana jugamos en San Antonio, y luego nos iremos a casa. Así que podemos celebrar esta victoria, pero no os volváis locos.

—Gracias a todos por dar un paso al frente esta noche —añade Maverick, que recorre el vestuario con la vista, tomándose su tiempo para mirar a los ojos a todos nuestros compañeros—. Sé que mi comportamiento no refleja los valores del equipo y siento haberos puesto en la tesitura de tener que jugar con dos jugadores menos.

—¡Déjate de chorradas! —exclama Grant, y todos se ríen—. ¡Que no estás hablando con la prensa, Mavvy! ¡Dinos lo que sientes de verdad!

Maverick mira al entrenador, quien suspira y le indica con un gesto que siga hablando.

—A la mierda Cole Meyers —gruñe—. Que se joda. La pasión no era lo importante esta noche, sino la confianza y la voluntad de apoyarnos unos a otros, que es lo que hacemos. Esos capullos han aprendido que si jodes a uno de nosotros, nos jodes a todos. A finales de octubre no jugábamos así, y ver cómo hemos crecido me demuestra lo grande que es este equipo.

Aunque nos ha dado muchos discursos, nunca lo había visto encarnar el papel de capitán tanto como en este momento. Tiene sangre seca en la cara y la mejilla hinchadísima, pero sé que todos los que estamos aquí repetiríamos las últimas dos horas y media sin dudarlo.

315

—No quiero ni una publicación en redes —nos advierte el entrenador—. Nada sobre las peleas ni ninguna burla a los jugadores de los Dallas Wildebeests. Tengo el móvil ya a punto de explotar y estoy seguro de que el comisionado me llamará pronto para imponer sanciones. —Posa la mirada en Maverick—. No me extrañaría que te suspendieran.

—Me importa una mierda —replica él. Se encoge de hombros, se quita la camiseta y la tira hacia su taquilla—. Igualaré la cantidad de la multa y haré una donación a alguna organización benéfica.

Me pregunto si suele donar a los hogares de acogida de la ciudad. Después de lo que me contó en Nochevieja sobre su infancia, he estado dándole vueltas a todo lo que hace para involucrarse en la comunidad.

Lo cierto es que hace que yo también quiera involucrarme, así que la próxima vez que estemos solos le preguntaré si puedo unirme a él en su trabajo de voluntariado.

—A las duchas. Esta noche volamos a San Antonio y mañana patinaremos a última hora de la mañana para que podáis descansar un poco —dice el entrenador. Después me mira a mí—. Hay una ducha pequeña al final del pasillo, Emmy. El personal del estadio me ha dicho que la han abierto para que la uses.

—Gracias —le digo con una sonrisa—. Será estupendo ir limpia en el avión por una vez.

—Sé que ahora mismo no cambia nada, pero estoy trabajando con el gerente del estadio para prepararte algo en casa. Algo que no sea el almacén de la limpieza.

—Gracias, entrenador.

Los chicos se dirigen a las duchas y Hudson me da un apretón en la rodilla.

—¿Estás bien? —me pregunta.

—Sí. —Miro hacia el otro extremo del vestuario y veo a Maverick observándome fijamente—. Estoy bien.

—Eso pensaba. —Hudson se desata los patines y se pone en pie—. Te veo en el bus, Em.

Me despido de él con la mano y después me quito la camiseta. La tiro al montón de ropa sudada junto con las protecciones de los hombros. Cojo una bolsa de hielo del botiquín y me acerco a Maverick, que está sentado en uno de los bancos del rincón y me tiende la mano.

—Hola —le digo.

—Hola. —Mira a su alrededor y, al no ver cerca a ninguno de nuestros compañeros ni a ningún miembro del equipo técnico, me pone las manos en la cintura—. Has jugado muy bien esta noche.

—Gracias. —Le coloco la bolsa de hielo en el ojo derecho y sisea—. Vas a tener un moratón durante días.

—Ha merecido la pena. —Echa la cabeza hacia atrás y me mira—. Sé que los actos dicen más que las palabras, pero te prometo que nunca te trataré como lo hizo tu ex. *Jamás*. Quiero que te sientas segura conmigo y...

Le pongo una mano en la cabeza y lo interrumpo frotándole el cuero cabelludo.

—Siento muchas cosas cuando estoy contigo, Maverick, y la seguridad siempre es una de ellas —le susurro. Él esboza una sonrisa al tiempo que me da un apretón en las caderas.

—¿Qué más sientes?

—¿Esa es tu pregunta del día? —le pregunto.

—Sí. —Asiente y me agarra la cinturilla de los pantalones con sus fuertes dedos—. Es mi pregunta del día. Tengo muchas ganas de saberlo.

—Contigo me siento poderosa. Guapa. —Le deslizo los dedos hasta la mejilla y él se relaja bajo mi caricia—. Capaz de hacer cualquier cosa que me proponga.

—Eres todo eso y mucho más. Emmy, claro que eres capaz de hacer cualquier cosa.

—¿Y tú qué sientes conmigo? —susurro y, cuando sonríe, veo que tiene sangre seca en los dientes, prueba de la pelea y de su afán por defenderme—. ¿Vas a decírmelo?

—Contigo me siento importante. —Me acaricia el abdomen con el pulgar y me estremezco por el contacto—. Sé que todavía tengo los patines puestos y que acabo de dejar a un tío hecho papilla, pero contigo siento que soy algo más que un jugador de hockey y eso nunca me había pasado. Contigo siento que tengo un propósito.

—Por supuesto que eres mucho más que un jugador de hockey. ¿Recuerdas que te dije que tenías un corazón de oro? Esta noche es un ejemplo perfecto.

Él resopla.

—Básicamente he cometido una agresión, pero no pasa nada porque me pagan doce millones al año por marcar un par de puntos.

—No me refiero a eso. Eres un hombre que se preocupa muchísimo por las personas, y saber que sientes eso por mí... —Meneo la cabeza—. Gracias.

—Me importas más que nadie, Emmy —murmura, y el corazón me explota en el pecho—. Si con eso te hago sonreír, volvería a recibir un puñetazo en la cara encantado.

Quiero decir otra cosa más, pero no sé cómo. Es un sentimiento que se me queda en la punta de la lengua y ahí sigue hasta que los chicos empiezan a entrar en el vestuario, con las toallas alrededor de la cintura y el pelo mojado.

La sensación continúa resonando en mi cabeza cuando le entrego a Maverick la bolsa de hielo y retrocedo un paso, aumentando la distancia entre nosotros para que no empiecen a hacernos preguntas. Aunque creo que, después de esta noche, no les importaría.

—Te dejo que te duches —le digo—. Nos vemos en el autobús.

—Oye —me dice al tiempo que extiende una mano para rodearme una muñeca con los dedos. Me da un apretón y me mira—. ¿Estás bien?

—Sí. —Asiento y el sentimiento aflora de nuevo, más persistente que antes—. Mejor que nunca.

38
Emmy

Qué contenta estoy de que hayas venido —dice Piper. Entrelaza su brazo con el mío mientras subimos en el ascensor al piso de Maverick—. Las cenas de equipo son lo que más me gusta de trabajar para los Stars, y ni siquiera son un evento oficial.

—He venido a las últimas seis —replico—. Y en realidad solo estoy aquí por las albóndigas de Riley.

—En cualquier otro contexto, eso podría sonar fatal. —Se ríe y apoya la cabeza en mi hombro—. Qué locura de semana, ¿eh?

Ha sido un torbellino agotador.

La pelea entre Maverick y Cole ha salido en todos medios nacionales. En las cadenas deportivas no se habla de otra cosa y hasta hicieron una parodia en *Saturday Night Live* el fin de semana.

Las redes están inundadas de comentarios de gente que intenta deducir por qué Maverick se involucró, pero de momento nadie ha acertado.

Él ha acabado con una suspensión de dos partidos por haberle dado a Cole un golpe en la cabeza, y ni siquiera se ha molestado en negociar el castigo con el sindicato.

—Yo estoy bien —le aseguro—. Es posible que les haya mandado un mensaje anónimo a los administradores del hilo r/hockey de Reddit ofreciéndoles pruebas de que Cole es un cerdo. Ha sido divertido ver cómo lo critica la gente. Creo que lo más extraño de todo es que ahora que me lo he encontrado, siento como si me hubieran quitado un peso de encima. Ya no tengo que temer ese obstáculo porque lo he superado, y a partir de ahora todo lo demás va a ser fácil.

—Liam me ha contado algunas de las cosas que te dijo Cole. —Piper me coge la mano y me da un fuerte apretón—. Es un asqueroso. Si *alguna vez* vuelve a jugar otro partido en la NHL, me aseguraré de que lo pongan de vuelta y media en nuestras retransmisiones.

—Eres la mejor, mi fiera. —Le beso la mejilla y nos detenemos delante de la puerta de Maverick—. No sabía que Liam y tú habláis.

—No hablamos —me asegura, pero se pone roja. Disimula colocándose un mechón de pelo detrás de la oreja y arreglándose el bajo de la falda—. Me lo comentó de pasada.

—Mmm... —murmuro y empujo la puerta para entrar en el abarrotado ático.

Las cenas de equipo se han convertido en mi momento preferido de estar en los Stars. He jugado en muchos y he visto muchas dinámicas diferentes, y ninguno tiene la confianza y la cohesión de estos chicos. Es evidente que esos lazos han influido en su juego, y nos acercamos al partido de los All-Star con las mejores estadísticas que ha tenido el equipo desde hace años.

—¡Han llegado la mitad de las chicas! —grita Grant, y Connor y Ethan nos saludan desde el sofá.

—Hola —dice Hudson, que nos abraza con un solo brazo a cada una—. ¿Dónde están las otras dos?

—Maven viene con Dallas y Lexi no va a venir. Ha quedado —contesta Piper, y Riley aparta la mirada del videojuego con el que está entretenido.

—¿Ha quedado? —pregunta—. ¿Con quién?

—Con un chico que ha conocido en su clase de pilates. Aunque no parecía muy emocionada —añado cuando veo que se le cae el alma a los pies. Intercambio una mirada con Piper.

—Ah... —Vuelve a mirar la tele—. Me alegro por ella.

—¿Alguien quiere algo de beber? —pregunta Hudson.

Vamos a la cocina, donde Maverick está ocupado preparando la comida.

No lo he visto desde que volvimos después del último partido fuera de casa y se me acelera el corazón en cuanto lo tengo delante.

Levanta la mirada de la bandeja de verduras que está preparando y me sonríe. Todavía tiene un moratón en la mejilla, justo debajo del ojo, y la nariz hinchada. Lleva el pelo un poco más largo de lo habitual. Algo en sus rasgos me deja claro que está agotado, pero sigue tan guapo que se me encoge el estómago.

Dios, cómo lo he echado de menos.

Y no solo a sus manos, a sus dedos o a la comisura de sus labios, que es donde me gusta besarlo justo antes de que se corra.

Lo he echado de menos a *él*. Sus bromas, su risa y su forma de abrazarme y estrecharme contra él antes de dormir. Pasamos la noche juntos cada vez más a menudo y echo de menos verlo a la luz del amanecer: la marca de la almohada en su frente, su mejilla húmeda por la baba, sus ojos con legañas, sus caricias errantes...

—Hola, Piper —dice. Rodea la isla para darle un abrazo. A continuación se acerca a mí y, en cuanto sus brazos me envuelven, el peso que llevo sobre los hombros se aligera.

No me he dado cuenta de lo mucho que lo necesitaba hasta que lo he visto, y la emoción se extiende por mi pecho cuando me pone la mano en la parte baja de espalda y la deja ahí.

—Hola, Emmy —murmura con suavidad.

—Hola, guaperas.

—¿Has tenido un buen día?

Asiento contra su camiseta de algodón desgastado que huele a cedro, manzana y a un ligero toque a chocolate.

—Ahora sí.

—Yo también.

«Te he echado de menos. Te he echado de menos. Te he echado de menos».

Me aparto.

—¿Necesitas ayuda?

—No, está bien. Voy a llamar a la horda dentro un minuto. Deberías coger un plato antes de que arrasen con todo —contesta.

—Los tíos y vuestro apetito.

—Eso lo dice la que se come tres kilos de helado a la semana —bromea Piper—. Te juro que nuestro congelador es un alijo de Ben & Jerry's ahora mismo.

—¡Chicos! ¡La cena está lista! —grita Maverick, y se produce una estampida.

—¡Joder! —exclamo al tiempo que cojo un plato y me coloco la primera de la fila—. ¿Podrías avisar la próxima vez, Miller?

—Te he avisado con tiempo, Hartwell. He dicho un minuto. Sabes cuánto dura un minuto, ¿no?

—¿Lo sabes *tú*?

—Gestiono el tiempo de maravilla y no he tenido ninguna queja últimamente. —Se mete una uva en la boca y señala la tabla de embutidos—. Esta noche no hay fresas, así que puedes coger lo que quieras.

No ha habido fresas desde la primera vez que vine hace varias semanas y, aun así, siento algo extraño por dentro cuando me dice que puedo coger lo que quiera. Siento que me derrito y que se me extiende una sonrisa tonta por la cara, como si fuera una adolescente enamorada del chico más guapo del instituto.

—Gracias —respondo. Grant pasa como un huracán a mi lado para plantarse el primero de la fila—. Ojo, Everett. Te voy a pisar la cabeza.

—Eso no es una amenaza, Emmy. —Sonríe mientras se pone de puntillas para arrebatarme la porción de pizza que estaba a punto de coger—. Sería un honor.

—No entiendo este juego —protesta Piper. Se deja caer en el sofá, frustrada—. He pasado la pelota, pero mi otro jugador no marca.

—Porque también controlas al otro jugador. —Liam coloca sus grandes manos sobre las de Piper, más pequeñas, en el mando—. Tienes que cambiar entre ellos.

—¿Así? —Ella mueve el joystick hacia delante y suelta un grito ahogado cuando ve que el otro jugador también avanza—. ¡Lo he conseguido!

—Muy bien, Piper —le dice él, arrancándole una sonrisa radiante.

Maverick se inclina y presiona el muslo contra mi rodilla.

—¿No te da la sensación de que estamos interrumpiendo algo por estar aquí? —murmura.

—Sí. Dentro de diez segundos, voy a decir que necesito otra bebida. Tú te ofrecerás a traerme una y los dejaremos solos.

—¿Por qué iba a ofrecerme a traerte una copa? Las tres últimas te las has traído tú sola —dice, y yo suspiro.

—Porque en realidad no me vas a traer nada. Es solo para tener una excusa.

—¡Ah! —Esboza una sonrisa de oreja a oreja y choca los nudillos contra los míos—. Entendido.

Pongo los ojos en blanco y me aliso la falda.

—Voy a por otra copa. Ahora vuelvo —anuncio.

—Yo se la traigo, milady —dice Maverick—. Necesito más agua.

Salimos del salón y echamos a andar hacia el pasillo. En vez de girar hacia la cocina, Maverick me guía hacia su dormitorio. Pasamos por delante de los ventanales y veo a algunos de los chicos en la terraza, disfrutando de una noche inusualmente cálida para estar a finales de enero. Están riéndose mientras juegan una competitiva partida de *cornhole*. Connor le tira una bolsa de legumbres a Riley a la cabeza y Hudson no para de discutir sobre la colocación del tablero.

«Dios, cómo los quiero».

—Tienes el piso perfecto para fiestas. ¿No tendrás un campo de minigolf de dieciocho hoyos escondido en algún sitio? —le pregunto.

—Está en la azotea. ¿No te lo he enseñado? —bromea antes de abrir la puerta de su habitación.

—Todavía no. —Lo atraigo hacia mí y me pongo de puntillas para poder besarlo. Él sonríe contra mi boca y me acaricia la nuca—. Tenía muchas ganas de hacer eso. Te he echado de menos.

—Joder, yo también a ti. —Cierra la puerta de una patada y me lleva a la cama—. He estado muy ocupado entre reuniones disciplinarias y charlas con el entrenador para asegurarle que *no* me estoy convirtiendo en un puto loco sobre el hielo. Siento haber estado tan ausente.

—Eres un loco normal —replico. Él me tira sobre el colchón—. Y te perdono.

—¿Te quedas a dormir esta noche? —me pregunta, colocándose sobre mí e inclinándose para besarme el cuello.

Suspiro y levanto las caderas, desesperada por sentirlo todavía más.

—No puedo. He venido con Piper y le parecerá sospechoso que me quede. ¿Mañana por la noche?

—Nada, tengo una prueba de traje con Dallas y Reid para la boda, y luego vamos a cenar.

—¿Y el esmoquin que llevaste a la gala? Te quedaba muy bien.

—¿De verdad? —Me acaricia el interior del muslo y se me ponen los pezones duros debajo de la camiseta—. Todo el mundo sabe que se necesita un esmoquin diferente para cada ocasión.

—Lo siento, no estoy al día con las reglas que regulan el uso del esmoquin.

—Entonces ¿no dormimos juntos ni esta noche ni mañana? Supongo que eso significa que no me queda más remedio que aprovechar el ahora.

—¿Con todo el mundo ahí fuera?

—¿Te parecería bien?

—Sí —susurro—. Pero no sé yo si voy a poder estarme callada.

Le brillan los ojos con malicia. Engancha un pulgar en el elástico de mi tanga rojo, me lo baja por las piernas y me lo pone delante de la cara.

—Eso tiene arreglo. Abre la boca.

Respiro hondo al entender lo que me está proponiendo. Separo los labios y él me mete la prenda de encaje entre ellos, acariciándome la mejilla cuando la muerdo.

—Solucionado —dice—. Estás perfecta, Emmy, preciosa. —Me estremezco por el cumplido y él se desliza hacia abajo por mi cuerpo. Se detiene en mis pechos, todavía con ese brillo peligroso en la mirada—. Levántate la camiseta, cariño. Déjame ver estas tetas tan bonitas.

Me tiemblan las manos mientras me levanto la camiseta hasta la barbilla. Empiezo a sentir una ola de placer en lo más profundo del abdomen porque soy consciente de que cualquiera podría entrar en cualquier momento y verme así, casi desnuda, mojada y temblorosa por lo que está por venir.

Me tira del sujetador y las copas empujan mis pechos hacia arriba, hacia su boca. Me lame el pezón y lo oigo murmurar de placer, arrancándome un gemido alrededor del tanga.

Ningún hombre ha venerado mi cuerpo como lo hace Maverick. No tiene ninguna prisa por llegar al final; disfruta tomándose su tiempo y saboreando cada centímetro.

Consigue excitarme incluso tocando partes de mí que nunca había considerado eróticas, como los omóplatos o las pantorrillas. En una ocasión me hizo llegar al clímax solo usando un vibrador por mis tetas y mi abdomen. Es meticuloso en la pista y lo es todavía más en la cama. Cuando se da cuenta de que algo no me gusta, prueba algo distinto, sin parar hasta que soy la orgullosa propietaria de tres nuevos orgasmos.

He estado desnuda delante de él montones de veces, pero aun así, cuando pasa del pecho a la falda y me la sube, dejándome expuesta en su cama como si fuera su juguete personal, un calor ardiente se extiende por todo mi cuerpo.

—No puedo ir tan despacio como me gustaría —dice mientras se coloca entre mis piernas—. Si tardamos demasiado, alguien vendrá a buscarnos. —Me separa la entrepierna con los pulgares e intento cerrar las rodillas, avergonzada—. De eso nada, cariño. Déjame mirar. Ha pasado mucho tiempo y tengo que ver este coño tan perfecto de cerca. —Me acaricia la parte interior de un muslo y, cuando me relajo, esboza una sonrisa orgullosa—. Muy bien. Esa es mi chica.

Odio no poder hablar con él, pero me encanta poder mirarlo. Tiene las pupilas dilatadas y las mejillas sonrojadas. Se le escapa un suave gemido que coincide con el mío cuando me penetra suavemente con dos dedos mientras traza lentos círculos sobre el clítoris con el pulgar de la otra mano.

—¿Te gusta? —pregunta con voz ronca. Asiento—. Puedes hacer todo el ruido que quieras, Emmy. No te van a oír.

Me dejo llevar por las sensaciones que me provoca. El roce de sus dedos, a los que se suma un tercero. La sorpresa que me invade cuando me levanta las caderas y me presiona con el pulgar entre las nalgas, un lugar que ha empezado a gustarle muchísimo. Oímos las risas de los chicos al otro lado de los ventanales y me recorre un espasmo, como si me hubieran electrocutado.

—Te ha gustado —dice Maverick con asombro—. He sentido que me apretabas los dedos… Estoy deseando sentir eso alrededor de la polla.

Gimo cuando mueve la lengua y cuando me la mete, sustituyendo los dedos con ella y llevándome al borde del éxtasis más rápido que nunca. Me incorporo un poco y le tiro del pelo, advirtiéndole que estoy a punto de correrme, pero él me mira con expresión penetrante.

—No voy a parar —dice—. No voy a parar hasta sacarte la última gota. —Me desliza la palma de una mano por el abdomen, presionando, y levanto las caderas de nuevo, frotándome contra él—. Muy bien, Emmy, preciosa. Dámelo todo, cariño.

Me dejo llevar y caigo al vacío jadeando tan fuerte que se me seca la garganta. Se me llenan los ojos de lágrimas y me dan espasmos en las piernas. El placer se prolonga hasta que se me queda la mente en blanco.

Cuando vuelvo a la realidad, Maverick me acaricia la cara.

—Ponte de rodillas —me dice—. Mirando hacia la ventana.

Tardo un segundo en ponerme en posición porque mi cerebro no acaba de conectar con el resto de mi cuerpo. Me inclino hacia delante, con los codos apoyados en el colchón y las caderas levantadas. Maverick recorre mis curvas con una mano y suelta un gruñido de satisfacción. Me separa las nalgas, tras lo cual besa primero la izquierda y luego la derecha, y noto que me ruborizo.

—Tu culo es lo siguiente —dice, expresando en voz alta algo con lo que yo misma he estado soñando—. Lo iremos preparando, pero he querido follarte así desde el primer día que te vi en la pista con aquellos leggins tan ajustados que llevabas.

Asiento frenéticamente y eso le arranca una carcajada al tiempo que me besa la nuca. Oigo cómo se quita los pantalones mientras se los baja por los muslos y miro por encima del hombro. Lo descubro acariciándosela con una mano.

Me encanta verlo así, a punto de dejarse llevar y perder el control, con la mirada hambrienta y la piel sonrojada. Alterado, pero moviéndose con decisión.

Me roza el clítoris con la punta de la polla y luego desciende, pero no me la mete. Gimo y me inclino hacia él, suplicándole lo que quiero.

—Te veo muy necesitada —bromea mientras me agarra las caderas con fuerza.

Respiro hondo, sabiendo lo que viene a continuación, pero ni siquiera eso me prepara para la sensación cuando se desliza en mi interior, para lo llena que me hace sentir y lo que me cuesta acomodar su grueso miembro.

Me da un segundo para adaptarme y, cuando alargo la mano hacia atrás para pasarle las uñas por el muslo, me la mete hasta el fondo.

—*Joder* —susurra—. Mira qué bien te entra, Emmy, preciosa.

Me embiste cada vez más rápido y yo me uno a su ritmo e intensidad. Nos movemos como si lo hubiéramos hecho mil veces, anticipando las necesidades del otro antes de que ninguno tenga que manifestarlas.

Me coloca una mano en el cuello y siento la deliciosa presión alrededor de la tráquea. Echo la cabeza hacia atrás y él me besa en la frente.

—No voy a durar mucho. Una semana sin ti y ya es como

si no hubiera follado en la vida. —Se inclina sobre mí, apoyándome todo el peso en la espalda, y me acerca una mano al clítoris—. Emmy, esta vez quiero que grites cuando te corras. ¿Puedes hacerlo por mí?

Asiento, sintiendo que un orgasmo empieza a crecer en mi interior. Sé que Maverick no va a correrse primero, porque el muy cabrón es así de generoso, pero quiero que lo haga casi tanto como quiero correrme yo misma. Muerdo el encaje y cierro los ojos, porque la estimulación es demasiado intensa.

Nuestros cuerpos trabajan a la par. El sudor resbala por su torso y se me pega a la espalda. Siento sus labios en un hombro y un pulgar presionando allí donde soy más sensible. Nos dejamos llevar por el frenesí, porque sabemos que estamos disfrutando de un tiempo prestado.

El segundo orgasmo me recorre la espina dorsal como una llamarada de fuego sobre la piel. Grito, no porque él me lo haya pedido, sino porque el placer es *una puta maravilla*, y casi me derrumbo sobre el colchón.

Maverick me sigue poco después. Cinco embestidas más y siento el calor de su liberación en mi interior. Siento los espasmos de sus piernas y oigo el gemido ronco que se le escapa de las profundidades de la garganta.

—Emmy —dice—. *Dios.* Vas a quedártelo todo, ¿verdad?

Pues sí.

Cada gota, incluido el semen que me corre por una pierna. Lo limpia con los dedos y luego me lo vuelve a meter, una intimidad que nunca había experimentado.

Acto seguido me frota los hombros y me da media vuelta para ponerme boca arriba. Me masajea la mejilla y abro la boca, encantada. En cuanto me saca el tanga, me besa como si no hubiera un mañana.

—Hola —susurro y veo que le brillan los ojos.

—Hola —susurra también él y me frota la nariz con la suya—. ¿Estás bien?

Asiento con la cabeza, experimentando una sensación cálida y agradable en el pecho al ser testigo de su ternura.

—Mejor que nunca.

—Estupendo. No quiero hacerlo, pero debería limpiarte.

—Sí. —Bostezo y estiro los brazos por encima de la cabeza—. No quiero que los chicos me vean así.

—Por supuesto que no. Esto es solo para mis ojos. —Se baja de la cama y me tiende la mano—. ¿Quieres ducharte?

—Creo que eso dejaría muy claro lo que hemos hecho aquí dentro. —Sonrío y me coloco bien la ropa—. ¿Me devuelves el tanga, por favor?

—No. —Se pone los pantalones de chándal y se guarda mi ropa interior en uno de los bolsillos—. Ahora es mío.

—No puedes seguir robándome la ropa, Miller. Dentro de poco no me quedará nada.

—De eso se trata, ¿no? —Sonríe—. ¿Pregunta del día?

—No es justo que me pidas que piense después de haberme follado. No me sale. —Gimo y me levanto, con las piernas un poco temblorosas—. Esta noche nos limitaremos a lo mínimo: ¿piña en la pizza?

—Joder, no —responde de inmediato—. Por favor, dime que estás de acuerdo.

—Sí. ¿Cuál es tu pregunta?

—¿Tu polo preferido?

—Vaya, esta noche vamos a por todas. —Me río y me aseguro de que tengo la falda abrochada—. El de naranja.

—No. El de uva es el mejor.

—Qué raro eres —le digo antes de echar a andar hacia la puerta del cuarto de baño para asearme.

—Pero me adoras —replica él y, por un aterrador segundo, creo que a lo mejor es verdad.

39
Maverick

De quién vas a llevar la camiseta a la noche de Héroes
y Leyendas?
Es genial no tener que ponerse traje y corbata.
Tenemos que hacer más de estas la próxima
temporada

Asesina Pelirroja
De nadie. Mi padre me ha dicho que me
deshereda si elijo un favorito, así que voy a ser
neutral y no llevaré ninguno
Tú vas a llevar la de Lemieux?

No. Esta noche llevo otra

Asesina Pelirroja
No puedes llevar tu propia camiseta, Miller

Intenta detenerme, Hartwell

—Hola, Bill. —Silbo al ver la camiseta retro de Gretzky que
lleva. Parece tener un montón de años y me da mucha envi-
dia—. Madre mía, ¿es auténtica?
—Sí. —El guardia de seguridad se da media vuelta y mues-

tra con orgullo la prenda de coleccionista—. Es de su temporada de novato.

—¡Joder! Me habría encantado verlo jugar en aquella época.

—Lo vi en su primer año y supe que iba a ser especial. Pensé lo mismo de ti, y sigo pensándolo.

—No, hombre. —Meneo la cabeza—. No digas eso. No le llego ni a la suela de los zapatos. Llevo en la liga casi la mitad del tiempo que él y no he ganado nada. Ni una Stanley Cup. Ni un séptimo partido, ni he llegado a los playoffs. No estamos al mismo nivel.

—Las victorias no lo son todo, Maverick. Eres el mismo tipo de líder y tienes la misma pasión por el juego. Eso importa más que los tantos y las asistencias.

—Vamos, Bill. Me estás poniendo sensible y tengo que prepararme para un partido.

—Lo siento. —Me mira con una sonrisa avergonzada—. ¿Qué camiseta llevas tú? No te la veo debajo de la chaqueta.

—Es sorpresa. —Me despido con la mano y me acerco al control de seguridad—. Solo te diré que es mi favorita hasta la fecha.

Dejo el móvil y las llaves en la bandeja y charlo un rato con el agente que está junto al detector de metales. Ha elegido una camiseta mía para esta noche y le firmo encantado la espalda.

Silbo mientras recorro el pasillo hacia el vestuario a paso ligero.

Últimamente todo va *genial*.

He podido jugar en el partido del All-Star y competir en el mismo equipo que algunos de los chicos con los que fui a la universidad. Tenemos el calendario de la segunda mitad de la temporada menos cargado que el de la primera, lo que me hace ser optimista sobre nuestras posibilidades en los playoffs.

Emmy ha venido casi todas las noches esta semana y, aprovechando el partido que jugamos en Phoenix hace dos días, nos tiramos la tarde paseando por el centro con unas gorras de béisbol puestas, disfrutando del sol.

Sé que no estamos saliendo, pero lo parece.

Dallas tenía razón: estas otras cosas de las relaciones son una puta pasada.

Dormimos juntos y comemos juntos. Quedamos cuando no estamos entrenando o viajando para jugar un partido fuera de casa. Ella me llama cuando está regando las plantas, y yo, cuando estoy en el súper. A veces hablamos durante diez minutos. A veces se convierte en una hora.

Es como si estuviéramos atrapados en un extraño limbo entre ser amigos con derecho a roce y ser novios, y creo que ha llegado el momento de tener una conversación al respecto con ella. No sé si quiere seguir por este camino de estar constantemente en la vida del otro, pero yo sí. Y quiero ponerle una etiqueta para que no haya confusión.

—Sonríe, Mavvy —me dice Maven, y lo hago mientras me hace un par de fotos en el pasillo de los jugadores—. Quítate la chaqueta para que pueda ver qué nombre llevas, por favor.

—Qué mandona. —Me quito la chaqueta y se la cuelgo del brazo antes de darme media vuelta para que pueda ver el nombre que llevo bordado en la espalda—. ¿Qué te parece?

—Madre mía. —Se echa a reír y me saca un sinfín de fotos—. Vas a romper internet.

—¿Qué? —Me vuelvo hacia ella y frunzo el ceño—. Joder. ¿He hecho algo mal?

—No, cielo. Has hecho algo estupendísimo. Siempre es la chica la que lleva la ropa con el nombre del chico, no al revés. Esto es genial.

Miro la camiseta que pedí hace dos semanas: una extragrande de los D. C. Stars con el nombre y el número de Hartwell en la espalda, en blanco, que es el color de nuestra ciudad. Se me ocurrió la idea desde que anunciaron la noche temática, pero no quería que pensara que la llevaba puesta a modo de broma o para tomarle el pelo.

—¿Crees que le gustará? —pregunto, nervioso de repente por su reacción. Emmy no me parece una mujer a la que le encanten los grandes gestos y espero de todo corazón no estar sobrepasando algún límite invisible que hayamos establecido—. Tengo una camiseta de repuesto en la taquilla y puedo ponérmela.

—Le va a encantar —me asegura Maven.

—¿Ya ha llegado? He intentado venir temprano para poder verla antes de vestirnos.

—No, pero no creo que tarde mucho. Viene con Piper, y por alguna extraña razón llegan justo a la misma hora todas las noches.

—Gracias, Mae. —Me agacho y le doy un beso en la cabeza—. ¿Cómo está mi Bichito?

—El otro día fuimos a comprar su vestido de dama de honor y te vas a morir cuando lo veas. —Me mira con una sonrisa pícara—. Hablando de ella, un pajarito me ha dicho que tuviste una invitada especial en Fin de Año.

—Puede que sí —replico—. Es que...

La oigo antes de verla.

La voz de Emmy resuena por el pasillo y la busco, mirando por encima del hombro.

Parpadeo y el corredor pasa de estar vacío a que ella aparezca. La melena pelirroja. Un jersey de cuello alto blanco, unos pantalones de raya diplomática y un chaleco a juego. Una cadena de oro al cuello y zapatillas deportivas de cuero que hacen que se me aflojen las rodillas.

—Hostia puta —mascullo.

—Te he oído —dice Maven, y le hago una peineta.

Llevo meses viéndola con ropa informal de trabajo, con vestidos bonitos y diferentes zapatos de tacón, pero el corazón sigue dándome un puto vuelco cuando aparece.

Creo que podría tener una enfermedad crónica provocada por Emerson Hartwell.

—Hola, Mae —dice Emmy, que saluda con la mano—. ¿Miller? ¿Qué estás...? —Se detiene en seco y me observa fijamente con esos ojos verdes. Clava la mirada en mis hombros antes de levantarla hacia mi cara—. ¿Qué llevas puesto?

—¿Mmm? —Le doy la espalda y me encojo de hombros—. No sé de qué me hablas.

Cruza el pasillo a zancadas y me cuesta mucho no reírme por ese brío que tiene. Me da un tirón de la manga.

—Es mi camiseta.

—¿En serio?

—Maverick. ¿Qué...? ¿Por qué llevas mi camiseta?

—Porque es la noche de Héroes y Leyendas. Tú eres mi héroe, Hartwell, y sin duda te convertirás en una leyenda. Ya lo eres, pero técnicamente no creo que podamos clasificar una sola temporada en la NHL como carne de leyenda, lo cual es, en mi opinión, una gilipollez. Además, recuerdo con claridad que una vez me preguntaste cuándo pensaba llevar tu nombre en la espalda, así que aquí estamos.

—¿Por qué...? Me... —Recorre con los dedos las letras mayúsculas y el número diecisiete, y después vuelve a hacerlo—. La única persona que ha llevado mi camiseta es mi padre.

—Y los ocho mil fans que hay ahí fuera —replico.

—Me refiero a otro deportista. A uno de mis compañeros.

—Los hombres de otras ligas llevan equipaciones con el nombre de mujeres todo el tiempo. Esa tendencia debería empezar también en la NHL, ¿no crees?

—Creo que esto es lo más romántico que han hecho por mí en la vida —susurra.

—Te mereces cosas bonitas, ¿recuerdas? —Miro hacia un lado y veo que Maven y Piper han desaparecido. Ni siquiera me he dado cuenta de que se han ido—. Es un puto honor y un privilegio jugar a tu lado. Nunca tuve ninguna duda sobre a quién quería representar. Eres tú, y siempre serás tú.

—¿Te refieres solo a la camiseta? —me pregunta, levantando la barbilla—. ¿O a algo más?

Me acerco a ella y pongo las manos en la pared, a ambos lados de su cabeza.

—¿Quieres que me refiera a otra cosa?

—Sí. —Se muerde el labio inferior—. Quiero.

Respiro hondo. No es aquí donde esperaba tener esta conversación, pero tampoco me voy a quejar. Cuanto antes lo hagamos, mejor.

—Quiero más contigo, Emmy. Quiero volver a casa contigo todas las noches y quiero llevarte a cenar fuera. Quiero cogerte de la mano en la acera y quiero besarte bajo la lluvia. Quiero todas esas cosas de las que hablan en las películas, aunque tengo que ser sincero contigo: no tengo ni puta idea de qué implicar estar en una relación ni de cómo ser un buen novio, pero voy a aprender. Voy a intentarlo, y tú eres la única persona con la que quiero hacerlo. Para mí esto no es solo sexo; hace tiempo que no lo es. Si la única manera de tenerte es que sigamos en plan informal, que así sea. Pero creo que tú también quieres algo más.

Asiente despacio.

—Sí. Quiero que te pongas mi camiseta y que no te importe que me ponga tacones. Quiero que vengas conmigo a comprar comida y que me des una charla de ocho minutos sobre por qué las almendras son mejores que las nueces.

—Lo son —digo con firmeza. Ella me acaricia la mejilla.

—Por esto me gustas tanto. Te apasionan las cosas que son importantes para ti, como las almendras. ¿Se puede saber a quién le entusiasman las almendras?

—A mí, porque son buenas para la salud. Tienen vitaminas, minerales y todas esas otras cosas que se supone que debemos comer todos los días. —La cojo de la mano y le beso la palma.

—Basta ya de hablar de almendras.

—¿Eso es un sí a…, a ser lo que sea lo siguiente a ser amigos con derecho a roce?

—Creo que la gente lo llama «ser novios». Salir juntos. Comportarnos como idiotas porque no podemos quitarnos las manos de encima.

—Sí. —Asiento—. Sí a todo eso.

Esboza una sonrisa tímida y preciosa.

—No pasa nada si no sabes lo que estás haciendo. Seguro que vamos a meter la pata, pero podemos meterla juntos y no importa. Voy a enfadarme contigo si te pones calcetines desparejados. Tú te vas a enfadar conmigo por no reírme de tus chistes. Intentémoslo, y ya veremos cómo sale.

—Esta conversación no es lo que tenía planeado cuando me puse tu camiseta.

—¿Qué tenías planeado?

—Pues la verdad es que estaba preparado para dorarte la píldora y enumerarte todos los motivos por los que me voy a comprar tu camiseta en todos los colores. Tenía preparadas tus estadísticas y todo.

—A veces puedo ser una persona complicada, Maverick. Sé que soy arisca y lo último que quiero es que parezca que no te agradezco algo tan bonito. —Hace una pausa y respira hondo—. Quiero que sepas que cuando haces cosas como esta... —Me señala de arriba abajo con la mano—, me cuesta encontrar las palabras para expresar lo que siento. Dar las gracias me parece insuficiente, pero estoy trabajando en demostrar mejor lo mucho que te agradezco lo bueno que eres conmigo. Por dentro estoy... —Se encoge de hombros antes de bajar la barbilla hasta el pecho—. Siento que tengo mariposas en el estómago y me considero muy afortunada por que quieras dedicarme tu tiempo.

—Sé lo que sientes, Emmy. Lo veo cuando me sonríes. Y lo haces a menudo, por cierto.

—¡Qué va! —protesta, y sonrío.

—Ahora mismo estás sonriendo, pelirroja. Tienes unas arruguitas alrededor de los ojos que son la cosa más mona del mundo. Por su culpa me dan ganas de quedarme contigo.

—¿Cuánto tiempo?

«Para siempre».

—Hasta que te canses de mí.

—No estoy segura de que alguna vez vaya a cansarme de ti —admite—. Eres mi persona favorita.

—Qué curioso. Tú también eres mi persona favorita.

Se abre la puerta que hay al fondo del pasillo y ella se zafa corriendo de la jaula en la que la tengo encerrada. Grant nos saluda con la mano y Emmy le devuelve el gesto.

—¿Qué tal, Grant? —le pregunto, y chocamos los cinco—. ¿Cómo te va?

—Bien, bien. Ah, *hostia*, capi... ¿Llevas la camiseta de Emmy? No me jodas. ¡Qué fuerte! —Saca el teléfono y empieza a grabar—. Mirad el modelito de Maverick Miller esta noche, gente. Lo peta con una camiseta exclusiva de Emmy Hartwell que ha combinado con una deportivas Nike personalizadas de caña alta.

—No me he enterado ni de la mitad de lo que ha dicho —dice Emmy.

—Yo tampoco. —Saco la lengua en dirección a la cámara—. Me voy al vestuario para cambiarme. Y vosotros también deberíais, para no llegar tarde y que nos toque dar vueltas extra en la pista antes del partido.

—Sí, señor. —Grant me hace un saludo militar y se va por el pasillo mientras sigue hablándoles a sus seguidores.

—¿Nos vemos ahí fuera? —le pregunto a Emmy.

—Sí. —Me roza al pasar a mi lado—. Y luego, esta noche, quiero que me folles con mi camiseta puesta.

Gruño y apoyo la cabeza en la pared, avergonzado por lo mucho que me excita su sonrisa burlona.

40
Emmy

No sé a quién se le ocurrió combinar vino y pizza, pero es un genio. —Le doy un gran mordisco a mi porción de pepperoni y lo acompaño con un sorbo de tinto—. Ha sido una idea genial, Lexi. Gracias por organizarlo una noche en la que no tenemos partido al día siguiente; así puedo disfrutarlo de verdad.

—Necesitaba desahogarme con amigas. Anoche tuve la peor cita de mi vida y no quiero volver a ver un hombre en mi vida. —Lexi le llena la copa a Piper y se repantinga en el sofá—. Son todos unos capullos.

—¿Qué pasó? —le pregunta Maven—. ¿Y cómo conociste a este?

—Lo conocí en el súper. Fuimos a coger la misma bolsa de naranjas. Él hizo una broma, yo me reí… y esa fue la última vez que me hizo gracia. No le dije que soy preparadora deportiva y fuimos a cenar a un pub. Estaban poniendo un partido de baloncesto y la reportera estaba entrevistando a Colton Clark, ¿sabéis quién es? El de Orlando. Bueno, pues el tío este se vuelve hacia mí, me mira fijamente y me suelta: «No sabes las ganas que tengo de que las mujeres dejen de hablar de cosas de las que no tienen ni idea».

Piper ahoga una exclamación.

—No me lo puedo creer.

—Te lo juro por mi vida. Me quedé durante toda la cena

porque soy demasiado buena persona, pero bloqueé su número en cuanto me fui. Es muy frustrante. ¿Dónde están todos los hombres decentes? —se lamenta Lexi—. Tengo treinta y un años. Ya no queda ninguno que merezca la pena.

—Por eso estoy manteniéndome alejada del mundo de las citas. El sábado por la noche me descargué una aplicación solo para curiosear y ver qué había por ahí, y la borré en cuestión de minutos. Dos tíos distintos me pidieron que fuera a verlos para sentarme en su cara. —Piper resopla irritada—. Tener treinta años y estar divorciada es una mierda. Ojalá pudiera cruzarme al hombre de mis sueños por la calle y ya.

—Eso solo pasa en las películas. —Maven le quita un trozo de queso a su pizza y se lo mete en la boca—. No quiero ser una perra y restregároslo por la cara, pero menos mal que tengo a Dallas. Recuerdo los horrores de la vida de soltera, y no son nada divertidos. Con las anécdotas espeluznantes que tengo me daría para llenar un libro entero.

—Una vez un chico me dijo que quería que lo llamara «rey» en el dormitorio —digo—. Creí que me había transportado al Londres de la Regencia.

—Menudo morro. Mae, ¿y si compartes a tu prometido con nosotras? —pregunta Lexi—. Ni siquiera necesito una relación física, solo alguien del sexo opuesto con quien tener una conversación civilizada de vez en cuando.

—Ojalá pudiera, pero casi no da abasto con June y conmigo. Me da miedo lo que pasará cuando se haga adolescente. Como se sumen tres mujeres más a la mezcla, se va a escapar una noche y no volverá jamás.

—De eso nada —replica Piper y le lanza un palito de pan desde el otro lado de la mesa—. Ese hombre es un santo y está obsesionado contigo.

—Pero obsesionado de verdad —convengo—. Menuda cara pone cuando habla de ti. Si entras en una habitación, se ilumina. Es muy mono.

—Mira quién habla... ¿Qué me dices de Maverick y de cómo te miraba la otra noche, cuando se puso tu camiseta en el estadio? La tensión que se respiraba en ese pasillo era espectacular. —Maven suelta su copa de vino y apoya los codos en los muslos—. ¿Sabes que te estaba esperando para darte una sorpresa?

Hago girar mi copa y noto que me ruborizo.

—Pues no, no lo sabía.

Aunque no me sorprende.

Estoy empezando a descubrir que Maverick es así. Desde que definimos nuestra relación hace una semana, ha sido el novio perfecto. Es una forma ridícula de expresarlo, pero es la verdad.

Me compró flores y me preparó patatas de tres maneras diferentes para cenar. Contesta a mis mensajes casi al momento y, cuando mencioné que me apetecía un té dulce, fue a cuatro tiendas diferentes hasta que encontró la marca que me gusta.

Intenté decirle que no tenía por qué hacer nada de eso, que lo nuestro no es un acuerdo de todo o nada, pero el tío cogió una de mis novelas románticas, se tumbó en mi cama y me dijo que estaba aprendiendo a ser el novio perfecto leyendo mis libros.

Para haberse ganado a pulso la fama de mujeriego que no pasa más de dos horas con la misma mujer, se le da genial ser novio.

Estoy haciendo todo lo posible por bajar la guardia con él. He dejado de anticipar todo lo que puede salir mal y, cada vez que Maverick me sonríe, noto que mi confianza en él crece.

No se parece en nada a los hombres de mi pasado. Eso lo sé y, cuanto más tiempo paso con las manos enterradas en su pelo y sus labios pegados a mi frente, enumerando todas las cosas que le encantan de mí, más cerca estoy de que se me salga el corazón del pecho.

—Tengo que confesaros una cosa —digo—, pero no puede salir de aquí.

Maverick y yo no hemos hablado de contarle lo nuestro a otras personas, pero estas mujeres son mis amigas. Durante los últimos meses, han compartido conmigo pequeños pedazos de sí mismas, tanto buenos como malos. Además, me apetece mucho presumir de él, aunque solo sea un momento.

—Te lo juro —dice Piper.

—Por mi vida —añade Maven.

—Tu secreto está a salvo con nosotras —me asegura Lexi.

—Maverick y yo nos estamos acostando —suelto de golpe.

—¿*Cómo*? —exclama Maven—. ¡Creía que solo os habíais besado en Año Nuevo!

—¿Os besasteis en Año Nuevo? ¡Me dijiste que te ibas a quedar en casa!

—¿Por eso vino el otro día a mi consulta y se quejó de un dolor en el tendón de la corva? ¿Porque probasteis una nueva postura sexual?

—Ay, Dios. —Me tapo la cara con las manos—. Lo retiro. Odio a ese hombre y nunca lo he visto desnudo.

—Queremos detalles —dice Piper apartándome las manos con una sonrisa—. Todos los detalles.

—Llevamos desde noviembre y...

—¿*Noviembre*? ¡Pero eso es desde hace meses!

—El tiempo vuela cuando follas —replica Lexi, y no puedo contener una carcajada.

—¿Quién dio el primer paso? —me pregunta Piper.

—Él. Bueno, yo. No lo sé, fue todo muy confuso. Estábamos discutiendo en mi habitación de hotel después de un partido y al segundo siguiente me estaba besando contra la pared. —Recuerdo aquella noche, la emoción que me invadió y el sabor de sus labios por primera vez. He sentido lo mismo cuando se ha agachado para besarme antes de salir de su habitación para ir al gimnasio antes del entrenamiento.

—Joder, qué erótico —dice Lexi.

—Se suponía que iba a ser solo esa vez, pero volvió a pasar. Y luego otra vez y otra. El sexo se convirtió en dormir juntos, cogernos de la mano... y también en sentimientos que yo intentaba evitar, pero es imposible resistirse a él. El otro día decidimos que no queríamos que lo nuestro fuera solo físico. Ahora estamos saliendo y estoy... —Tomo una honda bocanada de aire—. Estoy muy feliz.

—No puedo asimilar todo esto. Que *vivo* contigo —protesta Piper—. ¿Cómo es posible que no me haya dado cuenta de lo que estaba pasando?

—Hemos sido muy discretos y casi siempre nos liábamos cuando jugábamos fuera. Respecto a la noche en la que se puso mi camiseta… —Dejo la frase en el aire y contengo una sonrisa—. Digamos que ahora entiendo por qué ellos se vuelven locos cuando ven a una mujer con su ropa. Fue la cosa más atractiva que he visto.

—¿Puedo hacer la pregunta que todas nos estamos haciendo? ¿Cómo es en la cama? —pregunta Lexi, y Piper suelta un chillido.

Me sonrojo.

—No voy a entrar en detalles, pero todos los rumores sobre el tamaño, el nivel de satisfacción, su generosidad… son ciertos. Es obvio que todos los tíos con los que he estado hasta ahora no tenían ni idea de lo que hacían.

—¿Y lo de los orgasmos múltiples?

—También cierto.

—Necesito otra copa —dice Piper—. Qué suerte tienes, cabrona.

—¿Y ahora qué? —pregunta Maven—. Ese hombre nunca ha estado en una situación como esta antes. Tengo curiosidad por saber qué pensáis hacer.

—Supongo que iremos poco a poco. Mi contrato es solo para este año y Finn acabará recuperándose de su lesión. No estoy segura de que haya un hueco para mí en la plantilla a largo plazo, y eso me da un poco de miedo. Normalmente siempre ando buscando algo nuevo, aunque ha sido divertido bajar el ritmo y disfrutar del presente. No preocuparme por el futuro y lo que vendrá después. Supongo que eso es lo que estoy haciendo con Maverick, y es fantástico —digo.

—¿Por qué estoy llorando? —Piper se seca los ojos—. Es maravilloso ver que alguien que se merece tanto el amor por fin lo consigue.

—Échale la culpa al alcohol —dice Maven—. Maverick me dijo una vez que prefería morirse antes que sentar cabeza. Pero yo estaba segura de que lo que necesitaba era que la chica adecuada le pusiera las riendas, y tenía razón.

Lexi sonríe.

—Lo que necesitaba era una mujer que no aguantara sus tonterías, y sin duda esa es Emmy.

Me echo a reír.

—No corráis tanto, chicas. No hace falta que saquemos la palabra que empieza por «a» todavía.

—Puede que no, pero está coladito por ti. No podemos elegir a quién queremos, pero si vas a enamorarte de alguien, él es la mejor opción —dice Maven.

—Sí. —Me froto el pecho con una mano. Tengo la sensación de que me falta una parte, como si Maverick se hubiera llevado un trozo de mi alma para unirla a la suya—. Lo es.

—Brindemos. —Maven levanta su copa y sonríe cuando todas la imitamos—. Por los hombres buenos con buenas pollas que nos tratan bien. Y también por las buenas pollas que todavía no han encontrado el camino hacia nosotras: que se den prisa y lleguen pronto para que todas estemos contentas y satisfechas.

—¡Amén, joder! —dice Lexi, y brindamos.

Durante muchísimo tiempo, me he sentido sola mientras perseguía algo que no terminaba de alcanzar y corría hasta que me dolía todo.

Pero cuando estoy entre los brazos de Maverick, siento que por fin puedo tener ambos pies en el suelo. Creo que he encontrado a alguien que puede ayudarme a curar esa soledad que me ha acompañado durante años.

41
Emmy

PROFESIONALES DEL PALO

Don Facilón
Habéis visto que han suspendido de por vida a
ese jugador de la NBA por apostar en los
partidos?
Estará haciendo alguien lo mismo en la NHL?

Liam
Seguro que apuestan sobre cuándo te vas a
callar

Connor
AY, ya está Papi Portero dando caña

Liam
Que no me llames papi

Grant
Es internet quien te llama papi. El vídeo que
subió el equipo de redes en el que salías
mordiéndote la camiseta se ha hecho viral y te
han apodado PP por Papi Portero

Guaperas
Un momento. Yo era Papi Campeón. Qué ha
pasado con eso?

Hudson
Eso solo te lo llamabas tú

Guaperas
Mentira! Había un hilo entero en un foro
dedicado a eso!

Don Facilón
Ya lo siento, Mavvy. El gruñón de Liam te ha
quitado el puesto como jugador preferido de los
Stars

                                                          Yo le votaría

Riley
Y yo

Guaperas
Ten amigos para esto…

—La semana que viene jugamos en Detroit. Seguro que te
hace ilusión jugar delante del público de tu ciudad natal. —Maverick se apoya en el codo y me sonríe. Tiene un chupetón en el
cuello, justo debajo de la oreja, y lleva la camiseta del revés—.
¿Quién va a ir a verte? Habrá club de fans de Emmy, ¿no?
—No. —Le acaricio el brazo con el pulgar y me inclino
hacia delante para besarle los tatuajes. Creo que las cerezas son
mis favoritas, así que las beso dos veces—. Mi madre nunca
viene a mis partidos y a mi padre le cuesta viajar.
—¿Por la silla de ruedas? —pregunta, y asiento.
—Sí. Desplazarse le causa mucho estrés, y Detroit le queda
demasiado lejos para ir conduciendo. Los asientos del estadio

345

tampoco son muy accesibles para personas con discapacidad, y mejor no hablo de las medidas de seguridad adicionales por las que tiene que pasar.

—¿Te ha visto jugar alguna vez?

—Estuvo en todos mis partidos del instituto y en uno o dos de la universidad. No llegó a verme en la ECHL. —Me encojo de hombros y lo empujo con delicadeza hacia atrás para poder apoyarle la cabeza en el torso. Huele como el pan de plátano que intentamos hacer en la cocina antes de rendirnos y comernos una bolsa entera de pepitas de chocolate—. Pero le mando vídeos de los partidos y los ve. No tiene problemas para decirme cuándo debería haber tirado a portería en vez de pasar el disco.

—La mitad de las veces deberías tirar —conviene, riéndose mientras me rodea la cintura con los brazos. Entierra la cara en mi pelo, y siento los latidos de su corazón debajo de la mejilla—. ¿Y si pudiéramos llevarlo al partido?

—¿Cómo? Lansing está a ciento sesenta kilómetros de Detroit. No podemos hacer que el autobús del equipo pase a recogerlo.

—He estado investigando un poco. —Maverick coge su móvil y me lo da—. La contraseña es 3669.

—¿Por qué me la dices?

—Para poder seguir abrazándote. Estás muy calentita.

Tecleo los números y aparece una página web en la pantalla.

—¿Qué es esto?

—Un sitio donde se alquilan furgonetas adaptadas para sillas de ruedas. Se me ha ocurrido que podemos conducir hasta Lansing antes del entrenamiento matutino, recogerlo, llevarlo al estadio para que vea el partido y luego dejarlo de nuevo en casa. El avión de vuelta no sale hasta el viernes por la mañana, así que hay tiempo de sobra.

—Un momento. —Me incorporo. Dejo de mirar la pantalla para mirarlo a él y luego vuelvo al móvil—. ¿Qué estás...? Maverick, esto es un detalle por tu parte, pero no puede quedarse solo durante el partido. A ver, sí que puede. No tiene ningún problema cognitivo, pero si necesita ir al baño o comer algo, es mejor que haya alguien con él para ayudarlo. Moverse entre la multitud también puede ser una pesadilla.

—Sí, recuerdo que lo mencionaste —replica mientras se incorpora y me besa en la frente—. He hablado con el entrenador y no tengo ningún problema en no jugar para poder estar con él. O, si te parece bien, el padre de Hudson puede ir a Detroit para el partido. Duke es un tío estupendo y está acostumbrado a ayudar a personas en sillas de ruedas. Su mujer usaba una antes de morir, y seguro que se sentiría cómodo acompañándolo.

Respiro hondo para contener las lágrimas. Tengo la impresión de que acaba de dejarme sin aliento, así que me agarro con fuerza a sus sábanas azul marino.

—¿Te perderías un partido solo para poder estar con mi padre? —susurro—. ¿Por qué?

—Porque es importante para ti. Sé que significaría mucho que él estuviera allí. Te haría feliz y, si te digo la verdad, tengo muchas ganas de conocer al hombre que ayudó a traer al mundo a mi salvaje favorita.

—Quedan menos de seis semanas para los playoffs y podemos perder el partido si tú no juegas. ¿Vas a correr ese riesgo?

—Me encanta que confíes tanto en mí —replica con una sonrisa amable antes de acercarse—. Vamos cinco partidos por delante de Orlando en nuestra división y solo medio partido por detrás de Boston en la Conferencia Este. A menos que las cosas se pongan feas, tenemos asegurada la ventaja de jugar en casa en los playoffs. Si yo no juego, Grant puede ganar experiencia saliendo de titular. Es algo positivo para todos.

No sé qué decir.

Mi mente es un torbellino, un caos de sonidos, sentimientos y emociones que he intentado combatir y mantener a raya con todas mis fuerzas, pero hay una palabra que se escapa y resuena con fuerza entre todo el ruido.

«Quiero».

«Quiero, quiero, quiero».

Creo que lo quiero un poco.

Más bien mucho, en realidad, y no sé cuándo ha pasado.

En algún momento entre la comida tailandesa que empezó a pedirme después de los entrenamientos, cuando me apetece algo picante, y las preguntas que escribe en notas adhesivas y desliza por debajo de mi puerta en el estadio, me he enamorado perdidamente de la única persona ante la que juré que sería inmune.

Sin embargo, creo que nunca he tenido la menor oportunidad contra él.

Era inevitable desde el principio.

Dios.

Esto es terrible.

Espantoso.

Y, seguramente, lo mejor que me ha pasado nunca.

Les acabo de decir a las chicas que es demasiado pronto para hablar de amor, pero lo tengo clarísimo.

Por eso me siento tan bien entre sus brazos. Por eso me siento tranquila y estable cuando está a mi lado. Por eso sus caricias me tranquilizan y me siento segura con él.

«Estoy enamorada de él».

—Oye. —Me acaricia la mejilla—. Emmy, ¿qué pasa? ¿Te ha molestado algo? No me habré pasado, ¿verdad? Mierda, lo siento. No era mi intención…

—No. ¡No! —Sorbo por la nariz y me la limpio con el dorso de una mano. Lo último que quiero es que piense que ha metido la pata cuando ha hecho algo tan acertado—. Es que es un detallazo increíble y me está costando asimilarlo.

—Ah… —Me roza la nariz con la suya y levanto la barbilla. Sus ojos brillan y relucen, tan bonitos como las estrellas del cielo nocturno que se ven desde su ventana—. No pasa nada. Tómate todo el tiempo que necesites, Emmy, preciosa. ¿Puedo hacer algo para ayudarte?

«Deja de ser tan bueno conmigo».

«Enamórate de mí».

«Quédate conmigo para siempre, porque me aterra lo que pueda pasar si te vas».

—¿Puedo seguir abrazándote? —le pregunto.

—Puedes abrazarme todo lo que quieras. —Maverick se

mueve y me arrastra con él para colocarme sobre su regazo, y apoyo la mejilla en su hombro. Mete una mano por debajo de mi camiseta y me acaricia la espalda, trazando círculos suaves y relajantes—. ¿Ahora viene la parte en la que te digo que nunca te soltaré?

—Por favor, no te compares con Leo. Era mi obsesión de pequeña y tú no eres él.

—Pero yo soy tu obsesión de adulta, ¿no? —bromea, y sus labios son el paraíso en mi piel.

—Algo eres —replico y experimento una sensación extraña y punzante en la base de la columna vertebral—. Gracias, Maverick. De verdad que esto es lo más bonito que han hecho por mí en la vida y me emociona muchísimo que mi padre vaya a verme jugar.

—Te mereces todas las cosas bonitas del mundo, Emmy, preciosa, y cuando estés conmigo, te las daré.

Lo quiero.

—¿Y qué vamos a hacer en Detroit? Los chicos se darán cuenta enseguida que nos hemos ido y seguro que nos preguntarán qué pasa.

—Hudson sí se dará cuenta, pero es demasiado inteligente como para abrir la boca. ¿Y qué más da si todos se enteran? No pienso ocultar que vamos a ir en busca de tu padre. Si tú te sientes cómoda, yo también.

Tengo un nudo en la garganta mientras asiento.

—Vale.

—¿Vale? ¿Eso significa que podemos llevar a tu padre al partido?

—Sí. —Me muerdo el labio inferior y esbozo una sonrisa—. Por supuesto que sí.

Maverick suelta un grito victorioso y se echa hacia atrás sobre las almohadas. Son como pequeñas nubes debajo de mi cabeza. Se me escapa una carcajada.

—Hablaré con Hudson para que le pregunte a su padre si puede ayudarnos, y luego lo reservaré todo para poner los planes en marcha.

—¿Lo tienes en marcación rápida o qué?

—Pues sí. Hudson y yo conectamos enseguida cuando lo ficharon. Él se lleva muy bien con su padre, así que yo también. Duke ha sido la figura paterna que nunca tuve. Me gusta fingir que me quiere más que a Hud, y me lo paso genial tomándole el pelo con eso.

—Eres un peligro, Maverick Miller. —Le aparto un mechón de pelo oscuro de la frente—. Me alegro de que tengas a alguien así en tu vida.

—Y yo. Subestimé la presión que supuso ser el fichaje número uno de los novatos y la atención que conlleva ser deportista profesional. No se trata solo del deporte en sí, sino de aprender a gestionar el dinero, de contratar a gente en la que pueda confiar y de defenderme a mí mismo. De aprender a decir que no sin sentirme culpable. Me encantaría poner en marcha un programa en la liga para que los jugadores veteranos hagan de mentores de los novatos y los ayuden a adaptarse a esta nueva vida. Eso fue lo que Duke hizo conmigo.

—Tienes muchísimas ideas brillantes. —Le toco las sienes y le masajeo la cálida piel por encima de las cejas. Él suspira feliz y cierra los ojos—. ¿Puedo hacerte una pregunta personal que no tienes por qué sentirte obligado a contestar?

—Puedes preguntarme lo que quieras, Emmy. Te responderé a todo.

—¿Tus padres se han puesto en contacto contigo desde que te seleccionaron? Imagino que ocultar tu pasado en internet será más fácil que ocultarte de las personas que podrían haber formado parte de tu vida.

—Ah. —Mueve los dedos por mi brazo y luego me agarra la cadera—. No, no lo han hecho. Durante el primer año esperé que alguno de los dos me llamara, pero nunca pasó. Aunque eso me ha motivado para jugar con más ganas. Quiero ser el mejor en este deporte, y saber que uno de ellos quizá me esté viendo me da más fuerzas.

—Eso me pasa con mi madre. Me dije a mí misma que la única forma de justificar mi nula relación con ella pasaba por convertirme en la mejor. Ahora estoy en la NHL y sé que ha merecido la pena.

—Hemos pasado por muchas cosas, ¿verdad?

—Supongo que sí. Quizá por eso funcionamos tan bien juntos.

—Me encanta cuando tonteas conmigo, Emmy, preciosa.

«Te quiero».

«Te quiero, te quiero, te quiero».

—Gracias de nuevo por encontrar la manera de que mi padre vaya al partido —le digo, porque una vez no es suficiente para un gesto tan amable y considerado—. Se emocionará mucho cuando te conozca.

—Pues claro. Soy yo —bromea Maverick, y le doy un pellizco en el costado.

Su risa es inmediata y contagiosa, y mientras la noche se alarga hasta la madrugada, nos quedamos dormidos en los brazos del otro y pienso que esto es lo que se siente cuando se es feliz de verdad.

42
Maverick

De quién fue la idea de venir aquí en nuestro día libre? —pregunto mientras echo un vistazo por la entrada del lujoso gimnasio—. Ya hacemos muchos estiramientos.

—El pilates no son solo estiramientos. Tiene otros beneficios —responde Hudson, que se está manteniendo en equilibrio sobre un pie—. Ayuda a controlar los músculos y a mejorar la flexibilidad. También puede aumentar la capacidad pulmonar y mejorar la concentración.

—¿Qué cojones eres, embajador de pilates? —Me apoyo en la pared y estiro los isquiotibiales—. ¿No será esto una estafa piramidal de esas? Parpadea dos veces si necesitas ayuda, Hud.

—Solo está siendo buen amigo —dice Emmy mientras se recoge el pelo en una coleta alta—. Acaban de darle el certificado a Lexi, así que ¿qué mejor manera de demostrar que es una instructora increíble que trayendo a los chicos de los D. C. Stars a su primera clase?

—El sueldo de Lexi como preparadora deportiva debería ser más alto. Así no tendría que apoyarla poniéndome leotardos —protesta Liam, con el ceño fruncido y los brazos cruzados por delante del pecho. Menos mal que estamos solos, porque de lo contrario su actitud malhumorada ahuyentaría a cualquier cliente potencial.

Piper ladea la cabeza.

—No son leotardos, Liam. Son leggins, y hay una gran diferencia entre ambas cosas. Supuse que los preferirías a las enormes protecciones que llevas en la pista. Con esto te puedes mover.

—Estoy cómodo con las protecciones. Con esto parece que estoy enseñando la polla. Prácticamente se me ven los huevos.

Ella lo mira de arriba abajo.

—Por lo menos es una polla en condiciones.

Liam, el hombre capaz de estrangular a alguien con un simple movimiento de muñeca, se *ruboriza*

—Gracias —murmura, y nunca le había oído ese deje tan sincero.

—No van a grabar esto, ¿verdad? —pregunto—. Una vez hice una clase de bikram yoga y fue horrible. Tuve que pagarle cinco mil dólares a la instructora para que cortara la retransmisión en directo y que un millón de personas no me vieran hacer el perro bocabajo.

—Lo harás muy bien. —Emmy me da un golpecito en un brazo y desliza los dedos por mi camiseta. Si alguien nos está mirando, seguro que no se da cuenta de que se detiene en mi hombro más de la cuenta, pero yo sí noto su reticencia a apartarse y eso me arranca una sonrisa—. Seguramente se te dará genial, como todo lo demás.

—Nada como un subidón de ego para empezar el día.

—No te preocupes, capi. El pilates es pan comido —dice Grant, que lleva un conjunto deportivo y parece un idiota—. Muchas madres lo practican.

Emmy levanta una ceja.

—Entonces ¿es fácil porque lo hacen las madres?

—No quería decir *eso* —asegura, retractándose.

—¿Qué querías decir?

Grant me mira, presa del pánico, y yo me encojo de hombros.

—Tú te lo has buscado, chaval —le digo, y se pone rojo como un tomate.

—Pues que... Eso. Que no hay que ser cinturón negro en kárate.

Emmy murmura, pensativa, y tengo que contener la risa al ver el brillo malicioso de sus ojos.

—Ya veremos cómo te va dentro de media hora. ¿Sabes qué son los músculos del suelo pélvico?

—Eh... No. ¿Debería?

—Qué bien me lo voy a pasar —dice ella, y después se vuelve hacia Piper y se sumen en una conversación sobre los calcetines que tiene en la mano y que son diferentes de los que llevamos el resto.

—¿Está mal si digo que espero que Grant escarmiente? —le pregunto a Hudson, y él sonríe.

—No. Necesita aprender un poco de respeto. Tú eras igual a su edad.

—Pero ahora soy mejor, ¿verdad?

—Mucho mejor, Mavvy. Por lo menos no has aparecido con un conjuntito, como él. Eso dice mucho.

—Oye, tengo una pregunta para ti —le digo, bajando la voz—. Quiero llevar al padre de Emmy al partido de Detroit, y usa silla de ruedas. Emmy me ha dicho que va a necesitar ayuda en el estadio, y he pensado que a Duke no le importaría acompañarlo. He reservado un palco privado para que estén a sus anchas y tengan espacio para ponerse cómodos. Quería comentarte la idea antes de que Emmy le cuente los planes a su padre.

—¿Estás haciendo todo esto para que su padre pueda verla jugar?

—Todavía no la ha visto con la camiseta de los Stars.

Hudson se frota la mandíbula y me mira fijamente.

—Te gusta, ¿verdad?

—Por supuesto que me gusta. Es nuestra compañera de equipo. Me gustáis todos.

—No me refiero a eso, Maverick.

Aparto la mirada. ¿Cómo le digo que pienso en Emmy a todas horas? Pienso en ella en cuanto me despierto y sigo pensando en ella por la noche, cuando se acurruca a mi lado. Cierro los ojos y allí está.

Me gusta tanto que me duele cuando no está cerca. Haría cualquier cosa para hacerla feliz y, cuando me sonríe, me siento el hombre más afortunado del mundo.

—¿Se nota mucho? —le pregunto.

—Para el resto de los idiotas del equipo, no, pero tú y yo somos buenos amigos, Mav. Sé que la pelea con su ex no fue solo para mediros la polla. Defendiste a Emmy porque te preocupas por ella. Más que por cualquier otra persona.

—Sí. —Me paso el pulgar por el labio inferior y esbozo una sonrisa—. Me gusta mucho, y yo también a ella.

—¿Así que Maverick Miller se ha convertido por fin en hombre de una sola mujer?

—Nunca pensé que sucedería, pero aquí me tienes. Pillado y feliz como una perdiz. Lo que tenemos merece la pena, así que por eso estoy haciendo todo esto. Es importante para ella y eso significa que es importante para mí.

Hudson sonríe y me da una palmada en el hombro.

—¿Se acabaron las aventuras de una noche? ¿Se acabó lo de coleccionar números de teléfono cada vez que salimos? Es el fin de una era. Me alegro por ti, tío, y estoy seguro de que a mi padre le encantará echarte una mano. Se apuntará en cuanto oiga las palabras «palco privado».

—Dile que la ha reservado su hijo preferido. No quiero que te lleves todo el mérito.

—Chicos —dice Emmy, y volvemos la cabeza—, ¿os vais a pasar todo el día de cháchara o vais a uniros a nosotras?

Siento una extraña opresión en el pecho cuando poso la mirada en ella.

Es casi como si no pudiera respirar y, cuanto más la miro, va empeorando. La sensación se extiende por detrás de mis costillas y se apodera de mi cabeza. La veo esbozar una sonrisilla y me pregunto si ella también lo siente.

—Entonces ¿esa es tu chica? —pregunta Hudson.

—Sí. —Sonrío y siento una flecha clavada en el pecho—. Esa es mi chica.

—¿Qué cojones es eso? —gimo, cubriéndome la cara con un brazo—. Esto debería llamarse «instrumento de tortura» no «máquina de pilates». No es natural doblarse así.

—Nunca me habían dolido tanto los abdominales —se queja Grant y se da media vuelta para ponerse boca abajo en la esterilla, que está empapada de sudor. Está más asqueroso que después de un partido—. Esto es una crueldad.

—Os juro por Dios que me he roto un tendón haciendo esas zancadas. ¿Quién iba a pensar que mover la pierna hacia adelante y hacia atrás dolía tanto? —replica Ethan.

—No veo cuál es el problema. —Hudson se pone las manos en las caderas y una gota de sudor le resbala por el pecho. Se quitó la camiseta antes de empezar y el muy cabrón ni siquiera respira con dificultad—. Haces una zancada. Mantienes la posición. Bajas un poco. Repites.

—Eso lo dice el pelota que parece que lleva años yendo a clases de pilates —protesto mientras tomo una enorme bocanada de aire.

—Así es —dice—. No he tenido ninguna lesión en toda mi carrera. Llámame pelota todo lo que quieras, pero mi cuerpo me quiere.

—Pues yo te odio. —Gimo de nuevo y me bajo de la máquina—. ¿Tengo algún agujero en los pantalones? He oído un desgarro mientras bajaba las piernas.

—El único agujero que hay aquí es el de mi corazón. Nunca he sentido tanto dolor. —Grant se acerca a mí, y lo cojo de la mano—. Dile a mis hermanas que las quiero y no dejes que Ethan se lleve mi Xbox. Dónala a la caridad.

—Muy bien. —Lexi da una palmada que hace que me sobresalte—. Vamos a hacer *press* de talón tumbados de lado. Empezaremos por la derecha y quiero que recordéis activar los músculos del tronco.

—¿Todavía no hemos terminado? —pregunta Riley al borde de las lágrimas. Detrás de mí, alguien sorbe por la nariz—. Llevamos aquí horas.

—Ha sido treinta minutos —le recuerda Emmy. Vuelve la cabeza y cruzamos la mirada.

Tiene las mejillas sonrojadas y el pelo húmedo. También se ha quitado la camiseta y su sujetador deportivo de color rosa intenso me distrae.

Joder, es guapísima.

Siempre lo es, pero cuando demuestra sus habilidades físicas, está preciosa. Fuerte, feroz y decidida mientras se marca una meta y va a por ella.

Me he pasado toda la clase observando cómo se mueve. Es exactamente igual que en la pista de hielo: elegante y poderosa. Ha hecho con facilidad las posturas que casi acaban con el resto del equipo.

—Prefiero treinta minutos en el infierno antes que treinta minutos más de esto. —Me froto las piernas y los brazos. Me duelen músculos que no sabía que tenía y no sé cómo voy a sobrevivir al entrenamiento de mañana por la mañana—. Por Dios, Lexi. Vas a crear un ejército de soldados.

—¿Es demasiado? —pregunta ella con el ceño fruncido mientras echa un vistazo a su alrededor. La mitad estamos tirados en el suelo y la otra mitad tiene las manos sobre las rodillas, jadeando y resoplando. Todos estamos entre el uno por ciento de las personas con mejor composición corporal; contamos con unos músculos que nos permiten empujar a cualquiera contra una mampara de seguridad, pero somos incapaces de seguirle el ritmo a una mujer que casi no me llega al pecho—. Me he pasado, ¿verdad?

—No, no te has pasado —contesta Seymour, que, aparte de Emmy y Hudson, es el menos afectado por la agotadora rutina. Hasta Piper parece tener dificultades para mantenerse en pie—. Es que somos unos debiluchos. Deberíamos incorporar este tipo de rutina a nuestros entrenamientos. Quizás podamos añadirlo una vez a la semana.

—Retiro todo lo dicho. Emmy y Lexi, lo siento. Esto no es fácil. A decir verdad, es lo más difícil que he hecho en toda mi vida. Prefiero pasar una hora entrenando antes que pasar quince minutos más aquí sentado —dice Grant—. Aunque ¿sabéis qué? Aquí no hay ningún cobarde, así que vamos a esforzarnos durante otra media hora y a acabar esta rutina con fuerza.

—No tenéis por qué hacerlo. —Lexi para la música que estaba sonando—. No quiero que nadie se lesione con la temporada tan avanzada. El entrenador se enfadaría conmigo.

—No vamos a lesionarnos, Lex. Todos conocemos muy bien nuestro cuerpo y, si alguien nota dolor de verdad, se retirará.

—¿Estáis seguros? —pregunta ella.

Emmy asiente.

—Sí. Esto va genial y tus instrucciones son claras. Liam está haciendo muy bien el estiramiento de sirena, y eso lo va a ayudar cuando esté en la portería.

Liam gruñe para expresar su acuerdo.

—Es cierto.

—Vale. Pero, si necesitáis un descanso, decídmelo y pararemos.

—¿Quieres jugarte algo, guaperas? —susurra Emmy mientras los chicos vuelven a subirse a sus máquinas.

—Te escucho, pelirroja.

—Si consigues terminar el resto del entrenamiento sin descansar, puedes hacerme lo que quieras esta noche.

—¿Y si paro?

—Entonces yo podré hacerte lo que quiera esta noche.

—A mí me suena a que salgo ganando pase lo que pase.

—¿Estás seguro? A lo mejor quiero atarte las manos por encima de la cabeza. Y vendarte los ojos.

Me inclino hacia delante y esbozo una sonrisa muy lenta. Contiene la respiración cuando le acaricio una mejilla con el pulgar.

—Gane o pierda, estaré contigo —susurro—. Para mí eso es una victoria, y creo que te gusta cuando gano, Emmy, preciosa.

—Sí. —Traga saliva con fuerza sin apartar los ojos de los míos. La presión en mi pecho vuelve, y esta vez la recibo con agrado—. Creo que sí.

43
Maverick

Seguro que no te importa que me quede a dormir? —Emerson se quita el jersey y los vaqueros y se pone una de mis camisetas viejas—. Nunca hemos dormido juntos antes de un viaje y no quiero estropear ninguno de tus rituales prepartido.

—El único ritual que tengo estos días es tocarte. Además, no jugamos hasta pasado mañana. Hay tiempo de sobra para asegurarme de que mi rutina es la que tiene que ser. —Aparto las sábanas y le doy una palmadita al colchón, a mi lado. Las almohadas han empezado a oler a su champú, cítrico y floral como un cálido día de verano—. Quédate, por favor.

—Vale. —Esboza una bonita sonrisa. Sé que está intentando no parecer demasiado entusiasmada, pero veo las preciosas arrugas que se le forman alrededor de sus ojos, la rapidez con la que se acerca a la cama y se deja caer a mi lado. Quiere estar aquí tanto como yo quiero que lo esté—. Pero solo porque me lo has pedido por favor.

—Puedo ser muy persuasivo. —Abro los brazos y se acurruca entre ellos. Apoya la cabeza en mi hombro y se le extiende el pelo sobre mi torso desnudo. Suspiro al sentir su cuerpo contra el mío, su piel todavía caliente por la ducha que compartimos después de preparar la cena y comernos un cuenco de helado entre los dos—. ¿Dónde cree Piper que estás esta noche?

—Mmm... —Emmy esconde la cara—. Cabe la posibilidad de que les haya dicho a las chicas que estamos saliendo —confiesa—. Había vino y pizza, y todas las demás estaban compartiendo detalles de su vida. Yo quería compartir algo también, así que se me escapó que llevamos meses acostándonos y que ahora estamos juntos.

—No me importa que se lo hayas contado. —Sonrío y le recorro con el dedo las pecas que tiene en un hombro. Escribo la palabra «mía» y añado un corazoncito al final—. Llevo tiempo queriendo gritar a los cuatro vientos que eres mi novia.

—No eres alérgico a esa palabra, ¿verdad? ¿Entiendes lo que significa?

—Y lo pregunta la mujer que me dijo que no sale con jugadores de hockey. Sé lo que significa. Significa que soy tuyo y que tú eres mía. Que me haces feliz y que espero hacerte feliz a ti también.

—Me haces feliz —me asegura en voz baja—. Nadie me ha hecho nunca tan feliz antes.

El orgullo me llena el pecho. Me cuesta la misma vida no sonreír como un idiota, y tengo la sensación de estar volando.

—No te voy a mentir, nunca he tenido ganas de ir a Detroit, pero esta vez sí. ¿Estás emocionada por ver a tu padre?

—Sí. También estoy nerviosa. Quiero que lo disfrute y quiero jugar bien, pero al mismo tiempo creo que no me castigaré si no lo consigo, porque él seguirá estando orgulloso de mí independientemente de si ganamos o perdemos. Eso me quita parte de la presión de encima. —Levanta la barbilla para mirarme y le beso la frente—. ¿Tiene sentido?

—Tiene todo el sentido del mundo. Al fin y al cabo, que él esté allí es más importante que el resultado del partido. —Le acaricio el brazo con la palma de la mano y sonrío—. Pero vamos a ganar.

—Puede que seas el jugador de hockey más seguro de sí mismo que he conocido en la vida.

—Créeme, es una maldición. —Le pongo la mano en el centro de la espalda y suspiro de nuevo. No sé qué poderes mágicos tiene Emmy, pero cada vez que está entre mis brazos, me siento totalmente en paz—. Ya está todo listo con la furgoneta. He convencido al entrenador de que retrase el entrenamiento matutino hasta las diez y media, así que podemos salir sobre las seis, recoger a tu padre a las ocho y volver a tiempo para coger el autobús del equipo que nos llevará al estadio.

—¿Alguno de los chicos sabe que vas a venir conmigo a recogerlo? —pregunta Emmy, mirándome con sus penetrantes ojos verdes.

—Hudson lo sabe.

—¿Y te importa?

—¿El qué? ¿Que sepa que tú y yo estamos pasando tiempo juntos?

—Eso mismo. No es algo que tengas la costumbre de hacer. —Se encoge de hombros—. No quiero que te sientas incómodo.

—Cariño, contigo he hecho muchas cosas que no he hecho con nadie más. Que uno de mis mejores amigos se entere de nuestra relación no me incomoda. De hecho, me emociona.

—Me toca a mí encogerme de hombros—. Hablaba en serio cuando dije que quería cogerte de la mano en público y presumir de ti. Ahora hay una persona menos a la que ocultárselo. Hudson está totalmente a favor. Dice que se alegra por mí, y eso es la leche.

—Sé sincero. —Enreda los dedos en mi cadena de plata y le da un tironcito para que me acerque. Mi boca queda a pocos centímetros de la suya y le acaricio la nariz con la mía—. ¿Te resulta horrible no estar soltero?

Le tiro del labio inferior con el pulgar y luego le acaricio el mentón. Me muero por tocarla, joder.

—Te diría que ojalá hubiera dejado de estar soltero antes, pero eso significaría que no estaría contigo y... No sé. No quiero ponerme cursi ni nada, pero ha merecido la pena la espera. Me gusta aprender a hacer esto contigo. Me gusta descubrir que acaparas las mantas y que tienes que dormir con una pierna fuera de las sábanas.

—Equilibra mi temperatura corporal —argumenta ella, y sonrío—. Me estás sonriendo. Me gusta cuando me sonríes.

—Antes lo odiabas.

—Ya no tanto. ¿Es una tontería decir que me hace ilusión

que vayas a conocer a mi padre? Nunca le he presentado a ningún novio y me alegro de que tú seas el primero.

—Cómo han cambiado las cosas. Hace cinco meses te habrías reído en mi cara si te hubiera pedido conocer a tu padre. Ahora mírate, pelirroja, sonriendo de oreja a oreja.

Me da un golpecito en el torso y le rodeo la muñeca con los dedos.

—No es verdad.

—Mientes de pena. ¿Cuál es tu pregunta del día?

—Hemos hecho tantas que me temo que pronto se me acabarán. —Emmy suspira—. ¿Puedes empezar tú esta noche?

—Claro. ¿De qué te sientes más orgullosa en la vida?

—Echo de menos cuando hablábamos de cumpleaños y de colores preferidos. Ahora estamos entrando en temas profundos de verdad.

—Bueno, también podría preguntarte tu opinión sobre los viajes en el tiempo.

—Ni siquiera sé por dónde empezar para contestar a eso. —Se remueve entre mis brazos y cierra los ojos—. Creo que estoy orgullosa de no haber dejado que el ruido que rodea al deporte que amo se hiciera demasiado fuerte. No estaba segura de si iba a durar en esta liga, no porque dudara de mis capacidades como jugadora, sino por los factores externos que se esforzaban tanto por hacerme fracasar. Los comentarios en las redes sociales. Las pancartas en los partidos fuera de casa que me decían que mi sitio no estaba en la pista. Les demostré que se equivocaban y encontré un lugar en el que quiero quedarme mucho tiempo, con una persona con la que quiero estar. Eso nunca me había pasado antes.

—Yo también estoy orgulloso de ti. No sé si te lo digo lo suficiente, pero, joder, Em. Me recuerdas por qué me enamoré de este deporte.

—Gracias. Ahora tienes que decirme de qué estás más orgulloso tú.

—De no haber matado a Cole Meyers —afirmo, y ella resopla—. Lo digo en serio. Estaba dispuesto a acabar con ese hijo de puta con mis propias manos, y lo habría estrangulado de haber tenido la oportunidad. Es una pena que los árbitros se entrometieran.

—Soy capaz de cuidar de mí misma, llevo años haciéndolo, pero reconozco que verte defendiéndome... Fue la primera vez que sentí que era tuya. Que tenía a alguien a mi lado que siempre estaría ahí, pasara lo que pasase.

Vuelvo a escribir la palabra «mía» con sus pecas. Mía, mía, mía.

Toda mía, mientras ella me lo permita.

Ojalá sea para siempre.

—Eres mía —le digo, y da la sensación de que hay algo más que intenta salir a la luz entre mis palabras.

Me lo trago y lo sustituyo por un beso en una de las comisuras de su boca y luego otro por debajo de la oreja, que le arranca un gemido de placer y hace que mueva las caderas. Cambio nuestra posición para dejarla tumbada de espaldas, conmigo encima y mis manos a ambos lados de la cabeza. El pelo se le extiende sobre mis almohadas como un incendio forestal y cuando clava los ojos en los míos, creo que me alcanza un rayo.

—Demuéstramelo —susurra, y encuentra con los dedos el trocito de piel sin tatuajes de mi bíceps. El único trozo de piel que todavía no cuenta con una obra de arte permanente. Juraría que escribe su nombre con sus uñas rosas y la presión ardiente de su boca—. Demuéstrame hasta qué punto soy tuya.

El tiempo parece dar un salto después de eso. Hay ropa, luego ya no. La toco por todas partes y ella me toca a mí. La beso mientras me hundo en su interior, y ella me pasa las manos por el pelo cuando se corre, con una carcajada ronca apenas audible.

Después de limpiarla y enterrarle la cara en la nuca, sigo teniendo la sensación de que se me olvida decirle algo, pero no tengo ni puta idea de lo que es.

44
Maverick

Emmy es la viva imagen de su padre.

Alan Hartwell tiene el mismo pelo rojo fuego y los mismos ojos verdes. Las mismas extremidades largas y la misma sonrisa sarcástica que puedo ver a un kilómetro de distancia.

Aparcamos en la entrada de una antigua casa de estilo *craftsman* con un porche cubierto y grandes ventanas. Me bajo del asiento del conductor de un salto y sigo a Emmy hacia la rampa para sillas de ruedas que conduce a la puerta principal. Ella se agacha para abrazar a su padre y yo me quedo rezagado para que puedan disfrutar de un momento a solas.

—Hola, papá —lo saluda.

—Aquí está mi niña. —Le pasa los dedos por el pelo y, cuando ella se aparta, se seca los ojos y me mira fijamente—. Y este ¿quién es?

—Hola. —Me acerco y le tiendo la mano para que me la estreche—. Soy Maverick. Encantado de conocerlo. Emmy me ha hablado mucho de usted.

—¿En serio? —Alan mira a su hija y sonríe—. Pues a mí no me ha hablado de ti.

—¿Le has pagado para que diga eso? —pregunto. Emmy sonríe.

—Cien dólares.

—Madre mía, pelirroja. Con eso me podrías haber invitado a cenar.

—Lo dice el tío que tiene doce millones de dólares.

Alan me aparta la mano y me abraza igual que a Emmy.

—Encantado de conocerte, hijo. Gracias por venir a verme.

—¿A quién no le gusta Michigan en febrero? —pregunto.

—Te ofrecería enseñarte esto, pero tenemos poco tiempo —tercia Emmy.

—La próxima vez te pediré que me enseñes ese bar donde comías pizza y bebías batido de chocolate. —Miro a Alan—. Y estoy de acuerdo con usted en el debate sobre *Jurassic Park*.

—Ya me cae bien.

—Tú irás delante, papá, y yo me sentaré atrás. La furgoneta no es tan bonita como el Mercedes de Maverick, pero conduce muy bien.

—¿Un Mercedes? —pregunta Alan—. ¿Qué modelo?

—Una G-Wagon. No es muy práctica para la ciudad, pero la compré con mi primer sueldo cuando era joven y estúpido y no tenía asesor financiero. Ahora no quiero deshacerme de ella.

—Qué bonita. Nunca he tenido nada tan lujoso, pero en su día tuve un Mazda Miata rojo brillante. Me encantaba conducir ese coche.

—No conozco ninguno de esos coches —dice Emmy.

—Qué decepción. Tú quédate conmigo, pelirroja, y ya te enseñaré. —Miro el móvil y señalo la furgoneta—. ¿Nos vamos? No quiero meterte prisa, pero ya sabes que el entrenador se enfadará si llegamos tarde al autobús.

—Mierda, es verdad. —Emmy mira a su padre—. ¿Necesitas algo de dentro, papá? Puedo ir a buscarlo.

—Tengo una bolsa en la mesa de la cocina, si no te importa cogerla y cerrar con llave —contesta él—. Y coge también la bolsa de plástico con mi medicación que hay en la encimera.

—¿Te ayudo? —le pregunto.

—Sería estupendo, gracias —asiente ella. Besa a su padre en la mejilla y me lleva a la entrada—. Bienvenido a la casa de la Emmy adolescente.

—Me gusta. —Sonrío al ver la alta planta que hay en el rincón y las fotos de la pared—. ¿Cuánto tiempo viviste aquí?

—Un par de años mientras estaba en el instituto, y él lleva

aquí desde entonces. La han reformado desde su lesión. Yo solo ganaba setenta mil dólares cuando estaba en la ECHL, así que el contrato con los D. C. Stars me ha ayudado mucho a planificar algunas reformas a largo plazo que me gustaría hacer. También he pensado en comprar una casa nueva que se adapte a sus necesidades, pero no estoy segura de poder convencerlo de que se separe de este lugar. En el fondo, es su hogar.

Me froto el pecho con una mano.

Me gustaría tener un hogar algún día. Un lugar donde se sientan los años de recuerdos. Por mucho dinero que le pague a un diseñador de interiores para que lo haga más cómodo, mi ático nunca ha sido así.

Sin embargo, eso es lo que siento cuando voy a casa de Maven y Dallas. Hay amor y calidez y todas esas cosas que acompañan a la felicidad y a la estabilidad, y, *joder*, yo quiero lo mismo.

Nunca lo había deseado antes, pero ahora que tengo un poco de eso con Emmy, quiero más. Lo quiero todo: un porche que rodee toda la casa con mecedoras. Un parque de juegos en el jardín trasero que yo mismo montaré y una pelirroja observándome desde la ventana. Una valla y un dormitorio en el que nos tumbemos juntos todas las noches. Anillos y cunas y... *Mierda.*

¿Se puede saber cómo consigo todo eso?

—Oye. —Emmy me toca un codo. Me clava los dedos en la chaqueta, y suspiro—. ¿Estás bien?

—Sí. —Asiento y le rodeo la mano con la mía—. Nunca he estado mejor, Emmy, preciosa.

—¿Un palco privado? —Alan echa un vistazo por el palco situado justo para mirar al centro de la pista—. Esto es demasiado para alguien como yo.

—Maverick. —Emmy pone los brazos en jarras, y me encanta cómo se le ciñen los pantalones de cuero a las piernas. No debería estar devorando con la mirada la curva de su muslo, pero cuesta no hacerlo—. No era necesario.

—Ya lo sé, pero quería que tu padre tuviera la mejor experiencia esta noche, y ¿qué mejor manera de hacerlo que darle un trato VIP?

—Haces que decir que no sea casi imposible. —Emmy resopla y mira las paredes de madera oscura y los sofás de cuero—. Esto es muy bonito, de verdad. Nunca había estado en un palco privado.

—Gracias, hijo. Es una sorpresa maravillosa —dice Alan.

«Hijo».

El orgullo que me provoca esa palabra...

Me gustaría encontrar una forma de que siguiera llamándome así, porque me encanta cómo me hace sentir: como si pudiera lograr cualquier cosa que me proponga. Como si tuviera a alguien que se preocupa y que quiere lo mejor para mí.

Como si ese vacío de querer una figura paterna permanente se hubiera llenado.

—No hay de qué. —Me meto las manos en los bolsillos de los pantalones de vestir y sonrío—. Mi misión es conseguir que todos los padres me quieran más que a sus propios hijos. Ascenderle a un palco privado es solo el primer paso de mi plan.

—No te soporto —dice Emmy, pero sin rencor—. Voy a hablar con el chico del ascensor para asegurarme de que sabe que estás aquí, papá. Vuelvo enseguida.

—Avísame si necesitas algo—le digo—. Después bajamos al vestuario.

—Gracias. —Me da un apretón en un brazo y se aleja hacia la puerta. La sigo con la mirada y, cuando se gira y me sonríe, le devuelvo la sonrisa.

Alan carraspea, y yo doy un respingo y me paso la mano por el pelo con timidez.

—El padre de Hudson Hayes, Duke, llegará en unos minutos —digo, rompiendo el silencio—. Es bastante callado, como su hijo, pero es solo hasta que empieza el partido, entonces se convierte en el fan más entusiasta que he visto en la vida. Si necesita algo, estará encantado de ayudarlo.

—Estoy seguro de que nos llevaremos bien. ¿Hudson es amigo tuyo?

—Sí. —Me siento en el sofá frente a él y estiro las piernas. Tengo los cuádriceps agarrotados de estar tanto tiempo en la furgoneta, pero haría de nuevo el largo viaje de ida y vuelta—. Todos mis compañeros de equipo son geniales, pero con Hudson es con quien más conecto. Si necesitara algo, él estaría ahí en un segundo para ayudarme. Yo haría lo mismo por él.

—Ese tipo de amistad es especial, sobre todo en el deporte. Es difícil saber qué te depara el futuro como deportista y es importante tener a alguien a tu lado a quien respetas y en quien confías.

—Emmy me dijo que usted jugaba al hockey en la universidad. ¿Dónde estudió? ¿En Michigan?

—En la Universidad de Boston. Lo pasé genial jugando allí.

—Ethan es del noreste. También fue a la Universidad de Boston —digo.

—¿Richardson? Me gusta ese chico. Es un centro luchador, ¿no? —pregunta Alan.

—Y más pesado que una vaca en brazos —bromeo, y se echa a reír.

—¿Cómo te sientes con respecto a esta noche? Estáis entrando en la recta final de la temporada. Seguro que la presión va en aumento.

—Pues sí, pero me siento bien. Detroit ha ido avanzando sin hacer ruido durante las últimas dos semanas. Han pasado de estar fuera de los playoffs a plantarse en el séptimo puesto en la Conferencia Este, y eso no se consigue sin garra. Tenemos que estar atentos a ellos, sobre todo ahora que la temporada está llegando a su fin. Tengo la sensación de que se van a colar por sorpresa, y no quiero enfrentarme a ellos con el tirón que están teniendo últimamente, la verdad.

—Si tengo que animar a alguien además de a los Blades, el equipo de mi ciudad natal, me alegro de que sea a Emmy, de los D. C. Stars. —Alan sonríe—. Has tenido una buena carrera en Washington.

—Gracias. No tanto como me hubiera gustado, pero estamos en ello. Los últimos meses han supuesto un cambio radical para nosotros, y su hija ha desempeñado un papel importante.

Emmy es una deportista con talento y tenemos suerte de contar con ella en nuestro equipo.

—Es buena, ¿verdad? Recuerdo cuando le compramos su primer par de patines. Después de que aprendiera a patinar en el estanque de detrás de casa sin caerse, no había forma de sacarla del hielo. Fue cuando supe que iba a ser una jugadora especial.

—Muy especial —coincido.

—¿Llevas mucho tiempo enamorado de ella? —pregunta Alan, y parpadeo.

—¿Perdón?

—Que cuánto tiempo llevas enamorado de mi hija —repite, y me da la sensación de que la habitación se convierte en un horno.

—Pues... No... —Carraspeo y miro la puerta que tiene detrás. Me pregunto si puedo inventarme una excusa para escapar, como alguna dolencia repentina que me obligue a abandonar el lugar de inmediato. No estaría mintiendo del todo; tengo la piel húmeda, siento náuseas y se me ha llenado la frente de sudor. Me lo seco con el dorso de la mano—. No estamos...

—Si te has tomado tantas molestias por su padre, es obvio que algo hay. Desde luego no lo estás haciendo para ganártela, porque a ella también le gustas.

—¿De verdad? —pregunto. Lo veo en sus ojos y en la insistencia de su mano en buscar la mía, pero es agradable oírlo de otra persona—. Me alegro de saberlo.

Alan sonríe.

—No quería ponerte en un aprieto, y no pasa nada si todavía no quieres pensar en ello. A veces nos cuesta un poco ponerle nombre a lo que sentimos.

Me rasco la oreja.

¿Es amor?

¿Estoy enamorado de ella? ¿Se puede saber qué significa el amor?

Solo he usado esa palabra con mis amigos, pero no siento lo mismo por ellos que por Emmy. Es algo más profundo, como si alguien me metiera la mano en el pecho y me apretara el corazón cada vez que ella está cerca. Cuando me toca, siento calor y un hormigueo, y cada vez que se ríe, juro por Dios que levito.

¿Eso es *amor*?

—La… La aprecio mucho —mascullo. Nunca he estado tan confundido, y todos los engranajes de mi cabeza han decidido girar al mismo tiempo. *Amor. Amor. Amor.* Lo repito un montón de veces y sigo sin estar seguro—. Me gusta mucho.

—¿Quién te gusta mucho? —pregunta Emmy, que me está mirando desde la puerta.

Amor.

«¿Estoy enamorado de ella?».

Me quedo blanco como el papel y me pellizco el puente de la nariz.

Dios mío.

Estoy enamorado de ella.

Claro que la quiero, joder.

La quiero y haría cualquier cosa por ella.

Es imposible que también me quiera, ¿verdad?

Pero… cuando me mira, se le ilumina la cara. Sonríe con más ganas y tiene un brillo especial en los ojos.

Eso tiene que significar algo, ¿no?

—Tú —le contesto—. Le estaba diciendo a tu padre lo mucho que me importas. Lo importante que eres para mí.

—Ah. —Su sonrisa es la misma con la que me mira de madrugada, cuando está medio dormida y acurrucada a mi lado, negándose a soltarme—. Tú también eres importante para mí, guaperas.

Suelto una carcajada y me pongo en pie.

—Tenemos que irnos, pero nos vemos después del partido —le digo a Alan.

—Jugad a tope ahí fuera. Y tómate tu tiempo para encontrar las palabras adecuadas, Maverick. La espera merece la pena —dice con un guiño.

—¿Por qué tengo la sensación de que me estáis ocultando algo? —pregunta Emmy, y le rodeo los hombros con un brazo.

—A lo mejor es así, pelirroja. Algún día te contaré de qué se trata.

«Te quiero», pienso cuando nos dirigimos al vestuario.

«Te quiero», pienso cuando celebramos que marca en el primer cuarto.

«Te quiero», pienso cuando ganamos el partido y ella salta a mis brazos.

«Te quiero», pienso cuando apoya la cabeza en mi hombro mientras subimos en el ascensor del hotel después de volver de dejar a Alan en Lansing.

«Te quiero, te quiero, te quiero», me muero por gritar.

Y cuando me besa el pecho antes de dormirnos, creo que ella también me quiere.

45
Emmy

Guaperas
Te echo de menos

Estoy con Hudson

Guaperas
No me jodas

Nuestros padres ahora son mejores amigos, así que
nosotros también
Necesita un nuevo chef personal y lo he acompañado
a una clase de cocina para darle mi apoyo

Guaperas
Te estás quedando conmigo?

Abre la puerta y descúbrelo

Maverick me arrastra al interior de su ático antes de que tenga
oportunidad de llamar a la puerta.

Una vez dentro, me empuja contra la pared y me sujeta la
cabeza con las manos.

—Hola, Emmy, preciosa —murmura.

—Hola, guaperas. —Le toco una mejilla y se derrite contra mí—. ¿Qué tal tu tarde libre?

—Mejor ahora que estás aquí. —Me besa en la frente y sonríe—. ¿De verdad has ido a una clase de cocina con Hudson? ¿Te lo has pasado bien? ¿Dónde están mis sobras?

—No han quedado sobras, pero se me ha ocurrido que podía ofrecerte otra cosa para comer. —Tiro del cinturón de mi gabardina, que se abre y deja al descubierto la lencería que llevo debajo—. Si tienes hambre.

Maverick retrocede un paso atrás, me mira de arriba abajo y gime.

—Dios, cariño. Eres espectacular.

Me quito la gabardina y dejo que caiga a mis pies. La otra noche, cuando estuve en casa de Lexi, encargué un conjunto rojo muy sensual. Las chicas me dijeron que Maverick se volvería loco si me veía con él y, por lo abiertos que tiene los ojos y lo rojo que se ha puesto, diría que tenían razón.

—¿Te gusta? —le pregunto mientras jugueteo con los tirantes.

—Sí —contesta con voz ronca—. Por favor, no me digas que lo llevabas puesto cuando fuiste a la clase de cocina.

—Sí. Debajo de la ropa, en secreto. —Hago una pausa y arqueo la espalda contra la pared—. A lo mejor empiezo a ponerme algo así también en la pista. Pero de color azul, que combine con nuestra equipación.

Maverick me levanta del suelo y me lleva por el pasillo hasta su habitación.

—Entonces tendré que entrar en tu vestuario antes de cada entrenamiento —me dice al oído antes de besarme en el cuello— para ver las sorpresas que escondes.

—Es muy amable por tu parte llamar vestuario a mi almacén. —Alargo la mano hacia abajo y se la acaricio por encima de los pantalones cortos. Ya está empalmado, y sonrío cuando se estremece bajo mi contacto—. Y me parece graciosísimo que pienses que te voy a dejar entrar.

—¿Por qué? ¿No quieres que vea todas las fotos mías que tienes en la pared?

—Te lo tienes muy creído.

—¿Y si te lo suplico? —Maverick inclina la cabeza y me roza el cuello con los dientes—. ¿Y si te lo suplico como el buen chico que soy, Emmy?

—A lo mejor —susurro—. Puede que así me convenzas.

Su risa es preciosa mientras abre la puerta de su cuarto de una patada. Me deja caer en el borde de la cama y me mira fijamente, con la boca entreabierta, abriendo y cerrando las manos a los lados.

—Eres preciosa —dice—. No me puedo creer que estés conmigo. No me puedo creer que seas mía.

Cuando estamos juntos, suele ser inflamable, una carrera rápida y abrasadora para ver quién consigue que el otro se corra primero. A veces no logramos llegar al dormitorio y nos conformamos con la encimera, la pared o una silla.

Hoy, sin embargo, es distinto. Todo es más lento, como si Maverick intentara saborearme. Como si intentara grabárselo en la memoria. Cuando se arrodilla delante de mí y me separa las piernas de un tirón, se me escapa una exclamación.

Me encanta verlo así: fuera de sí, con los ojos vidriosos y el pecho subiendo y bajando tan rápido que parece que hubiera llegado corriendo.

—Tómame —susurro, y la pasión le ilumina la mirada.

«Quiéreme», quiero decir también, pero me lo guardo. Me lo trago, en parte porque, cuando se inclina hacia delante y me besa la cara interna de una rodilla, casi olvido mi nombre.

—¿Estás muy mojada? —me pregunta justo antes de presionar la boca sobre el encaje—. Empapada, seguro.

Le coloco una pierna en un hombro, y él sonríe en plan chulo.

—Descúbrelo tú mismo.

—Pero así estás increíble. No quiero quitártelo.

—Pues fóllame con él puesto. —Me agarro a su edredón y me retuerzo, desesperada—. Me da igual lo que hagas, pero haz *algo*.

—¿Quién está suplicando ahora? —replica y engancha el encaje con un pulgar para apartarlo—. Mmm... —murmura, y echo la cabeza hacia atrás—. Joder, mírate.

—Menos mirar y al lío, Miller.

—Sí, señora. —Me mete un dedo y gimo—. Ahí lo tienes, cariño. Eso es lo que quieres, ¿verdad?

—Sí —susurro, frotándome contra su mano. Muevo las caderas en busca de lo que deseo, y él me recompensa con un segundo y un tercer dedo sin necesidad de que se lo pida—. *Maverick*.

—Cuando dices mi nombre así, me vuelves loco. —Me rodea una pierna con la mano izquierda, manteniéndome en mi sitio. Siento que invade mi espacio, la presión de su hombro contra la rodilla y el suave algodón de su camiseta contra el abdomen—. Esta es mi comida, ¿no? He sido muy bueno, Emmy. Me he ganado un bocado, ¿verdad?

—*Dios*. Sí, me...

Me interrumpe con la lengua, con la que traza un círculo abrasador alrededor del clítoris, haciendo que levante las caderas del colchón y le tire del pelo. Siento la vibración de su gemido, un sonido profundo que me invita a rodearle el cuello con las piernas para que no se vaya a ninguna parte.

—Esto es el cielo. —Me da un lametón ardiente en la entrada—. Hostia puta. Déjame morir aquí, Emmy, preciosa.

—Si no me corro, puede que lo hagas —mascullo, y su risa se imprime en mi piel.

—Supongo que es hora de que me emplee a fondo. —Saca los dedos y el vacío me arranca un gemido. Deja caer mis piernas de sus hombros, me baja la ropa interior y la arroja bien lejos—. Aguanta, no sufras. Voy a ocuparme de ti.

Presiona mi clítoris con el pulgar y abro los ojos para encontrarme con los suyos.

—Quiero verte —murmura mientras recorre con la mirada cada centímetro de mi cuerpo—. Quiero ver cómo te deshaces.

Una cuerda se tensa en mi interior. La presión aumenta cuando sustituye los dedos por la lengua, enloqueciéndome.

He conseguido lo que quería: se está empleando a fondo de verdad, usando el ritmo que me gusta y las caricias con las que me vuelve loca, sin detener los lametones y sin titubear en ningún momento. Se mantiene pegado a mí hasta que empiezan a temblarme las piernas y me arde la piel.

—Maverick —susurro—, voy a… Por favor, no pares. Justo ahí. Sí, así.

—Nunca, Emmy —dice con rudeza contra mí—. Estaré aquí para siempre.

Sé que el «aquí» al que se refiere es entre mis piernas, pero durante medio segundo finjo que es una metáfora de otra cosa.

A mi lado. Conmigo. Queriéndome y envejeciendo juntos. La felicidad me recorre las venas y grito, poniéndole una mano en la nuca para que no pueda alejarse.

—Todo. Sigue, cariño, sé que puedes. —Me penetra con dos dedos, me coloca la palma de la otra mano en el abdomen y una segunda ola me golpea—. Esa es mi chica. Eso es lo que quería. ¿Te gusta?

Jadeo y me dejo llevar por el placer hasta que solo veo borroso. Cuando la sensación se calma, levanto los brazos por encima de la cabeza, tratando de respirar, pero él no me da ni un segundo para recuperarme.

—No he terminado contigo —dice, y mientras parpadeo ya se ha quitado la camiseta. Luego les toca a los pantalones, tras lo cual se acerca a mí sujetándosela con una mano y sin dejar de mirarme—. Incorpórate, Emmy, y abre la boca. Chúpamela bien.

Me apoyo en los codos y abro la boca. Me frota los labios con la punta de la polla y sonríe cuando saco la lengua para lamer el líquido preseminal que encuentro allí.

Se la agarro con una mano y abro bien la boca para que me la meta hasta la garganta. Una vez que lo hace, lo miro fijamente, diciéndole en silencio que puedo con más.

Me baja una de las copas del sujetador y me pellizca el pezón. Me recorre los pechos con los dedos hasta llegar a la garganta y se detiene allí para rodeármela.

—Ayer hablé con mi tatuador. —Embiste con las caderas y yo gimo en torno a su polla—. Tengo una cita la semana que viene. Cuando dije que iba a tatuarme «mía» en el dorso de la mano, iba en serio. Quiero verlo cada vez que te toque. Un collar precioso para mi chica preciosa.

Aprieto los muslos. La humedad se me acumula entre las piernas al pensar que él va a llevar una parte permanente de mí en la piel. Asiento, dispuesta a transmitirle lo mucho que me gusta la idea, y él esboza una sonrisa radiante y devastadora.

Me la saco de la boca y se la acaricio de arriba abajo. Una gota de saliva cuelga de una de las comisuras de mis labios, y se acerca para limpiármela con el pulgar.

—Mojada. Deshecha. Perfecta —dice.

—Y tuya —añado al tiempo que retrocedo por el colchón hacia las almohadas. Me apoyo en el cabecero y separo las piernas, tocándome donde él estaba antes—. Ven a por lo que es tuyo, Maverick.

Con la rapidez del rayo, se sube a la cama en un instante y se sienta a horcajadas sobre mis caderas. Me sujeta la nuca, enterrándome los dedos en el pelo enredado, y acerca su boca a la mía.

—Es lo único que deseo —replica antes de ajustar la posición para metérmela, y me mira—. ¿Está bien?

—Sí. —Le acaricio los brazos con las manos y le clavo las uñas en los músculos—. Contigo siempre está bien.

Me besa al mismo tiempo que embiste y me penetra. Se traga mi gemido, mordiéndome con suavidad el labio inferior mientras me acostumbro a su tamaño.

—Tranquila —dice con la frente contra la mía y una gota de sudor en la mejilla—. Dios, Emmy. No puedo creer que te tenga así.

—Eso lo dices porque acabas de meterme veinte centímetros. —Jadeo cuando me levanta una pierna, la sostiene contra su costado y se hunde otro centímetro más—. ¡Joder!

—Eso intento —dice entre dientes, y yo suelto una carcajada—. Lo tienes tan estrecho que me cuesta hacer algo que no sea quedarme aquí y disfrutar.

Le agarro el culo para animarlo a moverse, y nuestros cuerpos se acoplan en un ritmo sincronizado. Me da duro al colocarme otra vez la mano en el cuello y morderme, dejándome pequeñas marcas en la piel, pero también es tierno, como cuando gira sobre el colchón, llevándome consigo, para tumbarse bocarriba y dejarme a horcajadas sobre sus caderas y que sea yo quien marque el ritmo. Reverente, cuando me coloca una mano en una mejilla y me sonríe, con el pelo alborotado. El corazón se me va a salir del pecho.

—¿Te acuerdas de que me dijiste que eres la única mujer con la que me he acostado dos veces porque no me canso de ti? —me pregunta al tiempo que me toca los pechos. Me acaricia los pezones con los pulgares y se me escapa un suspiro entrecortado—. Tenías razón, Emmy. Nunca me cansaré de ti. Nunca me cansaré de tu cuerpo ni de cómo encaja a la perfección con el mío. Nunca me saciaré de tu brillante mente ni de tu maravilloso corazón. Te tendré hasta el fin de los tiempos, y siempre será tan fantástico como ahora, porque eres perfecta para mí, cariño.

«¡Te quiero! —estoy a punto de gritar—. Te quiero, joder». Pero en vez de gritarlo, se lo demuestro follándomelo con un ritmo frenético. Besándolo hasta que jadea mi nombre, hasta que me pregunta si puede correrse dentro, hasta que siento que tensa las piernas y la calidez de su semen me llena, catapultándome al orgasmo.

Me derrumbo sobre él y me abraza con fuerza. Acto seguido me la saca, me tumba de espaldas sobre el colchón y me separa las piernas.

—¿Qué estás haciendo? —le pregunto al ver que se coloca bocabajo en el colchón entre ellas.

—Quiero verte llena con mi semen. Quiero verte así, cuando eres mía.

Un calor abrasador me recorre la piel desde los dedos de los pies hasta las mejillas. Usa el pulgar para extender su semen sobre mi coño y, aunque debería sentirme expuesta y vulnerable, solo siento adoración.

—Emmy —dice con una voz que parece salir directa de su alma—, te... —Se lame los labios y me besa una pantorrilla. Me da un golpecito en el tobillo y se ríe. Yo también quiero reírme—. En serio, eres mi persona favorita del mundo.

—El sentimiento es mutuo. —Me acerco a él. Se recoloca para que pueda sentarme en su regazo, un lugar del que no quiero alejarme nunca—. ¿Por qué no me hablas del día que me viste por primera vez?

—¿Te refieres a cuando te confundí con una fan, tonteé contigo y tú me echaste una buena bronca por ser un arrogante?

—Sí. —Juego con su cadena y sonrío—. Ese día.

—Pues pensé que estabas buenísima. Parece muy superficial, porque eres mucho más que tu físico, pero, joder, no podía dejar de mirar tus curvas.

—Me comiste con los ojos —convengo, y él me pellizca en un costado.

—¿Qué culpa tengo yo? Mi debilidad son las mujeres altas y atléticas, y tú encajas a la perfección en ese perfil, pelirroja. Aunque pasó algo raro. Ya sabes que he estado con muchas mujeres, pero cuando me hablaste…, fue como si me diera un vuelco el corazón. Me sudaban las manos y me costaba respirar. Nunca había sentido nada así.

—Y luego te di una paliza en la pista.

—Tenemos recuerdos diferentes sobre lo que pasó después.

—Había visto fotos tuyas, pero no estaba preparada para conocerte en persona. Me cabreaste *muchísimo*, pero pensé que eras el hombre más atractivo que había visto en la vida. Y sigo pensándolo. —Le aparto un mechón de pelo empapado de sudor y le sonrío—. Pero tú también eres mucho más que eso.

—Dímelo —me pide, y sé que lo hace por su necesidad de validación. Por su necesidad de sentirse querido—. Dime qué más soy.

—Eres inteligente. Eres muy buena persona. Nunca he conocido a nadie tan bueno como tú. Me encanta que me hagas reír tanto. Tu arrogancia no es prepotencia, sino confianza, porque sabes que te lo curras mucho para ser el mejor amigo, el mejor deportista, el mejor amante. A veces pienso en lo afortunada que soy por tener a un hombre como tú en mi vida y… —Tengo que cerrar los ojos con fuerza para no mirarlo mientras digo la siguiente parte—, me pregunto qué he hecho para merecer a alguien tan maravilloso. Y pienso que a lo mejor he conseguido ser lo bastante buena, porque la vida me ha premiado con algo tan... bonito.

—Emerson. Mírame, por favor.

Abro los ojos. Cruzamos la mirada y siento la intensidad de la suya detrás de las costillas.

—Lo mereces todo —me asegura—. Eres mucho más que buena, y estás tan lejos de mi alcance que no me hace ni puta gracia. Me... Te... —Menea la cabeza, como si se estuviera aclarando las ideas—. Te demostraré todos los días que eres suficiente.

—Y yo te voy a demostrar que te necesito —replico en voz baja—. Por ser tú, no por tu sueldo o tus estadísticas. Nunca he necesitado a nadie como te necesito a ti, Maverick.

«Te quiero».

«Te quiero *muchísimo*».

No decimos nada más en voz alta, pero no hace falta. El silencio es perfecto.

Total y absolutamente perfecto.

46
Maverick

Entrenador
Tienes unos minutos después del entrenamiento
para hablar?
Quiero comentarte una cosa

> Te juro que no he dejado mierda por la pista. Fue
> Ethan, y ya le he dicho que la recoja

Entrenador
No es eso
Es un posible intercambio

> Ah, vale. Pues luego nos vemos

Brody Saunders es un tío directo. Nunca endulza las cosas, y la falta de detalles de su mensaje, salvo lo del posible intercambio, me pone muy nervioso.

—Hola —me siento en la silla frente a él en su despacho e intento sonreír—. ¿Cómo está Olivia?

—Está bien. —Me enseña la foto enmarcada de su hija de nueve años—. Su fiesta de cumpleaños de princesas fue todo un éxito. Por cierto, gracias por el regalo. Le encantaron las plantillas y el cuaderno de dibujo que le enviaste.

—De nada. La hija de mi amigo está en una fase muy artística y pensé que a Livvie también le gustarían todas esas cosas creativas.

—Le encantan. No doy abasto con todo lo que me pide que le compre. —Se ríe y se acomoda en su sillón—. Esa niña me tiene comiendo de la palma de su mano.

—Pero no lo cambiarías por nada, ¿verdad?

—No, por Dios. —Hace una pausa y me mira—. A ver, voy a ir al grano. Te he pedido que vengas porque esta mañana me han llamado de Toronto para proponer un intercambio y me lo estoy pensando.

A tres días del cierre del mercado de jugadores, no me sorprende. Los equipos siempre intentan negociar hasta el último momento, y nuestra racha de victorias y la remontada que hemos hecho ayuda a que nuestros jugadores despierten más interés.

—¿De quién se trata? —le pregunto.

No estoy seguro de que me lo vaya a decir, porque ese tipo de información suele quedarse en el equipo directivo, no se comparte con el capitán. Pero estoy intrigado de verdad.

—Justin Harper —dice, y me deja boquiabierto.

Es el mejor alero de la liga; ha ganado dos veces la Stanley Cup y solo tiene veinticinco años. Lo admiro desde que lo seleccionaron, y lo conozco personalmente porque hace tres años jugamos en el mismo equipo All-Star.

—Hazlo —replico—. Me da igual a quien quieran. Es un gran fichaje. Si lo conseguimos, llegaremos a la postemporada y lo ganaremos todo.

El entrenador guarda silencio antes de decir:

—Quieren a Emmy.

Lo miro fijamente y empiezo a verlo borroso. A mi alrededor todo se vuelve difuso y oigo un zumbido en los oídos. Siento un nudo en la garganta e intento tragar saliva.

—¿A Emmy? —repito.

—Sí. —El entrenador se frota la cara con una mano y gruñe.

—¿A quién más?

—A Finn, cuando se recupere, y poder elegir los primeros en la primera ronda de la selección de este año.

Básicamente están regalando a Harper, y es un chollo.

Cualquier equipo de la liga aceptaría el acuerdo sin pensarlo dos veces. Parece que esta reunión es más por cortesía que una consulta para pedirme opinión.

—Joder. Vale. ¿Qué...? —Trago saliva, pero el nudo en la garganta no desaparece—. ¿Qué opinas al respecto?

—Estoy indeciso. Ahora mismo tenemos algo muy bueno. ¿Vale la pena arriesgarlo todo por una posibilidad? ¿Por algo que parece beneficioso sobre el papel, pero que quizá no sea lo mejor a largo plazo?

—Entrenador, sin ánimo de ofender, esa posibilidad ha ganado dos veces la puta Stanley Cup.

—Nosotros también podemos ganarla con este equipo. Sé que podemos. Soy consciente de las mejoras que hemos logrado y sé que si mantenemos juntos a nuestros jugadores principales, vamos a seguir mejorando. Pero ¿quién sabe si no va a surgir otra oferta en temporada baja que acaben aceptando? El dinero manda, y los equipos tienen mucho margen salarial con el que trabajar este verano. Joder, me sorprende que tú no te hayas largado. Perder es una putada. Esta temporada hemos ido mejor, pero no llegar a las expectativas es una mierda.

A mí no me sorprende haberme quedado.

Este equipo se ha convertido en mi familia. Son los hermanos que nunca tuve y me da la atención por parte de las figuras de autoridad que siempre he anhelado. Nunca los abandonaría, ni aunque estuviéramos en la fosa más profunda del infierno.

Con los D.C. Stars, no soy solo el número que llevo en la espalda o una pieza que se mueve. Soy *Maverick*, de la misma manera que Hudson es Hudson y Emmy es Emmy.

Joder.

«Emmy».

—Creo que tenemos que decidir si los beneficios a corto plazo superan los objetivos a largo plazo —digo, y se me quiebra la voz—. ¿Por qué quieren deshacerse de él? ¿Está pasando algo en el vestuario que la prensa todavía no ha descubierto?

—No que yo sepa. En Toronto saben que Harper está buscando un contrato importante, y no tienen los recursos para darle lo que quiere. También ven el atractivo de Emmy, con su tamaño y velocidad. Finn podría ser el mejor jugador de esta década cuando se recupere. Es joven. Es inteligente. Con él en el equipo conseguirán por lo menos diez victorias más al año. Con eso recuperarían la pérdida de su estrella y añadirían miembros más versátiles a su plantilla.

—No sé qué decir, entrenador. Hace seis meses, habría aceptado sin dudarlo y sin perder tiempo analizando el tema. Pero hoy... La verdad es que quiero decir que no.

El entrenador me mira fijamente y parece cansado, como si llevara el peso del mundo sobre los hombros. Llego a la conclusión de que no hay dinero suficiente que pudieran pagarme para hacer su trabajo.

—Voy a preguntarte una cosa de hombre a hombre. De Brody a Maverick, como si estuviéramos charlando en un bar, no de entrenador a jugador. Y quiero que contestes con sinceridad.

Asiento, consciente de lo que viene a continuación.

—¿Hay algo entre Emmy y tú?

Respiro hondo. Su pregunta hace que me den ganas de reírme a carcajadas.

«Algo» parece la palabra más insignificante del diccionario para definir lo que somos.

¿Esa es la forma de describir a la persona a la que me muero por ver cada día? ¿La palabra que hay que usar para hablar de la mujer que me hace sonreír incluso cuando estoy cansado, dolorido y enfadado después de un mal partido? ¿Es la manera de hacerle entender a la gente que cuando la miro veo el sol, la luna y todas las putas estrellas?

Parece muy insignificante, porque lo que siento por ella es más grande que el cielo. Que todo el puto planeta. Ni comparándolo con el espacio exterior habría suficientes formas de demostrarle lo mucho que la adoro.

Sin embargo, soy consciente de mi papel como capitán. El trabajo por el que me pagan y por el que la gente confía en mí.

Nunca he dejado que mis sentimientos personales se antepongan a los profesionales, pero cuesta mucho cuando te afecta tan de cerca.

—Sí. —Carraspeo—. Hay algo y... —Me encojo de hombros y clavo la mirada en una esquina de su mesa. Le falta un trozo de madera y me pregunto dónde habrá ido a parar—. Me importa. Muchísimo.

El entrenador baja la cabeza. Siento que lo he decepcionado y eso me deja un sabor amargo en la boca.

—Me lo imaginaba. Me di cuenta de que la química entre vosotros se había intensificado, pero no quería dar nada por sentado. Sin embargo, últimamente es un poco más obvio, y el partido contra los Dallas Wildebeests lo confirmó. Tenía que preguntártelo.

—¿Eso me supondrá problemas? —murmuro y experimento una opresión detrás de los ojos que antes no sentía—. Lo siento.

—Maverick —dice en voz baja, y lo miro. Está sonriendo, y eso me confunde que te cagas—, no va a causarte ningún problema.

—¿No?

—No. No hay precedentes para esto y, si te digo la verdad, no me extraña que haya sucedido. Os motiváis mutuamente para ser mejores y vuestra compenetración en la pista sin duda refleja lo que sucede fuera. Emmy es justo lo que se busca en una compañera y nunca la echaría por lo que sientas por ella. Quiero que quede muy claro que esto no tiene nada que ver contigo.

—Vale. —Me paso una mano por el pelo e intento no perder la compostura y parecer tranquilo, sereno y calmado—. Como capitán, debo decirte que tienes que hacer lo mejor para el equipo, entrenador. No estás a cargo de lo que ocurre a puerta cerrada. Si crees que debemos llevar a cabo este intercambio, cuenta con mi apoyo.

Nunca me interpondría en la carrera de Emmy. Ha estado preocupada por el papel que tendrá en el equipo cuando Finn regrese la próxima temporada y Toronto sería una garantía para ella. Significaría más dinero. Más oportunidades de contratos publicitarios. La posibilidad de ayudar a su padre a reformar su casa para hacerla más accesible.

Sería un idiota si le pidiera al entrenador que le permitiera quedarse.

—Sé lo difícil que debe de ser para ti decir eso y te agradezco el apoyo —replica, pellizcándose el puente de la nariz—. Esto sería mucho más fácil si estuviéramos hablando de un equipo ficticio ideal, no de personas que nos importan.

—¿Tienes un equipo ideal en la cabeza? —le pregunto, y sonríe.

—Sí. Siempre te elijo a ti el primero.

—Ah, tío. —Me pongo la mano sobre el pecho, y la tensión que siento disminuye un poco—. Eres demasiado bueno conmigo.

—Necesito pensar bien todo esto. Tengo que analizar las alineaciones y ver quién ocuparía el otro puesto que perderíamos. Hay un par de chicos de la AHL que podrían ayudarnos a superar la temporada, pero eso supone un riesgo en sí mismo. Te diré a qué conclusión llego dentro de cuarenta y ocho horas.

—Vale. —Asiento y me retuerzo las manos—. ¿Puedo pedirte un favor?

—Claro.

—¿Puedo ser yo quien le diga a Emmy que es posible que haya un cambio en marcha? Le gusta mudarse de un sitio a otro, pero ha descubierto que no le importaría echar raíces en Washington D. C y no quiero que esto la pille desprevenida.

—Díselo. —El entrenador vuelve a sonreír y se inclina sobre la mesa para estrecharme la mano—. Eres un buen hombre, Maverick. Es un honor ser tu amigo y verte crecer.

Aunque él piense que soy un buen hombre, ahora mismo tengo la sensación de que estoy a punto de convertirme en el gilipollas del año.

47
Maverick

Estáis libres?

Reid, Papi de las Plantas
Sí

Papi Dallas
Yo sí

Hudson
Acabo de salir del gimnasio. Qué pasa?

Necesito ayuda
Es mitad personal, mitad profesional
Siento que me estoy ahogando
No sé qué hacer

Papi Dallas
A mi casa. Ahora
Maven y June tienen planes esta tarde
Estaremos solos
Te acuerdas de la dirección, Hud?

Hudson
Sí. En un cuarto de hora estoy ahí

Estoy recorriendo el salón de Dallas de un lado a otro. La cabeza me va a mil por hora y el corazón está a punto de salírseme del pecho.

—Vale. —Me paro delante de la mesa de centro y me bebo de un trago la cerveza que Dallas me ha abierto. Menos mal que mañana no tenemos entrenamiento, porque dependiendo de cómo vaya esta conversación, puede que necesite algo más fuerte—. Vale.

Dallas, Reid y Hudson están sentados en el sofá, mirándome. Ninguno ha dicho nada, y creo que están esperando a que yo dé el primer paso.

—Me... Hay... —Me rasco una oreja antes de pasarme una mano por el pelo—. Ella... —Meneo la cabeza y miro a Dallas—. ¿Cómo coño haces esto todos los días?

—¿Hacer qué exactamente? ¿Hablar con frases inconexas y sin sentido? Porque espero de todo corazón no hacer eso todos los días.

—Me refería a Maven. ¿Cómo cojones le dices lo que sientes cada día? ¿Se lo dices y ya está?

Dallas parpadea.

—¿Estás enamorado de mi prometida?

—*No*. Por Dios, no. Joder. —Me echo a reír y levanto la cabeza hacia el techo—. Seguramente eso fuera más fácil que lo que está pasando.

—Es como si estuviéramos jugando borrachos a las adivinanzas —refunfuña Reid, y se sube las gafas por la nariz—. Empieza por el principio, Mav.

El principio sería una habitación de hotel en Chicago, donde besé a Emmy por primera vez.

Parece que haya pasado toda una vida.

—Vale. Emmy y yo nos estamos acostando. Aunque es mucho más que sexo. En realidad, estamos saliendo, y el entrenador acaba de decirme que puede que la traspasen. Y... siento una opresión en el pecho cuando pienso en cómo sería todo si ella no estuviera aquí y creo que podría... No sé... cómo...

Dallas sonríe. Se levanta y mira a Reid y a Hudson.

—Sabemos lo que es esto, ¿verdad?

—Es fácil de diagnosticar. —Hudson se recuesta en el sofá y sonríe—. Hace tiempo que lo sospechaba.

—¿De verdad no se ha dado cuenta? —pregunta Reid.

—Es su primera vez —dice Hudson—. Hay que tener paciencia con él.

—No hay nada como la primera —añade Dallas.

—Tío, solo te ha pasado una vez —protesta Reid.

—¿Y qué? Puedo decirlo de todas maneras —replica.

—¿Alguien puede decirme qué coño está pasando? ¿Me está dando un infarto? Me siento como si me estuviera dando uno. —Me froto la camiseta con una mano—. Joder, ¿por qué me cuesta tanto respirar?

—Porque la quieres —responde Dallas, y lo miro parpadeando.

—Eso me dijo su padre, y pensé que tal vez podría ser, pero... nunca me he enamorado de nadie. ¿Cómo voy a estar seguro? —Me presiono los ojos con las palmas de las manos y me siento en el suelo—. Necesito una definición. Algo en lo que basarme.

—¿Piensas en ella todo el tiempo? ¿La echas de menos cuando no está? ¿Te sientes mejor cuando está cerca y harías cualquier cosa para hacerla sonreír? —me pregunta Dallas.

—Sí —contesto con voz ronca, y estoy bastante seguro de que la habitación empieza a dar vueltas—. Todo eso.

—¿Te late más deprisa el corazón cuando te coge de la mano? ¿La buscas con la mirada en una sala llena de gente? —insiste Reid.

—Claro que sí. Deberías verlo en la pista. No deja de buscarla —añade Hudson entre risas—. El otro día estuve contando. Durante dos horas de entrenamiento la miró diecisiete veces en vez de mirar el disco.

—Joder —susurro—. La quiero. La quiero, joder.

—Bienvenido al club —dice Dallas. Abro los ojos y lo veo de pie a mi lado, tendiéndome una mano. Me ayuda a levantarme y me abraza—. El amor es lo puto mejor.

—¿Y ahora qué hago con esta información? —le pregunto contra la camiseta.

—Seguramente decírselo a ella —sugiere Reid—. Eso es lo que funciona mejor en la mayoría de los casos.

—No puedo decírselo. —Meneo la cabeza—. No quiero asustarla. Va a irse a Toronto, joder. ¿Y si ella no me quiere?

—Y una mierda —dice Hudson. Lo miro sorprendido. Nunca le había oído un tono tan vehemente, ni siquiera después de nuestras mayores victorias y nuestras derrotas más duras—. Esa mujer te quiere. Te mira todo el tiempo, Mav. Tú no lo ves la mitad de las veces, porque a ella se le da mucho mejor que a ti disimular, pero yo la pillo mirándote, y se le iluminan los ojos. Sonríe cada vez que te ve y es la cosa más adorable del puto mundo. —Hace una pausa y se frota la mandíbula—. Lo digo de forma platónica. Por favor, no me des una paliza.

—Ni se me ocurriría. Vale, ¿y qué? ¿Voy a su casa y le digo: «Oye, por cierto, que puede que acabes en Toronto la semana que viene, pero, ¡sorpresa!, ¡Te quiero!»? ¿Qué tal?

—Para, para. Lo del traspaso. ¿Te lo ha dicho el entrenador? —me pregunta Hudson, y asiento.

—Sí. La idea es un intercambio. Finn, ella y un novato de la primera ronda de la selección de este año a cambio de Justin Harper. Es imposible que no lo acepte.

—Mierda —dice Dallas—. Harper es muy bueno. No digo que Emmy no lo sea, pero...

—Pero no tiene su experiencia. Lo sé. Créeme. Lo entiendo. El entrenador dijo que va a pensárselo durante cuarenta y ocho horas, pero me ha dado el visto bueno para avisarla. Y tengo que hacerlo.

—Vale. Pues vas a hacer lo siguiente. —Reid se frota las manos. Esto es lo suyo: la logística, analizar cómo podrían desarrollarse las situaciones—. Vas a ir a su casa ahora mismo... De hecho, no entiendo por qué sigues aquí. Primero le vas a dar la mala noticia, que es lo del traspaso. Luego pasarás a la buena noticia. Le dirás que la quieres muchísimo, y tienes que usar esas putas palabras, Mav, sin cambiar una coma. No puedes ser ambiguo. Dile lo que sientes sin rodeos y propón una solución, ya sea ir alternando entre quedar aquí y veros en Toronto, comprarte una casa o algo allí en la que quedarte cuando estés en la ciudad para que no tenga la sensación de que la estás agobiando, darle una llave de tu casa de aquí para que sepa que puede confiar en ti aunque esté en otro país... —Hace una pausa para tomar aire—. Y luego ella te va a decir lo que siente.

—¿Cómo...? ¿Qué cojones, Duncan? —Lo miro sin dar crédito—. ¿Dónde tenías metida toda esta sabiduría sobre relaciones?

—Ha estado aquí todo el rato. Pero tú eres un imbécil que creía que no se iba a enamorar de su amiga con derecho a roce. ¿Qué tal te ha salido la jugada?

Le hago una peineta antes de mirar a Dallas y a Hudson.

—¿Estáis de acuerdo? Sois las personas con más tendencia a las relaciones que conozco, así que me fío de vosotros.

—Reid tiene razón —dice Hudson—. Si quieres estar con ella y estás dispuesto a esforzarte, decírselo será la mejor decisión de tu vida, tío. Sobre todo cuando te corresponda.

—Recuerdo el día que le dije por primera vez a Maven que la quería. Estaba muerto de miedo, pero todo salió exactamente como debía —tercia Dallas.

—¿Puedo enfadarme por esto? Le dije al entrenador que el equipo es lo primero, pero estoy cabreadísimo. No me puedo creer que vaya a perder a la primera mujer por la que siento algo así. Ni que no le haya demostrado lo en serio que iba con ella desde el principio. Ojalá no hubiera estado perdiendo el tiempo durante meses, porque ahora que estoy aquí, no quiero seguir haciéndolo.

—Vete —me dice Hudson—. Vete ahora mismo. Deja de preocuparte por todas esas mierdas que no puedes controlar y ve a decirle lo que sientes. Cuanto más te quedes aquí con nosotros, menos tiempo tendrás para estar con ella. Puede que se vaya, Mav, así que mejor aprovecha cada segundo. Hazme caso.

—Sí. —Asiento, saco el móvil, busco nuestros mensajes y pulso su información de contacto—. Voy a llamarla.

El teléfono suena y los chicos me miran. No estoy seguro de si Dallas ha parpadeado en casi un minuto. Cuando Emmy descuelga, casi doy un salto.

—Hola —dice ella.

—Hola, cariño —digo—. ¿Qué estás haciendo?

—He comprado unas plantas en el mercado de camino a casa después del entrenamiento, así que las estoy colocando junto a todas las demás plantas que invaden la sala de estar de Piper. ¿Dónde estás?

—En casa de Dallas.

—¿Va todo bien?

—Sí. —Asiento otra vez, aunque ella no pueda verme—. Todo va a ir bien. ¿Puedo pasarme por ahí? Quiero hablar contigo de una cosa.

—Eso es muy misterioso.

—Prefiero decírtelo en persona.

—Por Dios, Maverick —masculla Dallas.

—Eso *no* es lo que te he dicho que hagas —susurra Reid, pero paso de ellos.

—¡Ah! —Emmy carraspea y oigo movimiento al otro lado de la línea—. Puedes venir cuando quieras. No tengo nada que hacer esta noche.

—Perfecto. Estaré ahí dentro de un rato. —Cuelgo y miro a mis mejores amigos—. ¿Qué tal?

—Teniendo en cuenta que he dormido en la habitación de hotel contigua a la tuya y te he oído ligar con tantas mujeres que he perdido la cuenta, me gustaría comentar que nunca has llamado a nadie «cariño». Así no. —Hudson me da un toquecito en un hombro—. Has caído con todo el equipo.

—¿Nunca lo he hecho antes? —le pregunto.

—Pues no. Ha sido la primera vez, y eres tan mono que creo que voy a vomitar.

—Deja de reírte de mí. Me voy ya. Deseadme suerte.

—No la necesitas. —Dallas tira de mí y me abraza, y los otros dos también me rodean—. Va a salir bien.

—Joder, eso espero. No sé qué voy a hacer si no me corresponde.

—Te va a corresponder —me asegura Reid—. Tú relájate.

—Ve a por tu chica, Mav —me dice Dallas.

—Ojalá sepa que ahora también es nuestra chica —añade Hudson.

—La quiero —repito—. Vamos a ello, cabrones.

48
Emmy

Estoy al borde del pánico.

Nunca había oído a Maverick tan nervioso. Se le había quebrado la voz, como si estuviera luchando por guardarse un secreto. Le faltaba el aliento y creo que le aterraba llamarme.

No sé lo que significa eso.

Me estoy preparando para que me diga algo espantoso.

Va a cortar conmigo.

Está enfermo.

Mi padre ha tenido un accidente y quiere decírmelo él para que no me ponga histérica.

Esperarlo es una tortura. Clavo la mirada en el reloj del microondas y veo los minutos pasar mientras me pregunto dónde cojones está.

Un cuarto de hora después, llaman a la puerta, corro hacia ella y la abro de golpe para encontrarme a Maverick al otro lado.

—Hola —susurro mientras él entra en el vestíbulo.

—Hola. —Me estrecha con fuerza y me besa la coronilla—. Joder, cómo te he echado de menos.

Me derrito contra él, porque creo que si tuviera malas noticias que necesitara decirme con desesperación, ya lo habría hecho. Eso me da esperanzas de que tal vez sea todo un malentendido.

—Te he visto hace dos horas. —Le froto la espalda arriba y

abajo con una mano, y también los hombros. Por Dios, me encanta tocarlo—. ¿Qué pasa?

Maverick se separa de mí y entrelaza los dedos con los míos.

—Vamos al salón.

Dejo que me preceda por el pasillo y memorizo la parte posterior de su cabeza. El pelo oscuro que tiene más largo que hace un mes. El pequeño moratón que el cuello de su camiseta casi no cubre, una marca que le quedó del partido de la otra noche cuando lo empujaron contra la mampara.

Es muy guapo, guapísimo, y es mío.

—Me estás asustando —le digo, y me acaricia la cara interna de la muñeca con el pulgar—. ¿Te importaría decirme qué pasa?

—Perdona. No quiero asustarte, Emmy. Quiero hablar de esto en un lugar donde estemos cómodos. —Se sienta en el sofá, tira de mí y me atrae contra su pecho—. Voy a contarte algo que técnicamente no debería contarte, pero me han dado permiso para hacerlo. Quiero que lo escuches todo antes de decir nada, ¿vale?

—Vale. —Tomo una honda bocanada de aire. El corazón me late como si fuera un tambor, y asiento con la cabeza—. Adelante.

—El entrenador me dijo que fuera a su despacho después del entrenamiento y me contó que están considerando traspasarte.

Se me cae el alma a los pies. Me acomodo en el sofá para poder mirarlo y parpadeo.

—¿Qué?

—Han propuesto un intercambio. Finn Adams, tú y un novato de la primera ronda de la selección por Justin Harper.

—¿*Qué*? —repito, porque es una oferta absurda—. ¿Por qué iban a hacer eso? Es como regalar a un jugador estrella.

—Ven tu tamaño y velocidad como una ventaja, y Finn es un gran deportista y pronto estará en plena forma. Un novato de la primera ronda de la selección les da algo para el futuro y los libera del contrato de un jugador que ya ha cumplido con el equipo y los ha llevado justo donde querían.

—Espera. Justin juega en Toronto. —Mi cerebro tarda en asimilarlo y meneo la cabeza—. ¿Eso significaría que dejaría D.C.?

—Todavía no hay nada en firme —se apresura a decir Maverick—. El entrenador ha dicho que va a pensárselo durante cuarenta y ocho horas, y sé que hará lo mejor para el equipo. Sabe... Sabe lo nuestro, y le he dicho que no tome ninguna decisión pensando en mí.

Asiento. Miro al suelo.

Quiero sentirme decepcionada, pero eso es lo que diría un capitán. Yo habría hecho lo mismo en su lugar.

—Quizá Toronto me venga bien. No estoy hecha para quedarme en un sitio, y si me acomodo demasiado, a lo mejor mi juego se resiente. No puedo perder de vista mi objetivo.

—No digas eso. —Se me acerca más y pega la rodilla a la mía—. No huyas de mí, Emmy. No quiero que te vayas. Te quiero aquí conmigo.

—Esta es la realidad de ser deportista, ¿no? Uno de los dos siempre va a estar en otro lugar. —Me muerdo el labio inferior y me encojo de hombros—. Es imposible que lleguemos a asentarnos de verdad. No hasta que nos retiremos, y sabrá Dios cuánto tiempo falta para que pase eso. Cinco años, como mínimo. ¿Quizá diez? Nos queda muy lejos.

—Si es lo que hace falta para estar contigo, me retiro —dice él.

Me echo a reír, aunque no tiene gracia.

Maverick nunca haría eso.

—¿Por qué ibas a renunciar al deporte que te apasiona?

—¡Porque te quiero más a ti! —grita, y me quedo boquiabierta. Respira hondo y cierra los ojos. Seguro que no lo he oído bien—. Lo siento. No quiero gritar, pero tienes que oírlo. Te quiero. Te quiero por todo lo que eres, y eso no va a cambiar estés donde estés. Te dije desde el principio que daría con la forma de seguirte, y lo haré. Lo *haré*, cariño, porque te quiero. Cogeré un avión para verte todos los días que pueda. Compraré una casa allí para tener un lugar donde quedarme sin invadir tu vida. El resto lo iremos resolviendo sobre la marcha. Sé que podemos, porque *te quiero*. —Enfatiza las dos últimas palabras, que me dejan una marca profunda en el corazón.

«Te quiero».

Dios mío. Me quiere.

Yo también lo quiero. Lo he querido desde hace mucho tiempo. Más de lo que creía posible, racional o creíble, pero lo quiero, lo quiero, *lo quiero*.

—¿De verdad?

—Pues sí, pero no creas que tienes que decirlo tú también. Solo quiero que lo sepas. Si te vas a Toronto, pienso ir allí todos los fines de semana. Tú vendrás aquí y haremos que funcione, Emmy, porque eso es lo que hacen dos personas que se preocupan la una por la otra.

—Yo también te quiero —susurro—. Te quiero muchísimo, Maverick. No estaba hablando en serio antes: quiero quedarme aquí. Quiero estar donde tú estés. Si eso significa tener que ir y venir entre Toronto y Washington para trabajar, perfecto. Lo haré. Lo haré encantada porque te quiero y prefiero tenerte a quinientos kilómetros de distancia que no tenerte en absoluto.

—¿Puedes...? —Se le mueve la nuez al tragar y le tiembla la mano cuando me rodea el muslo con los dedos—. Nadie me ha querido antes, no así, y me encantaría oírtelo decir otra vez.

Le rodeo la cara con las manos. Lo miro fijamente a los ojos y veo en ellos un pozo de esperanza.

—Te quiero, Maverick Miller. Te quiero muchísimo y te lo diré todas las veces que quieras.

—Joder. —Me besa, y no se parece en nada a los besos que nos hemos dado hasta ahora. Hay muchísimas más palabras detrás de la presión de su boca y de la suave caricia de su lengua—. Te quiero. Joder, te quiero, Emmy, preciosa. Voy a decírtelo todos los días. Seguramente te lo diga cien veces al día, porque no quiero parar. Te quiero. Te quiero, cariño.

Me echo a reír y le rodeo el cuello con los brazos. Tiene la piel cálida y suave, y me muero por saber cómo la tendrá dentro de cincuenta años. Cuando tenga arrugas donde ahora tiene músculos y el pelo se le haya vuelto gris.

—¿Desde hace cuánto? —le pregunto—. ¿Cuánto tiempo hace que lo sabes?

—Tu padre me lo dijo.

—¿Mi *padre*? ¿Cuándo?

—Cuando saliste del palco privado para hablar con el guardia de seguridad en Detroit, me preguntó cuánto tiempo llevaba enamorado de ti. Pensé que podría ser cierto, pero cuando el entrenador me habló del posible traspaso, me entró el pánico. Me imaginé la vida sin ti y me di cuenta de que odiaba la idea de no tenerte a mi lado. Fui a casa de Dallas y allí fue donde todo quedó claro. Aunque creo que llevo mucho tiempo queriéndote. El problema era que no sabía cómo decírtelo.

—Yo lo descubrí cuando me dijiste que ibas a acompañarme para recoger a mi padre. Antes lo negaba, pero en aquel momento supe que mi corazón era tuyo. —Le toco la cadena y lo acerco más—. Pero tengo miedo, Maverick.

—¿Miedo de qué? Háblame. Cuéntamelo.

—De esto. De nosotros. De la distancia y de perder la cabeza por ti. Ya lo he hecho antes y no quiero acabar hecha polvo otra vez. No estoy segura de poder recomponerme si eso pasara contigo.

—Si tú caes, yo caigo, cariño. Estoy loco por ti, Emmy, y no pasa nada por tener miedo. Yo también estoy acojonado, pero no querría tener miedo con ninguna otra mujer.—Me pone una mano en el torso y me acaricia las costillas con el pulgar—. Trazaremos un plan. La temporada casi ha terminado y tendremos todo el verano para hacer lo que nos dé la gana. Podemos hacer un viaje. Podemos pasar días en casa sin hacer nada. Iremos a Michigan a visitar a tu padre. Puedes enseñarme dónde creciste. Todo va a salir bien.

Tengo la sensación de que el corazón se me va a partir por la mitad.

Ya he oído esto antes: las promesas. La bonita imagen de un futuro perfecto. Siempre he tenido dudas a la hora de creérmelo, pero con Maverick, creo de verdad que podría hacerse realidad.

—Me gustaría hacer todo eso —digo, y se le ilumina la cara. Nunca lo había visto tan feliz, e incluso con tanta incertidumbre en el horizonte, me hace sonreír también—. Quiero hacerlo todo contigo.

—Así que todo, ¿no?

—Estoy intentando ser romántica por una vez en mi vida.

—Perdón. —Maverick sonríe—. Dime otra vez cuánto me quieres.

—No. Has perdido tu oportunidad, colega.

—Vamos. —Hace un puchero y extiendo una mano para tirarle del labio inferior hacia abajo con el pulgar—. Te suplicaré.

—Sabes que me gusta verte de rodillas.

—Pues así me tendrás cada vez que…

Su móvil suena, interrumpiéndolo. Lo busca a toda prisa, se lo saca del bolsillo y suspira aliviado cuando ve el nombre.

—Solo es Dallas. Creía que podría ser el entrenador.

—Puedes contestar.

—No, luego lo llamo. Reid, Hudson y él me han dado toda una lección sobre el amor, así que ahora saben lo nuestro. Estoy seguro de que los demás chicos se enterarán pronto, ya que al parecer me comes con los ojos cuando estamos en la pista.

Lo miro boquiabierta.

—*No* te como con los ojos, engreído. —Le clavo los dedos en las costillas, y se echa a reír—. Retíralo.

—No lo pagues con el mensajero. —Maverick esquiva mi ataque y se levanta, echándome sobre su hombro. Me da una palmada en el culo y yo le agarro con fuerza la camiseta—. ¿Dónde está Piper hoy?

—Ha ido a hacer algo al estadio —contesto—. ¿Por qué? ¿Tienes planes para mí, Miller?

—Muchos, pelirroja: voy a mirarte a los ojos, voy a decirte todas esas ñoñerías que creía odiar, pero que contigo no me canso de decir, y luego voy a…

Vuelven a llamarlo por teléfono, y se queda parado en el pasillo, a medio camino de mi dormitorio.

—Contesta —le digo en voz baja, y no me suelta mientras saca el móvil—. Tus amigos quieren hablar contigo. No pasa nada, Maverick.

—No son mis amigos. Es el entrenador.

—Ah.

—¿Por qué *cojones* me llama? Me dijo que me avisaría dentro de cuarenta y ocho horas.

—Contesta —repito—. Puedo soportarlo. De verdad.

—Sé que puedes, cariño. —Me deja en el suelo y me mira a los ojos—. Todo va a salir bien. Te prometo que todo va a salir bien.

—Sí. —Asiento—. Sé que sí. Ya nos las apañaremos.

Baja los hombros mientras responde.

—Hola, entrenador. Sí. Vale. De acuerdo. Sí, se lo diré. No, hombre. No pasa nada. No hace falta que... Mmm. Vale. De acuerdo, gracias. Nos vemos mañana.

—¿Y bien? —le pregunto, y por la expresión de sus ojos ya sé lo que va a decir.

—Había mucho interés en Harper y la directiva ha tenido que actuar deprisa. —Se le mueve la nuez al tragar saliva y agacha la cabeza—. El intercambio está aprobado, si los reconocimientos médicos salen bien, y ESPN ya se ha hecho eco de la noticia. Los Stingrays te quieren en Toronto dentro de tres días.

—Tres días. —Me froto la cara con una mano y asiento—. Vale. En fin. Pues ya está.

—Por lo menos puedes venir a la cena del equipo mañana —dice, y eso mitiga el dolor. Podré estar con mis chicos preferidos una vez más—. Y te ayudaré a hacer la maleta.

—Gracias. —Apoyo la mejilla en su hombro y suspiro—. No me puedo creer que tenga que irme ahora que he encontrado el lugar donde podría ser feliz para siempre. Supongo que es culpa mía por echar raíces en un sitio concreto.

—Has echado raíces en mí, Emmy, y vamos a tener raíces en todas partes. Aquí. Allí. Dondequiera que terminen nuestros amigos. Ahora estamos juntos. Iremos paso a paso.

—Sé que los chicos se enterarán del traspaso mañana, pero quiero darles la noticia en persona durante la cena. Y también quiero contarles lo nuestro.

—Perfecto. Podemos contárselo al mundo entero si quieres.

—Vamos a empezar con el equipo primero. Y ya iremos viendo.

Me da un apretón en una mano.

—Todo va a salir bien, cariño.

—Sí. —Sonrío y, por primera vez desde que me dijo que cabía la posibilidad de que tuviera que marcharme, lo creo—. Todo va a salir bien.

49
Emmy

Grady
La geografía no es lo mío, pero estoy bastante
seguro de que Toronto está más cerca de San
Diego que de Washington D.C.
Verdad?

Creo que sí
Tengo que contarte muchas cosas
El traspaso. La mudanza (otra vez)
Maverick

Grady
Interesante
Hace unos meses me dijiste que no había nada
con él
Cómo han cambiado las cosas

—No me puedo creer que tengas que irte a Toronto —protesta Grant—. ¡Vaya mierda! Allí hace frío. Y hay alces, ¿no?
Los alces pueden ser mortales.

—Muchas cosas pueden ser mortales, Grant. —Hudson le
da una palmada en un hombro—. Pero si tuviera que apostar
entre Emmy y los alces, elegiría a Emmy.

—¿Cuándo te vas? —me pregunta Riley.

—Mi avión sale pasado mañana. Si el reconocimiento médico va bien, podré jugar en menos de una semana —contesto.

—Em, ¿quieres que te rompa la rótula para que te quedes? —pregunta Ethan, y me echo a reír.

—Gracias, Ethan, pero prefiero mantener las rodillas intactas. —Recojo las piernas y les sonrío a todos. Están reunidos frente a mí en el suelo del salón de Maverick, y me siento como si estuviera contando cuentos en una biblioteca. Están pendientes de cada palabra que digo. Hasta Liam, que se ha quedado de pie, apoyado contra la pared—. Aunque esta sea mi última cena con el equipo como miembro de los D. C. Stars, tened claro que no vais a libraros de mí así como así. Seguiré viniendo algunos martes y es posible que nos veamos en los playoffs.

—Dios, Emmy, *no*. Sería incapaz de empujarte contra la mampara —dice Grant—. Me niego.

—Ella te devolvería el empujón —replica Connor, y Seymour asiente.

—¿Vas a buscar sitio para vivir? —me pregunta Hudson—. Solo queda un mes y medio para que la temporada acabe.

—No. De momento, el equipo va a pagarme un hotel. Mi contrato es solo para lo que queda de temporada, así que si me lo amplían, empezaré a buscar un lugar más permanente. —Mis ojos vuelan hacia Maverick. Me está mirando desde la entrada con una sonrisa de oreja a oreja—. Quizá en algún lugar entre Washington D. C. y Toronto.

—Tenemos que contaros una cosa —dice Maverick. Extiende un brazo, haciéndome señas para que me acerque, así que paso por encima de Connor y de Grant para llegar hasta él. Ethan intenta agarrarme del tobillo, pero me zafo.

—¿Qué pasa? —susurra Riley.

—No lo sé. Más vale que sea algo bueno —replica Grant, también susurrando, y sé que voy a arrepentirme de no ver cuál de los dos conquista a Lexi—. Hemos pausado *Madden* para esto. Las noticias de Emmy lo merecían, pero no hay que fiarse de lo que trame el capi.

—Me alegro de saber lo que opináis de mí —dice Maverick

con un resoplido al tiempo que me pasa el brazo por los hombros. Me mira y su sonrisa y su hoyuelo son más deslumbrantes que nunca—. ¿Vas bien, Emmy, preciosa?

—Voy genial, guaperas.

—¿Quieres decírselo tú o lo hago yo?

—Joder, mierda. —Ethan se levanta—. Por favor, no me digas que tú también te vas, Mav. Dios mío. El equipo va a separarse, ¿verdad? Dentro de nada Liam estará en Phoenix quejándose del frío que hace. Seymour se irá a Montreal, y Grant a Europa porque no conseguirá hacerse hueco en ningún sitio.

—Odio el calor —se queja Liam.

—¡Que te den! —exclama Grant, arrojando un cojín al otro lado de la estancia y dándole a Ethan en la cara—. Si alguien se va a Europa, serás tú. En los dos últimos partidos tus cara a cara por el disco han sido una porquería.

—No puedo irme a Montreal. Brooke está embarazada y toda su familia está aquí. —Todas las miradas se posan en Seymour, que sonríe—. Ah, sí. ¡Sorpresa! Voy a ser *padre* —dice. Los vítores resuenan en el salón.

—Dios, voy a echar de menos este caos —susurro, y Maverick se ríe.

—¿Estás segura? He oído rumores de que Toronto es un poco más tranquilo. Aunque no tendrán el vínculo que tenemos nosotros y, desde luego, no tendrán a Grant ni a Ethan.

—Hace seis meses habría agradecido un poco de paz y de tranquilidad, pero ahora ya me he acostumbrado y me encanta el ruido.

—Te quiero —murmura antes de besarme en la frente.

—Perdona, ¿qué cojones ha sido eso, capi? —Connor parpadea, y todos vuelven la cabeza hacia nosotros—. ¿Por qué has besado a Emmy?

—Sí. En fin… —Maverick se frota la nuca y se ruboriza—. Estamos…, mmm, saliendo. Y no en plan casual, sino en plan querernos y eso. Sé que nunca había experimentado algo así y todavía estoy aprendiendo cómo va el tema para no fastidiarlo, pero soy feliz. Somos felices y queríamos que todos lo supieseis. Sois nuestra familia y no queremos seguir ocultándolo.

—Emmy —susurra Grant—, parpadea dos veces si necesitas ayuda. Siempre he querido ser un héroe.

—Tócala y eres hombre muerto, Everett —dice Maverick, y en la vida he oído nada más excitante.

—Yo también lo quiero —añado—. Cuando vine, no esperaba enamorarme de otro jugador de hockey, y menos de Maverick. Aun así, me alegro de que haya sido él, porque me ha ofrecido lo que llevaba mucho tiempo buscando, pero no quería admitir. No soy la misma persona que era cuando llegué a Washington, y creo que eso es bueno. Todos habéis contribuido a ese cambio, y os estoy infinitamente agradecida porque le hayáis abierto vuestros corazones a una tía borde que solo necesitaba aprender a confiar de nuevo.

—Joder. —Ethan se seca los ojos—. Estás decidida a hacerme llorar esta noche, ¿verdad, Emmy?

—Nosotros también te queremos, Em. No como el capi, claro, pero siempre formarás parte del grupo. Eso no va a cambiar solo porque estés a ochocientos kilómetros de distancia —me asegura Riley.

—Puedes ser tan borde con nosotros como quieras —añade Connor—. Bien sabe Dios que ya tenemos que lidiar con la mala leche de Liam. Un poco más tampoco va a notarse mucho.

—Gracias, chicos. —Me froto el pecho con una mano y sonrío—. Me da pena tener que irme, pero esto no es un adiós.

Maverick vuelve la cabeza y me entierra la cara en el pelo.

—Se acabó ya la tristeza. La semana que viene y la siguiente estaremos aquí. Emmy volverá pronto y, aunque parezca que todo lo demás está cambiando, esto no va a cambiar. Coged una cerveza, seguid jugando al *Madden* para que veamos la paliza que se lleva Grant, brindemos porque Seymour va a convertirse en padre y vamos a divertirnos durante el resto de la noche.

Todos nos dispersamos, de camino a la cocina y a la terraza. Grant y Ethan se pelean por el mando y Liam le da una palmada en la espalda a Seymour, que esboza una sonrisa rara en él mientras mira una ecografía.

Me duele dejar un lugar que adoro, lleno de gente a la que adoro, pero sé que aquí siempre habrá un sitio para mí.

Apoyo la cabeza en el pecho de Maverick y miro su móvil mientras él revisa sus redes sociales.

—¿Tienes quinientos mensajes sin leer? —le pregunto.

—Sí. No los miro. —Bosteza y se rasca una mejilla—. Casi todos son números de teléfono o fotos de mujeres. Abrirlos parece una invitación, y no quiero que se difuminen los límites o enviar señales confusas en lo que respecta a la comunicación que tengo con las fans.

—¿Qué tipo de fotos?

—Usa la imaginación, pelirroja.

—¿Eso funciona de verdad?

—Antes sí. —Maverick se encoge de hombros—. Me da vergüenza admitirlo, pero es la verdad. Por lo de la validación, ¿recuerdas? Ellas me daban lo que yo quería y yo les daba lo que ellas querían.

—¿Cómo elegías a quién responder? Esta noche te han llegado dieciocho mensajes de mujeres de la ciudad. ¿Los abrías todos y elegías la foto que más te ponía?

—A veces. Los hombres somos criaturas visuales, Em. Sabes que no hace falta mucho para ponernos a cien, y cuando era un veinteañero que podía comprar todo lo que quería, una foto de un buen par de tetas y la promesa de una mamada bastaban para dejarme fuera de combate.

—¿Y ahora? —le pregunto. Nunca me ha dado motivos para no confiar en él, y voy a seguir fiándome, aunque esté a ochocientos kilómetros de distancia. Pero quiero oírlo. La parte egoísta de mí quiere saber que para él solo estoy yo.

—Ahora no necesito nada de eso. Soy más feliz a los treinta que a los veinticuatro, y en aquel entonces pensaba que estaba en la cima del mundo. Ahora mismo podría abrir los quinientos mensajes y ninguno me daría lo que tú me das, pelirroja. Estás increíble con mi camiseta y estoy deseando quitártela. —Arroja el teléfono sobre la almohada y se tumba encima de mí—. La contraseña es la misma que cuando usamos mi móvil mientras buscábamos furgonetas para tu padre, y nunca va a cambiar. Tengo un pasado, pero ahora también tengo un futuro y está contigo. Si alguna vez te sientes incómoda, quiero que mires todos esos mensajes sin leer y sepas que solo te quiero a ti. Prefiero pasar una noche contigo en casa antes que salir con otra.

—Espera un momento. —Coloco una pierna sobre su cintura y me acaricia el muslo con el pulgar, subiendo hasta rozar la parte delantera de mis bragas, haciendo que arquee la espalda sobre el colchón—. Tu contraseña es 3669.

—Exacto.

—Es mi nombre. ¿Por qué usas mi nombre como contraseña?

—¿Esa es tu pregunta del día?

—Sí.

—Uso tu nombre como contraseña porque estoy obsesionado contigo, Hartwell, desde el día que te vi por primera vez.

—Eres un peligro, Miller. —Levanto las caderas para encontrarme con las suyas, y suelta un suspiro—. Quizá algún día podamos fingir que no nos conocemos. Te mandaré una foto de mis tetas y veré cuánto tardas en responder. Puedes intentar ligar conmigo con las tácticas que usabas cuando eras el *playboy* más codiciado de Estados Unidos. Será divertido.

—Imposible. Nunca podría fingir que no te conozco. Eres mi chica favorita.

50
Emmy

Me despierto la mañana de mi marcha a Toronto abrazada a Maverick. Tengo la cara enterrada en su torso y sus brazos me rodean con tanta fuerza que no puedo escapar, aunque no se me ocurriría siquiera. Nunca intentaría huir de este tipo de felicidad.

—Buenos días —dice mientras me acaricia la espalda—. ¿Cómo has dormido?

—No muy bien —admito, y levanto la barbilla para mirarlo fijamente—. ¿Y tú?

—Más o menos igual. Creo que me he pasado media noche observándote en plan mirón. —Aparece el asomo de una sonrisa en las comisuras de sus labios y me coloca un mechón de pelo detrás de la oreja—. Sé que solo te quedan unas horas antes de ir al aeropuerto. Seguro que quieres despedirte de Piper y comprobar que lo tienes todo preparado, y no quiero molestar.

—Quiero pasarlas contigo. De hecho, hay algo que esperaba que pudiéramos hacer antes de irme.

—Espero que tenga que ver con tu culo. Anoche estuviste genial, cariño.

Su aprecio por mi cuerpo a la luz de la mañana hace que me sonroje. Y la cosa empeora cuando aflora el recuerdo de las sábanas arrugadas y de los tiernos elogios que me susurró al oído mientras me ayudaba a relajarme y me penetraba con dos dedos.

«Así, Emmy».

«Sigue así».

«Lo estás haciendo muy bien. Nunca había visto nada tan bonito».

—Deja de hablar de mi culo —murmuro, molesta solo en broma, y siento las caricias de su mano en la espalda.

—Es complicado. ¿Tú lo has visto? Vale, lo siento. Ya paro. ¿Qué quieres hacer antes de irte?

—¿Podemos ir al estadio? Hace unos días que no patino y quiero hacer algunos tiros a puerta. Será como el primer día que nos conocimos.

—Un poco de nostalgia. —Maverick sonríe—. Me parece la mejor forma de pasar la mañana. Hoy no hay entrenamiento, así que estará vacío. Podrás disfrutar de la tranquilidad de la pista sin que te molesten esos idiotas.

—¿Y si quiero que tú me molestes? ¿Y si quiero que te comportes como lo hacías entonces?

—¿Te refieres a cuando tonteaba contigo?

—Me dijiste que no estabas tonteando conmigo.

—Sí, bueno. Mentí. —Se ríe y me libera de sus brazos—. Llevo mucho tiempo tonteando contigo, pelirroja. Espabila.

—Eres el hombre más insufrible que he conocido en la vida.

—Y, sin embargo, aquí estás. Desnuda en mi cama y locamente enamorada de mí.

—Sí. —Sonrío y me siento a horcajadas sobre sus caderas, inmovilizándole los brazos por encima de la cabeza—. Aquí estoy.

—Hartwell, te juro que como me vuelvas a engañar, te vas a enterar de lo que es bueno. ¡Me estás haciendo quedar como a un puto novato! —grita Maverick desde el otro extremo de la pista, y yo sonrío.

—Yo no tengo la culpa de que te lo hayas tragado. —Patino alrededor de la portería contraria y golpeo el disco con el palo—. Es la jugada más vieja de la historia.

—Estoy pensando en lo que llevas debajo de la camiseta.

—Ya sabes lo que llevo. Me viste mientras me lo ponía.

—Sí. Y ahora quiero quitártelo. —Le brillan los ojos—. No te contengas, pelirroja. Soy un chico grande, puedo soportarlo.

Me muerdo la lengua para no replicar. Sé que intenta provocarme. Que intenta sacarme de quicio, igual que hizo antes de salir de su casa, cuando me empezó a acariciar las tetas con una mano mientras me metía la otra entre los muslos.

Después de una hora sobre el hielo, tengo el cuerpo cubierto de sudor, pero ninguno de los dos se rinde y me encanta que podamos seguir así. Me encanta que no me deje marcar y me encanta no tener que andarme con miramientos con él.

Maverick defiende la portería como si le fuera la vida en ello. Yo intento un tiro detrás de otro, lanzando el disco a la izquierda, a la derecha y al centro, con la esperanza de colarle un tanto entre las piernas.

Ha tenido meses para estudiar mi juego y hace más paradas que la primera vez que nos enfrentamos. Estoy en desventaja, pero no me rindo y golpeo el disco una y otra vez hasta que tengo los brazos tan rígidos que sé que voy a estar dolorida durante días.

—Cariño —susurra, inclinándose y jadeando—, tenemos que parar.

—¿Cansado, Miller? —Me acerco patinando a él y le toco un hombro—. Yo puedo seguir.

—Ya lo sé. Eres una máquina. —Se quita los guantes y me atrae hacia él, apoyando el casco contra el mío—. Pero dentro de poco tienes que irte al aeropuerto y quiero que nos quede tiempo para poder ducharme contigo.

—Si me lo pones así... —Sonrío y le rodeo el cuello con los brazos—. Vale, ya nos vamos. Siempre y cuando admitas tu derrota y me digas que he ganado.

—No has ganado.

—Tu porcentaje de paradas ha sido inferior al setenta por ciento.

—Mejor que la primera vez que tuve que defender la portería de este culito tan talentoso. —Me da un pellizco en el culo, y suelto una carcajada—. Quiero enseñarte una cosa antes de irnos.

410

—¿El qué?

—Ven. —Me coge de la mano y cruzamos la pista en dirección al túnel que lleva al vestuario. Me guía con cuidado por la moqueta y se detiene delante de una puerta en la que pone «Equipo audiovisual».

—No vamos a grabar una peli porno —le advierto.

—Jo, vamos, pelirroja.

—Te enviaré todos los vídeos que quieras, pero no voy a grabarme en las instalaciones de un equipo de la NHL mientras te hago una mamada.

—Vaya boca tienes. —Me acaricia el labio inferior con el pulgar—. Las cosas que me gustaría hacerte.

—¿Por eso vamos a entrar en un almacén?

—No exactamente. Cierra los ojos, Emmy.

Cierro los ojos y apoyo una mano en la pared, aguzando el oído. Se oye un tintineo de llaves y el clic metálico de la cerradura. La puerta cruje y Maverick me invita a avanzar.

—¿Esto es una trampa? —pregunto.

—Dame un segundo. —Oigo que se enciende la luz para iluminar el interior de almacén—. Vale. Ya puedes abrir los ojos.

Parpadeo y miro a mi alrededor.

El almacén donde se guardan las grabaciones de vídeo de hace un montón de años ya no está, y en su lugar hay un pequeño vestuario.

Un vestuario *de verdad*, con mucho espacio, paredes de color azul intenso y una puerta con el letrero DUCHAS.

Hay un tocador a la izquierda, con un gran espejo y un taburete. En el rincón más alejado hay unos sillones de cuero y, entre ellos, una mesita con un jarrón lleno de girasoles.

En el lado derecho de la estancia hay una fila de cubículos de madera nueva y un banco largo. Hay una sola camiseta colgada de una percha.

La mía.

—¿Qué...? —Trago saliva y miro a mi alrededor, volviendo la cabeza—. Maverick, ¿qué es esto?

—Una cosa en la que llevamos un tiempo trabajando el

entrenador y yo. Hemos tardado una barbaridad en conseguir los permisos necesarios para añadir tuberías y todo eso, así que se ha retrasado un poco. Te mereces un lugar que puedas llamar tuyo. Aunque no lo vayas a usar, es para ti. La próxima mujer que tengamos en el equipo podrá utilizarlo y estará aquí cuando vengas a la ciudad para jugar un partido como visitante.

—Dios mío. —Paso el dedo por la foto enmarcada del equipo que Maven nos hizo un día después del entrenamiento. Maverick está detrás de Hudson. Grant y Ethan se están poniendo orejas de conejo el uno al otro. Yo estoy de pie en el centro, con la mano en la frente y los ojos brillantes—. ¿Has hecho todo esto por mí?

—Sí. —Se encoge de hombros como si no fuera gran cosa—. Pensé que te haría feliz.

—Siempre he querido algo así. Gracias por dármelo.

—Todavía no hemos terminado. —Me lleva hasta la puerta del cuarto de baño, la abre y sonríe cuando yo doy un grito ahogado—. Una bañera y una ducha, un lujo que no tenemos en el vestuario de los chicos. No se lo digas a nadie, pero voy a colarme aquí después del entrenamiento matutino para darme un baño de una hora.

También hay un secador de pelo y ganchos en la pared para las toallas. Hay más flores en la encimera del doble lavabo. Resulta evidente que alguien le ha dedicado mucho tiempo y esfuerzo a que todo esto tenga tan buen aspecto.

Estoy deseando que las niñas que ven los partidos y llevan mi camiseta lo vean. Estoy deseando que Rachel lo vea. Despierta en mí la esperanza de que algún día las mujeres que practican deporte en cualquier lugar sean tratadas como iguales por sus compañeros.

—Es perfecto —susurro—. Me encanta, Maverick.

—Bien. —Me da un apretón en la mano—. Siento no haberlo tenido listo antes.

—No pasa nada. El simple hecho de saber que has puesto toda tu energía en crear algo para mí... —Dejo la frase en el aire y lo miro—. Te quiero mucho.

—Yo también te quiero. Y aunque tú no estés aquí, tu legado sí lo estará. Lo llamaremos la Sala Hartwell.

—No puedes hacer eso.

—Ya lo hemos hecho. Hay una placa en la pared, encima de la puerta, y no se puede quitar una placa. Da mala suerte.

—*Maverick*.

—*Emerson*. No discutas conmigo sobre esto. No vas a ganar.

—Vale. —Me muerdo el labio inferior y me pongo de puntillas para besarlo en la mejilla—. Gracias.

—Gracias por dejarme cuidar de ti. —Me desabrocha el casco y lo tira sobre uno de los sillones—. Gracias por dejarme estar a tu lado.

Maverick y yo nos despedimos con un largo abrazo cuando me deja en el aeropuerto.

Él ya ha planeado venir a Toronto la semana que viene, aprovechando los tres días que los Stars no tienen ningún partido. Le prometí que lo llamaría cuando llegara a mi habitación y, mientras empujo la puerta y suelto las maletas en el suelo de mi nuevo hogar lejos de casa, suspiro aliviada.

Hoy ha sido un día largo. Bueno, pero largo. Estoy agotada tanto física como mentalmente, y tengo muchas ganas de quitarme el cansancio del avión hablando con Maverick antes de ir al reconocimiento médico a primera hora de la mañana.

Saco el móvil y le mando un mensaje corto.

Acabo de llegar a mi habitación!

Guaperas
Qué tal el vuelo?

No ha estado mal. Por lo menos esta vez el tío que tenía sentado a mi lado no se ha comido un sándwich de cebolla, así que por esa parte genial

Guaperas
Un sándwich de cebolla? Qué asco, no?

Y que lo digas
Qué estás haciendo?

Guaperas
Ven y descúbrelo

Frunzo el ceño y leo su mensaje dos veces.

Se supone que debo entender lo que significa eso?

Maverick no contesta, así que me acerco a la cama mientras intento descifrar su acertijo. Veo algo con el rabillo del ojo, y cuando levanto la mirada, grito.

Está tumbado en el colchón con las manos detrás de la cabeza y los pies cruzados a la altura de los tobillos.

—Has tardado mucho —dice despacio al tiempo que esboza una sonrisa perezosa.

—¿Qué...? ¿Qué cojones estás haciendo aquí?

—Vamos, Emmy, preciosa. —Pone los pies en el suelo y se levanta de la cama—. No pensarías que iba a dejar que pasaras la primera noche en una ciudad nueva completamente sola, ¿verdad?

—¿Cómo...? ¿Cuándo...? ¿Te has teletransportado? —Miro a mi alrededor, preguntándome si estoy alucinando—. Estoy en Toronto, ¿verdad?

—Sí. —Suelta una carcajada suave y tierna que deja su hoyuelo a la vista—. He venido en jet privado. Ser rico que te cagas a veces viene muy bien, como cuando quieres volar a otro país dos minutos después de que tu novia entre en el aeropuerto.

Lo miro boquiabierta, tratando de encontrar algo que decir, pero no me sale ni una sola palabra.

—Ven aquí, cariño —dice, rompiendo el silencio, y corro hacia él.

414

Me lanzo a sus brazos, y me hace girar, con una mano en mi espalda y su cálida boca en la mejilla.

—Es la mejor sorpresa del mundo —le susurro antes de apartarme para mirarlo—. ¿Qué vas a hacer con el entrenamiento de mañana?

—El entrenador me ha dado el día libre. Dice que es una recompensa por no tener que leer más sobre mis asuntos personales en las webs de cotilleos. Un refuerzo positivo por mantener la polla dentro de los pantalones en público. Volveré a Washington el viernes por la mañana y así estaremos pocos días sin vernos. Se pasarán volando.

—Estoy abrumada. —Resoplo y meneo la cabeza—. Nunca he dudado de ti, ni por un segundo, Maverick Miller, pero esto es otro nivel.

—Coger un vuelo para ver a mi novia no es una obligación, Emmy. Es un privilegio, y te mereces lo mejor.

Veo una solitaria lágrima colgando del extremo de sus pestañas y la beso para secarla.

—Me pareces un sueño.

—Mira quién habla. —Me frota un hombro—. He reservado otra habitación por si querías un poco de espacio para relajarte sin tenerme encima.

—Lo último que quiero es tenerte lejos. No vas a irte a ninguna parte, guaperas.

Maverick me arrastra hasta la cama y caemos sobre el colchón abrazados.

—Te quiero, Emmy, preciosa.

—Yo también te quiero, y esta noche te toca a ti hacer la primera pregunta.

—La más fácil de todas. —Esboza una sonrisa radiante—. ¿Qué te parece si te incordio para siempre, pelirroja?

Pongo los ojos en blanco, pero no puedo evitar sonreír de oreja a oreja.

—No puedo esperar.

Epílogo
Emmy

Un año después

El Civic Center está tal cual estaba la última vez que lo vi. La moqueta del pasillo de los jugadores es la misma. Capto el mismo olor a palomitas y a almendras tostadas que me hacía la boca agua durante los partidos. El equipo de seguridad es el mismo, e incluso la música que suena a todo volumen por los altavoces es una lista en bucle que me sé de memoria.

Supongo que lo único que ha cambiado aquí soy yo.

Hay algo familiar en todo esto y, aunque sea por poco tiempo, me alegro de estar en casa.

—Ahí está. —Miro por encima del hombro y veo a Hudson corriendo hacia mí con las protecciones y la equipación. Me río cuando me levanta en brazos y me hace girar—. Te he echado de menos, bombón.

—Nos vimos la semana pasada —replico—. Dormiste en nuestra habitación de invitados. Te llevé una manta extra porque la casa estaba demasiado fría. Te dio un coma después de hincharte a comer, ¿recuerdas?

Suspira contra mi pelo, y no sé si es por mí o por el recuerdo de la comida que devoró aquella noche. Seguramente sea por la comida.

—Como si pudiera olvidarlo. Los brownies de Piper estaban buenísimos. Incluso hicieron sonreír a Liam, y el cabrón no se ha reído desde 1997. —Me deja con cuidado en el suelo y me da un apretón en un hombro—. Me refería a que te he echado de menos por aquí. ¿Seguro que no quieres volver y jugar de nuevo con los Stars?

—No es por ti, es por mí, Hud. No podría rechazar la oportunidad de ser la mejor jugadora del equipo más nuevo de la NHL y de lanzar además su franquicia, aunque se llamen los Baltimore Sea Crabs. —Me estremezco, porque todavía no me acostumbro a tener una mascota con pinzas como el cangrejo que tiene el equipo para hacer honor a su nombre—. Todavía sigo esperando a que entren en el vestuario, me quiten la camiseta y digan: «¡Sorpresa! ¡Te has tragado la broma!».

—Si lo hicieran, no tardarían en lloverte las ofertas. De hecho, habría una buena cola, y nosotros estaríamos los primeros. Tu novio es un hombre decidido y no se alegró cuando perdimos la puja por ti.

—Ya es mayorcito. Lo veo lo suficiente en casa, y está bien que haya un poco de espacio para tener una parte separada de nuestras vidas. Sus chistes tienen más gracia cuando no los escucho tres veces al día. —Echo un vistazo a mi alrededor, sorprendida por lo silencioso que está el túnel. Lo normal es que los días de partido esté a rebosar, pero ahora hay un silencio inquietante—. Por cierto, ¿dónde está?

—Ni idea —contesta Hudson—. La última vez que lo vi estaba usando la alcachofa de la ducha del vestuario como si fuera un micrófono de karaoke.

—Por favor... —No puedo contener la sonrisa al imaginarme a Maverick con champú en el pelo y cantando alguna canción horrible para molestar a sus compañeros de equipo—. Cómo quiero a ese hombre.

Estoy tan enamorada de él como cuando le dije que lo quería por primera vez. Hemos tenido nuestros altibajos, como cualquier pareja, y ahora también jugamos en equipos distintos de hockey profesional.

Después de que se cerrara el intercambio con Toronto, terminé la temporada con los Stingrays. Incluso llegué a enfrentarme a Maverick y a los Stars en la primera ronda de los play-offs, pero nos barrieron con un 4-0.

Le gusta restregármelo.

La temporada pasada, mi representante recibió una llamada informándole de que habían aprobado la creación de un equipo nuevo para Baltimore. Estaban interesados en formar su plantilla con jugadores novatos de las rondas de selección y con veteranos más experimentados de toda la liga. Después de que me ofrecieran un contrato de cuatro años y veinte millones de dólares, me resultó imposible decir que no.

El dinero está bien (sería imbécil si no reconociera la suerte que tengo económicamente), pero firmar con los Sea Crabs también significaba volver a casa, al lugar que Maverick y yo hemos creado juntos: un piso lo bastante grande para todos nuestros amigos, a las afueras de la ciudad de Washington. Está a cuarenta y cinco minutos en coche del estadio y a solo veinte minutos del Civic Center.

Tiene grandes ventanas con mucha luz natural para mis plantas, un dormitorio para cuando mi padre viene de visita y una habitación que pintamos de rosa chillón y que está reservada para June.

Maverick construyó una estantería para todos mis libros y todas las noches, bajo el mismo techo, se acuesta a mi lado y lee por encima de mi hombro, como si no quisiera estar en ningún otro sitio.

Es lo mejor que me ha pasado en la vida, y nunca he sido tan feliz.

—Yo también quiero a ese hombre. —Hudson me besa en la cabeza y sonrío—. Debería irme al vestuario. Me alegro mucho de verte, Emmy.

—Pásate esta semana. Estoy aprendiendo a hacer tarta de queso y necesito alguien que la pruebe.

Gruñe al oírme.

—No se lo digas a Mavvy, pero tú eres mi preferida.

—Pues claro que se lo voy a decir. Hay que bajarle los humos un poquito. —Me inclino para darle otro abrazo rápido—. ¿Nos vemos en la pista?

—Me vas a ver, sí. —Me mira con una sonrisa traviesa—. Muy pronto.

—Vale, bicho raro. —Me echo a reír y me despido con un gesto de la mano antes de enfilar hacia el vestuario del equipo visitante.

No consigo dar ni tres pasos antes de que Piper se abalance sobre mí, agitando las manos por encima de la cabeza como si estuviera aleteando como un pájaro.

—Ahí estás —dice, y empieza a darme tirones de la manga—. Te necesito en la pista.

—Sabes que ya no estoy con los Stars, ¿verdad?

—Por supuesto que lo sé. Los medios quieren una foto de los dos equipos del Atlántico medio haciendo el saque inicial antes de abrir las puertas para que entren los fans —me explica mientras me empuja hacia esa pista que conozco como la palma de mi mano—. Hay lleno total esta noche.

—Ni siquiera me he cambiado. Llevo ropa de calle.

—No pasa nada. Solo es cuestión de una foto y luego puedes hacer lo que tienes que hacer.

—Está bien —accedo con un suspiro—. Pero solo porque te quiero.

Cuando llegamos a la pista, veo a Maven sentada en un trozo de alfombra extendida, cámara en mano. Maverick está de pie junto a ella, con el pelo peinado hacia atrás y los tatuajes visibles bajo la camiseta de manga corta. Todavía no se ha puesto la del equipo. Levanta la cabeza cuando oye que me acerco.

—Hola, Emmy, preciosa. —Sonríe y me tiende la mano.

—Hola. —Clavo la mirada en su pecho, donde se esconde su último tatuaje. Se lo hizo hace dos semanas. Pone «El guaperas de Emmy», ocupa toda la extensión de su corazón y está escrito con mi letra—. ¿Qué haces aquí?

—Fotos promocionales. Pensaron que sería buena publicidad si posamos para una foto cara a cara, y está claro que querían a las dos personas más atractivas.

—Pues no veo a Grant por ninguna parte —bromeo, y me da un beso en la frente—. Y te barrería en un cara a cara para el saque oficial.

—Pero qué guapa estás cuando dices tonterías, pelirroja. —Me acaricia con el pulgar la cinturilla de los pantalones de pinzas y me estremezco—. ¿Qué tal tu día, cariño? ¿Bien?

—Ahora mejor. Me ha dicho un pajarito que estabas de karaoke en el vestuario.

—Pues sí. Estoy de buen humor. Hace un día estupendo. Voy a jugar un partido de exhibición contra la chica que más me gusta del mundo y a pasar el resto del tiempo en el banquillo mirándole el culo. ¿Hay algo mejor que eso?

—Pocas cosas. —Le rodeo la cintura con los brazos y le apoyo la cabeza en el torso—. Supongo que deberíamos empezar con la sesión de fotos.

—Cuando estéis listos, me viene bien —tercia Maven, y me echo a reír.

—Siento hacerte esperar, Mae. —Me aparto de Maverick y cojo dos palos, tras lo cual le lanzo uno—. ¿Cómo quieres que nos pongamos?

—Emmy, si te pones allí, de cara al marcador, sería estupendo. Y Mavvy, tú aquí, anda. Primero vamos a hacer una foto espalda contra espalda.

Nos pone en la posición que quiere y hace una foto. Maverick me pellizca el culo, y me echo a reír mientras le aparto la mano de un guantazo.

—Gracias por esos arrumacos tan monos. Es perfecto. Si os ponéis cara a cara, ahora añado el disco.

Me doy media vuelta y me encuentro a Maverick con una rodilla hincada en el hielo.

—¿Qué haces atándote el patín? No me digas que has estropeado una buena foto.

—No me estoy atando el patín.

—¿Y qué haces ahí abajo?

—Es que quiero hacerte mi pregunta del día y es más fácil desde aquí.

Lo miro con el ceño fruncido.

—¿Te está dando un ictus?

—No. —Sonríe y le aparece el hoyuelo en la mejilla—. ¿Te acuerdas de cuando empezamos con este juego?

—Solo accedí para que me dejaras tranquila, pero te las has apañado para no dejarme en paz ni un día desde entonces.

—Es curioso cómo ha funcionado la cosa. Es casi como si lo hubiera planeado todo a largo plazo. Ven aquí, Emerson —dice, y se me pone la piel de gallina. Ya no me llama nunca por mi nombre completo. Acorto la distancia que nos separa y me coge de una mano—. Te pedí que jugáramos a las preguntas porque creí que sería una forma de conocerte mejor. Una forma de derribar las barreras que habías levantado y obligarte a que yo te gustara.

—Creo que por fin me está afectando el síndrome de Estocolmo.

—Qué lengua tienes —murmura entre dientes, pero no pierde la sonrisa—. Creía que nos haríamos preguntas tontas y que nos aburriríamos después de unas semanas, pero yo seguí haciéndotelas y tú seguiste respondiendo. Fuimos revelándonos partes de nosotros mismos el uno al otro y, con el tiempo, nos enamoramos.

—Pues sí. —Le devuelvo la sonrisa, y me acaricia los nudillos con el pulgar—. Así fue.

—Llegó un momento en el que el propósito del juego cambió para mí. Empecé a hacer preguntas más sutiles. Cosas que tú no has captado, lo cual es alucinante, porque eres la persona más inteligente que conozco. He estado esperando con muchísima paciencia a que llegara este día.

—¿Este día? —Arrugo la nariz—. ¿Este en concreto?

—Sí. Quinientas preguntas, ¿recuerdas? Hoy es el número de la suerte.

—¿Has estado llevando la cuenta?

—¿Para qué crees que son todas esas notitas adhesivas con palitos que hay en el frigorífico?

—No lo sé —le contesto y tengo la impresión de que está pasando algo importante—. ¿Para contar orgasmos?

—Te he dado muchos más de quinientos orgasmos.

—¿De verdad? —Me doy unos toquecitos en una mejilla con un dedo—. Yo no lo tengo tan claro.

Suelta una carcajada.

—Te quiero, Emmy. Me encanta el fuego que hay en tu corazón. Me encanta tu terquedad. Me encanta que no me dejes ganar fácilmente y me encanta que te pases la vida enfurruñada. No he tenido un mal día desde que te conocí y vamos a seguir teniendo días geniales durante mucho tiempo, cariño.

—Yo también te quiero. —Le acaricio una mejilla y le paso los dedos por el mentón. Se está dejando crecer la barba, y lo cierto es que está todavía más bueno que antes—. Te quiero tanto que esas dos palabras no me parecen suficientes. Te quiero más que ayer, que es una locura, porque no creía que fuera posible.

—Todo es posible.

—¿Como bailar una canción de Justin Bieber?

—Joder, sí.

Se mete una mano en el bolsillo y saca una cajita.

Una cajita de terciopelo.

—¿Qué es eso? —susurro.

—Tenía que dejar la mejor pregunta para el final, ¿no? —Maverick abre la cajita y veo un solitario dentro. El diamante brilla más que cualquiera que haya visto antes y es justo el que yo habría elegido si me hubiera dado la oportunidad de hacerlo—. Emerson Rose Hartwell. El amor de mi vida. La jugadora de hockey más dura con la que he tenido el placer de compartir equipo. Mi chica preciosa y la mujer de mis sueños. ¿Quieres casarte conmigo?

Le echo los brazos al cuello y lo tumbo de espaldas, conmigo encima. Se ríe y acerca su boca a la mía para darme un beso suave que hace que me aferre a su camiseta, deseando más.

—No me has contestado —dice, y lo beso como si no hubiera un mañana.

—¿No te parece evidente? —Me seco una lágrima. Parpadeo y veo que Maverick también está llorando con una sonrisa tonta en la cara—. Pues *claro* que quiero casarme contigo. Seré la mujer más afortunada del mundo.

Se oyen unos vítores a mi espalda y todos los jugadores de los Stars se acercan patinando hacia nosotros.

Hudson dispara un cañón de confeti y Grant sostiene una

camiseta que dice ¡LE HA DICHO QUE SÍ AL MAYOR CAPULLO DEL MUNDO! Ethan y Seymour sostienen un cartel con casi un centenar de firmas, y Piper está llorando tanto que Liam tiene que llevársela a rastras por la pista con su palo. Incluso al portero gruñón le asoma una sonrisa en la cara.

Dallas intenta evitar que June se acerque patinando a su tío, y Reid se guarda el teléfono en los vaqueros y nos presta toda su atención. Lexi y Maven están cogidas de las manos, dando saltitos, y veo a mi padre saludando desde un palco privado situado sobre el centro de la pista, con Duke y Grady a su lado. Todas mis personas favoritas están en mi lugar favorito, y no me creo capaz de imaginar un momento mejor ni aunque lo intentara.

—No solo te vas a casar con él, ¿sabes? —dice Ethan, que se pone a mi lado—. Vas a tenernos a todos.

—Va el paquete completo —añade Riley y le da un beso a Maverick en la mejilla—. Veintidós por uno.

—Me gustan esos números. —Le doy un apretón a Connor en la mano y me seco los ojos—. No hay foto promocional, ¿verdad?

—No, solo tenía que llevarte a la pista con una excusa que no te hiciera sospechar nada de nada. —Maverick me pone el anillo en el dedo y acaricia el diamante con el pulgar—. Mía.

La palabra coincide con el tatuaje que tiene en el dorso de la mano, y es mi obra de arte favorita de todas las que tiene en el cuerpo.

—Siempre he sido tuya. —Levanto la mano y el anillo brilla bajo las luces del estadio—. Solo quieres presumir de mí.

—A lo mejor quiero que tú presumas de mí —replica, y pongo los ojos en blanco.

—Eso sí me parece más propio de ti. Voy a decirle a la gente que la camiseta con lo del capullo gigante no tiene nada que ver con lo grande que la tienes, que es porque eres gilipollas.

—Lo que sea con tal de que sigas hablándome durante los próximos cincuenta años —replica Maverick.

—Tengo que hacerte mi pregunta del día.

—No me digas que vas a *pedirme* que me case contigo.

Siempre he querido un anillo muy brillante a juego con mi cadena.

Le cojo la mano y le beso la punta de los dedos. Nuestros amigos empiezan a alejarse, dejándonos un momento a solas mientras se van al vestuario o posan para hacerse fotos.

—Te conseguiré un anillo bien brillante, guaperas.

—¿Cuál es tu pregunta, Emmy, preciosa? ¿Algo sobre el palizón que me vas a dar esta noche? Porque quiero ver cómo lo intentas, cariño.

—Este anillo es bastante permanente, pero ¿qué me dices de algo que te pertenezca y que me acompañe hasta la tumba?

Maverick levanta una ceja.

—¿Qué estás ocultando, pelirroja?

Me bajo el cuello de la camiseta y le enseño el tatuaje que me hice ayer por la tarde. Los trazos oscuros forman la palabra «Mía» con la letra de Maverick, justo por encima del pecho, donde le gusta tocarme con los dedos cuando me agarra por el cuello.

—Hace juego con el tuyo —susurro—. Quiero que todo el mundo lo sepa.

—Joder —gime al tiempo que traza cuidadosamente las letras—. Como si no pudiera quererte más, vas y te tatúas una parte de mí.

—¿Te gusta?

—¿Que si me *gusta*? Estoy a diez segundos de arrastrarte al vestuario y ponerte de rodillas. A lo mejor puedes tatuarte mi nombre la próxima vez. Quiero que seas entera para mí, Emmy, preciosa.

Me muerdo el labio inferior para no sonreír.

Ya lo tengo en mente.

—Te lo tienes muy creído.

—¿Preferirías que fuera de otra manera?

—No, guaperas. —Le doy un beso en la mano y tiro de él hacia el hielo—. Por supuesto que no.

Agradecimientos

Esta es siempre la parte más difícil del libro, porque esta historia no sería lo que es sin la ayuda de algunas personas increíbles.

En primer lugar, gracias por leer. Agradezco el tiempo que le has dedicado a mis palabras y te agradezco que hayas elegido la historia de Maverick y Emmy. Espero que te hayan enamorado tanto como a mí. Si es así, te agradecería que dejaras una reseña en Amazon o en Goodreads. ¡Las reseñas positivas hacen maravillas para los autores independientes como yo!

Gracias a los lectores beta que leyeron este manuscrito en sus etapas iniciales. Gracias por vuestros comentarios y por ayudar a mejorar la historia.

Gracias, Kristen, por tus habilidades de corrección y tu flexibilidad. Siempre agradezco tus comentarios.

Gracias, Britt, por el tiempo y el mimo que les has dedicado a estas palabras. Sé que ya te lo he dicho en un correo, pero tengo que repetirlo: esto no habría sido posible sin ti. La dedicación que has demostrado para darle vida a este libro me emociona. No tengo palabras para agradecerte tu paciencia, es un placer trabajar contigo. Gracias de todo corazón.

¡Gracias, Chloe, por la PRECIOSA portada! Estoy deseando ver cómo serán las del resto de la serie.

Gracias, Ellie (@lovenotespr), por encargarte de las inscripciones para las ediciones anticipadas, las revelaciones de portadas y todo lo demás. ¡Eres una supermujer!

A Mikey y a Riley: sois mis preferidos y no hay palabras para expresar lo mucho que os quiero.

Por último, a la comunidad literaria. Gracias por las reseñas, los comentarios, los mensajes gritando sobre mis personajes y el entusiasmo que demostráis por los autores. Hacéis que todo sea más divertido y es una suerte que esta sea mi vida.

No te pierdas la próxima novela de la serie:
Bajo control, la historia de Liam y Piper.